メルヴィル
〝真実の語り手〟になった鯨捕り

Melville
—A Whaleman Who Became a "Speaker of True Things"—

五十嵐 博

国書刊行会

目次

ナンタケット島、ナンタケット捕鯨博物館の外壁レリーフ。
（メルヴィルゆかりの地や元住居等の画像はすべて著者が撮影したもの）

まえがき

ハーマン・メルヴィル（一八一九―一八九一）がこの世を去ってから一世紀と四半世紀が経過するが、諸々の作品で彼が比喩的に語った内容は、未だに世間によく理解されていないようである。彼が次から次へと矢継ぎ早に長編を執筆した十九世紀中葉は、欧米諸国が世界植民地化を推し進め、米国が西へ西へと領土拡張を進行させ、そして日本は幕末からペリー来航を経て明治維新に至ろうとする時代であった。こうした時代背景の下で、船乗りになって大西洋から太平洋を巡り、世界人の視点と視野を獲得したメルヴィルは、ジャケットや鮫、鯨、石をはじめとする多様な隠喩や象徴・表象にあふれる作品群を通して、読者と世間に向けて何を語っていたのか？この問いに対する答、正鵠を射る答を、彼の作品を執筆順にたどりながら解説することが本書の目的である。

メルヴィルの作品を宗教的に、神話的に、哲学的に解釈する意見は多々あるが、それらの解釈のほとんどは、彼の作品にあふれんばかりに使用されているさまざまな直喩や隠喩に惑わされた解釈であったり、あるいは種々の象徴の表層部分の解釈ないし部分的解釈あるいは誤解釈であったりする。メルヴィルの作品の本質は、彼の死後百二十五年を経た今も、未だによく理解されていないようである。

メルヴィルは、捕鯨船員として南太平洋と中部太平洋を巡り、米帆船軍艦乗組員になって帰国した後、「真実の語り手」になって「虚偽の面《おもて》に向けて真理を」説いた作家であった。彼の真骨頂は『タイピー』（一八四六）から『信用詐欺師』（一八五七）に至る九冊の長編にある。本書は、数年前に筆者が連続的に作成した、彼の九冊の長編を中心とする個々の作品分析と解釈に関する十六編の査読論文を、部分的な修正と加筆を施しながら全十章に統合したものである。執筆にあたっては読みやすさと分かりやすさをモットーとし、メルヴィルを知らない学生諸君や読者諸氏には彼の人物と作品内容がよく分かるように、さらに、邦訳『白鯨』の著者として知っている人から、彼の諸作品をよく読み知っている人までを念頭に置いて、メルヴィルの作品の本質を開示し、彼を真に理解するための解説書として作成した。

論文執筆時の十六編の英文 Abstracts と日本語要旨を本書の最後に付録として掲載したので、メルヴィルをまだ読んでいない人たちは、まずはそれらの要旨を通読してメルヴィルの作品の全体像をつかんでほしい。そしてメルヴィルの作品群を、できるだけ彼が執筆した順に読んでほしい。メルヴィルは前作に次の作品を理解するための手がかりとカギの一部を残しているからである。読者諸氏が、十九世紀の良心的世界人であったメルヴィルの真実を追究する姿勢、および真実を語る勇気、そして大胆かつ緻密に書く芸術的力量を認識するとき、彼の作品群の存在価値は一層高まるであろう。

二〇一五年十二月

著者記す

メルヴィルの作品の略号

メルヴィルの作品は、『水兵ビリィ・バッド』を除いて、ＮＮ版（Evanston and Chicago: Northwestern University Press and The Newberry Library, 1968-2009）を用い、引用には左記の作品略号とページ数を本文中の括弧内に記した。

T —— *Typee: A Peep at Polynesian Life*（1846）

O —— *Omoo: A Narrative of Adventures in the South Seas*（1847）

M —— *Mardi: and A Voyage Thither*（1849）

R —— *Redburn: His First Voyage*（1849）

WJ —— *White-Jacket: or The World in a Man-of-War*（1850）

MD —— *Moby-Dick; or, The Whale*（1851）

P —— *Pierre; or, The Ambiguities*（1852）

PT —— *The Piazza Tales and Other Prose Pieces,* 1839-1860

IP —— *Israel Potter: His Fifty Years of Exile*（1855）

CM —— *The Confidence-Man: His Masquerade*（1857）

J —— *Journals*（1849-50, 1856-57, 1860）

C —— *Clarel: A Poem and Pilgrimage in the Holy Land*（1876）

PP —— *Published Poems: Battle-Pieces, John Marr, Timoleon*（1866, 1888, 1891）

BB —— *Billy Bud, Sailor*（*An Inside Narrative*）. Eds. Harrison Hayford and Merton M. Sealts, Jr. Chicago: The University of Chicago Press, 1962.

第一章　『タイピー』を通して見る白い鯨

――直截な白人文明糾弾から象徴的断罪へ――

ニュー・ベッドフォード、船員礼拝堂２階にある船首型説教壇。

1　真実を追究する姿勢

まずは、ハーマン・メルヴィル（Herman Melville, 1819-1891）の処女作『タイピー——ポリネシアの生活を垣間見て』（*Typee: or, a Peep at Polynesian Life*, 1846）の中に散見される白人キリスト教文明糾弾の記述と描写を通して、彼の代表作『モービィ・ディック』（一八五一）に出現する白い鯨の象徴的意味を浮き彫りにしてみよう。

メルヴィルは、一般には『モービィ・ディック』（邦訳『白鯨』）の作者として知られており、この海洋長編小説が執筆されたマサチューセッツ州ピッツフィールドの元自宅の銘板には「船乗りで神秘家、『モービィ・ディック』（ピッツフィールドで執筆）他の海洋物語作家（Mariner and Mystic, Author of Moby Dick（Written in Pittsfield）and Other Tales of the Sea）」と刻まれている。

『モービィ・ディック』の物語が始まるニュー・ベッドフォードの街には、一八三二年建立の船員礼拝堂（Seamen's Bethel）が残っており、その入口ドア脇には「ハーマン・メルヴィル『モービィ・ディック』の捕鯨者礼拝堂（The Whaleman's Chapel of Herman Melville's *Moby Dick*）」と書かれた看板が、小説の七章「礼拝堂」冒頭の「ここニュー・ベッドフォードには捕鯨者礼拝堂なるものがあり、まもなくインド洋や太平洋へ向かう漁夫たちのほとんどが、憂いに沈んだ顔で日曜の礼拝にここを訪れる」（*MD* 34）という一文を書き写した板とともに掛けられている。

また、この船員礼拝堂の二階には、小説に登場する船首型の説教壇を模した説教壇があるが、礼拝堂の管理者が筆者に笑いながら語ったところによると、『モービィ・ディック』を読んでここを訪れた人たちから「なぜ船首型の説教壇がないのか？」という問い合わせが相次いだため、既存の説教壇に替えて船首型の説教壇が作られ設置されたとのことである。船首型の説教壇は、言うまでもなくメルヴィルの想像の産物で、これを比喩として作品に登場させた彼は「世界は船出した一隻の船のようなもので、その航海は終わっておらず、説教壇がその船首である」（*MD* 40）という一文で八章「説教壇」を締めくくっている。

そして、これに続く九章「説教」で、その船首型説教壇に立つマプル神父の口を通してメルヴィルは、彼の精神姿勢を明快に読者に伝える。神父は、まばらな会衆に向かって「乗組員諸君（shipmates）」と呼びかけながら、良心の呵責に苦悶するヨナの寓話を語り、そこからわれわれが肝に銘じるべき教訓は「虚偽の面《おもて》に向けて真理を説くこと（To preach the Truth to the face of Falsehood!）」（*MD* 48）であり、「真理のためには何の容赦もせず、立法者や裁判官の衣の下からさえも罪を暴き出し、罪をことごとく殺し、焼き、撲滅する者に喜びがもたらされる」（*MD* 48）と語りかける。

このマプル神父の台詞全体は、キリスト教という枠内で解釈すれば、「愛は不義を喜ばずして真理を喜ぶ」（「コリント人への第一の手紙」十三章六節）という愛の精神を説いたものとも考えられるが、同時に、「虚偽の面に向けて真理を説く」という神父の台詞は、メルヴィルの真実追究の精神姿勢そのものを語っている。白い鯨への復讐に燃えるエイハブ船長も、これと同じ精神姿勢を乗組員に向けて語っている。作者メルヴィルの代弁者のひとりとして物語の初めに一度だけ登場したマプル神父が、エイハブ船長に姿を変えて再び登場するかのようである。ピークォド号の甲板上に集合した全乗組員を前にしてエイハブはスターバックに「目に見えるものはすべてボール紙の仮面のようなものにすぎない。だが、一つひとつの出来事の中で、つまり、生の営みという疑いようのない行為において、何か分からぬが理にかなうものが理不尽な仮面の背後からその顔貌を現す。もし打つ意志があるなら、その仮面を打ち抜け！」（*MD* 164）と語るが、エイハブの言う「仮面」は、捕鯨者礼拝堂で神父の言う「虚偽の面」のことである。

さらに『モービィ・ディック』の翌年に書かれた『ピエール』（一八五二）でも、これと同一の精神姿勢が表明されている。この作品では、物語の初めのほうで、聖人のように思っていた父親に隠し子が、自分にとっては異母姉がいることが判明したという状況設定の下で、青年ピエールにメルヴィルは次のように独白させている――

「今後、おれは真実のみを知ろう。うれしい真実であろうが悲しい真実であろうが、おれは実態を知ろう［中略］汝、黒い騎士よ、おまえは面頬を下ろしておれに対峙し、おれを嘲る。見よ！　おれはおまえの兜を打ち抜き、おまえの顔を見てやる、たとえゴルゴンであっても！　今後は隠されたものだけを見よう。そして一生おれだけの隠された生の中で生きよう！」（P 65-6）

ピエールの言う「面頬」や「兜」は、エイハブの言う「仮面」、神父の言う「虚偽の面」と同一である。メルヴィルの真実を追究する姿勢は一貫しており、処女作『タイピー』における、白人キリスト教文明の罪悪を糾弾する記述中に既にはっきりと現れている。そして『タイピー』を読むことにより、メルヴィルの言う「虚偽の面」、「仮面」、「兜」とは、白人キリスト教文明の偽善であることが鮮明化する。

2　時代背景――白人キリスト教文明諸国による世界植民地化の進行と鎖国日本

メルヴィルの生きた十九世紀は、白人キリスト教文明国家群による世界植民地化が進行中であった。彼の作品には、ポリネシアの島々――タヒチとその周辺およびハワイ――そして鎖国中の日本が登場する。メルヴィルが船乗りとして太平洋を動き回った一八四〇年代前半は、フランスがタヒチを保護領化（一八四二）によって領有し、さらにアメリカによるハワイ併合（一八九八）への道が整えられていた時期にあたり、また鎖国日本にアメリカ捕鯨船の寄港地を求めてペリー黒船艦隊が来航（一八五三）する約十年前であった。

メルヴィルは一八四〇年代前半の三年半余を太平洋で過ごした。この時期、アメリカの捕鯨業は日本沖の大抹香鯨漁場で全盛期を迎えていた。彼が捕鯨船に乗り組んで海に出たのは一八四一年一月初めで、一年半後の一八四二年七月初めにマーケサス諸島のヌクヒヴァに寄港した折に、その捕鯨船から脱走し、四週間その島に滞在した。その後、タヒチ島、モーレア島へと移動し、そこから別の捕鯨船に乗り組んで、一八四三年五月、当時サンドイッチ諸島と呼ばれていたハワイ諸島に入港した。ハワイに三ヶ月半滞在後、今度は水兵としてアメリカ帆船軍艦に乗り組み、一八四四年十月、ボストンに帰港した。

帰国してから二年後の一八四六年に彼は、ヌクヒヴァ島に滞在した四週間の体験をベースにした処女作『タイピー』を世に出した。『タイピー』は、「私」メルヴィルが捕鯨船を脱走して食人種と呼ばれる現地人たちと暮らした後、その島を脱出するまでの話であるが、その話の中で折にふれてメルヴィルは、フランスをはじめとする白人キリスト教文明国家によるポリネシアの人々に対する悪行の数々を具体的かつ詳細に語っている。

フランスによるタヒチ保護領化は一八四二年九月九日の出来事であったが、ちょうどその頃にメルヴィルはヌクヒヴァ島を脱出してタヒチ島に着いたようで、『タイピー』の「付録」をメルヴィルは「この本の著者がタヒチに着いたのは、フランス人の不正な陰謀が完遂された、まさにその日だった。女王の留守の間に、フランス人は、巧妙に作成された協定文書を部下の族長らに承認させ、これによって女王は事実上、退位させられたのである」（*T* 254）という一文で書き出し、フランスによるタヒチ保護領化を「海賊のようにタヒチを奪い取った行為」（*T* 254）と非難している。

また、当時アメリカの捕鯨業は日本沖合を抹香鯨の一大漁場としてその全盛時代を迎えていたので、捕鯨船に乗り組んでいたメルヴィルは、当然、日本にも言及している。『タイピー』では、物語が始まって「私」が捕鯨船を脱走する前の時点で次のように日本に言及している――「私がこの船を離れてから三年以上が経過したが、この船はまだ太平洋を航行中で、ほんの数日前の新聞報道によると、現在サンドイッチ諸島に寄港していて、これから日本沿岸へ向かうとのことである」（*T* 23）。

『タイピー』ではこの一回きりだが、『モービィ・ディック』では実に十六箇所で日本が言及される。[1] 次の二つの引用は、白い鯨への復讐の物語とは直接の関係はないが、メルヴィルが捕鯨船に乗り組んで太平洋を航海した当時の鎖国日本に関わる記述である。ひとつめは、捕鯨業を擁護し、その利点や功績を列挙している二十四章「弁護人」の中で、鎖国日本を開国するのは捕鯨船だと語っている箇所だが、これは一八五三年のペリー来航の予告となっている――「もし、あの堅固に閉ざされた地、日本が、外国人を迎え入れるようになるとすれば、それはひとえに捕鯨船の功績として認められることになるであろう。というのは、すでに捕鯨船は日本の門戸に差しかかっているからである」（*MD* 110）。もうひとつは、メルヴィル（一八一九―一八九一）とジョン万次郎（一八二七―一八九八）が同時代人であることを思い起こさせる次の記述である――「しばしば捕鯨船は奇妙な漂流者たちを拾い上げる。彼らは板材や難破船の破片やオールにつかまったり、捕鯨用ボート、カヌー、流された日本の平底帆船などに乗ったりして、外洋の波間を漂っているところを発見されるのである」（*MD* 230-1）。

メルヴィルが、アクシュネット川を挟んでニュー・ベッドフォードの対岸にあるフェアヘイヴンから捕鯨船アクシュネット号に乗り組んで出港した同じ一八四一年に、万次郎は大蛇行する黒潮に流されて鳥島に漂着した後、アメリカの捕鯨船ジョン・ハウランド号に救助された。万次郎は一八四三年から一八四六年の三年間をフェアヘイヴンで暮らし、メルヴィルは一八四四年にボストンに帰港した。万次郎はメルヴィルより八歳年下だが、二人は同じ太平洋とニュー・イングランドの空気を吸っていたことになる。

日本沖は、白い鯨追撃の航海で要となる位置に設定されている。まず「私」イシュメイルが海に乗り出す前にニュー・ベッドフォードの捕鯨者礼拝堂に入って目にする大理石の銘板のひとつに日本が記されている――「故エゼキエル・ハーディ船長の聖なる思い出に捧げる。一八三三年八月三日、日本沿岸でボートの舳先において抹香鯨に殺さる」(*MD* 360)。

さらに、エイハブを船長とするピークォド号はかつて日本沖で台風に遭遇して三本のマストを失い、エイハブ自身も日本沖で白い鯨のために片脚を失ったことが、以下の三箇所の記述と台詞から明らかになる。まずイシュメイルが、ピークォド号の現在の三本マストが日本の木でできていることを説明する――「その船の三本のマストは――最初のものは日本沖で大風に折られて海に消えたため、日本沿岸のどこかで伐採された木で作られたが――ケルンに眠る三人の老王の硬直した背骨のごとくに直立していた」(*MD* 69)。続いて、ピークォド号の船主のひとりが、もうひとりの船主に次のように問いかける――「他ならぬこのピークォド号が日本沖の台風で三本マストを海にもっていかれた時、エイハブ船長とともに乗り組んでいたあの航海で、おまえさんは死と審判のことを思わなかったのか?」(*MD* 90)と。そして、ゲイ岬出身の老インディアンの言葉として「彼〔エイハブ〕[2]は日本沖で脚をへし折られた」(*MD* 124)ことが明かされる。

物語の後半に入るとエイハブは、白い鯨に再び遭遇するために「大捕鯨シーズンに間に合うように日本の沖合遠くに達する」(*MD* 381)計画に沿って船を進め、台湾とフィリピン諸島の間に差しかかった時には船長室で地図を広げて日本を見すえている――「スターバックが目にしたエイハブは、東洋諸群島の全海図と、もう一枚、日本列島――日本本州、松前、四国(Niphon, Matsmai, and Sikoke)――の長い東海岸を描いた分海図を眼前に広げていた」(*MD* 473)。

このように、当時アメリカ捕鯨業にとって一大抹香鯨漁場だった日本沖が、白鯨追撃の目的地に設定されている。

3　『タイピー』に見る白人キリスト教文明糾弾

『タイピー』の初版はロンドンで『マーケサス諸島の或る谷に住む土人たちの間で暮らした四ヶ月間の物語――ポリネシアの生活を垣間見て』(*Narrative of a Four Months' Residence among the Natives of a Valley of the Marquesas Islands; or, a Peep at Polynesian Life*) というタイトルで出版されたが、その後ニューヨークで出版された際には主タイトルが、マーケサス諸島の言葉で「人肉愛好者」(*T* 24) という意味の *Typee* に変更された。

ストーリーは単純で、暴君のような船長に奴隷のごとくに酷使されることを耐え難く思っていた「私」が、ヌクヒヴァに寄港した捕鯨船から脱走し、緑なす島の山に分け入り、脚に怪我をしながらもタイピー族の住む谷に辿り着き、彼らの中で暮らし始めるが、最終的には "Home" と "Mother" への回帰心情に駆られながら谷と島を脱出する、というものである。

実際には四週間の滞在をメルヴィルが四ヶ月に誇張して設定した理由は、話に説得力をもたせるためであったと考えられる。なぜなら『タイピー』二十四章の「この諸島に関する出版物の記述の不正確さ」という小見出しの下でメルヴィルは、マーケサス諸島に関するある本に書かれている話とその著者を次のように批判しているからである――「[その本に書かれている話は] 人間の生け贄が毎日料理されて祭壇に供されているとの印象を読者の心に刻むべく計算されている」(*T* 170) が、その本の著者は「たったひとつの島にわずか二週間だけとどまり、しかも毎晩船内で寝泊まりした人」(*T* 170) であり、その話には「意図的ではないにせよ、まやかしが多々ある」(*T* 170) と。

四週間のヌクヒヴァ島滞在体験をベースにして書かれた『タイピー』は、ノンフィクションとフィクションが合体したような作品になっており、出版された十九世紀中葉当時は、未知な部分が多い南海の島の物語として評価されたようである。しかし出版後百六十余年を経た二十一世紀初頭の今日の視点から見ると『タイピー』は、白人であるメルヴィルが食人種とか野蛮人と呼ばれる人々のなかで暮らしながら文明を見つめ直し、白人キリスト教文明がもたらした害悪を糾弾した書としての評価を受けてよいであろう。

メルヴィルにとって、書くという行為は弾丸を撃つ行為に等しかった。『モービィ・ディック』の冒頭で語り手イシュメイルは「海に出ること」は「私にとって拳銃と弾丸の代わりだ」(*MD* 3)と語るが、『モービィ・ディック』を執筆することは、メルヴィルにとって「わが魂の船」(*MD* 565)に乗って魂の航海に出ることであり、「拳銃と弾丸の代わり」だった。同じことが彼の処女作『タイピー』にも言える。メルヴィルは『タイピー』で多数の弾丸を放った。『タイピー』で放たれたそれらの弾丸を、つまり白人キリスト教文明に対する糾弾の数々を五つの項目に分類して以下に列挙する。

① 道徳の汚染

物語が始まって、メルヴィルが最初に批判するのは、白人文明人がもたらす道徳的荒廃である。ヌクヒヴァ湾に入った捕鯨船を歓迎するために泳いで来た現地の娘たちを相手に乗組員たちが船内で繰り広げる酒池肉林の乱痴気騒ぎを見て、メルヴィルは白人文明人による道徳的汚染を嘆く――「私たちの船は今や乱痴気騒ぎの舞台と化した。乗組員たちの不浄な欲望の際限なき充足を妨げるものは何ひとつなかった。つかの間中断することはあったが、船が湾内に停泊している間中、乗組員たちは破廉恥で淫らな酒色に溺れた。ああ、哀れな蛮人たちよ、こんな道徳的汚染にさらされるとは！　純真で疑うことを知らない彼女たちはいとも簡単にあらゆる悪徳に染まってしまう。ヨーロッパ文明人による仮借なき破壊の惨状は人として嘆かわしい。大洋の只中にあってまだ発見されていない島に住み、白人との接触によって穢《けが》されていない人々は数倍も幸福である」（*T* 15）。

② フランスによるマーケサス諸島とタヒチ占領

次にメルヴィルは、フランスがマーケサス諸島を武力により占領し、続いてタヒチ島を武力と策謀により奪取した経緯を語り、その行為を「重大な人権侵害」、「極悪非道行為」と糾弾し「文明がもたらした結果によって、その文明が評価されるとしたら、世界の未開の地と私たちが呼ぶ所は、そのまま変わらないでいたほうが良いと思われる」（*T* 17）と結んでいる。

③ 真に野蛮で残虐な者は？

「〝野蛮人ども〟という表現が、どれほど頻繁に間違って使われていることか！」（*T* 27）とメルヴィルは言う。彼の目から見て、本当の野蛮人は白人文明人である。白人文明国からの軍艦だけでなく民間の船も太平洋で残虐行為を働いているとメルヴィルは書いている――「南海の非攻撃的な島民たちに対する極悪非道行為は信じ難いほどだ。こうしたことは本国ではまず公にされない。地球の端っこでの出来事であり、隅っこでこっそり行われていて、暴露する者は誰もいない。だが、そこには多数の小さな貿易船がいて、太平洋の島々を航行しながら冷酷に略奪・拉致・殺戮を行っている。その非道さは、そうした船の罪深き肋材が海底に沈められて当然と思えるほどだ」（*T* 26-7）。

メルヴィルは、初めに白人文明人による残虐行為があり、島民たちは復讐のために野蛮人と化したと、太平洋の島民たちはもともと野蛮だったのではなく、侵略者によって野蛮にさせられたという趣旨の説明をしており、真の野蛮人は白人文明人であると、白人文明人が最も野蛮だと結論付けている――「彼らがそう［食人種に］なるのは、敵に対する復讐心を満たす時だけである。私は問いたい。単なる人肉食が、文明開化されているイングランドでわずか数年前に行われた慣例的行為を残虐さの点ではるかに上回っているのかと。イングランドでは、おそらく嘘をつき、愛国心にもとる行為をしたなどの極悪の罪で有罪を宣告された国賊が、大きな斧で首を刎《は》ねられ、はらわたを引きずり出されて火の中に投げ入れられた。さらに、その体は八つ裂きにされ、刎ねた首とともに槍で刺して、人の集まる場所に陳列され、腐りただれるままに放置されたのである！／死をもたらす道具の考案に私たちが際限なく発揮する悪魔的技能、戦争遂行時の復讐心、その結果もたらされる荒廃した惨状。これだけでもう、白人文明人が地球上で最も獰猛な動物だということをはっきりさせるのに充分である」（*T* 125）。

④ キリスト教の名の下で行われる悪行

物語の中ほどの十七章でメルヴィルは「幸福の谷」に生きるタイピー族の至福を、文明開化されたヨーロッパ人と比較しながら考察している。要約すると、豊かな自然の恵みに囲まれていて自由で純粋なポリネシアの未開人やインディアンをヨーロッパ文明は不幸にする。その好例をハワイに見てとることができると彼は言う。そして物語が終わりに近づく二十六章でメルヴィルは、白人キリスト教文明が北米大陸、ポリネシア、そしてその典型例としてハワイで犯している悪行を開示し、断罪している。

まず、アングロサクソンが北米インディアンを根絶しつつある状況に言及する——「野蛮人を文明人にするのはよいとしても、彼らに恩恵をもたらし、害悪をもたらすな。未開の異教の風習は撲滅されても、異教徒たちを殺すな。アングロサクソン人の群れは北米大陸の大半から異教を一掃した。が、同時に、赤色人種の大半をも掃討した。文明は未開の異教崇拝の名残をこの地上から消しつつあり、同時に、減少し続ける不幸な異教崇拝者たちをも消滅させつつある」（*T* 195）。

続けて、ポリネシア諸島でも同様なことが進行中だと書く——「ポリネシア諸島では、偶像が倒され、神殿は破壊され、偶像崇拝者が名ばかりのキリスト教徒に改宗されるやいなや、病気、悪徳行為、早死が発生する。人口が激減した地に強欲な文明人の群れが植民し、土地を奪い、真理が前進したとわめきたてる」（*T* 195）。

そして、メルヴィル自身がサンドイッチ諸島（現在のハワイ諸島）の中心地ホノルルで目撃した光景を描く――「私は決して忘れることができない。健康そのもので赤ら顔の淑女然とした人物である宣教師の妻が、何ヶ月もの間、毎日毎日、小さなゴーカートのようなものに乗って戸外へドライブに出かけるのだが、その車を、イチジクの葉を除けば生まれたままの姿をした二人の島民、ひとりは白髪まじりの老人で、もうひとりは不真面目そうな若者に引かせていた」（*T* 196）。

しかも「宣教師の妻は、車輪がぬかるみにはまっても、上り坂に差しかかっても、車を降りずに、現地語で〝引っ張れー！　引っ張れー！〟と怒鳴りながら、必死に引っ張っている島民の頭を大きな団扇《うちわ》の柄で叩く」[3]（*T* 197）とメルヴィルは描写し、続けて、ホノルルにあるアメリカ人の教会の日曜礼拝に来る白人たちが乗る馬車を引いているのは、馬ではなくて、裸同然の姿をした島民たちであることを明らかにしている。

一部の宣教師、布教活動事業の運営方法、ふしだらな白人植民者、寄港する船などのすべてが悪徳をもたらしていると語るメルヴィルは、次のように締めくくっている――「一言で言うと、ここ［サンドイッチ諸島］では、私たちが野蛮人と呼ぶ人々の間に何らかの形で文明がもち込まれた事例すべてで見られるように、文明はその罪悪をまき散らし、その恩恵は与えていないのである」（*T* 198）。

⑤　未開人 vs. 白人文明人

物語の始まりでメルヴィルは、勲章で飾り立てられた豪華な衣装を身につけたフランス人提督と、身体に入れ墨を施し裸同然の原住民の長とを見比べて「ほとんどのものに必要を感じず、厄介な世事からも隔絶されているのだから、野蛮人のほうがより幸福なのではないだろうか？」（*T* 29）と自問する。そしてタイピー族とともに暮らし、彼らが「陽気で、怠惰で、天真爛漫な人生」（*T* 171）を送っていることを知ったメルヴィルは「今のまま、幸福かつ天真爛漫な未開の異教徒、野蛮人でいたほうがよいであろう。哀れなサンドイッチ諸島民のように、真の宗教行為を何ひとつ経験することなくして名ばかりのキリスト教徒になり、文明生活のもたらす最悪の悪徳と害悪の犠牲にされるよりは」（*T* 181-2）と結論付けている。

さらに身体的側面においても未開人、自然人のほうがよい、優れているとメルヴィルは言い、白人文明人を辛辣に評している――「仕立屋の巧妙な工夫を剝ぎ取られて、エデンの園の身なりで前に立って出るとしたら、文明人たちというのは、猫背で、ひょろ長い脚をして、ツルのような首をもつ何とも可哀相な従僕集団のように見えることだろう！　詰め物をしたふくらはぎやパッドを入れた胸、科学的に裁断されたパンタロンは何の役にも立たなくなり、その結果は実に嘆かわしいものとなるだろう」（*T* 181）。

メルヴィルは『モービィ・ディック』の物語の中ほどで、語り手イシュメイルの口を通して次のように述べている――「キリスト教世界と文明から長期間追放された者は、神の御手によって置かれたときの状態、つまり野蛮と称せられる状態に必然的に立ち返る。本物の鯨捕りは［アメリカ北東部インディアン］イロクォイ族と同様の蛮人である。私自身、蛮人であり、食人種の王にしか忠誠を示さず、しかもいつでも反逆する用意がある」（*MD* 270）と。捕鯨船に乗ってニュー・イングランドを離れてから一年半後に、南太平洋の未開の島に寄港した際に船を脱走し、その島の食人種と呼ばれる人々としばらく暮らした後、彼らのもとを去ったメルヴィルが自分自身を振り返って語っている一節と解釈できよう。

4　『タイピー』を通して見る白い鯨

処女作『タイピー』でメルヴィルは直截な表現で白人キリスト教文明を糾弾したが、『モービィ・ディック』では直接的な非難の言葉と併せて、さまざまな比喩と象徴を使って間接的に、やはり同じ白人キリスト教文明とその偽善を追撃している。

『モービィ・ディック』での白人キリスト教文明批判は、まずイシュメイルの言動を通して表現される。物語が始まってイシュメイルに続いて登場するクィークェグはタイピー族と同種の人間であるが、イシュメイルは「酔っ払ったキリスト教徒とよりは、しらふの食人種と寝たほうがいい」(*MD* 24) と考え、潮吹亭の部屋のひとつしかないベッドを二人で分け合って眠ることにする。翌日、捕鯨者礼拝堂から部屋に戻って、暖炉の前でクィークェグと二人きりで無言で座りながら、イシュメイルは次のように考える——「そこに彼［クィークェグ］は座っていた。彼の無関心な姿勢は、文明化された偽善や温和な口ぶりの欺瞞が宿らぬ天性を現していた［中略］異教徒の友をもってみようと私は思った。キリスト教徒の親切はうわべだけの儀礼にすぎないと分かったのだから」(*MD* 51)。

こうしてイシュメイルは、非白人であり非キリスト教徒である人間と友情を結ぶことになる。その翌日、ニュー・ベッドフォードからナンタケット島へ向から船の上で、仲良く並んで立っている白人のイシュメイルと浅黒いクィークェグに対して他の船客たちが驚きと嘲りの視線を投げかけるが、そのさまをイシュメイルは「まるで白人は白く塗られたニグロよりも高貴な存在であるかのように」(*MD* 60) と皮肉る。人種主義という語は物語の中で一度も使用されていないが、有色人種に対する差別意識が苛烈を極めていたアメリカ南北戦争前の時代にメルヴィルは、その人種的差別意識を痛烈に批判していた。

語り手としてのイシュメイルは四十二章「その鯨が白いこと」で、多くの事例を引き合いに出しながら白い色のもつ意味を分析、追究しているが、その中で彼は白人種にも言及し「白のもつこの優位性は人類自体にもあてはまり、すべての肌黒い種族に対する観念的な支配的地位を白人に与えている」(*MD* 189) と述べる。この章の最後が「白子鯨はこれらすべての象徴であった。してみればこの烈火のごとき追跡に何の不思議があろうか？」（*MD* 195）と締めくくられているのを見れば、メルヴィルが白い鯨を白人種の象徴としても設定していたことは一目瞭然である。

D・H・ロレンス（D. H. Lawrence, 1885-1930）は白人種という側面から白い鯨をとらえて、彼の洞察を次のように表現している――「メルヴィルは知っていた。自分の属する人種が死を宣告されていることを。自分の内の白人の魂が、白人による一大新時代が、そして自分自身が死と破滅の宿命を負っていることを［中略］ではモービィ・ディックとは何か？　それは白人種の内奥に棲む血的存在、われわれの根源的血的性《さが》である」(4)。

白鯨は、読む人により、そして読む角度や深度によって、自然・神・善・悪などさまざまな概念の象徴となりうる。白鯨は多面的にとらえられなければならない。登場人物の視点によって、またストーリーの展開局面によって、その象徴的意味が多様に変動するからである。作品中の登場人物は皆それぞれ作者メルヴィルの一部を担い、彼の感情的・精神的・思想的一面を体現している。作者メルヴィルは、語り手イシュメイルであり、「虚偽の面に向けて真理を説く」マプル神父であり、マプル神父が語るところの良心の呵責に苦悶するヨナでもあり、そして「仮面を打ち抜け」と説くエイハブでもある。

白鯨の白色は、エイハブの言う「仮面」であり、神父の言う「虚偽の面」であり、イシュメイルの言う「文明化された偽善」の象徴である。その「文明化された偽善」の事例が六十五章「料理としての鯨」の中で語られている。イシュメイルは、ヨーロッパにおける鯨食の歴史を開示した後で、陸上の白人たちが、一方で鯨を殺して食べることを嫌悪しながら、もう一方で同じ動物である牛を殺して食べたり、美食のために鵞鳥《がちょう》に対して残酷な行為を働いたりしている偽善と欺瞞的行為を痛烈に批判している――「土曜の夜の肉市場に行き、死んだ四足動物を吊るした長い列を見上げている生きた二足動物の群れを目にしてみよ。その光景には食人種も仰天するのではないか？　食人種？　誰が食人種でないというのか？　来たるべき飢饉に備えて、痩せこけた宣教師を塩漬けにして貯蔵したフィジー人のほうがまだ我慢できよう。最後の審判の日には、鵞鳥を地面に縛り付けて肥大化させた肝臓をパテ・ド・フォワ・グラにして喜んで食べている文明開化のグルメのあなたより、将来の飢饉に備えたあのフィジー人のほうがまだ許されるだろう」(*MD* 300)。

メルヴィルが白い鯨に付与した象徴的意味の核心部分を理解するために私たちが最も注目すべきところはラストシーンの舞台設定である。そこにメルヴィルは巨大な白鯨と対峙する反白人キリスト教文明の表象群を集結させている。

白鯨との死闘の最終場面で、白鯨に逆襲された本船は沈んでいく。船は何の象徴か？　船長エイハブは「わが良心はこの船の竜骨にある」(*MD* 474) とか「三《み》度《たび》わが魂の船はこの航海に出る」(*MD* 565) と言っていた。つまり船は良心の象徴であり、魂の化身である。その船にピークォドという「今は絶滅しているマサチューセッツ・インディアンの高名な部族の名」(*MD* 69) をメルヴィルがつけたのは、白人文明がもたらしたインディアンの絶滅に対して彼が抱いていた深い良心の痛みを表明するためだったと推断できる。沈みゆく船の三本マストは、鎖国して白人キリスト教文明の侵入を拒絶している日本の沿岸で伐採された木で作られている。三本のマストには三人の銛打ち——太平洋の食人種であるクィークェグ、アメリカン・インディアンのタシュティゴ、そして黒人のダグー——がのぼっている。三人とも非白人であり非キリスト教徒であり、いずれも白人キリスト教文明の犠牲になっている種族出身である。海中に没しつつもアメリカン・インディアンのタシュティゴが赤色の旗をメインマストの頂に打ちつけながら、一羽のトウゾクカモメを道連れに、反白人キリスト教文明の表象群を乗せた良心と魂の船は沈む。

メルヴィルは、処女作『タイピー』で直截な言葉で糾弾した白人キリスト教文明を『モービィ・ディック』で巨大な白い鯨に化身させ、それに対する糾弾の文言の数々を登場人物たちや舞台装置に象徴化したことが見てとれる。

『モービィ・ディック』を執筆し始めた頃にメルヴィルはピッツフィールドに住宅と農場を購入し、土中から先住民インディアンが使用した矢じりをたくさん見つけた彼は、その地所をArrowheadと名づけた。彼にとって『モービィ・ディック』は、自分自身を含めた白人種のキリスト教文明とその偽善に向けて放った弾丸もしくは鋭利な矢じりであったことを読者は理解する必要がある。

第二章　『オムー』に見る半文明化されたタヒチとモーレア

――南海の楽園を侵食する白人キリスト教文明の功罪――

モーレア島

1　脱走と放浪

筆者がタヒチ島とモーレア島を一九九〇年代初めに訪れた際に現地で購入したタヒチ紹介本には、文芸の分野でタヒチにゆかりのある人物としてはハーマン・メルヴィルとポール・ゴーギャン（Paul Gauguin, 1848-1903）の二人だけが言及されている。画家ゴーギャンに関しては二ページに渡って説明されているが、メルヴィルについては次のように短く触れているだけである――「こうした［冒険者や鯨捕り］の中で最も有名なのが脱走者ハーマン・メルヴィルである。彼はマーケサス諸島で一ヶ月余を過ごした後、タヒチに上陸、収監され、その後しばらくモーレアに滞在した」[1]。

記録を見ると、一八四一年一月三日に当時二十一歳のメルヴィルが乗り組んだ捕鯨船アクシュネット号はマサチューセッツ州フェアヘイヴンを出港した。乗組員名簿には「ハーマン・メルヴィル　出生地：ニューヨーク居住地：フェアヘイヴン　国籍：米国　年齢：二十一　身長：五フィート九・五インチ　肌の色：色黒　髪：茶色」[2]と記載されている。

出航してから一年半後、マーケサス諸島のヌクヒヴァに寄港した折にメルヴィルは脱走した。「リチャード・T・グリーンとハーマン・メルヴィルが一八四二年七月九日にヌクヒヴァで脱走した」[3]という記録が残っている。脱走後一ヶ月間タイピー（現地語で人肉愛好者という意味）族の谷に滞在し、八月九日に別の捕鯨船ルーシィ・アン号に乗り組んだが、他の乗組員たちと共に職務放棄による反乱を起こしたため九月二十六日タヒチ上陸後、現地の収監施設に収容された。しかし、彼はその収容所を抜け出してタヒチとモーレアを放浪した後、十一月七日に、また別の捕鯨船チャールズ&ヘンリィ号に乗り組んでタヒチを去り、再び太平洋の航海に出た。

なぜメルヴィルは脱走したのか？ その理由は、捕鯨船を脱走した後でタイピー族が住む谷で一ヶ月間暮らした経験を素材にして書かれた処女作『タイピー』（一八四六）の中で触れられている。メルヴィル自身は「脱走」という言葉を使用せず、「逃げる（run away）」とか「去った（left）」、「逃亡した（escaped）」、「退いた（withdrew）」という表現をしているが、第一に、彼は「船長の恒常的な暴虐ぶり」（*T* 21）に我慢できなくなったからであり、第二に、彼は捕鯨船内での生活に辟易していたからのようである。このことは、まだ捕鯨船内にいて脱走を計画中の主人公「私」が脱走後の自分の気持を次のように想像する場面から推し量ることができる――「数千フィートの高みから嫌悪さるべき古船を見下ろして、緑におおわれた風景の中で船の狭い甲板や暗い船首楼を思い出してみたらどんなにか楽しいだろう！」（*T* 31）

十九世紀の捕鯨船の船首楼がどのような有様だったかは、『タイピー』に続いて書かれた『オムー――南海の冒険談』（*Omoo: A Narrative of Adventures in the South Seas*, 1847）の第十章から窺い知ることができる。そこには船首楼の水夫部屋が極めて狭く「地下牢のように暗くて不潔そのもの」（*O* 38）で、ゴキブリとネズミの巣窟となっている有様が詳細に描写されている。

『オムー』の物語が始まってすぐに、貿易船から脱走して南海の島に軍神として十年間住みついている白人が登場するが、メルヴィルは、顔に青い帯と鮫の姿の刺青を施しているこの白人を「キリスト教世界と人間性を否定した背教者」（*O* 27）と呼んでいる。メルヴィルはこの「背教者」にはなれなかった。『タイピー』で「私」は、現地人から刺青を施すことを何度も勧められたが、絶対に受け入れなかった。「私」は捕鯨船から「逃亡した」が、未開の習慣からも逃げ出したと言えよう。

マーケサス諸島の未開の島から逃げ出して、別の捕鯨船に乗ったところから『オムー』の物語は進行するが、メルヴィルは、この第二作の執筆途中でロンドンの出版者ジョン・マレーに宛てた手紙（一八四六年七月十五日付）

の中で、次のように作品の皮相部分を紹介している――「この作品は（『タイピー』とは全く異質な）南海での冒険の数々を扱っており、英国植民地の捕鯨船（シドニー船籍）での波乱に富んだ航海とタヒチ島でのコミカルな滞在が書かれています。期間は約四ヶ月ですが、この短い間、私も私の物語も共に動き続けます[4]」。

そして、この数ヶ月後の原稿完成後に同じジョン・マレーに宛てた手紙（一八四七年一月二十九日付）では、作品のテーマに触れている――「『タイピー』の続編としてちょうどよいと判断していただけるものと思われます。というのも、『タイピー』が原初のままのポリネシアの生活を描いたのに対して、新作は白人たちとの交流の影響を受けているポリネシアの生活を描写しているからです。また、この作品には、今日太平洋を放浪する船乗りたちの〝遊び人〟的な生き方も書かれていますが、こうしたことは今までどこにも書かれたことはないと思われます[5]」。

Omoo とはマーケサス諸島の方言で「島から島へと渡り歩く放浪者」（*O* Preface xiv）という意味で、当然、マーケサス諸島からタヒチ、モーレア[6]と放浪する「私」を指している。

『タイピー』は、キリスト教と白人文明とに侵食され征服される前のポリネシアを語っており、「野蛮人（savage）」という語が頻出する。これに対して『オムー』は、既にキリスト教と白人文明とに半ば征服されたポリネシアを語っており、「半野蛮人」（*O* 254）と「半文明」（*O* 279）の地を舞台としている。

では、その「半文明」の地、十九世紀前半のタヒチとモーレアからメルヴィルは何を語っているかを以下に見ていく。

2　作品の目的——「真実の語り手」として

『モービィ・ディック』の物語が始まって間もないニュー・ベッドフォードで一度だけ登場するマプル神父は、鯨の腹の中から吐き出されて「真実の語り手」（*MD* 47）になったヨナの寓話を引き合いに出しながら「虚偽の面に向けて真理を説くこと」（*MD* 48）の意義を聴衆に語りかける。

メルヴィルは実は、処女作『タイピー』を書いた当初から、この「真実の語り手」だった。『タイピー』の「序文」で彼は、ポリネシア地域で活動する一部宣教師の悪行、およびその地域に対する欧米の関心の大きさに言及した後で、「粉飾なき真実を話したいという［著者の］切なる望み」（*T* Preface xiv）を表明している。『オムー』の「序文」には、この作品の二つの目的が書かれている。第一の目的は「未開の、あるいは半ば文明化されたポリネシアの島々」に寄港しながら捕鯨業に携わっている船乗りたちの「放縦な精神」と生き方の一端を伝えることである。そして、第二の目的は「外国人との無差別な交流、および宣教師たちによる布教の影響でキリスト教に改宗させられたポリネシアの人々が置かれている現状を詳らかにする」ことである（*O* Preface xiii）。メルヴィルは、記述内容は「放浪する船乗り」として彼が現地で得た「現地人の社会状況に対する正確な観察」に基づいており「布教活動関連の記述はすべて、良心と厳正な事実に基づいている」と述べた後、「真実と善を真摯に求める気持から著者はこのテーマに触れた」が「指摘した数々の悪の是正方法」については他の人々に委ねる、と結んでいる（*O* Preface xiv）。つまり彼は、自分の役割は「真実の語り手」たることだと言明しているのである。

メルヴィルは、白人文明に侵される前のマーケサス諸島の島を舞台とする『タイピー』では、直截な言葉で白人キリスト教文明を糾弾し、その罪とマイナス面を語った。したがって『タイピー』出版当時、複数の定期刊行誌でこの点が指摘され、例えば「この本は宣教師と文明に対する中傷と悪口に満ちている」（*The New-York Evangelist*, April 9, 1846）[7]とか「時として彼は文明とアングロサクソン民族に対する忠誠心を失う」（*Graham's Magazine*, May, 1846）[8]あるいは「文明および特に宣教活動に対する著者の破廉恥極まりない侮辱」（*The Christian Parlor Magazine*, July, 1846）[9]、「植民地化システム全体が攻撃されている」（*The New Quarterly Review*, October, 1846）[10]などと評された。

『オムー』の出版当時も「著者の虚言癖は、宗教と宣教師に対する彼の悪意と同様、火を見るように明らかだ」（*The New-York Evangelist*, May 27, 1847）[11]などと攻撃されたが、しかし、『オムー』でのメルヴィルは、白人キリスト教文明の罪悪と共に、わずかながらもその功績にも、皮肉な調子ではあるが言及している。同時に、現地人に関しても『タイピー』では未開の蛮人の美点のみを語り、白人と比較しながら誉めるだけだったが、『オムー』では半文明化された現地人の怠惰や盗みの行為といった欠点を際立たせてもいる。

彼は十九世紀前半のマンハッタンおよびニュー・イングランドのキリスト教精神風土の中で育った人間であり、作品中の「私」メルヴィルは、タヒチの収容所に収監されている間も毎日曜、現地の教会に出席する。モーレア島到着後も、日曜朝には現地に住む白人に案内を頼んで、遠く離れた所にある教会へわざわざ出かけて行くし、その後、モーレア島内の別の集落へ移動しても毎日曜には必ず教会に行く、いわば、歴としたクリスチャンである。

しかし、同時に彼は、ニュー・イングランドと米国のキリスト教精神風土の枠を超えて、世界各国の人間たち、さまざまな人種と寝起きを共にした国際人だった。捕鯨船にはあらゆる国からの人間、民族、人種が乗っている。[12]『オムー』に登場する捕鯨船の場合には、英国人、米国人、マオリ族の銛手、黒人のコック、ポルトガル人、デンマーク人などが乗り組んでいる。十九世紀の陸上の人間世界は仮借なき人種差別制度と人種的偏見に支配されていたが、捕鯨船の船乗りだったメルヴィルは、いわば世界人、地球人だった。だから彼は『オムー』の最終章で「国ということに関しては、船乗りは特にどの国民にも属していない」(*O* 313) と主張するのである。

では、地球人としての視点をもつ元捕鯨船乗組員メルヴィルが、「真実の語り手」として私たちに伝えている内容を以下に整理する。

3　キリスト教布教と白人文明の功罪

『オムー』は、「序文」と「序章」に続いて八十二章に分割された物語が、舞台を捕鯨船ジュリア号からタヒチ島、モーレア島へと変えながら展開される。序章では「私」がマーケサス諸島ヌクヒヴァ島のタイピー族の谷から脱出してジュリア号に乗り込むまでの経緯が短く語られ、一〜二十七章は出帆したジュリア号を舞台に船乗りたちの船内での生活と職務拒否による反乱が詳細に物語られ、二十八〜二十九章では、反乱を起こした船乗りたちがパペーテ港に停泊中のフランス戦艦内に一時収容される。三十〜五十一章はタヒチを舞台にして現地収容所での生活が描かれ、五十二〜八十二章では舞台はモーレアに移り、島を放浪した後、「私」は日本へ向かう捕鯨船リヴァイアサン号に乗り組んでモーレアを去る。

全八十二章中のどこに、読者は「真実の語り手」としてのメルヴィルの言葉を読み取ることができるのだろうか？

一八四六年十二月十日にメルヴィルは、『タイピー』出版を契機に親交を結ぶことになった *Literary World* 誌の編集者エヴァート・A・ダイキンク（Evert A. Duyckinck, 1816-1878）に宛てて完成間近の『オムー』原稿を送り、添え状にこう書いた――「以下の章に特に注目してください――三十三、三十四および四十五、四十六、四十七、四十八、四十九、五十章。これらの章は布教および現地人の状況に関するものです[13]」。

二重傍線はメルヴィル自身が付したもので、添え状で言及された章は、完成されて出版された作品の三十二、三十三および四十四、四十五、四十六、四十七、四十八、四十九章に該当する。これら八つの章ではタヒチの道徳・宗教・社会状況が描かれており、この中でメルヴィルは布教と白人文明に関する真実を直截な言葉で語っている。

3－1　注目の八つの章

八つの章の中でメルヴィルが語る内容は、主として、キリスト教布教と白人文明が未開の地にもたらしたマイナスと罪悪の具体例である。以下に各章ごとの内容を整理する。

①　三十二章「タヒチにおけるフランス人の行動」

タヒチがフランスの保護領とされるまでの経緯を語り、フランスに対する現地人の抵抗と暴動は「彼らの種族の絶滅を加速させるだろう」（*O* 125）とメルヴィルは述べている。

②　三十三章「牢屋ホテル内の私たちを人々が見に来る」

白人たちがやって来るようになってからタヒチの現地人の間には病気と奇形が多々発生していること、および彼らの身体的退化に触れている。

③ 四十四章「パポアの大聖堂・ココヤシの教会」

タヒチの現地人教会の有様、がやがやとうるさくて無秩序状態の現地人会衆を描いている。

④ 四十五章「宣教師の説教、および考察」

教会内で、聖歌合唱、祈禱、タヒチ版聖書の朗読に続いて行われる英国人プロテスタント宣教師による説教の中身を記述している。説教の中身は、（1）フランスは悪い。フランスのカトリック宣教師たちも悪い。悪いフランス人を英国艦隊が駆逐するだろう。（2）捕鯨船員らは悪い。娘たちは船員らを追いかけるな。（3）英国は偉大で、文明がもたらす豊かな生活を享受している。（4）英国人宣教師は現地人のためにたくさんのことをしている。だから食べ物をたくさん明日持って来てくれ、というものである。

この描写に続いてメルヴィルは「おそらく南海の人々ほど、生来的にキリスト教の戒めに向いていない民族はこの地上にいないだろう」（O 174）と述べ、タヒチ人の特性について次のように考察している――「彼らの柔らかな物腰と一見したところ非常に純真で従順な感じが誤解を生んだのだが、こうした感じは肉体的そして精神的怠惰の副産物にすぎなかったのである。体つきの艶かしさ、そしてどんなにわずかな抑制も嫌う性向は、熱帯の豊かな自然にはどれほどふさわしいものであろうとも、キリスト教の厳格な道徳にとっては最大の障害である」（O 175）。

さらに「ポリネシア人に固有の性質」として、彼らが相手を喜ばせるために感情を装い、ふりをする傾向があることに触れ、その社会的・宗教的事例に言及しながら、この性質は「何にもまして偽善に近い」もので、誤解を招くものであるとメルヴィルは言う（O 175）。

⑤　四十六章「宗教警察に関して」

現地の娘が自分は口と目と手の部分だけクリスチャンだと話す場面を描写し、それに続けて「ポリネシアのキリスト教改宗者全体に見られる宗教的偽善」（O 178-9）のタヒチにおける実態を伝えている。タヒチでは、現地人による宗教警察が島民たちに教会へ行くことを強制し、鞭や罰によって彼らにキリスト教に従うことを強制していると。

⑥　四十七章「タヒチの服装」

服装をはじめとするタヒチの民族文化の目に見える部分が否定され抹殺されてしまっている状況を伝えている。

まず、娘たちが伝統的なタパ布作りをしなくなり、怠惰にのんびり過ごしていることをメルヴィルは語る。そして、女性たちが腰から下を白い綿布でゆるくおおい、前の開いたガウンのようなものを身にまとっている様子、男たちにはヨーロッパの服装への憧れがあり、上下揃っている必要はなく、ばらばらでも、単一でも、冬物でも、小さすぎても、とにかくヨーロッパの服装品を身につけることがよいと考えられている有様を描いた後で、メルヴィルはこう言う――「しかし、外国の衣服を身につけている彼らの多くは馬鹿みたいに見えるが、本来の民族衣装を身につけていた時のタヒチ人は全く異なる外見を呈していた。それは極めて優美で品があり、お堅い人以外の人たちにとっては適度なもので、それに特に気候、風土に適していた」（O 182）。

タヒチの伝統衣装が、女性がつける花の首飾りや花冠までもが「忘れられし未開の風習」（O 182）として、法律によって禁止されている。さらには、伝統的スポーツや娯楽――踊り、球蹴り、凧揚げ、笛吹き、昔からの歌――およびパンの実の収穫祭も、刺青と同様に法律によって禁止されている事態を伝えるメルヴィルは「当然、宣教師たちは心から良かれと思って、このような、いわばタヒチ人の国民性を奪う行為に及んだのだろうが、結果は嘆かわしいものだ」（*O* 183）と結んでいる。

⑦ 四十八章「タヒチの現状」

メルヴィルは、さらに深く突っ込んだ考察を展開する。

「しかし最初にはっきりと理解しておいていただきたいことは、この問題について私が、ここで、そして他の所で、話さなければならないことすべてにおいて、宣教師たちや彼らの大義を傷つける意図は全くないということである。私はただ実態を伝えたいだけである」と前置きした後で、「宣教師たちによる文明化とキリスト教化の試みを含めて、外国人とポリネシア人との交流がもたらした結果の最も分かりやすい実例が、多くの点でタヒチである。タヒチ人をキリスト教徒化し、外国の慣習を導入することによって彼らの社会状況を改善しようとする実験はし尽くされた」（*O* 184）と述べ、続いて、タヒチ伝道が開始されてから六十年近くを経た今の、つまり十九世紀前半のタヒチにおいて見られる変化を具体的に列挙している。

各国の白人たちとの長い交流の結果としては、偶像崇拝が完全に廃止されたことと、白人とタヒチ人の友好関係がもたらされて、すべての船が安全に入港できるようになったこと、また宣教師たちによる貢献としては、現地人のモラルが向上し、聖書が現地語に完全翻訳され、教会と学校が設立されたことを挙げている。

タヒチの道徳的・宗教的状況に見られる布教および白人との交流の結果についてメルヴィルは、彼と同時代の十九世紀前半の航海者や牧師ら三人の著作からの引用を証言として提示している。それらの証言は、宣教師は善と共に多大の悪をタヒチ人にもたらした、ヨーロッパ人との交流がタヒチ人の状況を悪化させた、キリスト教は根付かない、という趣旨のものである。

メルヴィルは、さらに実態を暴く。モーレア島では宣教師夫妻によって初等教育での人種隔離が行われている。そこでは「二つの人種ができる限り交わらないように遠ざけられている。その理由は、白人の子供たちを道徳的汚染から守るためだと公言されている。そして、その目的を確保するために、白人の子供たちが現地人の言語を習得するのを阻止するためのあらゆる努力が行われている」（*O* 188）。サンドイッチ諸島（現ハワイ諸島）ではもっと酷くて「数年前に、宣教師たちの子供らのための遊び場が高いフェンスで囲まれた。悪いハワイ人の子供たちを効果的に排除するために」（*O* 188）。

現地人の不道徳行為が増加しているのは事実であるが、しかし、本来品性の高かったポリネシア人を堕落させたのはキリスト教布教行動と白人文明である、とメルヴィルは結論を下している。

⑧ 四十九章「タヒチの現状——続き」

白人文明に侵食され征服されつつあるタヒチの現状とともに未来予測をメルヴィルは次のように語っている。タヒチ人はもともと体質的に怠惰だが、キリスト教徒化されても勤勉になるどころか、逆にもっと怠惰になった。「タパ布作りはすたれ」、「ヨーロッパ製品のほうが明らかに優れているため」（*O* 189）伝統的な道具もほとんど作られなくなった。「タヒチ人には何もすることがなくなり」、「目的のない、無気力な生き方」（*O* 190）をしている。

「南海の島々における文明の証は、外国人が直接関わっているものだけにある」。つまり白人文明が移植されただけで、現地人はそれに関わっていない。「彼らは民族として、定められし自然な状態と気候の中で生き長らえるより他に道はない」（*O* 190）。

白人が持ち込んだ天然痘などの伝染病が原因で、タヒチの人口は数十年間で二十万から九千に激減した。彼らは以前と比べてずっと不幸になった。「宣教師によりもたらされた恩恵も、他の手段でもたらされた巨大規模の悪と比べたら全く無意味になる」。「彼らの未来に希望はない〔中略〕ヨーロッパ人と接触した他の非文明人と同様、彼らは現在の状態で静止したまま、やがては絶滅するだろう」（*O* 192）。

以上、メルヴィルが特に読者の注目を求めている八つの章の骨子を整理したが、彼が「真実の語り手」として読者に伝えたいことは、キリスト教の布教とヨーロッパ白人文明が未開人のカルチャーと精神風土を否定し消滅させると同時に彼らの生身の存在自体を絶滅に導いているという白人キリスト教文明批判であると要約できよう。

3－2　罪と功績

白人文明総体としての罪を語ると同時にメルヴィルは、個々の白人たちによる犯罪の事例にも触れている。

まず、ジュリア号の船長が現地人との話し合いの途中で急に拳銃を撃った場面を描写した後で、メルヴィルはその行為を次のように非難している――「こうした無茶苦茶な残虐行為は、あまりよく知られていない島々に上陸する船長らの側からは珍しいことではない。タヒチから帆船でわずか一日の所にあるポモツ諸島においてさえも岸辺にやって来る島民たちが狭い海峡を通る貿易船から撃たれたことが数回あったが、これだって、ならず者らの単なる遊びで撃たれたのだ。／実際、多くの船乗りたちのこれら裸の未開人に対する見方は信じがたいほどだ。連中は彼らを人間とは思っていない」(O 25)。

また、ナンタケットからの捕鯨船の船長が、現地人との間に問題を起こし、仕返しのために大量の蚊をモーレア島に放った行為をメルヴィルは怒り、その船長の名を調べ出して告発している。さらには、タヒチ駐在フランス領事が真珠貝の取引を独占し、「一日釘六本もしくはそれ以下の報酬で雇われた現地人が真珠貝を採りに潜り」(O 63)、採られた貝をフランス本国に送って莫大な利益を上げる搾取体制を読者に伝えている。

しかし同時に、メルヴィルは白人による功績にも触れている。白人文明による侵食をほとんど受けていない地を舞台とする『タイピー』では、白人文明のマイナス面と犯した罪のみを語っていたが、半文明化された地が舞台の『オムー』では、多くのマイナス面と同時に、わずか二つの事例とはいえ、プラスの側面にも言及している。まず、タヒチ島の海沿いに走る広い道路である。元々は布教活動で移動する宣教師たちのためにつくられたものであるが、「文明がタヒチ島でした最善の行為」（*O* 114）だと皮肉たっぷりにメルヴィルは言う。次に、ヨーロッパの航海者たちがもたらした果実、野菜、動物である。オレンジ、イチジク、パイナップル、レモン、ライムなどの果実および野菜、さらには牛、羊、山羊がヨーロッパからの航海者たちによって十八世紀後半にタヒチを中心とするソシエテ諸島にもち込まれた事実を記述するメルヴィルは「島民たちのためになされたこれらすべてを見てみれば、クックやヴァンクーヴァはある意味、かれらの大恩人とも考えられよう」（*O* 121）とアイロニカルな調子で述べている。

4　半文明化された現地人の負の側面と変わらぬ善性

『タイピー』では、白人文明に侵される前のマーケサス諸島現地人を否定的に語ることはなかったメルヴィルだが、『オムー』では、文明に半ば侵食されたタヒチやモーレアの現地人の負の側面を身体的側面、心情的側面、精神的側面および道徳的側面から取り上げている。

まず身体的側面である。『タイピー』では「滞在していた間に私は病人をひとりしか目にしなかったし、彼らのすべすべしてきれいな肌には病気のしるしや痕跡は見られなかった」（*T* 127）と言っていたが、すでに半ば文明化されたタヒチでは、白人たちが来るようになってから発生した病気が原因で背中が醜い奇形になった人や病弱な人の多さにメルヴィルは胸を衝かれている。

次に、物質文明に侵食された彼らの心情面である。タヒチの現地人の間では、船乗りが衣類等の身の回り品を入れておくチェストが家具として珍重されており、チェストの中身についても、たとえそれがぼろ屑のような物であっても、彼らには貴重な物であるさまをメルヴィルは描いている。チェストの中身は「衣類については、古いフロックコート、ぼろ切れのようになったジャケット、ズボンの脚部、長靴下のくるぶしから下の部分だけぐらいしかなかったが、これらの品は無価値どころではなかった。貧しいタヒチの人々の間では、ヨーロッパの物なら何でも高く評価されているからだ。それらの物は〝驚異の国、英国〟から来た物であり、それだけで充分なのである」（*O* 151）。そして、物質文明に侵された結果、ポリネシア人が白人に対して最初に抱いた純真な友愛の情が「単に報酬目当ての関わりに変質してきた」（*O* 152）ことをメルヴィルは嘆いている。

精神的な負の側面としては、メルヴィルは彼らの「怠惰（indolence）」を際立たせている。『タイピー』では、彼らは「陽気で、怠惰で、天真爛漫な人生を送っている」（*T* 171）と述べていても、彼らの怠惰を否定的に語ることはなかった。しかし『オムー』では、白人の「勤勉な労働姿勢（industry）」と対比させて、現地人の怠惰を悪徳として描いている。

例えば、モーレア島で「不屈の勤労精神」（*O* 205）をもつ二人の白人が営む農場の近くに住む現地の漁民たちは「あらゆる種類の怠惰の悪徳」（*O* 203）に身を任せており、彼らはほとんど一日中、日陰で寝たり、タバコを吸ったり、賭け事をしたりしている。「全体として彼らは陽気で、貧窮し、神をもたない民族だった」（*O* 203）というのがメルヴィルの結論であり、白人たちが重労働をしていても、ただ見ているだけで働かない彼らを「二足動物」（*O* 228）と呼んだり、ラバに喩えたりしている。

最後に道徳的な負の側面であるが、メルヴィルが際立たせているのは、貧窮ゆえとは言え、盗むという行為である。「私」がモーレア島到着後の最初の日曜朝に教会の礼拝に行くと、宣教師は「汝、盗むなかれ」という説教を行ったが、これは、英国人が栽培するイモ畑に夜になると現地人が習慣的に盗みに来ていたからだという設定になっている。また、密造酒をたっぷりもてなしてくれた現地人は、どうやら密かに「私」の連れ（異名 Doctor Long Ghost）[14]が履いていたぼろぼろのブーツを隠して盗んだもようだという逸話が書かれている。

しかし、メルヴィルはこれら負の側面と併せて、彼らの人の良さ、善性、自己を犠牲にして他者に与える姿を多くの場面で描いている。タヒチで収監された船乗りたちを自由に行動させてくれる現地人看守のキャプテン・ボッブ、タヒチでもモーレアでも例外なく精一杯豪華に「私」たちをもてなしてくれる現地人たち。彼らの善良さを最もよく伝えているのが以下の記述である――「心のこもった食事を出してくれた彼らは、私たちが美味しいとほめていると、何度も何度もこう言った。お返しは何も期待していないと。さらに、私たちは好きなだけここにいていいと。そして、ここにいる間は彼らの家も何もかもが彼らのものではなくて私たちのものだと。さらに続けて、彼らは私たちの奴隷であり、老妻も度を越すほどまでにも奉仕すると。これがタヒチのもてなしなのだ！　客のために自分と家を犠牲にして捧げることなのだ」（*O* 254）。

『オムー』の四年後に出した『モービィ・ディック』の中でメルヴィルは一度だけタヒチに触れている。そこではタヒチが人間のもつ純真な善良さのメタファーとして使われている。タヒチに言及する場面をメルヴィルは、海面に広がるプランクトンを食べるセミ鯨の群れの描写で始め、海の恐ろしさと残酷さを語り、最後にこう結んでいる――「海中であまねく行われている共食いを今一度考えてみよ。海の生き物は皆、互いに捕食し合いながら、創生以来、永劫の戦いを続けている。／こうしたことすべてをよく考えてから、この緑の、やさしい、従順な地上に目を向けてみよ。海と陸地の両方をよく考えてみよ。あなた自身の内に何か妙に似たものを見出さないか？　この恐ろしい海洋が緑の陸地を取り巻いているように、人の魂の内には平和と喜びに満ちたタヒチ島が存在するが、半ば知った人生の恐怖に包囲されている。神よ汝を守りたまえ！　その島から漕ぎ出してはならない、二度と戻ることはできないのだから！」（*MD* 274）

メルヴィルにとって、タヒチに代表されるポリネシアは、幼き頃の自分のように純真で善良な、守りたき楽しき園だったと結論付けてよかろう。

5　作品の評価

『オムー』が出版された時、メルヴィルと同い年のホイットマン（Walt Whitman, 1819-1892）は、『タイピー』の時と同様に、[15]「とてもおもしろくて読みやすい」という書評を発表した――「『タイピー』の著者メルヴィル氏の新作『オムー』（ハーパーズ出版社）は、綺麗に印刷された二巻本で、とてもおもしろくて読みやすい類いの読み物［中略］徹底した娯楽本で、軽薄で投げ捨てたくなるほど軽くはなく、うんざりするほど深くもない」（*The Brooklyn Eagle*, May 5, 1847）[16]。

また、D・H・ロレンスは「『オムー』は魅惑的な本だ。悪漢、無頼漢、流浪者を題材としている。南太平洋の白人浮浪者のような存在としてのメルヴィル［中略］たぶん『オムー』でのメルヴィルは絶好調で最高に幸せ。今回だけは無鉄砲で、しかも人生をそのまま受け止めている」[17]と評した。

では、メルヴィル自身は『オムー』をどう評価し、自分の作品群の中でどう位置付けていたのであろうか？　第三作の寓意ロマンス『マーディ』（一八四九）の執筆中にロンドンの出版者ジョン・マレーに宛てた手紙（一八四六年七月十五日付）の中で彼は前二作の『タイピー』と『オムー』を「二冊の旅行記」[18]と呼んでいる。

さらに『ピエール』（一八五二）の中では「凡庸なもの」「ごみ」「惨めな書物」と呼んでいる。主人公ピエールは「楽しき愛の詩『トロピカル・サマー』」（*P* 245）で華々しくデビューした十九歳の若き作家という設定で、メルヴィル自身がモデルだが、デビュー当時の初期の作品を振り返って、次のように彼は書いている――「貴金属を求めて鉱山を掘る際には、まず無価値な土をたくさん掘り出して捨てなければならない。これと同じく、天才という黄金を求めて自らの魂を掘るときには、多くの退屈なものや凡庸なものがまず日の光にさらされる。自分の中にごみ収納庫のようなものがあればよいのにと思うが、人間というのは、廃物を収納できる地下室のない住居の居住者のようなもので、戸口の前の通りにごみを出して、市の職員に処理してもらわなければならないのだ。凡庸な自分を書物の中に吐き出してしまうことによってのみ凡庸さは除去できる。一冊の書物の中に閉じ込めてしまったら、その書物を火の中に投げ入れることができて、すっきりするからだ。だが、そうした書物が常に火中に投じられるわけではない。価値ある書物に対して惨めな書物がはるかに多く存在するのはこういう理由からだ」（*P* 258）。

作者にとっては『タイピー』や『オムー』は習作で、後の『マーディ』、『モービィ・ディック』、『ピエール』などの寓意的・象徴的作品の下書きであったとも言えよう。確かに初期の作品には、後の作品に現れる寓意的・象徴的人物の素材と思われる人物たちが出てくる。『オムー』では、例えば、ポリネシアの島々で放浪したり住みついたりしている「下層外国人たち」に関する記述中に、後の『モービィ・ディック』に登場するピップやエイハブの外見上のモデルになったと思われる「王室専属ドラマー兼タンバリン打ちをやっている陽気な小柄のニグロ」や「鯨のせいで片脚を失い、木の義脚をしているポルトガル人」（*O* 247）のヴァイオリン弾きが出てくる。

しかし、だからこそ読む側にとっては、『タイピー』や『オムー』はメルヴィルのその後の寓意的・象徴的作品群をより深くより的確に理解するために必読の作品である。しかも、そこにはメルヴィルの思想や人間観、世界観が直截な言葉で語られており、十九世紀の国際人、地球人としての、そして「真実の語り手」としての元捕鯨船乗組員メルヴィルの本来の姿を見てとることができる作品である。

第三章　『マーディ』での若きメルヴィル

——喪失と幻滅——

ボラボラ島。マーディ群島の形状的なモデルになったと思われる。

1　最も長い作品

メルヴィルの第三作『マーディ——そこでの航海』（*Mardi: and a Voyage Thither*, 1849）は、彼の全著作中で最も長い作品であり、前二作の『タイピー』と『オムー』を合わせた以上の分量がある。単純に章数で比べてみても、後の『モービィ・ディック』が百三十五章まであるのに対して、『マーディ』は百九十五章まで続く。

この長い作品を読み解くにあたり、まず『マーディ』執筆の背景にあるメルヴィルの結婚とその後の生活がどのようなものであったかを瞥見し、作品理解のための一助としたい。

1-1　結婚と執筆

『タイピー』と『オムー』の出版により作家としての社会的認知を得たハーマンは、二十八歳の誕生日（八月一日）を迎えた直後の一八四七年八月初旬に結婚した。相手は、処女作『タイピー』の献辞にその名が記されているマサチューセッツ州最高裁判所長官レミュエル・ショー（Lemuel Shaw, 1781-1861）の一人娘エリザベス（Elizabeth Knapp Shaw, 1822-1906）で、彼女はハーマンの姉ヘレンの友だちだった。

ハネムーンでニュー・ハンプシャー州からカナダのケベックにかけて三週間の旅行をした後、二人はニューヨーク州都オールバニー近郊の村ランシンバーグにあったメルヴィル家の借家で、ハーマンの家族と同居しながらの結婚生活に入ったが、一ヶ月後の九月末には、岳父レミュエル・ショーから金銭的援助を受けたハーマンが、弟のアラン（Allan Melville, Jr., 1823-1872）と共同で購入したマンハッタンの住居にメルヴィル一家全員で引っ越した。そして、そこでハーマン夫妻、アラン夫妻、およびメルヴィル家の母（Maria Gansevoort Melville, 1791-1872）と四人の姉妹（Helen, Augusta, Catherine, Frances）が一緒に暮らすという大家族生活が始まった。[1] このマンハッタンでの同居生活は一八五〇年九月まで三年間続いた。

『マーディ』は、このマンハッタンの住居で書き進められ完成されたのであるが、マンハッタンに越して来て間もない頃、ハーマンはロンドンの出版者ジョン・マレー宛てに次のような手紙（一八四七年十月二十九日付）を書いている――「私は南海での冒険に関する新たな本を執筆中です（『オムー』からの続きですが、まったく別の独立した物語です）。この新しい作品には全く新しいシーンが展開され、比較的陳腐な題材を扱った前作よりもっと興味深いものになると思います［中略］いつこの本が出版できるか、はっきりしたことは言えませんが、たぶん来春後半か、もしかしたら遅れて来年の秋、その頃までには確実に脱稿できているでしょう[2]」。このように第三作を執筆中である旨を書いた後に続けて、ハーマンは原稿料に言及し、「やむにやまれぬ事情から、私は著作作業を金銭的視点から見ざるをえません[3]」という文言でこの手紙を締めくくっている。

父親（Allan Melvill, 1782-1832）が事業に失敗して早死にしたため、メルヴィル家は経済的に苦しい状況にあった。そして作家としてデビューしたとは言え、定期収入のないハーマンは、厳寒のマンハッタンで暖房代も節約しながら『マーディ』の執筆を進めた。妻のエリザベスは「四七年の冬と四八年の冬、彼は著作に励んだ。火のない部屋で、衣類にくるまって『マーディ』を書いた[4]」と書き残しているが、この時の執筆状況を彼は第七作『ピエール』で、田舎から都会に出てきた青年作家ピエールに託して、以下のように描いている――「ピエールは広範囲のものが凝集された作品の執筆に取り組んでいたが、二つの大きな動機から作品の速やかな完成を迫られていた。ひとつは、新たな真実、嘆かわしくもこれまで目を向けられることのなかった真実を世間に伝えたいという燃え立つような欲求であり、いまひとつは、彼の本が売れてお金を手にできなければ一文無しになるという恐れだった〔中略〕極力節約するためピエールは暖房を買い足そうとしなかった〔中略〕自分専用のストーブをもつべきだとイザベルは繰り返し主張したが、ピエールは聞こうとしなかった〔中略〕長靴を履いた上に鹿皮の靴を履き、通常のコートの上にシュルトゥ外套を重ね着し、さらにその上にイザベルのマントを羽織った」(*P* 283-301)。

ハーマンの自画像とも言うべきピエールは、雪が降り始め、そりの鈴の音が聞こえるようになっても、感謝祭の祝日になっても、クリスマスや新年を迎えても、自室に腰掛けて執筆し続けており、「そうしたくても、今の彼には、人々を楽しませ、かつお金も入るような、浅薄で分かりやすく愉快なロマンスを書くことはできなかった〔中略〕ああ！　来る日も来る日も幾重もの衣類とコートにくるまって寒さに震えながらいるなんて、これが、かつて世間に『トロピカル・サマー』を謳い上げたあの熱き若者なのか？」(*P* 305-6) と、マンハッタンで執筆する青年作家ピエールを描写する章を彼は結んでいる。

また、『マーディ』の中では、「書いている間に私の頬は蒼ざめる。自分のペンが紙をひっかく音にはっとする〔中略〕遠くの畑で穀物を刈る人の歌声が聞こえるが、私はこの独房で奴隷のように働き、気を失う〔中略〕多くの君主たちと同様、私は、畑の作男よりも羨まれるべきような存在ではない」(*M* 368) というふうに自らの執筆生活に触れている。

さらに、この頃に実家の母に宛てて書かれたエリザベスの手紙（一八四八年五月五日付）の文面からも、結婚一年目のハーマンの『マーディ』執筆状況を窺い知ることができる――「もっと長い手紙を書くべきなのですが今日は清書でとても忙しくて時間をさけません。いろんな間違いもごめんなさい。作成途中の清書原稿と勘違いして紙を破ってしまいましたし〔中略〕句読点がなければご自分で句読点を補ってください。というのは私が清書をする時には句読点を一切付けずにおいてハーマンの最終チェックにゆだねるからです。句読点なしで書くのに慣れてしまい句読点のことを常に考えることができなくなってしまいました(5)」。

経済的に苦しかったとは言え、作家メルヴィルには周囲の手助けがあった。生涯独身だった妹のオーガスタは彼の結婚前から、そして結婚後も彼の原稿の清書と校正を手伝った。結婚後は妻のエリザベスも手伝った。マンハッタンでの大家族生活の中で、冬は暖房なしで寒さに震えながらメルヴィルは自室で原稿を書き続け、それを妻のエリザベスと妹のオーガスタが清書しながら『マーディ』は完成されたのである。

1－2　死と隣り合わせの結婚

結婚を機に、メルヴィルに責任と経済的重圧がのしかかってきたことは想像に難くないし、そのことが執筆に何らかの影響を及ぼしたであろうことも容易に推察できる。『マーディ』の物語の中頃に、葬式と結婚式が隣り合わせで同時進行する場面が出て来るが、これを私たち読者はどう解釈すべきなのだろうか？

この場面に祭司が現れて、まず、死亡した青年ダイバーの葬式に顔を出し、「［彼は］この悲惨なマーディのすべての苦難と罪悪から解放された［中略］あなたがたは嘆き悲しむが、死せる者は生きている者より幸福である」（*M* 301）と遺族に語りかける。それから祭司は、隣で行われている結婚式に行き、花で飾られた手かせを花嫁にはめ、花婿には花飾りの付いた重石を腰にぶら下げる。すると花婿はその重みで花嫁の方に身体を傾ける。最後に祭司は「不安そうな表情の」二人を「背中合わせに」立たせて、「新婦よ、花の手かせで汝を妻とし、新郎よ、その重石によって汝を夫とする。双方、生きて幸せになれ」（*M* 302）と言う。続けて、語り手の「私」は「しかしマーディのすべての婚礼が、このように行われたわけではない。重石や花の手かせなしの結婚式もあり、そうした式は、微笑みでなく涙で結婚を誓い合い、心から応じた人たちの間で行われた」（*M* 302）と語る。

死と結婚を表裏一体にとらえるこの場面を読者はどう解釈すべきなのだろうか？　私的側面から作家の心理に光をあててみて、メルヴィルは死んで苦しみから解放されたいと願うほどまでに結婚による束縛と重圧をきつく感じていたのかもしれない、と推量すべきなのだろうか？　あるいは、メルヴィル自身の結婚は愛の涙で誓われたものであり、心からの結び付きだったと推測すべきなのか？

本稿の目的は、メルヴィルの結婚とその後の生活がどのようなものであったのか、そしてそれがメルヴィルの作品形成にどのような影響を及ぼしたのかをつぶさに探ることではない。作家の私的側面から作品に光をあてることは、作品の客観的評価と普遍的価値に修正を施すことにはならないと筆者は考えるからである。太平洋を舞台とする放浪に加えて、結婚が『マーディ』執筆の背景のひとつとしてあったという事実を認識するだけで充分である。作家の私生活や私的心理を推量することと作品の客観的解釈および価値評価は別ものであると筆者は考える。(6)

葬式と隣り合わせの結婚式の場面は、作品のストーリー展開の一環としてとらえられるべきである。『マーディ』のストーリーの主軸は、語り手でもある「私」が美しい乙女イラーに出会い、彼女の保護者的存在の長老を殺して彼女を手に入れるが、ハネムーンのような日々を過ごした後でイラーは忽然と消えてしまい、「私」は失われた過去の幸福の幻影を探し求めて航海し続けるというものである。こうしたストーリー展開の只中に挿入されているこの場面で描かれている結婚と表裏一体の死とは、結婚するまであった純潔の喪失を寓意していると解釈するのが論理的で整合的である。

1－3　本能に導かれて

暖房なしの厳寒のマンハッタンで執筆し続けるメルヴィルは、再びジョン・マレーに手紙（一八四八年三月二十五日付）を書き、第三作の執筆プランの方向転換を伝えて、次のように説明している――「今こうしてあなたにお手紙をしたためているのは［中略］私の方針変更をお伝えするためです。端的に言って、次に私が出す本は、本格的な〝ポリネシア冒険ロマンス〟となるでしょう〔中略〕それは、これまでになかった新しいもので、少なくとも独創的な作品です〔中略〕物語は本当の話のように始まります。例えば『オムー』のように船の上で物語は始まりますが、そこからロマンスと詩情が広がり、波乱に富んだ、ある意味をもつ物語になります〔中略〕わが本能は、ロマンスを出せと言っています。そして、言わせてもらえば、本能は預言者のようなものであり、後天的な知恵よりも良いものです[7]」。

『マーディ』は結局、英国ではジョン・マレーではなくて、別の出版者リチャード・ベントリィによって一八四九年三月十五日に出版されたが、この手紙は『マーディ』の核心部分を理解するために、つまり、この作品でメルヴィルが人間世界に対して提起したものの傍証として非常に重要である。なぜなら、メルヴィルはこの手紙の中で、「後天的知恵」が指示することよりも「本能」が命ずることの方を選択すると言っているからである。

マーディを巡る航海中に、最大量の発言をする哲学者ババランジャは「後天的知恵」の代弁者であり、語り手の「私」である半神タジは「本能」の代弁者で、最終的に「私」タジは「本能」の命ずるままに行動する。したがって、ババランジャが選択するセレニア島でのキリスト的愛の実践にではなく、セレニア島を含めたマーディ群島全体を拒否して探求を続けるタジの選択に、『マーディ』のテーマと結論が隠されていることが分かる。

メルヴィルは『マーディ』の序文に、「少し前に、太平洋での航海にまつわる物語を二冊出版したが、信じられないという反応が多方面で見受けられたため、今度は本当にポリネシア冒険ロマンスを書いて出してみて、フィクションが真実として受け止められるかどうかを見てみようと思った」(*M Preface xvii*) と書いた。『タイピー』と『オムー』はノンフィクションとフィクションの混淆と言える作品だが、『マーディ』は、作者が自身の結婚を精神的素材にしているとは言え、架空の物語である。しかも、そこには「ある意味」が宿されている。

では、次項「分析」で、この寓意ロマンスを構成、プロット、および登場人物と彼らの言動から読み解き、メルヴィルは一体何を言いたかったのかを解明していく。

2　分析

『マーディ』はメルヴィルの全著作中、最長の作品であるが、[8] その構成はどのようになっているのか？　この寓意ロマンスのプロットはどう展開し、どのような出来事が発生するのか？　そして、どのような人物たちが登場し、どのような言動をするのか？　これらを以下に整理しながら、作者が宿した寓意的・象徴的意味を読み解いていく。

2−1　構成とプロット

この作品は、第一巻：序文と第一章から百四章までと第二巻：百五章から百九十五章までで構成されている。第一巻は、捕鯨船からの「私」の脱走と漂流、イラーとの出会いとイラーの奪取、マーディ群島到着後のイラーの消失、そしてイラーの幻影を追い求めて開始されるマーディでの航海の第一ラウンド（Chapters 65-104）である。第二巻では、イラー探求の第二ラウンド（Chapters 105-144）、第三ラウンド（Chapters 145-169）、第四ラウンド（Chapters 170-189）、第五ラウンド（Chapters 189-195）の航海を行い、マーディ中をほとんどくまなく探索するが、結局イラーを発見できず、イラーの残像を追って「私」がマーディの外へと乗り出すところで終わる。

以上が『マーディ』のフレームであるが、もう少し詳しく物語の展開を整理してみよう。

まず、物語は、処女作の『タイピー』と同様、そして第二作『オムー』の後半部分と同様に、「私」と相棒の脱走と放浪で始まる。今回の相棒はヴァイキングの末裔という設定のヤールで、北へと針路を変えようとする捕鯨船アークチュリオン号から捕鯨用ボートに乗って脱走し、赤道直下の太平洋を西へ向かって漂流する。

　漂流中に、現地人のサモアとアナトゥーの夫婦が乗る二本マスト帆船に遭遇し、帆船に乗り移って航行するが、嵐に遭いアナトゥーは海へ叩き落とされて死に、船は沈没する。

　海の男三人は元の捕鯨ボートに乗り移り、西へ向けて航行し続ける途中、現地人たちの乗るカヌーに遭遇する。そのカヌーの中に生け贄として捧げられるために運ばれている途中の「美しい乙女」（*M* 131）がいることを知った「私」は、彼女の保護者である聖職者アリーマを殺して、その乙女、金髪で青い眼をしたイラーを奪取する。そして彼女とハネムーンのような時を過ごしながら漂流を続けてマーディ群島に到達する。

　マーディ群島に入った「私」は半神タジを詐称し、王メディアが支配するオド島に逗留する。オド島でも「私」とイラーのハネムーンのような日々がしばらく続く。その間、女王ホーシャがこっそりと「私」たちを見に来て、女王の使者が「私」宛ての花言葉のメッセージをもって来る。ある日イラーは忽然と姿を消す。「失われたイラー」（*M* 197）を探し求める航海が始まる。探索には「私」タジ、ヤール、サモアに王メディア、老歴史家モヒ、思索家ババランジャ、若き吟遊詩人ユーミィが随行する。探求が始まると、マーディの意味する範囲が、ポリネシアの群島から世界全体へと拡大する。

　探求の第一ラウンドは南太平洋と中部太平洋の島々だが、イラーは見つからない。探索中に数回、女王ホーシャの使者たちが「私」宛ての花言葉のメッセージをもって来る。さらに、イラーを手に入れるために「私」が殺してしまったアリーマの息子たち三人が、殺された父の復讐のために「私」を追いかけて来て、モンドルド島で「私」たち一行に追いつく。この島にヤールを残すことにするが、後に三人の復讐者たちに矢を射られて殺される。サモアはイラー探索をあきらめてオド島へ戻ろうとするが、復讐者たちに三本の矢を射られて殺される。ヤールとサモアを除いた五人でイラー探求の航海を続ける。第一巻はこれで終わる。この後、復讐者たちとホーシャの使者たちは繰り返し「私」たち一行の前に現れる。

第二巻は教皇が支配するマラマ島の探索から始まり、これ以降、主として、メディア、モヒ、ババランジャ、ユーミィの間の対話によってマーディ巡航は進行する。「私」タジの姿と声は消え、「私」は物語の語り手としてだけの存在になる。

イラー探求の第二ラウンドでは、キリスト教界を寓意するマラマ島や上流社会を寓意するピミニー島などを巡る。

探求の第三ラウンドでは、政治体制と社会制度の視点から全世界を巡航する。イングランドを起点として、ヨーロッパ、北アメリカ、南アメリカ、太平洋諸島、アジア、アフリカの順に巡り、地中海を終点とする世界周航を行う。

世界周航後の探求第四ラウンドでは、不具者と奇形の人間だけの島、そして明るく楽しそうな陽のあたる側と暗く悲しそうな陰におおわれた側をもつ島を巡った後、セレニア島に上陸する。セレニアにはキリスト的愛を実践する集団が住んでいて、ババランジャはこの島に住みつくことにする。

最終第五ラウンドでは、ババランジャを除いた四人が航海を続け、マーディ中をほとんどくまなく探索するが、最終的に、ホーシャの使者たちの後について、ホーシャの住むフロッェラ島へ行く。メディア、モヒ、ユーミィの三人はオド島へ帰り、「私」タジひとりが島に残り、ホーシャと対話し交流する。しかし、結局イラーを再発見できず、イラーの残像を追って「私」はマーディの外へと乗り出す。そして「私」の背後には「私」を追う復讐者たちが続く。

2 - 2　マーディとは何か？

作品のタイトルになっているマーディとは何か？　これは作品の主題に関わる問いであるが、新婚の作者は、Mardi Gra「(受難節前日の)飽食の火曜日」、言い換えればShrove Tuesday「告解火曜日」から取って命名したのではないかと思われる。なぜならメルヴィルはこの作品でイラーを、つまりイラーが寓意する純潔と純真無垢を求めており、妖艶で官能的なホーシャを嫌悪しているからであり、彼が性交渉に対して罪の意識を抱いていたであろうことが、この作品から読み取れるからである。彼はその罪をこの作品で告白したということなのかもしれない。

しかしマーディと名づけられた存在それ自体は、最初は、ポリネシアの大環礁内の群島として登場する。続いて「群島に住む人々にとって、マーディの地図は世界地図だった」(*M* 176)という言い回しにより、全世界を寓意し始める。「私」たちがイラー探求の航海に出てからマーディの意味範囲は拡大し、世間全般、社会全体を指すようになり、イラー探求の第三ラウンドで世界を周航する段になると、「水陸からなるマーディ」(*M* 468)は世界全体、地球そのものを指すようになる。つまりマーディはポリネシアの群島であり、しかもそれは世間、社会、世界の縮図となっているのである。

さらに、マーディは罪悪と不正に満ちた現実世界の実態を含意している。マーディは子供時代の楽園でも恋の楽園でもない。そのことをメルヴィルは、哲学者ババランジャの口を通して次のように語る――「このマーディは私たちの家ではない。ここで私たちは、遠い惑星に追放された流人のようにさすらう。マーディは私たちの生まれた世界、かつてのあれほど明るく陽気だった世界ではない。かつて楽しく踊り、食べて、飲んで、求愛し、そして、今や忘れ去られてしまっている妻と結婚した時の世界ではない」(*M* 619)。

ババランジャが定住することにしたセレニア島の老人も、ババランジャと同様の認識をマーディに対してもっており、「愛されしアルマが戒律を与える対象はマーディであって、楽園ではない」(M 627) と語る。アルマをキリストに置き換え、マーディを罪と悪が存在する人間社会の現実に置き換えると、メルヴィルが意図したマーディの意味が浮き彫りになるであろう。

2-3　マーディで巡る島々

『マーディ』の航海が終局に近づく頃にメルヴィルは、ババランジャたちの間の会話を通して、自分と自分の著作『マーディ』を、ロンバルドとロンバルドの著作『コズタンザ』になぞらえて語っているが、その会話の中で『マーディ』がエピソードの集積であることを認めている。「『コズタンザ』には一貫性がない。乱雑で、つながりのないエピソードばかりだ」(M 597) という批判に対して、「マーディ自体もそうなのです。すべてエピソードなのです」(M 597) とババランジャは答える。

実際、イラーの探索先となる各島でそれぞれのエピソードが語られ、イラーがそこにはいないことが確認されながら航海は進行する。しかし、各島のエピソードは必ずしもばらばらではない。多くの島々のエピソードは共通のテーマで結ばれている。以下に、マーディで巡る島々とそれぞれのエピソードをラウンド別にまとめてみよう。

探求第一ラウンドでは、ポリネシアを中心とする中部および南太平洋の島々を巡る。ヴァラピー→ジュアム→ノラ・バマ→オホヌー→モンドルドという順で巡る。

ヴァラピー、別名「ヤムイモの島」は、約二十人分の魂をもっているために、ころころと気持が変わる十歳足らずの少年王ピーピが支配しており、ここでは人の歯が装飾品であり通貨である。ジュアム (Juam) は、その名称からグアム（Guam）島を連想させる。島を統治する二十五歳の青年君主ドンジャロロは三十人の妻たちが待機するハーレムをもつ。彼は極めてハンサムだが、女性的でひ弱。ノラ・バマ、別名「居眠りの島」は、夢想家、心気症患者、夢遊病者といった阿片中毒者のような類いが住んでおり、一行は島の傍を通るが、上陸せず。オホヌー、別名「悪漢どもの島」は、王をはじめとする島の人々がサーフィンを楽しんでいて、ハワイのオアフ島を連想させる。王ウヒアは「もう女たちに俺の精力を搾り取らせない［中略］俺は雄々しくなる」（*M* 275）と叫んでハーレムを解散し、「全マーディの支配者」（*M* 275）になるという野心を達成するために生きているが、この野心が彼から心の平和と安眠を奪っている。ハーレムを解散し、野心の実現に精力を注ぐ頑健な身体の王ウヒアは、三十人の妻たちを抱えるハーレムで寝る虚弱な身体の青年君主ドンジャロロの対極にある。

第一ラウンド最後の島モンドルドの王はボラボラ（Borabolla）という名前で、タヒチ島近くのボラボラ（Bora Bora）島を連想させる。「私」たち一行が上陸した日の夜に葬式と結婚式が同時進行で行われ、翌朝、三人の復讐者がこの島にやって来る。この島でヤールとサモアは探求の航海から離脱し、復讐者に殺される。

以上、第一ラウンドで巡る島々の内の三島ジュアム、オホヌー、モンドルドのエピソードは、妻と婚姻というキーワードで連結されていることが読み取れる。つまり、イラー探求の第一ラウンドは、メルヴィルと彼の新妻の結婚生活が舞台背景になっていると考えられる。

第二巻に入って、探求第二ラウンドの舞台は宗教界、財界、政界に移り、マラマ→パデュラ→ピミニー→ディランダの順に巡航する。

マラマは、教皇ヒヴォヒティー一八四八世が支配する島で、ローマカトリック教体制ないしキリスト教界を寓意している。盲目の案内人は法外な金銭的・物質的報酬を巡礼者たちに要求する。森は有毒な木々、暗い陰、死を連想させる生き物に満ちており、傲慢で恐ろしい教皇は悪魔の棲《す》み処《か》のような所にいる。パデュラには、古物蒐集家と守銭奴の老人が住んでおり、キリスト教発生以前の古代思想を寓意する。ピミニーは、マーディの大衆から分離して生きる、西洋のお上品ぶった上流社会の虚飾と空虚さを風刺している。ディランダは、島を東西に分割統治する二人の領主が、人口抑制のために戦闘ゲームを随時行っている。

続く第三ラウンドでは地球全体が舞台となり、十九世紀前半当時の世界の政治状況と社会状況を見て回る。世界周航の起点はイングランドを意味するドミノラ島で、ドミノラに上陸してイラー探索を行った後で、スコットランドを意味するカリードニ島やアイルランドを指すヴァーダナ島、ヨーロッパを指すポーフィーロとフランコ、つまりフランスなどを見て回る。その後、大西洋を渡ってアメリカ大陸を意味するコルンボのカニーダ、すなわち当時英国植民地カナダの沿岸を航行して、アメリカ合衆国であるヴィヴェンザに上陸し、ヴィヴェンザの南部では奴隷制を糾弾する。それから南米大陸沿いに南下し、ホーン岬を回って太平洋に入り、南米大陸の西岸沿いに北上、ゴールドラッシュに沸くカリフォルニアを見る。その後、西に進み、太平洋の島々の間を巡航しながら西欧列強による香料の島々の搾取を非難し、さらに西方へ航海し続けてオリエンダ、東洋に至り、ドミノラが阿片でこの地を征服しているさまを非難する。そしてアフリカ大陸を意味するハモラを海岸沿いに周回し、ジブラルタル海峡を通って地中海に入り、左岸にキリスト教国家群、右岸にイスラム教国家群を見ながら進む。地中海を巡って再び大西洋に出てきたところで世界周航は終わる。

世界周航を完結した時点で「私」メルヴィルは「読者よ、聞いてくれ！　私は海図なき航海をした［中略］ここで探索された新世界は［中略］精神の世界である」（*M* 556-7）と書いている。

第四ラウンドでは、人間世界の光と影の部分を巡る。不具者の島や明るく楽しそうな側面と暗く悲しい側面を合わせもつ島を巡った後で、キリスト的愛の実践を意味するセレニア島に上陸する。

まず、フールームールー、別名「不具者の島」と呼ばれる不具者と奇形の人間だけが住む島を訪れた後、独身王アブラザが支配するボノヴォナ島に行く。島は明るく楽しい側と暗く悲しい側に分かれており、明るい側に上陸するが、人々の笑いは虚ろ。ここでメルヴィルは王制と奴隷制を批判する。その後、悲しみを秘めた島や暗い島を避けて航行中、キリスト的愛を実践する集団が住むセレニア島からの老人に海上で遭遇した一行はセレニアに上陸し、ババランジャはここにとどまることを決意する。

最終の第五ラウンドは、「私」タジが、メディア、モヒ、ユーミィと共にイラー探索を続け、最終的にホーシャの住む島、「歌の最終節」という意味をもつとされるフロッェラ・ア・ニナ島に行くが、結局イラーを取り戻すことはできない。メディア、モヒ、ユーミィはタジにイラー探求を断念させようとするが、「私」タジはあくまで追求し続けることを宣言し、マーディを取り囲むリーフを越えて外海へ乗り出す。

2-4　登場人物――多くの魂

マーディ巡航開始後、一行が最初に上陸する島で、たくさんの魂をもっていて気持がころころ変わる少年王のエピソードが語られるが、なぜこのような奇異なエピソードをメルヴィルは最初に語ったのか？　これは、マーディの航海を始めるにあたり、作家としてのメルヴィルが、自分の中に多くの人物を抱えていることを読者にほのめかしたものであろうと筆者は考える。なぜならメルヴィルは、マーディの航海が進行して探求第二ラウンドの半ばに差し掛かったところで、同じようなことを「私」自身のこととして直截な言葉で次のように語っているからである――「たくさんの、たくさんの魂が私の中にある。熱帯の凪《なぎ》の中で私の船が永劫の大海原に恍惚として横たわる際、それぞれの魂がそれぞれの時に話し、そしてすべての魂が声をひとつにして話す。たくさんのフレンチホルンとラッパで構成された楽団のように、黄金色の呼びかけと応答をしながら、大海原を上下して揺れ動く」（*M* 367）。

換言すれば、登場人物たちは全員メルヴィルなのであり、彼らの言葉はすべてメルヴィルの言葉なのである。そして、それぞれの登場人物はメルヴィルの何らかの側面を体現している。例えば、半神タジはメルヴィルの本能的側面を、ババランジャは理性的側面を、というように。

モーム（William Somerset Maugham, 1874-1965）は、『モービィ・ディック』の登場人物たちが皆同じ口調で話すことを次のように指摘している――「メルヴィルの対話は通常の話し方とはおよそ違っており、しかも型にはまっている［中略］彼には登場人物によって話し方を変える技量がなく、皆同じような話し方をする。エイハブは航海士たちと同じように、航海士たちは大工や鍛冶屋と同じように、隠喩や直喩をふんだんに使った比喩的な話し方をするのである」(9)。

同じことが『マーディ』の登場人物たちにも言える。マーディを巡航する一行は皆、語り手の「私」と同じ言葉遣いで、同じような話し方をする。彼らは別個の登場人物というより、「私」メルヴィルの分身であり、「私」の何らかの側面が具象化された存在なのである。

2-4-1　「私」若き半神タジ――本能

『マーディ』での「私」は、後の『モービィ・ディック』での「私」イシュメイルと同様、登場人物のひとりであると同時に語り手としての役割を担う。しかし、イシュメイルが物語の主人公ではなく、あくまで登場人物のひとりであるのに対して、『マーディ』の「私」はマーディ群島に上陸すると半神タジを名乗り、イラー追求物語の主人公となる。

ただ、主人公とは言っても、マーディ巡航が始まるとタジの声と存在は希薄になり、途中で完全に消えてしまい、最後になって再び姿を現し発言する。物語全体の主人公としては、「失われたイラー」を探求する過程でのタジの登場頻度が低すぎる。なぜか？　これをどう解釈すべきか？　この作品が失敗作であることを示すひとつの証拠としてとらえるべきか？

筆者は『マーディ』を通常の小説とはみなさないほうがよいと考える。上に述べたように『マーディ』の「私」は主人公であるが、その「私」の本能的側面を代弁するのが半神タジなのである。探求の航海に乗り出してからは、「私」の中のババランジャの魂やユーミィの魂の声、つまり「私」の理性的側面や抒情的側面からの発言と対話が増え、本能の声は鳴りを潜める。しかし終局に近づき、結論を出す段になると、最終的には理性や抒情ではなくて、本能が声を上げる。このような解釈の仕方をすると作品に合理的な筋が一本通る。『マーディ』は、メルヴィルが自身を若き半神タジ、半神メディア、思索家ババランジャ、若き吟遊詩人ユーミィ、老歴史家モヒ、およびマーディ群島の人物たちに分化させて書いた独白の書であり、そうとらえると、この作品の真価が認識される。

作品中から「本能」というキーワードを拾って、半神タジが「私」の本能の代弁者であることを検証してみよう。物語の初めの方で、「私」は捕鯨船から脱走してヤールとともに熱帯の太平洋を捕鯨ボートで漂流中、飲み水が枯渇しそうな危機的状況に置かれ、その時、「私」の「本能」はこう反応する——「不機嫌にだまりこんだまま私たちは身体を横たえた。背中を向け合い、互いの身体がちょっとでも触れるのが我慢できなくなった〔中略〕どうしてこういう心境になったのかは分からないが、私はひとりになりたいと思った〔中略〕ひとりだったら、二人の場合よりも水はもつだろう。こうした思いに対して私はこれっぽちも良心の咎めを感じなかった。それは本能だった〔中略〕善良なる神よ、兄弟との漂流からわれを救い給え！」（*M* 49-50）

究極的な状況に置かれた時に声を出す「私」の「本能」は、物語の終局で再び声を上げ、ホーシャの使者たちからの最後の誘惑に抗《あらが》うタジに、「ホーシャよ！　私はおまえを知らないし、おまえを恐れはしないが、本能が私におまえを嫌悪させる」（*M* 640）と叫ばせる。

タジは優れた尊敬されるべき人間として描かれてはいない。逆に、利己的で反社会的な存在として描かれている。彼はイラーを手に入れるためにイラーの保護者である聖職者アリーマを殺し、三人の復讐者たちが現れると

め
「精神錯乱状態」に陥って「狂人のようにわめき散らした」（*M* 306）。さらに復讐者たちから自分の身を守るために相棒ヤールをモンドルド島に残し、その結果、ヤールは復讐者たちから心臓に三本の矢を射られて死ぬ。

タジは少年のようで、精神的にはまだ成熟した大人になっていない。アリーマ殺しなどの一連の行動は、利己的で非理性的な行動であると同時に、本能的衝動による行為として認識される必要がある。

2－4－2　ヤール－サモア－アナトゥー――寓意ロマンスの前座

「私」が海上でイラーに出会う前に作品に登場する人物はヤール、サモア、アナトゥーの三人である。しかも彼ら三人は第一巻の終わりまでに作品から姿を消す。彼らは「失われたイラー」探求という寓意ロマンスの言わば前座を務める人物たちである。

ヤールは「私」の相棒で、ヴァイキングの血を引いていると思われる風貌から彼のことを「私」は「私のヴァイキング」あるいは「正直なヤール」と呼ぶ。彼は『オムー』に登場する、モーレア島で農場を営んでいるヤンキーと同様に「正直」で「勤労精神」をもつ人物として描かれている。彼の存在理由は「私」につき従い「私」に尽くすことにあるのだが、「私」のイラーとの邂逅後は、彼の存在意義が薄れる。そしてイラー探求第一ラウンドが終了する第一巻の終わりで、「私」は彼をモンドルド島の王ボラボラのもとに残して行くことにするが、これはある意味で彼を棄てることになり、彼は復讐者たちに殺されるという形で作品から消える。

サモアはサモア諸島出身、サモアの妻アナトゥーも太平洋のどこかの島の出身で、彼らが乗り組んだ真珠貝採りの帆船が襲われ、白人船長以下約三十名の現地人乗組員が殺され、彼ら二人だけが生き残って赤道付近の太平洋を漂っていた時に、「私」とヤールが乗る捕鯨ボートと遭遇するという設定になっている。サモアもヤールと同じく探求第一ラウンド終了時点で消える。彼は自ら希望して探求の航海から脱落するが、ヤールと同様、復讐者たちに三本の矢を射られて殺されるという形で作品から消える。

サモアの妻アナトゥーは、ヤールやサモアよりずっと早い時点で、「私」がイラーと出会う前に作品から消える。したがって彼女は無視してよいほどの端役に見えるが、実は、メルヴィルの女性観を知る上で極めて重要な人物である。「私」メルヴィルは彼女を「大胆不敵な」(M 80)、「がみがみ女」(M 81)、「可愛くないアナトゥー!」(M 81) と表現する。「私」の相棒ヤールが彼女に我慢できなくなり、彼女を袋詰めにして海に投棄することを提案すると、「私」は実行しないまでも内心では即、賛同し、「ああ! アナトゥー、耐えがたき女。神々よ、こんなスズメバチのようにうるさい女と再びひとつ船に閉じ込められることなきよう、われを救い給え」(M 115) と語る。そして、その数日後にやって来た嵐の只中で、彼女は飛んできた索の端の滑車に額を殴り飛ばされ、海に叩き落とされて死ぬ。つまり、書き手としてのメルヴィルは「耐えがたき女」をこういう形で海に投棄して消すのである。

『マーディ』にはアナトゥー→イラー→ホーシャの順で女性が登場するが、高慢さという点においては、アナトゥーは後のホーシャの前身と見ることもでき、後でホーシャに姿を変えて登場すると解釈することもできよう。そもそも『マーディ』のストーリーの出だしで、「私」が捕鯨船を脱走する以前の段階でメルヴィルは、凪による船の停止状態の耐え難さを「悪い結婚」に喩えて「凪は、民法裁判所のない地での悪い結婚以上に絶望的だ」(M 10) と語っている。その「悪い結婚」の具体例をサモアとアナトゥーの関係の中にメルヴィルは描いたと考えられる。

2-4-3 王メディア——老歴史家モヒ——思索家ババランジャ——若き吟遊詩人ユーミィ——分身たち

「失われたイラー」を探求する航海で、最後まで「私」半神タジに伴って行動をともにするのがオド島の王であり半神であるメディアと彼の三人の連れ、モヒ、ババランジャ、ユーミィであるが、彼らを皆、「私」メルヴィルの分身として解釈すると作品を理解しやすい。というのは、探求の航海が始まると半神タジの存在は希薄になり、ついには消えてしまうからである。航海中に対話が頻繁に交わされるが、メルヴィルの本能の代弁者としての半神タジは彼らの対話に全く加わらない。なぜなら「私」メルヴィルは、半神タジという本能的存在からメディア、モヒ、ババランジャ、ユーミィの各存在に転身して対話しながら探求の航海を行うからである。

メディアは、メルヴィルの指導者的・政治家的側面の代弁者と考えてよかろう。メディアは、彼が支配するオド島で絶対的権力をもつ専制王であり、タジと同列に位置する半神とみなされている。半神タジの存在が希薄になった後は、メディアが「私」の半神としての側面を引き継いで発言すると解釈してよかろう。彼は終始、強い半神であり続ける。探求の航海を開始する前、イラーがいなくなった後しばらくの間、腑抜けのようになったタジを、メディアは「恥を知れ、タジ、おまえはそれでも神のひとりか？」（*M* 194）と叱責する。航海開始後はババランジャら随行者たちを「死すべき人間どもよ（mortals）」と呼び、半神である自分と一線を画す。航海をほぼ終えた時点では、死に関する論議の中で「死は死ぬことではない。死とは死を恐れることだ。私、半神は、死を恐れない」（*M* 619）と言う。

メディアは探求の航海のリーダーである。彼は「イラーは見つかるだろう」（*M* 196）と言って、イラー捜索隊を組織する。そして航海が終わりに近づく頃、彼は全員に対して次のように檄を飛ばす――「おーい、人間どもよ！　水音を立てずに櫂をこいでいるようだが、われらは葬儀にでも行くのか？　元気を出せ、タジ！　あの魔女ホーシャがおまえに取り憑いているのか？　今一度、半神たれ、そして笑え〔中略〕ババランジャ！　モヒ！　ユーミィ！　皆、元気を出せ！〔中略〕われに涙は不要だ。は、は！　皆で笑おう〔中略〕ホーシャに破滅を！　われらには長寿と楽しき人生を！　タジ、可愛いやつよ、おまえに乾杯だ――おまえの心が石になるように！」（*M* 612）

「おまえの心が石になるように！」とはどういうことか？　実際に「私」タジの心が石のように硬くなる場面が後で出て来る。その場面では、イラーの探求を続けようとするタジの眼前に、探求を妨害するかのように、タジが殺した聖職者アリーマの死体が幻覚となって現れる。「すると、その時！　私の心は火打石のように硬くなった。そして夜のように暗黒になり、拳で叩くと空《うつ》ろな音を立てた」（*M* 639）と「私」は語る。つまり、石の心は、単純に、良心の呵責を感じない冷酷非情さのメタファーであろう。

メディアは恵まれていて幸福な存在として描かれている。彼は「われらの巡航では楽しいもの、楽しそうなものを見よう。できれば悲しいものは避けよう」（*M* 611）、「マーディは春の光景と歓喜の音に満ちている。わが人生で一度たりとも悲しんだことはない」（*M* 620）と言う。メディアは人生と人間世界の明るく楽しい側面を肯定する存在であり、メルヴィルのそうした一面を体現する登場人物だと考えられる。

メディアの三人の連れの内のモヒは高齢の「物語と伝説の語り手」（*M* 197）で「歴史家」。モヒの発言量は少なく、影の薄い存在になっているが、彼はメルヴィルの叙事的側面を代弁する。

ババランジャは「マーディに伝わる知識と知恵に精通して」（*M* 197）いて「賢者（philosopher）」と呼ばれる。ババランジャが、探求の航海中、最大量の発言をする。彼はメルヴィルの理性の代弁者である。

ユーミィは「若く長髪で青い眼をした吟遊詩人」（*M* 197）。彼は「私」メルヴィルの抒情的側面および楽天的で理想主義者的な側面の代弁者であり、イラー探求の航海に乗り出す時には、艇首に立ち、こう声を張り上げる――「マーディは私たちの眼前に横たわっている。すべての島とすべての湖が、あらゆる善とあらゆる悪が待ち構えている［中略］楽しき航海たれ、イラーはいつか見つかるだろうから」（*M* 200）。

2-4-4　聖職者アリーマ――罪の意識

聖職者アリーマは、マーディ群島外の島の現地人長老で、イラーが幼児だった頃からの「保護者」(*M* 140)という設定で、いわばイラーの父親的存在である。

「私」はイラーを獲得するために彼を殺してしまい、そのことに対する罪の意識に断続的に苛まれる。まず、アリーマ殺害直後にその動機を掘り下げて「私」はこう語る――「激しい自責の念に襲われ、私は稲光のような問いを自分に発した。私が犯した殺人は、囚《とら》われている人を救出するという高潔な動機によるものか、それとも、それを口実に、美しい娘と仲良くなりたいという利己的な目的のためにこの乱闘騒ぎを起こしたのか?」(*M* 135)

イラーに対面した直後にも「私」は殺害の動機を掘り下げて、罪悪感を抱きながら次のように語る――「彼の身体は海中深く沈んだが、彼の霊が私の魂の奥深くに沈むことはなかった。私の魂の表面は歓喜で沸き立っていても、その奥底には罪の意識が巣くっていた。よく考えてみると、私の行動の動機は、一瞬の激情の中で私が行った狂気の沙汰を正当化するものではなかった。だが、そうした動機は美しく装われた口実でおおい隠され、自分を自分自身から隠蔽していた。しかし、私はこうした思いを押し殺した」(*M* 140)。

そして、イラーとハネムーンのような日々を過ごしている間も、アリーマ殺害に対する罪の意識に囚われる――「私は驚き、狼狽した。想像の中に漂う聖職者の硬直した死体が見えた。再び亡霊が出て来た。再び罪の意識がその赤く染まった手で私の魂を捕えた。だが私は笑った。イラーは私のものではなかったか? 私の腕で不運から救い出されたのではなかったか? 彼女のために私は自分の身を危険にさらした。だから、沈め、沈むのだ、アリーマよ」(*M* 145)。

しかし自己正当化しても、この罪の意識はつきまとい、日が経つとアリーマの亡霊は「緑色の死体」になって「私」の眼前に現れる。メルヴィルは、この「緑色の死体」を作品中に三度登場させている。一度目は「私」とイラーがハネムーンのような日々を過ごしている最中で、「私」の幻覚に出現する――「聖職者の緑色の死体が水中で両腕を広げ、海中に沈んで行く青白きイラーを受けとめようとしている幻覚を何度も見た」(*M* 159)。二度目は、イラー探求第一ラウンドの終了時点で、三人の復讐者たちが「私」の前に出現して呪詛の言葉を叫ぶ時である。語り手の「私」は「今一度、私の想念の中に聖職者の緑色の死体が漂った」(*M* 307) と叙述する。三度目は物語の終局近くで、イラーを探し続けようとする「私」の眼前に登場する――「緑色の死体が漂って来て、邪魔しようとするかのように私たちの乗る船にぶつかるのを見たような気がした」(*M* 639)。

「私」の罪の意識が、アリーマの「緑色の死体」の幻覚となって現れるのであるが、なぜ「緑色」なのか? 海中に漂う死体の「緑色」は現象面では死体をおおう海藻の色と解釈できるが、海藻の色に重ねて、メルヴィルはシェイクスピアに倣《なら》い、「緑色」を嫉妬の表象として使ったのではないかと筆者は推理する。状況証拠だけであるが、その根拠を以下に書く。

第一に、アリーマは、「私」のロマンスの相手であるイラーの幼児の頃からの保護者であり父親的存在である。彼は、言うなれば、新郎メルヴィルの花嫁の父のような存在である。聖職者アリーマという人物設定の基《もと》は、メルヴィルの新妻エリザベスの父であるマサチューセッツ州最高裁判所長官レミュエル・ショーにあったのではないかと思われる。大事に育て上げた一人娘エリザベスを手放す父親の思いはいかほどのものだったであろう。アリーマにせよレミュエル・ショーにせよ、可愛い娘を奪って行く男に対して嫉妬の気持を抱いたとしても無理からぬことであろう。

次にシェイクスピアからの影響についてであるが、これはあったと断言してよかろう。(10) なぜなら『マーディ』の中ほどでメルヴィルはシェイクスピアに言及して「わが海洋の上空高くに甘美なシェイクスピアが舞い上がる、春のヒバリの群れのように」(*M* 367) と書いているからである。しかも、メルヴィルは『マーディ』執筆当時に書いた手紙の中で『ヴェニスの商人』からの台詞を引用している。新婚で経済的に苦しい状況の中で『マーディ』を執筆していた当時のメルヴィルは、マンハッタンの新居からジョン・マレー宛てに出した手紙(一八四七年十月二十九日付）の中で、前作『オムー』の販売部数が予想以上に伸びていることに言及して、「こうした状況下では私は、シャイロックと一緒になって〝満足でございます〟などとはとても言えません。金銭のことで自分をユダヤ人になぞらえて、こんな引喩をするのはうれしくないですが[11]」と書いている。

シェイクスピアが『ヴェニスの商人』で使用した「緑色の目をした嫉妬」（*Merchant of Venice*, 3. 2. 110.）という色の表象に倣って、メルヴィルは「緑色の死体」と表現したのではないか、イラーを奪った「私」タジに対するアリーマの嫉妬心を「緑色の死体」に宿したのではないか、と筆者は推量する。

さらに言えば、女王ホーシャ（Queen Hautia）という名前も、「高慢な」（haughty）という含意に加えて、『ベニスの商人』で最大の力をふるうポーシャ（Portia）に因《ちな》んでメルヴィルは命名したのではなかろうか[12]？

少なくとも、以上の状況証拠は『ヴェニスの商人』からの『マーディ』への影響を強く示唆している。

2-4-5　復讐者たち——良心の呵責

「おまえのイラーは今どこにいるのだ？〔中略〕人殺しは結婚して楽しいか？」（*M* 307）と叫ぶ三人の復讐者は「私」の良心の呵責の具象化であり、彼らの叫び声は「私」の良心の呵責が発する声である。

「私」はアリーマを殺し、イラーを自分の捕鯨ボートに運び入れ、アリーマの舟から離れて行くが、その直後から復讐者たちは「私」を追う——「舳先に三人が立っていた。槍を投げる体勢に構えて、時折わめき声を上げながら〔中略〕アリーマの死体が眼前に浮いているように思えた。背後では復讐者たちが猛り狂っていた」（*M* 141）。

「私」を追いかけて来る三人の復讐者はアリーマの息子たちで、レミュエル・ショーの息子たち、つまりエリザベスの兄弟が人物設定の基になっているのかもしれないが[13]、皮相的なことはさておき、三人の復讐者による追撃が内包する意味は、良心の呵責であり、それと同時に、死の恐怖でもある。百章「追求者自身が追求される」の中でメルヴィルは死の表象や隠喩を使い、復讐者は「亡霊のよう」（M 305）で「彼らの顔は頭蓋骨のように見えた」（M 306）と、そして「毒蛇のように彼らは私の跡を追い始めた。私がイラーを探し求めるように」（M 306）と語っている。

2-4-6 ホーシャの使者たち――性の誘惑

メルヴィルは、女王ホーシャの使者たちを「多彩色の長い衣を身につけ、頭を色鮮やかな花々で飾った黒い目、黒髪の三人の娘たち」（M 187）と描き、モヒの口を通して「夜の目をもつ三人の使者」（M 645）と呼んでいる。彼女たちは愛欲の誘惑を無言で代弁する役割を担う。

彼女たちは計十三回、ホーシャからの花を「私」タジにもって来る。花にこめられたメッセージをユーミィが読み解いて一行に伝える。回次別に見てみよう。

一回目：後にホーシャと判明する人物が片目だけをあらわにしてタジとイラーの前に姿を見せた日の翌朝、三人の使者が訪ねて来る。一人目は「私」の眼前でアイリスを振り、二人目は「妖女キルケのミズタマソウ（Circea flowers［= enchanter's nightshade］）」を、三人目は「モスローズの蕾」と「ケマンソウ（a Venus-car［= bleeding heart］）」（M 187）を「私」に手渡すが、花言葉の意味は明らかにされない。

二回目：イラーが消えた直後に使者たちは再び花をもって来るが、「私」タジは彼女たちに全く取り合わない。

三回目：イラー探求の航海に出て最初の島ヴァラピーを訪れた後、タジ一行が海上を移動中に使者たちの乗ったカヌーが来る。一人目は、メルヴィルが『マーディ』を執筆したヴィクトリア女王時代（一八三七―一九〇一）の花言葉で「メッセージ」を意味するアイリスを振り、[14]二人目は「妖女キルケのミズタマソウ」と、「ニガヨモギの葉」の中に埋められた「しおれたキズイセン」を「私」に投げてよこす。三人目はセイヨウキョウチクトウを振る。ユーミィが花言葉のメッセージをこう解釈する――「紫色に編まれた妖女キルケのミズタマソウは、魔法が織り込まれているという意味。あなたが手にしている、そのニガヨモギの葉の中に埋もれている金色のやつれたキズイセンは、はっきりと語っている。愛の不在は苦いと」（*M* 215）。さらに「三度振られたセイヨウキョウチクトウ」の意味を尋ねられたユーミィが「ご用心―ご用心―ご用心」という意味だと答えると、ババランジャは「タジよ、ホーシャに用心せよ」（*M* 215）と言う。

四回目：死のように静謐な凪の中を、アイリスを船首にかざした小船が近づいて来て、彼女たちはタジに花を投げてよこし、去っていく。ユーミィが花言葉のメッセージを「愛に飛んで来て［中略］私は死をもたらした［中略］でも飛んで来て、私の所へ飛んで来て。バラ色の甘美な歓びはすべて私の中にある」（*M* 267-8）と読み解く。このメッセージに対してタジは「私はホーシャの方を振り向かない。彼女が一体誰であろうと、あの魔女を私は軽蔑する」（*M* 268）と応じる。

五回目：イラー探求第一ラウンドの最後の島であるモンドルド島に三人の復讐者が出現して「私」にイラーの素性を明かした日の夕刻に、ホーシャの使者たちは島の森の中に現れる。

彼女たちはまず「つやのある、まだ青いシロヤマモモの実」と「広げられた花弁の中でつぶれた谷間のユリ」を差し出し、「タジ、あなたは開眼した。けれど、あなたが探し求めるユリの花は踏みつぶされた」（*M* 309）というメッセージを伝える。ヴィクトリア女王時代の花言葉では「谷間のユリ」は「幸福の回復」を意味し、ユリは「純潔」を意味する。花言葉によって、「私」タジが追求するものは「幸福の回復」であり「純潔」であることがここで明言される。

続けて、彼女たちはビルベリーを「私」に投げつけ、セイヨウキョウチクトウを振って「有害！　背信行為！　用心！」（*M* 309）というメッセージを伝達する。それから、「ひとりが、私の通った道に朽ちた葉をまき散らしながら、他の二人は春を告げる黄、白、紫のクロッカスの花束を楽しそうに振りながら」（*M* 309）消え去る。この花言葉の意味は「あなたの通る道は悲しいが、ホーシャの通る道は楽しい」（*M* 310）。このメッセージに対してタジは「それなら彼女は楽しくしていればよかろう、彼女が誰であろうと。悲哀が私の道だとしても、私が悲哀に背を向けてホーシャに目を向けることはない。彼女に求愛することも決してない、たとえ彼女が私の死に至る時まで私に求愛し続けても。たとえイラーが私の目の前に現れなくても」（*M* 310）と応える。

六回目：ヤールが心臓に三本の矢を射られて殺されたという知らせがモンドルド島からタジ一行にもたらされた直後に、彼女たちは姿を見せ、「復讐の後に即続いて、私はなおも来る［中略］あなたの希望はすべて挫《くじ》かれた」（*M* 364-5）と花言葉で伝える。

七回目：探求第二ラウンドの後半で矢が三本飛んで来る。続いて使者たちがやって来て「刺すものに対する療法はない［中略］でも私の所に飛んで来て、そして喜びの花輪で身を飾って」（*M* 423）と花のメッセージをタジに伝える。タジは「彼女の誘惑は無駄だ」（*ibid.*）と返答する。

八回目：探求第二ラウンドの終わりに再び矢が三本飛んで来る。ほぼ同時に彼女たちが姿を現し、葡萄の房を差し出して「私の所に飛んで来て！　踊りとワインの陶酔で暗い気分をなくしてあげましょう」（*M* 450）とのメッセージをタジに伝える。タジは「去れ！　悲哀それ自体がワインだ」（*M* 451）と答える。

この後の探求第三ラウンドの世界周航では、アリーマの復讐者たちとホーシャの使者たちは一度も登場しない。

九回目：一行が世界周航を終えた後、復讐者たちが乗ったカヌーがタジを襲うが失敗し逃げ去る。その直後、反対方向から使者たちが乗ったカヌーが近づいて来る。「それでも私は来る、思いもよらぬ時に。そして逃げ去る［中略］終わりが近づいている。あなたの望みのすべては消えつつある」（*M* 568）という花のメッセージと一緒に彼女らは葡萄を差し出す。語り手は「再び私の内に埋まっている矢じりが私の魂に切りつけた。再びイラーが呼び起こされたが、ホーシャが応答した」（*M* 568）と語る。この語りの含意は、再び私の胸の内にある罪の意識が疼《うず》き、純潔で純真無垢なイラーが思い起こされたが、しかし同時に甘き歓びの誘惑に襲われる、ということと解釈できよう。

十、十一、十二回目：セレニアにとどまることにしたババランジャと別れた後、イラー探索を継続する過程で三度、復讐者たちおよびホーシャの使者たちと遭遇したことが言及されるが、詳細な叙述はなし。

十三回目：聖職者アリーマの死体の幻影がタジの目の前に現れた夜、星の出ていない深夜にホーシャの使者たちは「夜に花開くハシラサボテン」をもって来る。メルヴィルは「大きくて堂々とした壺のような花で、石膏のように白く、内部に火がつけられているかのように輝いている。萼《がく》からは、炎のように、ふたまたの深紅色の雄しべが震え出ていて、強烈なにおいを発している」（*M* 640）と描写しているが、当然のごとくに、このハシラサボテンは起立した男根を連想させる。ユーミィが読み解いて伝える花メッセージは「私が来るのはこれが最後。今、真っ暗な絶望の只中にいるあなたにこの栄光を約束しましょう。気をつけて！　立ち止まる時間はわずか。もしかしたら、あなたのイラーは私を通して見つかるかもしれません」（*M* 640）という内容である。タジは「本能が私におまえを嫌悪させる。去れ！〔中略〕私はもう誘惑されない」（*M* 640）と返答するが、最終的に「イラーを見出す最後の望み」（*M* 641）を求めて、ホーシャの所へ行くことを決意する。

イラー探求第一ラウンドの終了以降、メルヴィルは三人の復讐者と三人の使者をセットにして登場させているが、これはなぜか？　表裏一体となった罪の意識と性の誘惑に間欠的に襲われるさまを含意するこの設定は、メルヴィルの性に対する心理を反映するものであろうと推察される。

2-4-7　イラー――純真無垢

イラーには白人のブロンドの処女という人物設定がされており、彼女の素性は物語の中盤になってようやく明らかにされる。彼女は太平洋の島にやって来た船の白人船長夫妻の娘だったが、白人船員が現地人数名を殺害したため、その報復として、当時幼児だった彼女を除いて船の乗員全員が殺され、幼いイラーは「聖なる谷」(*M* 308)で聖職者アリーマによって育てられた。成長した彼女がアポ神に生け贄として捧げられるべくアリーマのカヌーで運ばれて行く途中で、タジの乗る捕鯨ボートと遭遇し、イラーはタジに奪われる。

以上がイラーの人物設定であるが、では、人物としてのイラーではなく、表象としてのイラーは何か？ イラーに宿された意味は何か？

イラーは朝の光に喩えられている。「私」タジは「彼女の長い金髪〔中略〕雪のように白い肌、青い空色の眼」(*M* 136)に魅了され、「朝の光の輝きよりも美しい娘」(*M* 142)と彼女を形容する。また、イラーとタジがオド島に滞在中にユーミィが作った歌の中でも「おとなしく頬を染める朝！ それがイラー！〔中略〕今、イラーは昇り光を放つ」(*M* 560)というように、イラーは朝の光、日の光に喩えられている。

イラーを取り巻く情況描写は、彼女が花嫁のような存在であることを示唆している。まず、イラーを手に入れた直後に、タジはイラーに向かって「私の舟の舳先は波に口づけし続ける、オルーリアの浜に接吻するまで。イラー、顔を上げて」(*M* 143)と言う。それから半日後の日没時には「陸地近くの中部太平洋特有の芳香に満ちた微風は花嫁の息のように甘く匂った」(*M* 144)という情景が描写される。まさにハネムーンのようである。ヤールとサモアが同乗してはいるが、捕鯨ボートでタジとイラーは漂流し続け、「私たちは生き、愛した。生と愛は一体だった。喜びの中で日々が流れた」(*M* 159)と「私」は語る。

朝の光、花嫁のようなイラーには複合的意味が宿されているが、その核心にあるものは純真無垢である。『マーディ』の二年後に出された『モービィ・ディック』の四十二章「その鯨が白いこと」でメルヴィルは白の意味を多々列挙しているが、その内の「花嫁の無垢」、「神聖なる汚《けが》れなさ」(*MD* 189)、「天上の無垢と愛」(*MD* 190)は、まさにイラーにあてはまるものであり、「雪のように白い肌」をもつイラーは純真無垢もしくは純潔の表象となっている。

「失われたイラー」を探す航海第一ラウンドで巡る最後の島でもイラーを発見できなかった「私」は「過去のこと！　あー、イラー！」（*M* 293）と嘆く。この嘆きは、イラーが具現する純真無垢ないし純潔がすでに失われて過去のものとなってしまったという痛切な認識の吐露であり、その認識の裏には、当然のことながら、失われた純真無垢への憧憬がある。

しかし、探求第四ラウンドの終わりでセレニア島に上陸する前夜にババランジャが言う次の台詞を通してメルヴィルは、マーディという現実世界ではこうした憧憬は踏《ふ》み躙《にじ》られ、純真無垢なるものは実在しえないという認識を表明している――「イラーはまだ見つからない。そしてこのマーディ周航中、心を平安な気持で満たしてくれるものがいかに少なかったことか。私たちの憧憬を踏み躙るものがいかに多かったことか」（*M* 620）。

イラーに対する憧憬、過去に存在した純真無垢への憧憬は、かつての「私」にあった純真無垢な心のありようへの憧憬でもあるだろう。処女作『タイピー』で若きメルヴィルは、褐色の肌と黒髪に青い眼をもつ現地の娘ファヤウェイと「私」の交流を描いたが、片脚を怪我して歩行困難な状態の「私」と彼女との間に性的関係はなく、二人は湖面にカヌーを浮かべて遊ぶだけだった。第二作『オムー』では、物語の最後の方で一瞬間だけ登場する白人女性のベル夫人を「私」は憧憬の気持を抱いて見上げ、次のように語っていた――「彼女はポリネシアで私が目にした白人女性の内で一番美しかった［中略］あの目、あのモスローズ色の頬、鞍上のあの聖なるたたずまいゆえに、私はベル夫人を生涯忘れないだろう」（*O* 296）。

「私」のこの語りからは、若きメルヴィルの女性美に対する憧憬が明々白々に読み取れるが、性的な意味合いは感じられない。少なくとも性的な願望は顕在化していない。メルヴィルが『タイピー』と『オムー』で描いた女性像の延長線上にイラーを並置して見る時、イラーには、かつての「私」の清純な、官能的な性を伴わない異性との接触を表象する側面が見えてくる。

2-4-8　ホーシャ——現世の歓び

ホーシャとは何か？「謎めいている」（*M* 268）女王ホーシャに宿された意味は何か？　彼女は、愛を求めて「私」タジを誘う女、妖女のように性の歓びに「私」を誘惑する女として設定されている。したがって彼女は、純潔や純真無垢を表象するイラーの対極にいる。彼女は、多くの罪と悪を抱えるマーディ、つまり現実世界を体現する存在であり、その現世の歓びを象徴する存在ともなっている。

女王ホーシャは、周辺の島々から「私」タジとイラーを見に来る人々に交じって初登場するが、身体と顔を暗色のタパ布服と頭巾で被い隠し、「片目」のみを露出して現れる——「その目はひとつの世界だった。イラーには悪意のこもった視線を注ぎ、私には別の感情をもって、その目をすえた［中略］その底知れぬ目はじっと見続けた。ついには、それは目ではなくて、永遠に私の魂をのぞき込む霊魂のように思えた」（*M* 186）。

物語の終局で彼女と対面する時、「私」タジはこの時の彼女の目に言及して「邪悪な目」（*M* 646）と表現しているように、女王ホーシャは最初から悪の表象として描かれている。

またメルヴィルは、彼女の住むフロツェラ島の自然風景の描写を、婚礼のイメージに結び付けて展開している。まず、谷間では「そこでは夏の息吹が婚礼の花々を咲かせ、丘の上の神殿は婚礼の花冠を頂いていた」（*M* 645）と表現し、これに続く谷間の果樹園の描写では、求愛、結婚、処女喪失、女性器を想起させる隠喩を次のように連ねている——「ここで、桃の木に実る綿毛におおわれた千の頰に、風が求愛の接吻を繰り返した。ここで、黄色い林檎の実が、黄金色の蜜蜂のように大枝に群れをなした。ここで、ひざまずき萎えていく木々から、血が滴るようにしてサクランボの実が大量に落ちた。そしてここで、冷たい皮に包まれ、閉じたザクロの実が、鳥のくちばしに深く突き刺されて、熟した赤い芯をあらわにしていた」（*M* 645）。

そして、この谷間と果樹園を通って彼女に会いに来たタジの前に、「愛の罠そのもの」のホーシャが「ゴージャスなアマリリスを手にし、妖女キルケのミズタマソウを耳に飾って」(*M* 645)、まるで花嫁のように歩みながら姿を現す——「セイヨウイボタの生垣沿いに彼女はやって来た。頭《こうべ》を垂れ、しおれたスイカズラのように。ナデシコ、パンジー、ブルーベル、ヒース、ユリを踏みつけながら、滑るように歩いて来た。三日月のような彼女の額は、邪悪な影響を最も強く発する時の月のように穏やかだった」(*M* 646)。

ホーシャは、純真無垢な処女のようにではなく、それどころか、「邪悪な影響」を及ぼす妖艶な女として描かれており、タジに花とワインを差し出して、「嘆き悲しむ夜陰の有毒植物を結婚のバラの花束と取り替えるために、あなたはここに来ているのです」(*M* 646)と言う。さらには、「いらっしゃい！罪を犯しましょう。そして楽しくしましょう」(*M* 650)とタジを誘い、「あなたの過去が忘れ去られる所へあなたを連れて行きましょう。死せるものではなくて、現に生きているものを愛するようになれる所へ」(*M* 651)と言う。

ホーシャは現世の歓びをもたらす存在である。イラーの純真さを追求するタジはホーシャの申し出と提案を拒否する。しかし、現世を否定し拒絶したら、現実の世界で生きていけない。それは、ある意味で自殺行為に等しい。だからホーシャは最終的にタジに対して「行け、行け、そして自らの命を絶てばよい。あなたを私のものにできなくてかまわない。行きなさい、死せるものは死せるものの所へ！」(*M* 653)と言うのである。

2－4－9　イラーとホーシャ——昼の顔と夜の顔、善と悪、理想と現実

イラーとホーシャを別個の存在としてとらえるべきか、それとも同一存在がもつ相反する二つの側面としてとらえるべきか？

まず、この「ポリネシア冒険ロマンス」の開始段階の状況設定を振り返ってみよう。「私」は外海を漂流中に

イラーに出会い、イラーの保護者アリーマを殺してイラーを手に入れ、リーフに囲まれたマーディ群島に入る。つまり「私」とイラーはマーディの人間ではなく、外海からマーディに入って来た。「私」タジとイラーは本来、現実世界を意味するマーディ内の存在ではない。これに対してホーシャは最初からマーディ内の存在であり、「悪意に対して愛を報いた」(*M* 642) 善の天使たちをマーディから追い出した女王の末裔として設定されている。したがって、現世を寓意するマーディという領域の内と外という視点から見ると、イラーは現実的存在ではなくて天使のような理想的存在であり、これに対して、ホーシャは現実存在として設定されていることが分かる。

朝の光に喩えられるイラーは、かつてマーディに住んでいて「美徳と愛」の実践を人間たちに訴えた「翼ある存在」、つまり善の天使のような存在であり、「甘美な影響」(*M* 642) をもたらしたのに対し、ホーシャは月のように「邪悪な影響」(*M* 646) を及ぼす存在である。(15) 明暗で区別すれば、イラーは昼の顔でホーシャは夜の顔である。

メルヴィルは、ホーシャの島に向かう「私」タジに、イラーとホーシャの関係についてこう独白させる——「何らかの不可思議な方法でホーシャとイラーは結びついているようだった。だがイラーは美そのものであり純真無垢だった。彼女はわが幸福の冠であり地上の天国だった。そしてホーシャを私は心の底から嫌悪した。イラーを私は求め、ホーシャが私を求めた [中略] しかし今私は二人一緒に見出そうと夢想していた」(*M* 643)。

このような謎めかした書き方をしているが、メルヴィルは実は、明確な意識と意図をもって、同一存在が宿す二つの相反する側面、すなわち昼の顔と夜の顔、善と悪、理想と現実をイラーとホーシャに具現化したと筆者は推断する。彼は、フィクションの中の登場人物としてはイラーとホーシャを別個の存在として肉づけしながらも、「二つの魂」という隠喩を使って、両者は同一人物の中に宿る存在であることを読者に示唆しているからである。「二つの魂」とは、マーディ群島に入る前の段階でイラーがタジに語る彼女の生い立ちにまつわる話の中で使用される表現である。「聖なる谷」にひとり隔離され幽閉されているイラーに聖職者兼保護者アリーマが「乳白色の鳥」をもって来て、「この中に乙女の魂が宿っている」(*M* 156) と言ってイラーに渡す。イラーはこの鳥と仲良く日々を過ごすのであるが、この場面でメルヴィルは「二つの魂」という表現を使って、次のような奇妙な記述をしている――「イラーはこの鳥の目に見入り、その中に見知らぬ顔と顔を見た。じっと見つめながら〝これは二つの魂だわ。ひとつじゃない〟と彼女はつぶやいた」(*M* 157)。

これはどういう意味か？　メルヴィルは、鳥の両の目の中にイラー自身の顔が二つ映っているという物理現象を通じて、イラーに宿る二つの顔、二つの魂をイラーと読者に予見させているのではないか？　「見知らぬ顔と顔」とはイラーという昼の顔とホーシャという夜の顔を指すのではないか？　鳥は陸地が近いことを船乗りに教えてくれる。『マーディ』冒頭部分で主人公らが千マイル西方の諸島を目指して漂流中の記述の中には鳥への言及が複数回見られる。鳥の行動による吉凶占いが古代ローマで行われていたように、メルヴィルが鳥を未来予見の媒体として使用したとしても少しも不思議はない。

さらに、『マーディ』の終局で、モヒが「ホーシャの乙女たちは皆イラーで、それと知らずに囚われの身となっている」(*M* 648) と言って、タジのイラー探求に酷似した青年オゾナのアディ探求冒険物語を語るが、その物語の中でメルヴィルは、同一の乙女の目の中に見える「二つの魂」を、「青い目」と「黒い目」という表象を用いて、こう描いている――「不思議な黒い眼の奥深くから、アディの愁いを帯びた碧眼がのぞいているように思えた。青い目が黒い目の中に。哀しく静かな魂が楽しい魂の中に」(*M* 648)。

では、青い目のイラーはなぜ、どのようにして消えたのか？　イラー消失の謎を解く鍵は、彼女が夢想する「渦」と「苔」にある。これらのキーワードをメルヴィルは三回使用している。一回目は、タジとイラーがまるでハネムーンを楽しむかのように外海を漂流する場面で使用している。そこでは、海中をじっとのぞき込むイラーが見る幻視の中に現れる彼女の寝床が「苔」で包まれている――「彼女は確信していた、テダイディー島沿岸の渦が彼女の運命を予示していることを。水中に、輝く目と手招きする幻影を見たことを、苔の中に彼女の寝床を整える奇妙な幻たちを見たことを」(*M* 159)。

二回目は、オド島のタジとイラーの住居近辺の海上を、ホーシャが乗っていると思われる一隻のカヌーが亡霊のように彷徨した夜で、イラーは夢にうなされて「渦」と「甘美な苔」をつぶやく——「その夜、イラーは眠りながら身を震わせて、〝渦〟、〝甘美な苔〟とつぶやいた。翌日彼女は夢想に耽《ふけ》った。物思わしげなヒヤシンスを摘み取ったり、礁湖の中をじっと見入ったりしていた」(*M* 189)。

三回目は、地上の楽園にいるような幸福な日々をオド島で過ごしていても、時折、イラーが、何か悪いことで罪深いことを口にするかのように「渦」と「苔」をつぶやくのを叙述する箇所である——「渦と苔をつぶやく時の彼女は、死んだように青ざめた目つきをしていた。聖職者アリーマを思い出して私の魂が青ざめたように」(*M* 193)。

この数日後にイラーは忽然と姿を消すのであるが、「渦」と「苔」のつぶやきは彼女の失踪の前触れだったわけである。消えたイラー探求の終局で、タジを誘うホーシャは「私はすべてのものを引き入れる渦よ」(*M* 650)とタジに言う。そして、タジの眼前でイラーの残像は「深い渦」(*M* 653)の底に飲み込まれて消え去る。

「苔」は何を意味するのか？　ヴィクトリア女王時代の「苔」の花言葉は母性愛である。また、『オムー』でベル夫人の美しさを喩えた「モスローズ」の花言葉は官能の愛である。メルヴィルが「苔」をどういう意味で使ったかを断定することはできない。「甘美な苔」という表現によってメルヴィルは、イラーがタジに対して抱いた甘美な母性愛を意味しているのかもしれないし、あるいは、「モスローズ」と言ったら官能の愛という意味があからさまになるので、わざと「苔」とだけ表現したのかもしれない。しかし、いずれにせよ「苔」が「愛」を意味していることは確かである。

イラーの消失を、花嫁の処女喪失、純潔と純真無垢の喪失としてとらえると謎は解け、イラーとホーシャの寓意的つながりが明らかになり、この作品は非常に分かりやすくなる。イラーという登場人物が消えたのは、イラーが表象する純潔と純真無垢が、「甘美な苔」が意味する甘美な愛という「渦」の中に飲み込まれてしまったからである。つまり、純真無垢な魂が「すべてのものを引き入れる渦」であるホーシャの中に、ホーシャが象徴する現実の罪悪と現世の歓びの中に飲み込まれて消失した、という寓意が読み取れるのである。

次項「テーマと結論」では、この寓意ロマンスの結論は何か、メルヴィルは最終的に何を言いたかったのか、何を人間世界に対して提起したかを論考する。

3　テーマと結論

『マーディ』は、イノセンスの喪失と現実世界への幻滅を基調とする寓意物語である。メルヴィルは、この非常に長い作品で、最終的に一体何を言いたかったのだろうか？　作者は何をテーマにすえてこの作品を書き、どのような結論を読者に提示しているのか？

この長編の中心課題は、失われた理想の純真さと純潔の探求であり、その探求に付随して、真実とは何か、幸福とは何か、死とは何かなどの問いかけが副次的課題として発せられる。これらの課題や問いかけを含めて、作品全体を包括するメイン・テーマは、作品のタイトルになっているマーディ、つまり、罪と悪を抱える現実世界である。そして、「私」メルヴィルはこの現実世界にいかに対処すべきかという自問に対する自答が、この作品の結論となっている。

メルヴィルは二つの答を出している。「後天的知恵」が出す答と、「本能」が発する答である。『マーディ』執筆途中で英国の出版者ジョン・マレー宛てに出した手紙（一八四八年三月二十五日付）の中でメルヴィルは『マーディ』執筆プランの方針転換を伝え、その理由として「わが本能は、ロマンスを出せと言っています。そして、言わせてもらえば、本能は預言者のようなものであり、後天的な知恵よりも良いものです[16]」と書いた。「後天的知恵」が指示することよりも「本能」の命令に従うことの方を選択するというメルヴィルのこの言葉は『マーディ』の核心を理解するための鍵となる。

「後天的知恵」の答は、理性と知恵の代弁者ババランジャが出し、「本能」の答は、「本能」の代弁者たる「私」タジが発する。「本能」の答が究極の結論であり、『マーディ』の結論である。では、それはどのような結論なのだろうか？

3-1　マラマ島——キリスト教界

『マーディ』の第二巻はマラマ島で始まるが、このマラマ島と、「後天的知恵」が下す結論、および「本能」が下す結論は因果関係を構成している。マラマ島の因習的宗教体制が原因となり契機となって『マーディ』の結論が導き出されるのである。

マラマ島とは何か？　まず島の描写を見てみよう。この島の中央には大尖峰がそびえており、マーディに影を落としている。ババランジャは「なにゆえに、おまえの影はマーディをおおうのか！　すでに陰っている斜面地に新たな陰を、陰の上に陰を投げかけるのか！」と声を上げ、ユーミィは「その影の落ちるところ、楽しき花は芽を出さず、そこに長く住む者は顔も魂も翳《かげ》ってしまう」（*M* 323）と言う。そしてモヒによれば、「この島の木は一本として果実を実らせることはなく、食用になる木の根はひとつとして育たず、住民は近隣の島々から送られて来る大量の貢物に全面的に依存している〔中略〕〔土壌は〕きわめて肥沃なのだが、ここの住民たちはこの聖なる島でパンノキを栽培するのはよくないと言う」（*M* 324）のである。島の中央の大尖峰は大聖堂や教会の尖塔の寓喩であり、貢物に全面的に依存して生きる住民たちは聖職者たちを寓意する。さらに、マラマ島にはマーディ群島の最高神オロ（Oro）の神殿があり、教皇（Pontiff）という呼称のヒヴォヒティー一八四八世がここに君臨している。オロというのは、白人キリスト教文明に侵食される前のポリネシアに実際に存在し崇められていた神の名称であるが、このオロ神をメルヴィルは、キリスト教の神の寓喩として使用している。そしてメルヴィルは、キリストの寓喩として預言者アルマを創造し登場させている。『マーディ』が執筆された西暦一八四八年の時点で、ヒヴォヒティー一八四八世という数字を使用していることからも明々白々であるように、メルヴィルはマラマ島をローマカトリック教界ないしキリスト教宗教界全体の寓喩として描いている。[17] しかも偽善と虚偽に満ちて醜悪な領域として描いている。

メルヴィルは作家としての当初から、教会と聖職者の偽善を批判している。処女作『タイピー』と第二作『オムー』では、具体的事例を挙げて、直截な言葉でキリスト教の宣教師と宣教活動を非難した。タヒチではカトリックとプロテスタントの両方を、サンドイッチ諸島（現ハワイ諸島）の事例ではプロテスタントの宣教師と宣教活動を糾弾した。

第三作『マーディ』を出版してから五年後に発表した『二つの聖堂』（*The Two Temples*, 1854）という短編でもメルヴィルはキリスト教会の姿勢を批判している。この短編は、貧しい身なりの私がニューヨーク市の新礼拝堂の日曜朝の礼拝に入れてもらえず、こっそりと入った結果、警察に突き出されて罰金刑を受けたが、ロンドンにある劇の殿堂での土曜夜の宗教劇の鑑賞では、労働者階級の人や子供から真正な慈善を受けたという内容の話で、この話の冒頭でメルヴィルは、俗物的な新礼拝堂係員の態度を次のように叙述している――「ひどいものだ。図体のでかい腹の突き出た教区小役人面のその男は、人を見下した態度で、私の嘆願に対して、席がないと答えた。貧乏人は入れないと言っているのと同じだった。しかし、賭けてもいいが、嘘つきの仕立屋が約束したとおりに、私の新しいコートが昨晩出来上がっていたら、そしてこの晴れた朝、そのコートでめかしこんで、あの太鼓腹の教区小役人面の男の手のひらを札《さつ》でくすぐってやったら、席があろうがなかろうが、私はこの大理石の控え壁で支えられてステンドグラスで飾られたぴかぴかの新礼拝堂内の素晴らしい席に着いていたことだろう」（*PT* 303）。

こうしたメルヴィルのキリスト教会批判は、マラマ島の寓意的描写の中では、分かりやすく誇張されて表現されている。マラマ島の案内人である盲目の老人は、極端なまでに俗物的に、犯罪的なまでに強欲に描かれている。盲目の案内人はマラマ島に来る巡礼者たち全員に法外な案内報酬を要求し、杖を突いてぼろをまとっている老人からは、そのぼろ着を案内報酬代わりに剝ぎ取るという仮借なさを発揮する。

タジ一行は、法外な報酬を要求するこの盲目の案内人を雇うことを断り、モヒの案内でマラマ島内の各所を見て回り、その過程で彼らはアルマ、つまりキリストについて話し合うが、一行は全員、キリストの存在意義を認めていない。ババランジャはキリスト降臨後の世界でキリスト教徒たちがはたらいてきた悪行を次のように批判する――「預言者は、私たちマーディ人をもっと徳高く幸福にするために来た。だが、アルマ以前にあった善とともに、アルマの時代にあったのと同じ戦争、犯罪、悲惨な状況が形を少し変えただけで今も存在する。いや、モヒよ、おまえの年代記から、名ばかりのアルマ信徒たちの行為がもたらした数々の恐怖の歴史を除外してみよ。そうすればおまえの年代記にそう頻繁には血生臭い話は出てこないだろう」（*M* 349）。

「私はアルマを全面的に拒否する」（*M* 349）と言うババランジャは、アルマ、つまりキリストにまつわる寓話、キリスト教宗教界、そしてキリスト教を信奉する世間を否定する。メディアは「おまえたちのアルマ信仰は私には関わり合いがない。私は王であり半神だ。したがって、平民の苦悩は平民たちに任せる」（*M* 350）と言ってキリスト信仰と距離を保つが、ユーミィは「私は拒否する。信じることができるとしても、私は信じない。私の心が命じることと食い違っている。本能的に私の心は拒否する」（*M* 350）と述べて、ババランジャと同様にキリスト信仰の拒否を明言する。モヒの態度ははっきりしないが、後のセレニア上陸前に「マラマは私の暗い気持を増幅させるだけだ」（*M* 619）と彼は語る。

このようにババランジャ、メディア、ユーミィ、モヒの全員が、それぞれの視点からマラマ島を、つまり、マラマ島が寓意するキリスト教支配体制を拒否している。

3-2　「後天的知恵」の結論——キリスト的愛の実践とヒューマニズム

「後天的知恵」とは何か？　それは、現実社会に適合するための世間知であり、世間の求めに応じた振る舞いをするためのノウハウであり、メルヴィルの場合、彼が住んでいた十九世紀のキリスト教体制下の白人社会と軋轢を起こさない言動を意味した。メルヴィルはババランジャの口を通して、キリスト教社会の要求に対応する術を以下のように語る——「マラマでは信仰者か偽善者のいずれかになる必要があることを、そしてこの地で正直であることに差し迫る危険を、私ババランジャほど肝に銘じている者はいないでしょう」（*M* 349）。

また、メディアの口を通してメルヴィルは「おまえの思索がまとっている自由で軽快な衣は夢にすぎない。夢を見続けている間は真実のように思えるが、目を醒ましてこの正統な世界に戻って来れば、おまえは直ちに旧来の習慣に立ち帰る。夢の中で東洋の最果ての地へ飛んで行けても、その夢を見ている間も、おまえはここに住んでいる。ババランジャよ、おまえたち人間はマーディに暮らしており、他所へはいけないのだ」（*M* 370）と語り、あくまでマーディというキリスト教世界の現実の枠内で、世間一般の考え方に準拠した行動をしなければ生きていけないという認識を吐露している。

こうした「後天的知恵」が見出した結論が、セレニア島におけるキリスト的愛の実践なのである。セレニアはアルマ、つまりキリストの愛の信奉者たちが住む島で、マラマ島、つまり既存のキリスト教宗教界とは異なり、礼拝堂はなく、聖職者もいない。セレニアに住む人々全員がアルマの使徒であり、愛に信を置き、愛を生き方として実践している。

セレニア上陸直後のババランジャは、アルマの存在理由を認めておらず、逆にアルマ信仰がもたらしている負の側面をこう指摘する――「マラマとそのすべての属島において真の兄弟愛はない。聖なる島においてさえ多くの人々が迫害されており、異端という理由で殺戮が行われている［中略］子供の頃から私は、アルマの名において行われる数々の不正、アルマに従う者たちが犯す罪と矛盾の数々を目にしてきた」（*M* 625）。

ババランジャの指摘に対してセレニアの老人は「主の信念の核心にあるものはすべて、ここマーディに存在していた。主がやって来るずっと前から、小さな谷間でつつましく実践されていた［中略］真理、正義、愛は、アルマだけが啓示したものだろうか？　アルマが来るまで耳にされたことはなかったのだろうか？　おお！　アルマは私たちに私たち自身の心を開いて見せてくれているにすぎない」（*M* 626）と言い、アルマが説いたことは元々人の心の中にあったものであり、セレニア島に住む人々はそれを「聖職者や礼拝堂なしで」（*M* 629）実践していると説明する。

ババランジャが「あらゆる側面で彼［アルマ］は私たちの社会制度と軋轢を起こすだろう」と言うと、老人は「ここではそうじゃない、ここでは違う！」（*M* 628）と即答する。つまり、セレニアはマーディ世界の中で隔離された地であり、非体制的な宗教集団だけが住む場所である(18)。

老人との対話の後、最終的に、まず賢人ババランジャがひざまずき、続いて青年詩人ユーミィ、老歴史家モヒ、王メディアの順にひざまずいて、アルマの愛に帰依する。そしてセレニアにとどまることを選択したババランジャが、タジに向けてこう言う――「私の航海は終わった。私たちが探し求めていたものが見つかったからではなく、マーディで私が探し求めて手に入れられるものをすべて、今、私は手に入れたからだ。私はここにとどまり、もっと賢くなろう。そして私はアルマのものとなり、この世界のものとなる。タジよ！　イラーを探してもむだだ。彼女はおまえを嘲笑い、欺く幻にすぎない。狂ったようにおまえが彼女を探す一方で、おまえの犯した罪が叫び声を上げ、復讐者たちがおまえの後を追い続けるだろう。しかし、彼らはここへはやって来ないかもしれない。おまえを誘惑するために跡をつけて来る者たちもここへは来ないかもしれない。賢者の忠告を聞け。私たちが探し求めるものはすべて、私たちの心の中にある。探求へと駆り立てるものが多くの者には必要だが、それを私は聖アルマの中に見出した〔中略〕今一度言う。タジよ！　おまえのイラーは絶対に見つからないだろう。仮に見つかったとしても、おまえに何の益ももたらさないだろう。それでも探したければ探せばよい。おまえの言うように、まだ訪れていない島々がたくさんある。そして、すべてを見たら、戻って来て、ここでおまえのイラーを見つけよ」（*M* 637-8）。

ババランジャのこのメッセージの中で最も重要な箇所は「マーディで私が探し求めて手に入れられるものをすべて、今、私は手に入れた」という文言である。つまり、ババランジャにとって、この探求航海は、あくまでマーディという現実世界の枠内での航海であり、セレニアにとどまるという彼の選択は、その枠内での結論なのである。

メディアもババランジャと同様の考え方をしており、『マーディ』最終章でモヒとユーミィに向かってこう言う――「セレニアでのみ、おまえたちの探し求める平安は見つかるだろう。そこへタジを連れて行かねばならない。さもないと彼は殺されるか行方不明になってしまうだろう。行って、ホーシャのとりこになっている彼を解放せよ。復讐者たちを振り切り、セレニアに到達せよ」（*M* 654）。

セレニアにとどまるのはババランジャだけだが、タジ以外の他のマーディ巡航メンバー全員が、マーディ世界に適合しようとする「後天的知恵」を共有する。マーディという現実世界の枠内に暮らしながらキリスト的愛を実践しようとする姿勢は、当然メルヴィル自身の姿勢の一部であり、メルヴィルのヒューマニズムの表明でもある。

『マーディ』には、奴隷制度の否定、さまざまな不正や社会悪の糾弾が随所に見られるが、ヒューマニズムの視点からの結論は、この作品の最後で、マーディ巡航に終止符を打ちセレニア定住を決意したババランジャが青年ユーミィに向けて言う次の言葉に集約されている――「全マーディを自分の家と考えよ。国家は名称にすぎない。そして大陸は移ろいゆく砂でしかない」(*M* 638)。

つまり、国家・民族や大陸は垣根とはならないし、そうした分け隔ては存在すべきでなく、世界と人類はひとつという思想をババランジャは語っているが、この思想は『マーディ』の冒頭部で既に、語り手としての「私」が理想主義的に語っていた考え方と同一である。作品の冒頭部分で語り手の「私」は、捕鯨船から一緒に脱走する相棒ヤールの祖先に関する話から旧約聖書創世記の物語へと飛び、人類は皆兄弟という人間観を展開する。偏見の否定と自由・平等・友愛の精神を文字化した後、「私」は天上の世界へと想いを駆け巡らせて次のように語る――「だれもかれも皆、本質的には兄弟である――ああ、本当に兄弟だったら!［中略］じろじろ見たり、しかめ面をしたりするのはやめよう。ニュージーランド人の入れ墨は驚異ではないし、チャイナの人間の流儀も謎ではない。どんな風習も奇異ではないし、どのような信条も馬鹿げたものではない。最終的に友とならない敵はいない」(*M* 12-3)。

続けて、捕鯨船の乗組員たちの間で交わされる共通語に言及し、それを「世界語」と呼ぶ――「さて、老ヤールの話す言葉には、イディオム、つまり特異な比喩表現というものがなかった。根っからの船乗りというのは世界人すぎて、イディオムなんてものは使わないのだ。マニラ出身の人間、アングロサクソン人、スペイン人とインディオの混血人、インド人、デンマーク人など、あらゆる種族の船乗りたちと長く仲間づきあいをしていると、そのうちに、母語でもぐもぐと意味不明なことを口にすることがなくなる。自分の属していた氏族や民族は沈み、船首楼の水夫部屋の共通語で楽しくしゃべりながら、世界語を話す」(*M* 13)。捕鯨船の船乗りであったメルヴィルは、いわば世界人、地球人であった。だからメルヴィルは前作『オムー』の最終章で「国ということに関しては、船乗りは特にどの国民にも属していない」(*O* 313) と主張した。

メルヴィルのヒューマニズムないし人道的姿勢は、『マーディ』出版直後の一八四九年三月三十一日に *The*

Literary World に匿名で発表された彼の書評「パークマン氏の旅」(Mr Parkman's Tour) の中にも表明されている。これは、インディアン部族の中で暮らした白人がその体験談を著した本の書評であるが、その中でメルヴィルは、インディアンなる野蛮人は自分たち文明人と同じ人間であり軽蔑の対象ではないと、次のように書いている——「よくあるケースだが、文明人は野蛮人の間で暮らし始めるとすぐに彼らを軽蔑するようになる。多くの場合、こうした感情は自然なものではあるが、擁護しうるものではないし、かつ、完全に間違っている。なぜ私たちは彼らを軽蔑すべきなのか？〔中略〕野蛮人を軽蔑したくなったら、そうすることによって私たちは私たちの祖先を中傷していると肝に銘じるべきだ。なぜなら私たちの祖先も野蛮人だったのだから〔中略〕インドの盗賊やボルネオの血生臭いダヤク族の中にも高く偉大な知性の萌芽が存在する。私たちは皆、アングロサクソンもダヤク族もインディアンも、ひとりの人間から生じ、ひとつのイメージに形作られた。兄弟という認識を今は拒絶していても、いつかは手を握り合うことになるだろう。不運は落ち度ではないし、幸運は功績ではない。野蛮人に生まれたのであり、文明人は文明を受け継いでいるだけで、それ以上の意味はない。だから侮蔑ではなくて憐れみを」(*PT* 231-2)。

タジ以外のマーディ巡航メンバー全員が到達する結論は、メルヴィルのヒューマニズムの視点からの結論と言うことができる。

3－3　「本能」の結論——現世の否定

『マーディ』の究極の結論は最終章で提示される。最終章で「私」タジは、セレニアへ行けという説得に耳を貸さず、イラーの幻影を追い求めて単身、マーディの外へ向かう。「本能」の代弁者たる「私」タジの最終行動が『マーディ』という作品の、そして作者メルヴィルの究極の結論であるが、その結論にはどのような意味が秘められているのか？

メルヴィルは、端役的存在の登場人物に、タジの言動がもつ意味を解明するための手がかりを付与している。メルヴィルはマラマ島で、既存の宗教体制の犠牲にされる青年を登場させているが、この青年とタジは非常によく似ており、二人には共通して「本能」と「破滅（perdition）」という言葉が使用されている。

マラマ島に出現する青年は、タジと同様に「本能」に従って行動する。彼は、報酬を要求する盲目の案内人に対して「あなたの勧告に反する行為をするが、パニよ、私は私の中の聖なる本能に従っているにすぎない」（*M* 329）と言って、案内人の導きなしで、自らの「聖なる本能」に従い、単独でマラマ島内を巡る。この青年のオロ神に対する考え方を聞いた案内人は青年を「神を冒瀆する者」と呼び、「立ち去れ！　邪悪なる者よ、おまえを待ち構えている地獄に落ちて破滅しろ」（*M* 338）と叫ぶ。

メルヴィルは、この「堕地獄、破滅（perdition）」という語を『マーディ』最終章で再度使用する。最終章で、イラーの残像を追って外海に出ようとし、「マーディよ、さらば！　舵を私によこせ、老人！」と叫ぶタジに対して、モヒは「いいや、気違いめ！　セレニアがわれわれの安息地なのだ。あの瀬戸の向こうには破滅（perdition）がおまえを待ち構えている。あの彼方の深淵から戻って来る航海者はひとりもいない」（*M* 654）と返答する。

マラマ島にやって来た青年も「私」タジも、「本能」に従って行動し「破滅」に向かう。マラマ島の青年は、最終的には不敬のかどでマラマ島内の信者集団に連れ去られ姿を消す。青年は既存の宗教界の意向に従わなかったために生け贄にされたと解釈できる。「私」タジは、現世の歓びを象徴する存在であるホーシャを本能的に嫌悪し、現実世界を寓喩するマーディ群島を囲んでいる大環礁の外へ出る。理想のイラーを探し求めて巡ったマーディ内の現実世界は、宗教界、政界、そして社会全体に悪が蔓延していたからである。二人の青年の共通項は、反キリスト教体制であり、現実世界の否定であり、それは現実の人間社会の一員としての自己の「破滅」を意味する。

メルヴィルの「後天的知恵」は、この現世では、セレニアの信仰集団のように、キリスト的愛を実践する生き方の中に心の平安を見出すしかないという結論に至るが、メルヴィルの「本能」はそれを拒否する。「後天的知恵」が勧めるセレニアへ行かず、純真無垢で純粋なイラーの残像を追ってマーディの外へ飛び出す「私」タジの最終行動は、キリスト教世界とキリスト信仰を含めた人間世界の現実に対する全面的拒否と否定を意味している。

3－3－1　なぜタジはセレニアへ行かないか？——キリスト信仰の否定

「私」タジは、ババランジャをセレニア島に残し、メディア、モヒ、ユーミィの三人を連れてイラー探求の航海を続けるが、最終的にホーシャの住むフロツェラ島に上陸してイラーを見出そうとするタジに対して三人は説得を試みる。メディアは「おまえのイラーはおまえの後ろにいるのであって、前にはいない。青いセレニアの森の奥深くに住んでいるが、おまえは探索しようとしない」と言い、モヒは「まだ、善の代わりに悪を見つけようするのか？［中略］ホーシャのとりこにされるな」と諭し、ユーミィは「ここから遠いところにイラーはいる！」(*M* 649) と叫ぶ。だが「私」タジは彼ら三人の説得を聞き入れてセレニアに行こうとはしない。なぜか？

タジがセレニアへ行かない理由を推理するための手がかりは、モヒが語る若者オゾナの冒険物語の中にある。失われた乙女アディを探し求める若者オゾナの冒険物語の経緯は、タジのイラー探求にそっくりあてはまるものである。モヒの口を通してメルヴィルは「失われて久しい乙女、美しいアディを探し求めて流浪し、マラマで追い払われた後、セレニアでは上陸を歓迎されたが無意味で、そこはもうひとつのマラマにすぎなかった。私を追い続けて来た三人の妖婦は、ついに私を、アディ発見のかすかな見込みを餌にしてフロツェラ島におびき寄せ、そこでホーシャは私を彼女のとりこにした」(*M* 648) と物語るが、セレニアを「もうひとつのマラマにすぎない」と言っているところが鍵である。つまり、セレニアもマラマも根は同じキリスト教にあり、本能的直観により「私」タジは、マラマの因習的キリスト教界にもセレニアのキリスト信仰集団にも理想のイラーは存在しないと洞察したことを、この表現は含意していると考えられる。

セレニアではババランジャ、ユーミィ、モヒ、メディアの順にひざまずき、アルマの愛に帰依したが、その場面にタジの姿はなかった。そのことの意味は、タジだけはアルマの愛に帰依しなかったということである。つまり「私」タジは、キリスト信仰集団内でキリスト的愛を実践するという生き方を拒否したのである。マラマとセレニアを併せて解釈すれば、「私」タジはキリスト教という制度のみならず、キリスト信仰それ自体を、少なくとも集団行為としてのキリスト信仰を拒否し否定したと推断できる。

3－3－2　「究極の罪」とは何か？——社会的・精神的自殺行為

マーディの外へ向けてひとりで舟を漕ぎ出すタジに対してユーミィが言う「究極の罪」とは何か？「マーディよ、さらば！」と言い、イラーの残像を追ってリーフの出口から外洋に出ようとするタジに向かって、青年詩人ユーミィは「やめろ、タジ、究極の罪を犯すな！」(*M* 654) と叫ぶ。「究極の罪」とは何を指すのか？

マラマ島上陸で始まるマーディ巡航第二ラウンドでババランジャは「最も恐ろしい罪」についてユーミィにこう話していた——「魂を殺すよりは身体を殺したほうがよい。もし自らの身体の殺人者になることが最も恐ろしい罪だとしたら、魂の自殺者となるのは、どれほど恐ろしい罪であろうか」(*M* 426)。「究極の罪」とは、この魂の自殺行為を指していると考えられる。メルヴィルはユーミィの口を通して、「私」タジがマーディというオロ教世界、つまりキリスト教社会を拒否し否定することは魂の自殺行為に等しいと言っているのである。セレニアでのアルマ信仰、つまりキリスト信仰を否定し、世間に背を向ける「私」タジの最終行動は、その社会で暮らす一員としての「私」の社会的死を意味し、キリスト教社会の精神風土の中で生まれ育った「私」の内に形成された魂の死を意味する。

3-3-3　なぜタジはマーディの外へ行くのか？——理想のイノセンスを求めて

マーディの外へと航海に出る「私」タジの最終行動は、マーディという現実世界に背を向けて外海に出る時点では社会的・精神的自殺行為として認識されうるが、その後のタジの外洋での航海を視野に入れると、この行動の奥には別の意味が見えてくる。何のために、何を求めて「私」タジはマーディの外洋を航海しようとするのか？　社会的・精神的自死を求めてではない。

タジは、フロツェラ島でホーシャと対話し交流しながら、ホーシャを通して手に入れることができる「美、健康、富、長寿、そして失われし究極の望み」といった「人生の歓び」よりも、「私の中で死滅し葬られているものに対する苦き思い」（*M* 651）、すなわち「過去とイラー」（*M* 652）の方を選択する。タジが欲するものは、開眼して味わう現世の歓びではなくて、失われた過去のイノセンスである。

「私」タジがマーディの外海を航海して追求するものは、かつて現実世界に存在した理想のイラー、理想のイノセンスの回復である。イラーを探し求めてマーディの外へと乗り出す「私」タジの姿は、あくまで純真無垢を理想とし、それに至上の価値を置く作家メルヴィルの精神姿勢を表している。

3-4　最後の情景——良心の追求へ

「私」ひとりが乗る舟が潮の流れに乗って外海に飛び出すと、矢を構えた三人の復讐者たちを乗せた舟が後に続き、「かくして、追う者と追われる者が果てしない海を飛び続けた」（*M* 654）という一文で物語は終わる。この作品最後の情景をどう解釈したらよいか？　イラーを追い続けるタジが復讐者に追われ続ける最後の情景には、メルヴィルの飽くなき追求姿勢が凝集されている。追求対象は二つ、理想のイノセンスと自己の良心である。

理想のイノセンスに対する飽くなき追求姿勢は、ラストシーンに至る前に予示され文言化されていた。マーディ巡航第三ラウンドの地球周航を終えた直後に語り手の「私」は「黄金色の安息地は得られなかったとの評決が出るとしても、低俗な浅瀬に浮かんでいるよりは、果敢な探求で無限の深みに沈んだほうがましだ。神々よ、もし難破するなら徹底した難破をわれに与えよ」（*M* 557）と、その姿勢を表明していた。また、セレニア上陸以降もイラー探求の航海を続けるタジに対して、メディア、モヒ、ユーミィは探求を断念させようと説得を試みるが、「私」タジは「私は休むことを知らぬハンターだ！　家をもたぬ探求者だ！　私の求める彼女は私の前から飛び去って行くが、私は彼女の後を追う。たとえ彼女が私をリーフの彼方へ、陽の射さない海原を通って、夜と死へと導いても。すべての島々と星々を探し回り、何があろうとも彼女を見つける！」（*M* 638）と宣言し、この作品の結末を予告していた。

もうひとつの追求対象である自己の良心は『マーディ』ではテーマ化されていない。自己の良心追求は未解決の課題であるという認識をメルヴィルは最後の情景で提示した。そして彼は、白人としての自己の良心を後の『モービィ・ディック』で追求する。

三人の復讐者たちは『マーディ』第一巻の最後の島モンドルドでタジの前に出現して呪詛の言葉を叫んでいた。「おお、人殺しめ！　白い呪いをおまえに！　おまえの魂がわれらの憎しみにより白化するように！」（*M* 306-7）と。復讐者たちは、サンゴが白化して死滅するように、「私」タジの魂が白化して死に至るようにと呪い、さらに「おまえの白い心臓を食ってやる！」（*M* 308）とわめいていた。

三人の復讐者たちは太平洋の現地人として設定されており、彼らは、白人としてのメルヴィルの罪の意識と良心の呵責を代弁している。そして、この良心の呵責がメルヴィルを探求に駆り立てる原動力となっている。復讐者たちの憎悪は『モービィ・ディック』でエイハブに化身し、良心はピークォド号に、白人の魂は白い鯨に姿を変えて出現する。

4　評価

タジ一行がマーディ巡航第三ラウンドの地球周航を開始した時点で、ドミノラ（つまりイングランド）の王様用カヌーについて叙述するメルヴィルは、世界の戦闘用および儀式用豪華船を列挙するが、その一例として、日本の御座船《ござぶね》に次のように言及している――「日本国の皇帝たる公方《くぼう》様は、竜頭を舳先につけた船、いわば水に浮かぶジャガナートをもち、その中で海神たちに香を焚いた」（*M* 482）。『マーディ』は、日本国の江戸幕府体制が終焉に向かおうとする時代、ペリー来航（一八五三年七月）の五年前に書かれた作品である。その当時、この作品は西洋社会でどう評価されたのだろうか？

『マーディ』は一八四九年三月十五日にロンドンで、続いて四月十三日にニューヨークで出版され、各紙が書評を発表し始めると、メルヴィルは岳父レミュエル・ショー宛ての手紙（一八四九年四月二十三日付）に次のように書いた――「『マーディ』は *London Atheneum* によって切りつけられ、*Boston Post* の絞首刑執行人により火をつけられました。しかし *London Examiner* や *Literary Gazette* などの大西洋のこちら側の各紙の評は違います。こうした攻撃は当然のもので、不滅の評判が形成されるためには不可欠のものです。そうした名声が私のものになるとしたらの話ですが。〝こんなことに何の意味もない！〟と、できの悪い生徒はユークリッド原論の命題I-47を投げ出して叫びました。〝こんなことには何の意味もない〟――問題を突きつけられた批評家もこう言っているようなものです。しかし、すべての謎を解く〝時〟が『マーディ』を解明するでしょう[19]」。

ユークリッド原論の命題I-47「直角三角形において、直角の対辺の平方は、直角を挟む二辺の平方の和に等しい」が『マーディ』の謎を解く鍵だということではもちろんない。ここでメルヴィルが意味したことは、批評家たちは学力の低い生徒のように『マーディ』を理解できていないということであった。

この手紙の中で言及されている四紙に発表された書評を読んでみよう。*The Athenaeum*（一八四九年三月二十四日）は以下のような否定的な書評を載せた――「この奇妙な本を開くと読者はまず、その気取った文体に出くわすだろう。そして、そこには多くの狂気が入り混じっている……もしこの本が楽しい読物として意図されているのだとしたら、奇妙なことに楽しい笑いが消えている。寓意物語としてなら、この箱の鍵は〝深海の底に埋められている〟。ロマンスとしてなら、長たらしく退屈で、失敗である。散文詩としてなら、幼稚だという批判があてはまる[20]」。そして*Boston Post*（一八四九年四月十八日）は次のように酷評した――「交わされる会話は、これまで読んだことも聞いたこともないようなもので、もし何らかの意味があるとしても難解で深遠すぎて、少なくとも私たちの理解力では測り知りえない。物事全般に対する風刺本のように思えることもあるが、そうした思いも、全くのナンセンスな記述が多々出現することによって、すぐに消えてしまう。登場人物たちは〝軍団〟のようで、おもしろみがない。本全体が退屈なだけでなく読むに値しない[21]」。*The Literary Gazette*（一八四九年三月二十四日）は、エピソードの集積という形態をもつこの作品を肯定的にとらえて「これほどまでに万華鏡のような本を見たことがない[22]」と評しつつも「奇異な本」と呼んだ。また*The Examiner*（一八四九年三月三十一日）は、作家の力量を認めつつも、次のように評した――「大量の空想的思索、生き生きとした描写、風刺的叙述、そして寓喩的典型が、ほとんど無秩序に連関なしに投入されている。その結果、この本のおもしろさの程度は、この本の執筆に使われた明敏な頭脳と能力の総量と釣り合わなくなっている[23]」。

こうした書評の数々を読んだメルヴィルは、ロンドンの出版者リチャード・ベントリィに宛てた手紙（一八四九年六月五日付）にこう書いた――「大西洋のそちら側の批評家たちは一斉攻撃を『マーディ』に浴びせたようですが、それは全く予期されていなかったことではありません〔中略〕お気づきかと思いますが、娯楽小説としてのみの評価が下されています〔中略〕しかし、読者として意図された人々には理解されるでしょう。『マーディ』は、そのより高い目的においては、無駄に書かれてはいないという確信を私はすでに得ています。／あなたは心の中で、こうお思いかもしれません。無関心あるいは軽蔑を装う仮面をかぶってでも、一般読者から攻撃されない、彼らを楽しませようと計算して書かれた本を出すことができただろうに、あんな本を書く者は愚かで、分別を欠いていると。しかし私のようなへぼ文士の心の中には、何か得体の知れない制御不能なものが常にあり、それがこうしろ、ああしろと命じるのです。そしてそれはそうしなければならないのです。当たろうが外れようがです[24]」。

否定的な書評は『マーディ』の文体の「気取った感じ」、「衒学性」、「幼稚さ」を指摘しており、例えば *Blackwood's Edinburgh Magazine*（一八四九年八月）は「何というくずの塊か！〔中略〕全編を通じて文体は気取っていて、衒学的で、退屈きわまりない[25]」とこき下ろした。しかし *The United States Magazine and Democratic Review*（一八四九年七月）は、次のような一歩踏み込んだ肯定的な評価を下した――「『マーディ』は世界を映し出す寓意物語だという事実を、これまでの批評家たちは見逃している。この本の形態はユニークで、新しいものはすべてそうであるように、一般的でないという理由から醜いと思われるリスクを負わなければならないのである[26]」。

『マーディ』の出版から一世紀が経った頃、モームは『モービィ・ディック』を世界の十指に入る小説として評価しながらも、『マーディ』に関しては「長たらしくて、私には退屈に思えた[27]」と評した。物語、小説としての『マーディ』の評価は否定的なものが多いが、作品のもつ価値については個々の読者が判断を下す必要がある。

筆者はこの作品を二度読んだ。一度目は遠い学生時代に、そして今回論考をするにあたって再読した。確かに物語としては挿話が多すぎて退屈なところがあるが、この寓意ロマンスはメルヴィルの真実追究姿勢を理解するためには必読の書である。

太平洋の海と島々を背景とする『マーディ』は、筆者にとって、メルヴィルの全作品中で最も魅力に富んでいる。『マーディ』導入部での捕鯨ボートによる航海と海の描写は生き生きとした魅力に富んでいて、海洋へのロマンを駆り立てる。元捕鯨船員メルヴィルは処女作『タイピー』ではポリネシアの島とそこに住む人々を描き、船や海についてはほとんど語らなかった。第二作『オムー』では物語の前半で、船、特に船首楼の船員部屋と乗組員たちを詳細に描いたが、ポリネシアの海を描くことはなかった。彼は第三作『マーディ』で初めて海を描いたのである。『マーディ』の導入部——第一章から第三十八章——では、南および中部太平洋の朝、昼、夕、夜の海のさまざまな姿と海洋生物(28)、そして天空の星座が細かに描写されている。海のロマンを追う読者には必読である。

ボラボラ島、バニヤンツリーの巨木。

第四章　『レッドバーン』

——貧困と死——

リヴァプール、マージー川沿いの旧倉庫群。

1　作品概観

メルヴィルの第四作『レッドバーン――初航海』(*Redburn: His First Voyage*, 1849) は、十九歳から二十歳になった頃の彼の体験と見聞をベースにした私小説風なフィクションとなっており、時代背景は一八三〇年代の不況時代、舞台は、ハドソン川上流の村からニューヨーク→貨客船→リヴァプール、および近郊の田舎とロンドン→貨客船→ニューヨークと回る。

ストーリーは次のように展開する――子供の頃に父を亡くした「私」ウェリンバラ・レッドバーンがハドソン川上流の小さな村からマンハッタンに出てきて、冷たい現実に接しながらニューヨークとリヴァプール間を往復する貨客船ハイランダー号に見習い船員として乗り組み、古参船員ジャクソンをリーダーとする船首楼の船乗りの世界で生活しながらリヴァプールに到着する。リヴァプールでは、父が使用した古いガイドブックを手に父親探しの心の旅をする。と同時に、ドック周辺に群がる極貧の最下層民の生きざまに接する。そして、ある日、ハリィという自分に似たイギリス人青年と知り合い、一緒にロンドンへ行った後、彼と共に帰航の途に就くが、その途上、リヴァプールで乗船した五百名のアイルランド出国移民の間に疫病が発生して三十人が死ぬ。ニューヨーク到着直前に疫病は終息し、ジャクソンが喀血しながらマストから落ち海中に没する。帰港後まもなく私は故郷の村に帰り、ハリィとは音信不通になるが、後に私が捕鯨船に乗り組んだ時に、ハリィも捕鯨船員になったがブラジル沖で捕鯨船と仕留めた鯨の間に落ちて死んだことを知る。

この作品の執筆途中でメルヴィルは、ロンドンの出版者リチャード・ベントリィに宛てた手紙（一八四九年六月五日付）で次のように、この第四作に言及している――「私は今、『マーディ』とは大きく異なる形態のものを準備中です。分かりやすく、ストレートで、楽しませる話で、ある紳士の息子の船乗りとしての初航海における個人的体験談で、そこには形而上学も円錐曲線もなく、あるのはケーキとエールです。私は場所を南海から故郷の近くに移しました。私が書くことのほとんどは、コミカルな状況下で私が観察によってえたものです(1)」。

確かに『レッドバーン』は「分かりやすく、ストレート」で読みやすい。そして「コミカルな状況」は、物語の前半、特に往路の船上でしばしば出て来る。例えば、次の食後風景には誰しも思わず笑ってしまうか、微笑むかするであろう――「船乗りたちはチェストの上にあぐらをかいて車座になり、とてもなごやかに、お互いの頭で硬いパンを割る。これはすごく便利なのだが、慣れるまでの少なくとも最初の四、五日間は私は頭が痛くなった。その後はあまり気にならなくなったが、ただ髪がパンくずだらけになった。私は、いい櫛やブラシをもって来るのを忘れたので、毎晩、舷牆《げんしょう》越しに風に向かって髪をよく振り払った」（*R* 55）。

しかし、物語の後半、リヴァプールのドック周辺に群がる乞食や極貧の最下層民の描写以降は、とてもとてもコミカルなどという状況にはない。そして、その結果、むしろ悲劇的な貧困状況が作品全体の基調となっている。読後、鮮烈な印象とともに読者の記憶に焼き付くのは、リヴァプールのドック傍の地下穴で餓死していく母娘の姿であり、アメリカへ渡るアイルランド出国移民たちの船内での窮乏生活である。

2　開眼物語としての流れ

この作品は、世間知らずでナイーブな青年の開眼物語という流れで始まる。子供の頃から海、航海、異国へのロマンと憧れを抱きながら青年へと成長した「私」が、生活のために船に乗るべくハドソン川上流の故郷の村を離れるところから、「私」レッドバーンの開眼物語が始まる。開眼物語としての作品の流れの中で、重要な表象物が二つ出て来る。ひとつはモグラ皮製の狩猟用ジャケット、もうひとつは総ガラス製の帆船で、いずれも物語の第一章に登場する。この二つの表象を視点として、この作品の開眼物語としての側面をとらえてみることにしよう。(2)

2－1　モグラ皮の狩猟ジャケット――非洗練の表象

モグラの皮で作られた狩猟用ジャケットは、物語第一章の第一パラグラフに登場する。このジャケットは、「私」が初航海に出るべくマンハッタン南端の港に向けて村を出る前日の晩に兄からもらう品で、「私」にとってはとても大切なものなのだが、世間の目には、洗練されていない野暮ったさとみすぼらしさの表象として映る。「私」は、このジャケットを着てニューヨークの街を歩き、船に乗り組み、ジャケットに付いている大きな角製のボタンから〝ボタン〟というあだ名で呼ばれながら大西洋を渡る。リヴァプール入港後、最初の日曜に「私」は、赤いシャツの上にこのモグラ皮のジャケットを着て、故郷の村で仕立ててもらったスポーツマン用パンタロンをはき、船乗り用防水帽をかぶった出で立ちで、亡き父が使った古いガイドブックを手に街に出る。まず警官に呼び止められ職務質問を受ける。さらに、この野暮ったくて変てこでみすぼらしい身なりのせいで、人々にじろじろ見られたり、避けられたりする。新聞社に入ってみようとすると、「私」の汚れた狩猟ジャケットを一瞥した社員がドアをバシッと閉める。

「私」は父の影を追って街を歩き、半世紀前のガイドブックに載っている父が宿泊したホテルの所在を、通りを歩く紳士、淑女に尋ねるが、彼らは何も答えずに、私をじっと見て通り過ぎて行く。職工風の人が立ち止まって私の質問に答えてくれ、そのホテルはとうの昔に取り壊されたことを教えてくれる。父が泊まったホテルがもう存在しないことを目の当たりにした「私」は、それまでの「私」の内なる世界では聖なるバイブルのような存在だった父のガイドブックが、外の世界ではもはや役に立たなくなっているという現実に目を見開かされる(3)。

六週間余のリヴァプール停泊中、「私」は同じ格好で街を歩き回る。半世紀前のガイドブックに載っている新聞社の建物を見つけて入ってみると、「まるで私が泥まみれの皮をまとった野良犬で、どぶの中から抜け出てこっそりとこの洗練された建物に入り込みでもしたかのように」(*R* 208) 追い出される。リヴァプール郊外の田園地帯に出かけてみるが、そこでも農夫に追い立てられて「世間の冷たい慈善心」(*R* 213) を味わう。それでも最後には親切な農家でミルクとバターマフィンをご馳走になり、そこの美しいイギリス娘に一目惚れするという経験をするが、このモグラ皮の狩猟ジャケットは、「私」の故郷の村では貴重で価値あるものであっても広い世間では忌避の対象であることを、そして世間は外見で人を判断することを、レッドバーンは思い知らされるのである。

2-2 ガラスの帆船——ロマンと幻想の表象

物語第一章の最終パラグラフで語られる破損したガラスの帆船、亡き父がヨーロッパから買って来た、細部に至るまでガラスでできている帆船の模型が、「私」レッドバーンの心情のありようと物語の展開を暗示しており、したがって、この作品を理解するための鍵となっている——「この船はまだ家にあるが、ガラスの円材や索の多くは今では砕けたり折れたりしている。しかし、修理に出すつもりはない。そして、船首像として付いていた縁反帽をかぶった雄々しい戦士が、船首下の破滅の海の波間に真っ逆さまに落ちたままになっている。だが、立ててやるつもりはない。私自身が独り立ちするまでは。彼と私の間には秘密裡に共鳴し合うものがあるから。しかも、姉や妹が言うには、彼が落っこちたのは、このわが初航海で海に出るべく私が家を出たまさにその日だった」(*R* 9)。

帆船に関するこのような叙述で物語第一章は終わるが、ガラスの帆船は何を意味しているのだろうか？　当然これは、航海と異国に対する「私」の憧憬の表象であろう。そして、ガラスの波の上に落ちたガラスの戦士船首像は、幻想を抱いていた未開眼の「私」を表していると考えられる。したがって、作品冒頭に登場する壊れたガラスの帆船は、ロマンと幻想の瓦解を暗示しており、「私」のロマンチックな夢想が醜悪な現実の認識に取って代わられることを予示していると解釈できよう。

3　登場人物

物語が進行するにつれて、ニューヨーク、往路の船内、リヴァプール、復路の船内の各場面で、生き生きとして多彩な人物が登場するが、その中で特に異彩を放っているのがジャクソンとハリィである。メルヴィルは、「私」以外の登場人物の中ではジャクソンとハリィの描写と叙述に最も多くの言葉を費やしており、ジャクソンはニューヨーク出港直後からニューヨーク帰港直前まで、ハリィはリヴァプールで、いわば忽然と登場してから物語の最後まで、いずれも断続的に語られる。

3－1 「私」とジャクソン——人間嫌悪

ジャクソンのモデルになった人間がいたにしても、[4]作品中のジャクソンが発する言葉は作者メルヴィルの言葉であり、ジャクソンは、人間と世界に対するメルヴィルのひとつの見方の人格化であり、作者自身の人間と人間世界に対する嫌悪と憎悪の化身であると筆者は解釈する。なぜなら、メルヴィルは「人間嫌い」という語をこの作品中で複数回使用しているが、いずれも「私」かジャクソンに関する叙述の中で使っているからである。「人間嫌い」は「私」とジャクソンの共通項であり、ジャクソンを理解するためのキーワードである。「私」とジャクソンを物語の中の別個の人格としてとらえるのではなく、作者メルヴィルの中にいる「私」レッドバーンとジャクソンとして把握すると分かりやすい。[5]

「人間嫌い」という語の使用を具体的に検証してみよう。メルヴィルは「人間嫌い」という語を、まず「私」に当てはめて三度使用している。最初は、破損したガラス船の描写で終わる物語第一章に続く第二章の冒頭で、「冷たい世間と不況の時代」のせいで「若者の輝かしい夢はすべて消え、その若さで私は六十歳の男のように野心を失っていた〔中略〕世間は十二月のように寒々としていて真冬の突風のように冷たいと当時の私には思えた。失望した少年ほど人間嫌いな者はいないが、逆境に鞭打たれて温かな魂をなくした私がまさにそうだった」（*R* 10）と「私」についての叙述で使用する。続いて「私」の「ロマンチックで人間嫌い、厭世的な人生観」（*R* 23）に言及して使用する。さらに、温かくもてなしてくれた兄の友人の家を出た後で「私」が「再び、やや人間嫌い、厭世的で自暴自棄な気持になって」（*R* 24）リヴァプール行きの船に向かう場面で使用する。このように物語の始まりの部分で三回も「私」の「人間嫌い」に触れているのである。

ジャクソンに当てはめて「人間嫌い」という語をメルヴィルが使用するのは、彼の病気が悪化し、寝床に閉じこもって激しく咳き込むようになり、彼の死が近づく物語の終局近くになってからである――「迫り来る避けえない死を目の前にし、人間を嫌悪する彼［ジャクソン］の魂は怒り狂ったようだった。サタンにその魂を売り渡したかのように、彼は歯をむき、呪いながら死ぬ決意をしているようだった」（*R* 276）。

「私」とジャクソンに言及しての使用に加えてメルヴィルは、さらに、船乗りたちがよく出入りするリヴァプールの最下層地区でうごめく者たちにも「人間嫌悪」という表現を一度用いている。「悪徳と犯罪で腐臭を放って」いるその地区にいる連中は「悪意ある行為のことごとくを人間に対して行おうとしている邪悪な人間嫌悪集団」であり、「害虫のように業火で焼き殺されてしまうべき」（*R* 191）だとメルヴィルは記述している。

ジャクソンは、しかし、「人間嫌い」ではあるが「私」と同様に悪者ではないし、犯罪者でもない。登場人物として肉付けされたジャクソンは、病に侵されてはいるが、船員たちのリーダー的存在として設定されている。リヴァプール上陸後、彼は「私」たちを先導して、夕食をとる宿へ行き、そして「彼はいつも食卓の上座についた」（*R* 205）。年齢不詳で三十歳にも五十歳にも見える彼は、船員全員で探して見つけたわずかな量のタバコを全員に公平に分配するし、嵐の時には先頭に立って働く人間である。

にもかかわらず、ジャクソンの「人間嫌い」は人間憎悪、人間呪詛にまで先鋭化されている。なぜか？　異常なまでに否定的な人間観、人生観、世界観を彼がもつに至った原因や経緯を、メルヴィルは詳細にかつ明確には語らないが、彼が船員仲間たちに語る体験談の梗概を提示することによって示唆している。ジャクソンは、八歳の頃から船員として働き「世界各地の最悪の場所で遊蕩《ゆうとう》と放埒《ほうらつ》の限りを尽くした」（*R* 57）と船員仲間たちに話し、アフリカ沿岸で乗り組んだポルトガルの奴隷輸送船内で見た惨状と死を話し、アジア各地で遭遇した海賊、疫病、金銭目当ての毒殺などの醜悪な体験談を語る。

「私」レッドバーンは、この初航海で初めて異国を見て、アイルランドと英国がアメリカとほとんど変わらないことを知っただけだが、ジャクソンは「私」よりもはるかに数多くの地へ航海し、世界中を見てきた。「私」は世間知らずのいなか者が抱く期待を裏切られただけだが、ジャクソンは世界に幻滅しきっている。「私」は、自分よりはるかに悲惨な状況に置かれている貧民や移民を見たが、ジャクソンは、金儲けのために死体を利用するような人間まで見てきた。

ニューヨークへ帰航する船がリヴァプールを出港直後、泥酔状態で乗船した新乗組員のひとりが燐光を発しながら死んでいるのが発見されたが、ジャクソンは、金目的の周旋屋が泥酔状態を装って死体を運び込んだと言う。そして「前にも同じことが行われたのを知っているとジャクソンは言った」（*R* 245）のである。

「私」は人間嫌いになっただけだが、ジャクソンの人間嫌いは人間憎悪にまでなっている。メルヴィルは「私」レッドバーンの口を通して、「彼［ジャクソン］は、この世界のすべてのもの、すべての人間を憎悪しているようだった。まるで世界全体がひとりの人間で、そいつが彼に酷い危害を加え、その傷が彼の心の中で疼いているようだった」（*R* 61）と語るが、ジャクソンは第六作『モービィ・ディック』でのエイハブの原型ないし試作品のようである。エイハブの憎悪の対象は白い鯨に象徴化されるが、ジャクソンの憎悪の対象である人間と人間世界には何の直喩も隠喩も使用されておらず、直截で分かりやすい。

ジャクソンの、つまりメルヴィルの中にあるジャクソン的視点からの人生観と世界観は、ニューヨークを出港したハイランダー号がニューファンドランド沖で難破船の傍らを通過した際に明らかにされる。難破船の船尾手すりに寄りかかる三つの死体を見て、「連中の魂は喜望峰よりも遠いところにいる」と言うオランダ人船員マックスに対して、「〝喜望、喜望〟とジャクソンは、かん高い声を上げ、ぞっとするような笑いを見せて、オランダ人の口調を真似ながら〝あいつらに喜望はない。あいつらは溺れ死んだのだ。赤マックスよ、おまえもおれも、いつの日かの暗い夜にそうなるようにだ〟と言った」のである。さらに、ジャクソンは別の船乗りに向かって「天国なんてことをおれに言うな。そんなのは嘘だ。おれは知っている。天国なんてものを信じるやつはみんなバカだ」（*R* 104）と言う。

この会話に続けてメルヴィルは、ジャクソンという存在の真髄を、次のように文言化している――「彼は教会の礼拝に出たことはなく、マレーの海賊同様、キリスト教については全く何も知らなかったし、文字も読めなかったが、それでも、おのずと、無神論者で反キリスト教徒になっていた。そして長い夜間の見張りの当直時には私たちに対して、この広い世界に信ずべきものは何もない、愛すべきものは何ひとつない、そのために生きる価値のあるものはひとつとしてない、すべては憎悪の対象であることを立証しようとした」（*R* 104）。

醜悪で悲惨な人間世界を見てきたジャクソンの人間観、人生観、世界観は明快である。要約すれば――この人間世界に希望はなく、愛も信も存在しえない。生きる意味はなく、あるのは死のみで、天国なぞ存在しない。神はいない。――すなわち、メルヴィルがジャクソンに付与している姿勢は、「コリント人への第一の手紙」十三章の思想の完全否定である。

ジャクソンが人間世界に対して憎悪のかたまりと化すに至った背景には、彼なりの悲しい理由と事情があることを、メルヴィルは「私」レッドバーンの口を通してこう示唆している――「この男は邪悪さよりも悲哀を抱えているように思えた。彼の邪悪さの源は彼の悲しみにあるようだった。おぞましい彼の目に、時折、言いようもなく哀れで胸を打つものが見えた。このジャクソンを私は憎悪しそうになった時もあったが、それでも私は、他の誰に対してよりも彼に対して憐憫の情を抱いた」（*R* 105）。

ジャクソンに対して哀れを誘う場面が一箇所ある。密航者として船内にもぐりこんでいた孤児で六歳のイギリス人少年にまつわる挿話中で、ジャクソンも元々は愛とやさしさに満ちた人間だったであろうと思わせる次の叙述中の場面である――「最初ジャクソンは、いろいろとその子の面倒を見て仲良くしようとしたが、その子はいつもジャクソンを怖がったので、ついにはジャクソンは傷つき、その子に話しかけなくなり、世界の他のすべてとともに、無害なその子をも憎んだようだった」（*R* 113）。

そして、登場人物として肉付けされたジャクソンの人間性をメルヴィルは非常に意地悪いものに形成している。

例えば、アメリカ到着を心待ちにしているアイルランド出国移民の単純無知を弄んで、からかう場面がある。船から見えたアイルランド南西部の岬をアメリカと思って「あれか?」と尋ねる移民に、「そう、古きアイルランドのようには見えないよなあ?」(*R* 259) と返答してみたり、あるいは、船がなかなかアメリカに到着しないので不安に駆られている移民たちの間に、移民たちは奴隷として北アフリカに売られようとしているなどという噂を流す。

また、アイルランド人移民の子が、船首楼での船員たちの食事風景をのぞき見て「ママ! ママ、来てみて! 家の豚みたいに船員たちがちっちゃな飼葉桶から食ってる」と叫ぶと、ジャクソンは「豚だと? このごくつぶしどもめ、おまえらが、おれたちの飼葉桶から食いたがる日がもうすぐ来る!」(*R* 283) と「悪意に満ちた予言」をし、そしてその予言どおりになる。

ジャクソンの目は数回、蛇に喩えられている。「蛇のような目が赤い眼窩《がんか》の中でぐるぐる動いていた」(*R* 275) とか「彼の青い眼窩は蛇の巣窟のようだった」(*R* 295) といった具合である。蛇は当然、善悪を知る木の実をイヴとアダムに食べさせ、人間を開眼させた園の蛇であろう。この作品中にはアダムとイヴへの言及が一度あり、メルヴィルはドックの乞食たちが「彼らの祖先である園のアダムとイヴのように健康で健全」(*R* 188) になることを祈っているが、ジャクソンは、冷酷で邪悪な真実をえぐり出す人間であり、世間知らずの「私」に悪を見せつける、いわば園の蛇のような存在である。

3－2 「私」とハリィ――「私」の中のハリィ

ハリィという登場人物は物語の後半、「私」がリヴァプール郊外の田園地帯でイギリス娘に一目惚れした日の翌日に、忽然と作品に現れ、「私」の相棒となって物語の最後まで行動をともにする。そして作品の最終ページで、ハリィらしきイギリス人青年が捕鯨船と仕留められた鯨の間に船上から落ちて死んだ話を聞いた「私」が、その青年の名前を尋ねると、「ハリィ・ボルトンは、おまえさんの兄弟じゃなかったのか？」（*R* 312）という問いが返ってくる。

ハリィという人物設定にモデルとなった人物がいたとしても、彼と「私」との間の類似点と相違点を考慮すると、ハリィは「私」の兄の分身、もうひとりの兄であるかのようにも、[6] あるいは「私」の分身、もうひとりの「私」であるようにも思える。

「私」とハリィとの間には共通点が多い。まず、二人とも「紳士の息子」である。この作品のサブタイトルの一部として「見習い船員として商船に乗り組んだ紳士の息子の告白と回想」と記されているように、「私」レッドバーンは「紳士の息子」であり、ハリィも「彼は紳士の子息だった」（*R* 312）のである。そして二人とも父親を亡くしていて、貧しく、友なく、放浪癖をもっている。さらに「私たちの身体のサイズはほぼ同じだった。私のほうが少し大きめなだけだった」（*R* 225）のである。

相違点は、「彼は私より数歳年上だった」（*R* 225）こと、そして彼が非常に女性的なことである。高所恐怖症のためマストにのぼれないハリィは、日中は船員たちの嘲笑と侮蔑の対象となるが、美声の持ち主だったため、夜の見張り当直時には、彼に歌ってくれと船員たちはリクエストする。

またハリィは、私とは異なり、金遣いが荒く、放蕩の象徴的存在のようになっている。彼は「私」を連れて汽車でロンドンへ行き、酒と賭博の「アラジン宮殿」（*R* 231）で賭け事をして負け、「私」は賭け事はしないが神秘的で夢幻の中にいるような一夜を過ごして帰って来る。

メルヴィルは、ハリィを初めて物語に登場させる時に、彼の容姿を次のように、きわめて女性的に描いている

――「彼は小柄だが完璧な姿態に、巻き毛の髪と絹のような筋肉をもって繭に包まれて生まれて来たようだった。血色のよいブルーネットの顔色は女の子のようで、小さな足に白い手、そして大きくて黒い、女のような目をし

ていた。しかも、詩的な比喩的意味合いは抜きにして、彼の声はハープの音色のようだった」（*R* 216）。メルヴィルはさらに、「女の子のような若者」（*R* 253）、「女っぽい容姿」（*R* 257）、「ハリィの手は淑女のようだった」（*R* 281）というふうに、彼の女性的な側面を繰り返し強調している。

ハリィは一体何なのか？ 作品における彼の存在理由は何なのか？ メルヴィルは、「けどハリィ！ きみは、一千もの不思議な姿が混在している空想のケンタウロスだ。半ば現実の人間、半ば途方もなく異様な存在だ」（*R* 252）と叙述しているが、一体どんな空想からこのような異様な登場人物を生み出したのか？

モームはメルヴィルが「抑圧されたホモセクシャル[7]」だったと推断している。その通りかもしれない。ホモセクシャルもしくはバイセクシャルの性向が多少ともあったのかもしれない。アイルランド出国移民に混じって乗船したカルロという、せいぜい十五歳ぐらいという設定のイタリア人少年の描写においてもメルヴィルは「膝から下のむき出しの脚は、淑女の腕のように美しかった」（*R* 247）と表現しており、そこには少年愛のようなものも感じ取れる。

あるいは、「私」が美しいイギリス娘に対して即結婚したいと思うほどに一目惚れした直後にハリィが忽然と物語に登場したことから推量すると、ハリィは、自分のものとすることができなかった美しいイギリス娘の身代わり、代替だったとも考えられる。カルロという少年も同様である。

アメリカ人の「私」、イギリス人のハリィ、イタリア人のカルロの三人には、父親を亡くし、貧しく、友もなく、放浪するという共通項がある。メルヴィルは「私」の口を通して「私たちは皆、愛ではないにしても共感を求める」（*R* 278）と述べ、「［私は］若くはあったがすでに悪運の中で粉々に打ち砕かれていたので、私と似た状況にある人に共感できた」（*R* 279）と語っている。「私」は父に死なれたから、人の死の痛みが分かる。「私」は孤独で無一文になったことがあるから、ハリィやカルロに共感できる。「私」はニューヨークでハイランダー号に乗船した当日、無一文で水しか飲んでおらず飢餓に等しい極度の空腹状態を経験したので、人の飢餓が推し量れる。

ハリィおよびカルロの身体の女性的な描写には、美しいイギリス人娘に対して果たすことができずに抑圧された「私」の性的願望が、ハリィとカルロへの心情的共感とない交ぜになって表出しているのかもしれない。

4　貧困と死

この作品でメルヴィルは「貧しい」、「一文無し」、「友なし」という形容詞を繰り返し「私」とハリィ、カルロに当てはめて使用している。まるで貧困がこの作品におけるメルヴィルの追究対象であるかのように、「私」自身の貧しさ、リヴァプールの最下層民の極貧状況、そしてアメリカへ渡る移民の赤貧ぶりが詳細に描出されている。『レッドバーン』の主題は、冷酷な現実と悪に対する開眼というより、貧困とジャクソン、すなわちジャクソンに人格化されている、人間世界に対する嫌悪と憎悪であろう(8)。

4－1　貧困の諸相

この作品では、十九世紀前半の欧米の貧困と冷酷な現実が、ニューヨーク、リヴァプール、船内の三場面のいずれでも迫真性と説得力をもって描出される。

メルヴィルは、のちの短編『コケコッコー』（*Cock-A-Doodle-Doo!*, 1853）と『貧乏人のプディングと金持ちのパンくず』（*Poor Man's Pudding and Rich Man's Crumbs*, 1854）で貧困という主題を前面に打ち出したが、いずれの作品でも、語り手の「私」は衣食住に満ち足りた状態にあり、極貧状態にある人々に対して一定の距離を保って接している。『コケコッコー』の「私」は借金返済に苦しんでいるが、自分とは比べものにならないほど貧しくて、困窮ゆえに悲惨な死に方で全滅する一家を目の当たりにして、精神的に立ち直る。『貧乏人のプディングと金持ちのパンくず』の「私」は、赤貧ゆえに息子と娘を失った若い母親の悲しみを、自分にはどうしてやることもできない、共有しえないこととして心理的に拒否する。メルヴィルは、同情や憐憫を語ったりしない。「衣食住に満ち足りている者が貧しい者の習慣や癖に対してする批判ほど、同じ人間に対して非常識な思い上がりはない」(*PT* 296)と語る彼は、貧しき者と富める者を同じ尊厳をもつ人間として扱っている。

これに対して『レッドバーン』での貧困の有様は、自分自身も非常に貧しい青年である「私」の目線で語られており、したがって迫力のある描写となっている。のちの短編二編のテーマが客観視される貧困であるのに対して、『レッドバーン』のテーマは貧困の直視および人間世界に対する嫌悪と憎悪である。

4-1-1　質屋

物語が始まって以降、「私」以外の貧しき人々が最初に描出されるのはニューヨークの質屋においてである。故郷の村からマンハッタンに出てきた「私」は、船に乗り組むための衣服等を買うために兄からもらった鳥撃ち銃を質に入れるが、そこで「私」が目にするのは、フライパン、バイブル、赤ん坊用衣類などを質入れに来ている人々、指輪を質入れに来て泥棒扱いされる青年であり、そして金銭とビジネスに対して狡猾なユダヤ人質店主である。

リヴァプールのドック隣接地区の酒場通りにも酒場と提携してビジネスを営む質屋がたくさんあり、彼らが船乗り相手の商売をしていることを語るメルヴィルは、金を騙し取ろうとして寄って来るドック周辺の乞食連中を

「彼らはユダヤ人か質屋のように、あなたに目を光らせる」（*R* 194）と形容し、質屋を「悪党」（*R* 195）と呼んでいる。

4－1－2　リヴァプール貧民地区

リヴァプールではメルヴィルは、十九世紀前半の、しかも不況時代の英国の最下層社会の有様を描出している。労働者階級と貧しい英国人およびアイルランド人が住む地区に入り、「何万という、ぼろをまとった人々」の群れの間を歩く「私」は、「貧困、貧困、そして貧困が果てしなく続く惨めな通りを、窮乏と悲哀が腕を組んで、よろよろ歩いていた」（*R* 201）と語る。

ドック周辺では、一日中ゴミあさりをしている老婆たち、報酬目当てに早朝、死体を探してドックをのぞきまわる、おぞましき飢えた老人と老婆たちが描出される。そして、船乗りたちが昼食をとりに出て来る時間になると、ドックの壁沿いに物乞いに集まって立ち並ぶ老若男女の乞食の群れを仔細に描くメルヴィルは、この有様を「文明と人間社会にとって不名誉な」（*R* 186）もの、「この世の悲しみの光景」（*R* 188）と呼ぶ。

最も痛ましい光景は、ドック近くの古い倉庫が立ち並ぶ路地で目撃される。そこには、崩れかけた古い倉庫の地下穴で餓死していく母娘が描出される。死んだ赤ん坊を抱きかかえる女の両側に、小さな女の子が二人、寄りかかっている。そして誰も助けようとしない。[9]「このような光景が目にされる時に、世界広しといえども一体誰に、にこにこ笑って喜んでいる権利があるのだろうか？　それは心を憎悪に向かわせ、ハワードのような博愛家を人間憎悪者に変えるのに充分だ」（*R* 181）と「私」は語る。メルヴィルは、この「人間憎悪者」の典型としてジャクソンという登場人物を形成したと解釈してよかろう。

4-1-3 移民船

十九世紀前半、ヨーロッパから大量の、いわば経済難民が移民となってアメリカ大陸や新オランダ（New Holland 現 Australia）へ流入した時代の移民船の悲惨な実態をメルヴィルは詳細に創出し描出している。リヴァプールのドックに停泊中の船内で毎晩聖歌を歌う数百名のドイツ人出国移民集団も紹介されているが、詳細に語られるのは、帰りのハイランダー号に乗船してきた五百人のアイルランド出国移民である。

彼らは、犬小屋のような寝床が急ごしらえで側面にすえ付けられた狭い船倉にすし詰め状態になって航海する。暴風雨に遭遇して船倉に閉じ込められた五百名の移民たちは糞尿汚物を船外に棄てることができなくなり、疫病が発生する。終息するまでの八日間で、移民二十八名と乗組員一名が疫病に感染して死亡し、船室乗客婦人一名がショック死する。

船内の苛酷で悲惨な状況を描出した後でメルヴィルは、「私たちの身体は文明化されているようだが、魂は野蛮なままなのかもしれない。私たちはこの世の現実の光景に対して盲であり、その声に対して聾《ろう》であり、その死に対しては死んだように無感覚である」（*R* 293）と結んでいる。

4-2 死

この作品には多くの死が発生する。発生順に羅列すると、（1）「私」の父、（2）ニューヨーク出港直後の泥酔船員の自殺、（3）ニューファンドランド沖の難破船の三つの死体、（4）リヴァプールのドック付近の地下穴の母娘、（5）リヴァプール出航時に周旋屋が運び入れた補充船員、（6）船内で発生した疫病による死者三十名、

（7）ジャクソン、（8）ハリィ、である。これらの死は何を意味するか？

「私」の父の死は、「私」の貧しさと悲しみの根本原因である。

ニューヨーク出港直後の死は不思議な状況下で発生する。泥酔状態で運び込まれて船首楼の私の寝床で寝ていた船乗りが、真夜中に目を醒まし、譫妄《せんもう》状態の中で錯乱して金切り声を上げながら甲板に出て来て海に飛び込んで死んだ。彼は「私」の寝床で寝ていたのであり、しかも船首から海に飛び込んで死んだのである。これは、「私」が故郷の村の家を出た日にガラスの波の上に落ちたガラスの戦士船首像を想起させる。この泥酔船員の死は、世間と船と航海に対して「私」が抱いていた幻想の死を意味していると考えられる。幻想が消えたから、「私」はこの航海を「不吉な航海」（*R* 51）と呼び、奴隷のようにこき使われる船上生活が始まると、「この忌まわしい航海がさっさと終わる」（*R* 66）ことを願うのである。

ニューファンドランド沖の難破船の三つの死体は何か？　作者は三つの死体の意味を知っているのかもしれないが、それを推理するための確たる手がかりは読者にはない。ただ、難破船を見たジャクソンは「私」に向かって「あれを見ろ。あれが船乗りの棺だ」（*R* 104）と言う。それまではロマンチックな幻想を抱いていた「私」が難破船の死体を見て、船と船乗りの悲惨な現実に開眼したことは確かである。

リヴァプールのドック近くの倉庫地下穴の母娘の死は、貧窮と悲しみの極みの具象化としてとらえることができよう。

リヴァプール出航時に周旋屋が運び入れた補充船員は燐光を発しながら死んでおり、その有様が描出される章は「生ける屍《しかばね》」と題されている。この題名から推測すると、この死は、リヴァプール滞在中に倉庫地下穴の母娘の死に代表される悲惨で冷酷な現実に直面した「私」の心の死を代弁しているのではなかろうか？

船内で発生した疫病による死者三十名は、悲惨で冷酷な現実のもうひとつの代表例としての意味をもつ。

ジャクソンは、ニューヨーク帰港直前に、衆人環視の中で、風をはらむ白帆に大量の喀血をしながら、帆桁から真っ逆さまに海に落ちて消える。疫病が終息したように、ジャクソンの人間世界に対する憎悪と呪詛も終息する。「彼［ジャクソン］の死は、彼ら［船員たち］の解放を意味した」（*R* 297）と「私」は語るが、「解放」は作者メルヴィル自身にもあてはまることである。ジャクソンの現実認識は作者メルヴィルの現実認識の重要な一部であり、ジャクソンの死は、人間世界に対する憎悪からのメルヴィルの心の脱却を意味すると考えられる。メルヴィルは自らの内にある憎悪を文字化し有形化し、作品中に吐き出して、その憎悪から解放されたと解釈してよかろう。

頭から真っ逆さまに海に落ちたガラスの戦士船首像は、ロマンチックな幻想を抱いていた「私」であり、人間世界を憎悪するジャクソンであり、さらに、女の子のように華奢なハリィでもある。作品最終ページで明らかにされる「私」の相棒ハリィの死は、「私」の中にあるガラスのような脆弱さとの訣別を意味し、この苛酷な現実世界を生き延びようとする「私」の意志の表明となっている。

5　「金のために」、そして『モービィ・ディック』への叩き台として

この作品に対する作者自身の評価は非常に低い。『レッドバーン』がロンドンで出版されてから一週間後、岳父レミュエル・ショーに宛てた手紙（一八四九年十月六日付）でメルヴィルは『『レッドバーン』に対しては私は特にどんな評価も期待していません。まあまあ楽しめる本と思われるかもしれないですし、つまらないと思われるかもしれません」(10)と作品に言及し、『レッドバーン』に続いて執筆し脱稿したての『ホワイト・ジャケット』にも触れて、「これらは金のためにやった二つの賃仕事です。他の人たちが仕事で木を挽くように、必要に迫られ

てやった仕事です[11]」と述べている。また『ホワイト・ジャケット』の出版交渉のために訪れたロンドンで *Blackwood's Edinburgh Magazine* の長い『レッドバーン』書評を目にしたメルヴィルは「著者である私が『レッドバーン』は屑だと分かっており、しかもタバコを少し買うために書いたものだ[12]」と日誌（一八四九年十一月六日付）に書き残している。さらに、エヴァート・A・ダイキンクに宛てた手紙（一八四九年十二月十四日付）には、『レッドバーン』は（多少）驚いたことに好評のようです。これはうれしいことです。空っぽの財布にお金を入れてくれるのですから。けど、こうした本を二度と書かなくてすみますように[13]」と書いている。

このようにメルヴィルは「金のために」やむをえず書いたと言っているが、「金のために」書いたということは、プロの作家として一般読者向けに書いたということである。しかも彼は一八四九年の春から夏にかけてのわずか四〜五ヶ月の間にマンハッタンの住居で『レッドバーン』と『ホワイト・ジャケット』を立て続けに書き上げている。メルヴィルの姉妹や妻がコピイストとして原稿を清書していたことを考慮に入れても、驚異的なスピードと集中力をもって書かれたと言ってよい。

さらに彼は二度とこのような本は書きたくないと言っているが、『レッドバーン』を書いた翌年には、「私」レッドバーンを「私」イシュメイルに成長させ、ジャクソンをエイハブに進化させて、直截な表現と語りを象徴的な現象と行動に変えた『モービィ・ディック』を執筆している。『レッドバーン』でメルヴィルは初めて「私」をイシュメイルに喩えた。見習い船員としてハイランダー号に乗船した当初、船員のリーダー格のジャクソンに敵意を抱かれ、その結果、他の乗組員たちからも距離を置かれることになった「私」レッドバーンは「私は船内でイシュメイルのような存在になった。ひとりの友も仲間もなく」（*R* 62）と述懐する。そして『モービィ・ディック』のナレーションを「私をイシュメイルと呼んでくれ」で開始するのである。つまりメルヴィルは『レッドバーン』を叩き台にして『モービィ・ディック』を書いたのである。したがって『モービィ・ディック』をより深く的確に理解するためにも、そしてメルヴィルという人物と彼の作品群総体を正当に評価し、彼が遺した言葉の意味と価値を正しく認識するためにも『レッドバーン』は当然、熟読し理解する必要がある。

第五章　『ホワイト・ジャケット』

——元軍艦乗組員メルヴィル——

ニュー・ベッドフォード、船員礼拝堂の風見。

1　帆船軍艦と時代背景

メルヴィルは、十九歳の終わり頃から二十五歳までの五年余の間に、商船、捕鯨船、そして軍艦の順に三種類の船、いずれも帆船に乗り組んだ。

商船での経験は第四作『レッドバーン』で語られ、捕鯨船での経験は第一作『タイピー』、第二作『オムー』、第三作『マーディ』で部分的に、そして第六作『モービィ・ディック』で全面的に描出されている。

メルヴィルは一八四一年一月に捕鯨船に乗り組んで、大西洋からホーン岬を回って太平洋へと出て、捕鯨船内とポリネシアの島々で二年余を過ごした後、ホノルルで一八四三年八月に米国軍艦ユナイティド・ステイツ号に乗り組み、ホーン岬を回る航路で一八四四年十月ボストンに帰着した。この軍艦内での一年余の経験に基づいて著したのが第五作『ホワイト・ジャケット——軍艦内の世界』（*White-Jacket: or The World in a Man-of-War*, 1850）である。彼は、さらに、米独立戦争当時の出来事を題材とした第八作『イズリアル・ポッター——流浪の五十年』（*Israel Potter: His Fifty Years of Exile*, 1855）で軍艦対軍艦の熾烈な海戦シーンを描出し、遺作となった中編小説『水兵ビリィ・バッド』（*Billy Budd, Sailor*, 1891）では十八世紀末の英国軍艦を舞台として設定している。

十九世紀半ばまでの欧米列強の軍艦は帆船が主体であった。メルヴィルが一年余搭乗していた軍艦は帆走フリゲートと呼ばれる三本マストの木造の海軍快速帆船で上下甲板に数十門の大砲を装備していた。メルヴィルがホノルルで軍艦に乗り組んだのは、マシュー・ペリー（Matthew C. Perry, 1794-1858）率いる四隻の軍艦（外輪蒸気フリゲート艦二隻と帆走スループ型軍艦二隻）が江戸湾に侵入した一八五三年七月よりも十年も前のことであり、彼が

『ホワイト・ジャケット』を執筆したのは、このいわゆる黒船来航の四年前である。『ホワイト・ジャケット』にマシュー・ペリー艦隊は出て来ないが、第二次米英戦争で英艦隊を撃破した、彼の兄オリヴァー・ペリー（Oliver H. Perry, 1785-1819）率いる米艦隊をメルヴィルは世界史上の艦隊のひとつに挙げて、「エリー湖で英国軍を蹴散らしたペリー艦隊のブリグ、スループ、スクーナー帆船群」（*WJ* 212）と言及している。

2　〝アラビアのロレンス〟が読んだメルヴィル

〝アラビアのロレンス〟（Lawrence of Arabia）として知られるT・E・ロレンス（Thomas Edward Lawrence, 1888-1935）は、第一次世界大戦中のアラビアでの軍事活動を終えて英国に帰国後の一九二〇年代初めに、メルヴィルの著作を集中的に読んだようである。彼は友人や知己に宛てた手紙の中でメルヴィルの作品に幾度か言及しており、「彼［ハーマン・メルヴィル］はアメリカでもっと賞賛されてしかるべきだ(1)」と書いている。また、個々の作品に言及して、「『モービィ・ディック』［中略］ああ、タイタンのように巨大な書です。あまり知られていない作品ですが『レッドバーン』と『ピエール』をご存知ですか？　『ホワイト・ジャケット』は非常にいい。『マーディ』は退屈。初期の南海冒険物二冊（『タイピー』と『オムー』）はまあまあでしょう(2)」と評している。ロレンスが最高傑作と判断する作品は多くの人々と同様に『モービィ・ディック』だが、加えて『ホワイト・ジャケット』を「非常にいい」と、他の諸作品よりも高く評価している。なぜか？　なぜ『マーディ』や『ピエール』を高く評価しなかったのか？　それは、もしかしたら、生涯独身だったロレンスがアラビアで女っ気なしの男の戦士集団と軍事行動を共にしていたからなのかもしれない。『モービィ・ディック』も『ホワイト・ジャケット』

も女っ気なしの男の世界である。

処女作『タイピー』から第七作『ピエール』まで連続的に精力的に書かれた作品中の女性登場人物を概観してみると、『タイピー』ではファヤウェイをはじめとして現地の女性たちが多数登場した。『オムー』でもポリネシアの女性たちが多数登場し、ベル夫人という美しい白人女性も出てきた。『マーディ』ではイラーとホーシャという二人の女性が寓意的な中心的登場人物として出現した。『レッドバーン』では、レッドバーンが一目惚れしたイギリス娘をはじめ、餓死した母娘、酒場の女給、船員の妻などが登場した。ところが、『ホワイト・ジャケット』は軍艦を舞台とする男の世界で、非男性として登場して多少なりとも描写されるのは六歳の女の子だけである。しかも、その女の子が総員配置の際に従軍牧師の隣に走って行き、彼の手をつかんで彼の顔をいたずらっぽく見上げる姿が一度描かれるだけである。その他、死んだ乗組員の妻、そして「私」が帆桁の端から海に落ちる際に私の脳裏を走馬灯のように駆け巡る過去の記憶の中に母と姉妹が出てくるが、彼女たちの存在が言及されるだけで、登場人物としては出て来ない。『ホワイト・ジャケット』に続く『モービィ・ディック』は舞台が捕鯨船に変わるが、やはり男の世界で、女性で登場するのはナンタケットの宿のおかみさんと女中、そして出港前のピークォド号にさまざまな小間物を運び込むチャリティおばさんと呼ばれる老婦人だけである。『モービィ・ディック』の後の『ピエール』では、ピエールの母、そして『マーディ』に似て、二人の女性、善き天使としてのルーシィと悪しき天使としてのイザベルが中心的人物として登場する。

『ピエール』の二年半後に出された八番目の長編『イズリアル・ポッター』には、パリの可愛いメイドや、英国の農家の不親切で冷たい主婦、貴族の夫人や淑女たちなど複数の女性が登場するが、いずれも極めて軽く触れられているだけで、女性は全員端役の一部にすぎない。主人公イズリアルが十八歳の時に好きになったが、その恋が実らず、家を出るきっかけとなった隣家の娘は「山のジェニー」（*IP* 151）と、一応その名が明らかにされるが、彼がロンドンで結婚した女性は「ケント出身の娘で、その店［パン屋］の店員」（*IP* 162）とだけ言及され、彼女の名前すら述べられていない。妻としての彼女にまつわる文言は、「全部で十一人子供が生まれ［中略］次から次へと十人が埋葬された」(*IP* 162) ことと、ひとりだけ生き残って成長した子を「今はもう母のない子」(*IP* 166) と表現して、彼女が死んだことを間接的に読者に伝えるフレーズのみで、彼女の存在感はゼロと言ってよいほどに希薄である。

メルヴィルの九番目の、そして最後の長編『信用詐欺師』では、寄付金名目でお金を騙し取られる敬虔な寡婦や、帽子に喪章をつけている男の亡き悪妻ゴネリルなど数名の女性が登場するが、いずれも末梢的な存在で、しかも総じてあまり好意的に描かれていない。

そして遺作となった中編『水兵ビリィ・バッド』では女性の登場人物はゼロである。

3　メルヴィルは軍艦をどう見ていたか？

T・E・ロレンスは『ホワイト・ジャケット』を友人に貸したことがあったが、その際、その友人に宛てた手紙に「この本を気に入ってくれるといいのだが。アメリカ海軍の改善がこの本の意図でなかったなら、もっとよい本になっていただろう。だが、少なくともそれは名誉ある失敗と呼べるものであるし、しかもその目的は達成された(3)」と書いた。実際、『ホワイト・ジャケット』には、軍艦内の生活、階級制度、慣例等に対する批判および告発と糾弾の記述が多々ある。

メルヴィルが最多のページを費やして特に糾弾しているものは鞭打ち刑である。犯罪とは言えないような規則違反を理由に四名の船員に鞭打ち刑が執行される場面では、鞭打たれる者を「奴隷」と「犬」に喩えて、「人間が奴隷のように裸にされ、犬よりも酷く鞭打たれる」（*WJ* 138）とメルヴィルは描出する。さらに彼は「海軍の鞭打ち刑は、いかなる立法者にも冒瀆する権利のない人間の本質的な尊厳に反するものである」（*WJ* 146）と説き、「正義と人道」（*WJ* 146）に反する行為として、鞭打ちの即時廃止を訴えている。

メルヴィルがどれほど鞭打ち刑なるものを嫌悪し憎悪していたかは、「私」が上官の過失の責任を取らされて鞭打ち刑に処される寸前まで追い詰められた時の「私」の心理描写中に見てとることができる。「私」は、「私」に対する鞭打ち刑を命じたクラレット艦長を抱えて海に飛び込もうと決意し、実行に移そうとする直前、次のように考える――「自然が人間に植え付けた力は、時として行使されるべきだ。ただ、その力は乱用されているのが実態ではあるが。自らが死ぬと同時に他者にも死をもたらすという、誰もが生まれながらにしてもつ不可譲の特権は、何らの目的もなしにわれわれに賦与されたわけではない。このような行為は、辱められ、存在することに耐えられなくなった者がとる最終手段だ」（*WJ* 280）。

ここでメルヴィルは、自殺と殺人が許される場合があるとまで言っている。幸い、海兵隊伍長と、「私」が敬愛し父のようにも慕うジャック・チェイスが口を出してくれたおかげで、「私」に対する鞭打ち刑執行は取りやめになり「絶望と自暴自棄の只中での殺人と自殺を犯さずにすんだ私は、感謝の涙で泣き崩れそうになりながらその場に立っていた」（*WJ* 281）のだが、「私、ホワイト・ジャケット」は殺人と自殺を犯してでも自分に対する鞭打ちを忌避しようと考えた。それほどまでに鞭打ちなるものを嫌悪し憎悪していたことを、メルヴィルはこの虚構の場面を通じて読者に伝達しているのである。

「私」が乗り組んでいるネヴァーシンク艦内には五百名の乗員がひしめき、違法な飲酒、ギャンブル、スリ、こそ泥、追い剝ぎ、強奪が発生する。さらに、艦が「大海原に浮かぶ、木の壁に囲まれたゴモラ」（*WJ* 376）と喩えられるほどのおぞましい男色の発生事例が複数あることがほのめかされている。だが、軍艦内の「千の悪徳」（*WJ* 77）と「罪悪の総目録」（*WJ* 373）のトップに位置するものとしてメルヴィルが告発しているものは鞭打ちである。[4] 鞭打ちに次ぐ重大な悪としてメルヴィルが批判を展開している対象は、専制的で非道な軍法であり、さらに、士官らと船員たち、船員たちと海兵隊員らが対立しあうという、海軍組織体制内の「構造的悪」（*WJ* 375）である。そして、数々の社会的不公平と不正を糾弾するメルヴィルは自らの信条を「私はただ、不正が正され、すべての人に対して平等に正義が行われることを望んでいるだけだ」（*WJ* 304）と直截に表現している。

メルヴィルは「軍艦なるものが存在する限り、それは人間の性《さが》の中にある暴虐で嫌悪を催させるものの化身であり続けなければならない」（*WJ* 208）と言い、野蛮さの具象としての軍艦が過去のものとなりこの世からなくなることを願って、次のように語っている――「このつまらない物語は将来、すたれた野蛮性の歴史を記した書となるかもしれない。千年至福期が到来して軍艦がなくなった時、軍艦なるものを人々に説明するために『ホワイト・ジャケット』が引き合いに出されることにならないとも限らない。神よ、その時の到来を急がせたまえ！　おお、汝ら歳月よ！　その至福の時をここに連れて来て、われらに拝ませたまえ、われらが生きている間に」（*WJ* 282）。

『ホワイト・ジャケット』の英国版初版の序文でメルヴィルは「本作品の目的は軍艦内部の生活を紹介し［中略］海軍での生活全般を描くことにある」[5] と書き、軍艦内の階級、階層、職種、および狭い艦内での船員たちの生活ぶりをユーモアを交えながら細かに描写した。そして、物語の始まりの部分では、軍艦は、あらゆる職業の人間が乗り組んでいて砂漠に乗り上げてもひとつの都市を形成できるほどの「海上に浮かぶ都市」（*WJ* 74）であると述べているが、物語の結末では、軍艦は船員たちの間では「海上に浮かぶ地獄」（*WJ* 377）としてよく知られていることを明らかにし、軍艦に関する記述を「ハッチの防水縁材にいたるまで、悪魔ベリアルの精神とあらゆる不正に満ちている」（*WJ* 390）という軍艦を断罪する一文で締めくくっている。

4　メルヴィルは戦いをどう見ていたか？

メルヴィルにとって軍艦は「悪魔の精神とあらゆる不正」に満ちた存在だったが、では戦闘行為を彼はどうとらえていたか？

『ホワイト・ジャケット』に物語と同時進行の戦闘は出てこないが、登場人物の回想談というかたちで二つの戦闘場面が描かれている。ひとつ目は、黒人の老船員による三十年余前の英米間の最後の海戦の回想である。その黒人船員が米国人であるにもかかわらず公海上で英フリゲート艦マケドニアン号に強制徴用され、米フリゲート艦であるこのネヴァーシンク号と交戦した際の砲列甲板の有様をメルヴィルは「屠殺場」や「肉屋の陳列台」に喩え、「血と脳味噌」が飛び散り「人肉の断片」がこびりつく艦内の「血だまりの中を」豚が走り回るおぞましい光景を描出している――「マケドニアン号内の〝屠殺場〟では、頭上の横梁と縦梁に血と脳味噌が飛び散っていた。ハッチ周辺は肉屋の陳列台のようで、人肉の断片が環付きボルトに引っついていた。豚が甲板を走り回り無傷で生き延びたが、血だまりの中を嗅ぎ回った豚の体には血がべったりとこびりついていた。船が旗を降ろして降服した時、水兵らは、その豚を食うなんぞ人肉食いそのものだと毒づいて、船外に放り投げた」（WJ 316）。

二つ目は、ジャック・チェイスが仲間たちに語り聞かせる一八二七年のナヴァリノの海戦での戦闘シーンである。この回想談の中でメルヴィルはジャック・チェイスの口を通して、砲撃を受けてショック死した少年弾薬運搬員の姿を言葉少なに描いている――「砲撃で粉砕された舷牆から立ち上る粉塵が消えると、その子がまだじっと座っているのにおれは気づいた。彼の両目は見開かれたままだった。〝おれの可愛いヒーローー！〟とおれは叫んで彼の背中をたたいたが、彼は顔を下にしておれの足元に倒れた。心臓に手を当ててみると死んでいた。その子の体には指一本も触れた跡がなかった」（*WJ* 319）。

メルヴィルは大量の文章を書いた作家だったが、何かをくどくどと描写することはなかった。『レッドバーン』で餓死していく母娘の姿を描出した時もそうだったが、悲劇的な人物にせよ状況にせよ、言葉少なく端的に表現した。

メルヴィルにとって戦争とは何で、そして戦闘行為者はどんな存在だったのだろうか？　彼は戦争をフィジー諸島の人肉食いに喩えて「それ［戦争］にまつわることはすべて、愚かそのもので、キリスト教精神に反し、野蛮、残忍で、フィジー諸島と人肉食、硝石と悪魔を連想させる」（*WJ* 315）と否定し、そして戦闘行為者に関しては「戦争は、最良の人間をも神の冒瀆者と化して、フィジー人並みの人間性におとしめるようだ」（*WJ* 320）と、つまり、戦争によって人は人食い人種と同列の存在に堕ちると言い、最終的に「陸上の兵士であろうと水兵であろうと、戦う者は悪鬼である」（*WJ* 320）と結んでいる。

メルヴィルの作品に現れるフィジーは、南太平洋の観光地としての二十一世紀の今日的感覚ではなく、西欧列強による宣教と植民地化の対象地としての十九世紀中葉の感覚で見なければならない。フィジー諸島での人肉食いについてメルヴィルは、『ホワイト・ジャケット』の次の作品『モービィ・ディック』の中で具体的に言及し、食人種と言われるフィジー人は生存のために人肉を食うことがあるのであって、残酷極まりない美食を食らう文明人よりはましだと述べている――「食人種？　誰が食人種でないというのか？　来たるべき飢饉に備えて、痩せこけた宣教師を塩漬けにして貯蔵したフィジー人のほうがまだ我慢できよう。最後の審判の日には、鵞鳥を地面に縛り付けて肥大化させた肝臓をパテ・ド・フォワ・グラにして喜んで食べている文明開化のグルメのあなたより、将来の飢饉に備えたあのフィジー人のほうがまだ許されるだろう」（*MD* 300）と。

メルヴィルの全作品中で、物語と同時進行の海戦場面が描出されているのは、唯一『イズリアル・ポッター』

であるが、主人公が搭乗するリシャール号と敵艦セラピス号との間の凄絶な海戦の描出を締めくくる文にメルヴィルの戦争観が集約されている――「リシャール号は殺戮に飽食し［中略］硫黄のあらしの中で爆発して、ゆっくりと沈み、ゴモラのように視界から消えて行った［中略］文明開化された人間と野蛮人を分かつものは何か？文明は別個のものか、それとも蛮性の進化の一段階なのか？」（*IP* 130）

メルヴィルは戦争を非人間的な「悪鬼」の行為として否定していた。そして、死に方についても、戦いによる華々しい死ではなく、平和のうちに死ぬことに価値を見出していた。その価値観を彼は『マーディ』の中で次のように語っていた――「甲冑で身を包み、剣を手にして、口から空威張りを発しながら死ぬのは、偉大なる勇気ではない。ワニでさえ鎖帷子《くさりかたびら》のような皮に包まれたまま死ぬし、メカジキは決して剣を手放さないのだから。自分の寝床で穏やかな目で息を引き取るのが、将軍エパミノンダスの死にまさる」（*M* 31）。『ホワイト・ジャケット』では、十八世紀末のナイルの海戦で数百名の仏人もろとも撃滅した仏戦列艦のメインマストから作られたネルソン提督の棺は果たして「栄光の棺」（*WJ* 316）か、と疑問を呈し、「私」は生きた「緑の木の幹の中に」眠りたいと書いている――「朽ちていくマストの中に眠るネルソン提督に平安あれ！　だが、私は緑の木の幹の中に納められたい。そして死後も生命の樹液を私の周りに巡らせ、私の軀《むくろ》を、私の平和な墓の日よけとなる葉たちに分け与えたい」（*WJ* 316）。

5　檣楼員の視点

『ホワイト・ジャケット』を脱稿し、その校正刷りを抱えて出版交渉のためにロンドンへ向かったメルヴィルは、個室船室乗客として乗船しながらも時々マストにのぼっていたことを日記に書き残すほど、船上の高いところが好きだったようである。(6)『ホワイト・ジャケット』で「私」ホワイト・ジャケットは大檣楼員として設定されており、「私は大檣楼員で、しかも私の持ち場はフリゲート艦の一番高い帆桁、メイン・ロイヤル・ヤードだったので、今こうして私は自由奔放に思いつくままに、また一切の偏りなく軍艦世界を俯瞰する話をすることができる」(WJ 47)と述べている。そして、檣楼員たちの置かれている環境と彼らが目にする海の光景が彼らの気質を形成するとメルヴィルは語っている——「前檣、大檣、後檣の檣楼員たち以上に自由で気高い心をもち、陽気で明るく屈託のない、冒険好きで、はしゃぐことが好きな連中がいただろうか？　彼らの心が自由闊達だったのは、毎日、職務でマスト周辺の索具上を自由に歩き回っていたからであり、気高い心をもっていたのは、下の甲板上の小さな騒ぎや愚痴やけちくさいことの頭上高くに彼らがいたからである［中略］こうした檣楼員たちの陽気さの原因は、彼らが青く果てしない海、えくぼのようなさざ波を立てて笑う、陽光あふれる海をいつも見渡していたことにあった」(WJ 47)。

メルヴィルは『オムー』では「国ということに関しては、船乗りは特にどの国民にも属していない」(O 313)と言い、続いて『マーディ』では「全マーディを自分の家と考えよ。国家は名称にすぎない。そして大陸は移ろいゆく砂でしかない」(M 638)と語り、世界規模、地球規模の視野から人間世界を見ていたが、『ホワイト・ジャケット』ではその視界をさらに宇宙規模に拡大している。

「私、ホワイト・ジャケット」は夜、ひとりでマスト上部にのぼり、星々を見つめて全宇宙との一体感を味わいながら「われわれ船乗りは、むだに航海をしてはいない。われわれは生国を離れて宇宙に帰化するのだ」(WJ 76)と言う。続けて、メルヴィルは、キリスト教徒たちが戦闘で奪い取った相手国の軍艦を「水に浮かぶ戦勝記念碑」(WJ 266)として航行させる行為は、野蛮なインディアンが殺した相手の手を戦勝記念として毛布に赤く描いて人々に誇示する行為と同じであり、したがって、宇宙の中の地球はまだまだ未開の地であり、「まだ、ひとりの宣教師もこの哀れな未開の惑星を、文明を文明化しキリスト教界をキリスト教化するために訪れていない」(*WJ* 267)と述べる。そして最終章に続く"The End"では、地球を銀河艦隊の中の一隻の軍艦に喩え、神を船大工と提督に見立てて、壮大な宇宙の視点からこう語る――「海洋を航行する軍艦のように、この地球は大気中を進む。われわれ人間は皆、この快速航行する不沈の世界フリゲート艦に乗っている。この艦を造った船大工は神。地球船は銀河艦隊の中の一隻にすぎず、艦隊の提督は神」(*WJ* 398)。

また、「私、ホワイト・ジャケット」も宇宙の一部としてとらえられており、マストヘッド上の「私」がまとう白いジャケットは、夜は「銀河のひとかけらのように」(*WJ* 78)輝くという比喩をメルヴィルは使用している。

6　白いジャケットは何の表象か?

メルヴィルは、なぜこの作品に『ホワイト・ジャケット』(*White-Jacket*)というタイトルをつけたのか? 作品中で衣服そのものを指す場合には彼は white jacket と書いている。頭字を大文字にし、しかもハイフンで結んだ White-Jacket という表記は、「私」のニックネームとして使用されている。つまり White-Jacket は、white jacket を着た「私」という意味で使われている。

『タイピー』での「私」は現地人からトモ(Tommo)と呼ばれ、『オムー』では「私」のままで別称はなく、『マーディ』での「私」は半神タジ(Taji)を詐称し、『レッドバーン』での「私」にはウェリンバラ・レッドバーン(Wellingborough Redburn)という虚構の姓名が与えられていた。そして『ホワイト・ジャケット』での「私」は終始、ホワイト・ジャケット(White-Jacket)というあだ名で呼ばれている。

White-Jacket という作品名が指し示すものは、white jacket なる衣服ではなく、white jacket を身にまとった「私」である。ホーン岬の風雨をしのぐために「私」がこしらえた white jacket は物語の冒頭に登場し、結末で、その white jacket は切り裂かれ、銛を打ち込まれて海底に消え、そして救出された「私」はまもなく故国に帰還する。つまり、作品名 *White-Jacket* は米軍艦に乗り組んでいた時の「私」、捕鯨船員ではなくて軍艦乗組員としての「私」を意味しているのである。だから、語り手としての「私」は、軍艦乗組員当時の「私、White-Jacket」を時として客体視して、「彼」とか「おまえ、White-Jacket」と呼びかけているのである。

全九十三章のこの作品には山場が九つほどある。第一の山場はホーン岬を回る場面で、強風吹きすさぶ厳寒のホーン岬を回る帆船軍艦は凍てつきながら大嵐の中を通り抜けて大西洋に出る。第二の山場は四名の乗組員に対する鞭打ちの刑執行で、これが描出量的にも最大の山場となっている。第三は、大腿部を撃たれた乗組員が片脚切断手術により死亡する出来事。第四は、「私」自身が鞭打ち刑に処されそうになり、殺人と自殺を考える場面。第五は、軍法の法制面での不正を正すことを訴える章。第六は、登場人物たちが語る過去の海戦シーン。第七は、シェンリィという前檣楼員の死と遺体の水葬。第八は、ひげを刈り込めという艦長命令に最後まで従わなかった老船乗りに対する鞭打ち刑執行。そして最終の山場は、白いジャケットのせいで海に落ちた「私」が、その白ジャケットを切り裂いて脱出し、ホホジロザメと見紛われた白ジャケットが銛を何本も打ち込まれて海中に没する場面である。

物語が進行する過程で、白ジャケットは被服として、また「私」の呼称として、間欠的に登場する。『マーディ』では、イラーを探求するタジ一行の前にホーシャの使者たちが、やはり間欠的に現れるが、使者たちはイラー探求の一定段階が終了する都度、姿を現しており、彼女たちの出現には物語進行上の因果関係があった。しかし『ホワイト・ジャケット』における衣服 white jacket と「私、White-Jacket」に関する記述と描出は、どちらかと言うと散発的で、そこには物語の前後関係上の必然は感じられない。これは、『ホワイト・ジャケット』

が『レッドバーン』脱稿直後の一八四九年夏のわずか二ヶ月半ほどの短期間で書き上げられたことに、その一因があるのかもしれない。

いずれにせよ、white jacket または White-Jacket の描出は、『モービィ・ディック』での白い鯨の描出の前座のようなものになっている。では、なぜ白なのか？

6-1　メルヴィルの屍衣として

作品冒頭で「私」は、このジャケットを自分でこしらえた経緯を語り、出来上がった白いズック製のジャケットを「屍衣《しい》のように白い」と表現している。そして「後に危うく私の屍衣になりかけた」（*WJ* 3）と述べている。

この白いジャケットは二度、「私の屍衣」になりかける。一度目は、南太平洋上で桶屋が海に落ちて死んだ日の夜のことで、白いジャケットにくるまってマスト天辺近くの帆桁の上にいた「私」は桶屋の亡霊に間違えられ、夜直の乗組員たちによって三十メートル下の甲板上に危うく落とされそうになる。

ペルー沖からホーン岬を回って、リオ・デ・ジャネイロ経由でヴァージニア沖に至るネヴァーシンク号の航海中、白いジャケットは「私」に「ことごとくの災難と不自由、苦労と苦難」（*WJ* 391）をもたらす。「私」の白いジャケットは、暗色のジャケットを着ている乗組員たちの中で目立ったので、上官たちから用を言いつけられやすかったし、また、ロープを全員で引っ張る際にはいつも、他の乗組員たちへのお手本となるような働きを示さねばならなかった。だから「私」は「おお！　どれほど私はわが不運の衣服を呪ったことか。どれだけ私はそいつを甲板にこすりつけて黄褐色にしようとしたことか」（*WJ* 121）と嘆く。船上でのオークションで白ジャケットを売り払おうとしたが買い手がつかず、四十二ポンド砲弾と一緒に海底に沈めてしまおうかとも思った。しかし「もしジャケットを沈めれば、海の底で広がってベッドのようになり、その上に私が、早晩、死人となって横たわることになる」（*WJ* 203）という迷信的な考えから実行しなかった。

迷信深い乗組員は、不吉な数字となる十三人目のメンバーとしてやって来た「私、ホワイト・ジャケット」が数々の災いの元になっていると言う。白いジャケットのせいで「私」は、十二名一組の本来の食事グループを去ることになり、新しい食事グループに十三人目のメンバーとして加わったが、それ以降、新しい食事グループの中の三人が不幸な目に遭う。帆桁から墜落して不具になった者、歩哨に脚を撃たれた後で右脚切断手術を実施されて死亡した者、そして肺を患って死に向かう者。「これは食事グループの中に十三という数があるからだ［中略］くそったれ、ヨナめ！［中略］おまえとそのジャケットのせいだ」（*WJ* 332-3）と迷信深い乗組員は言い、「私」はそうした迷信を否定しつつも、「私」自身、やはり「私」の白いジャケットを呪う。

白いジャケットが「再び、そして最後に屍衣になりかけた」（*WJ* 391）のは、物語の結末で艦がヴァージニア沖に差し掛かった時である。その時、三十メートル以上の高さのメインマスト上で帆の滑車に索を通す作業をしていた「私」は、船の急な動きによって「私」の頭にかぶさったジャケットのすそを帆の一部と勘違いして引っ張り、帆桁の先端部分から真っ逆さまに海に向かって落ちる。父、母、姉妹の姿が走馬灯のように脳裏を駆け巡り、過去のすべてを凝集的に感じ取りながら、空中の大渦巻の中を通って海中に突っ込む。海中で生と死の音を耳にした後で海面へと浮上するが、水中で膨らんだ白ジャケットのせいで身動きがとれず、ベルトに挟んでおいたナイフで「自分自身を切り開くかのように」してジャケットを切り裂き、「私はジャケットから脱け出て自由になった」（*WJ* 394）のである。そして、沈み始める白ジャケットを目の前にして「私」は「沈め、沈め、屍衣よ！［中略］永久に沈め！　汝、呪われしジャケットよ！」（*WJ* 394）と思う。艦上の乗組員たちは白ジャケットをホホジロザメ（white shark）と思い、白いジャケットは銛を何本も打ち込まれて沈む。

『モービィ・ディック』の四十二章「その鯨が白いこと」で白い色がもつ多重な意味を追究するメルヴィルは、極度の恐怖と嫌悪感を呼び起こす存在としてシロクマとホホジロザメを挙げて、「白い屍衣を着た熊や鮫」（*MD*

189）と表現している。つまりメルヴィルは、白い色には死を連想させ、死に対する恐怖を呼び覚ます一面があると考えるのである。「その鯨が白いこと」の章の最終パラグラフでメルヴィルは、広大な雪原の中に「無色にして全色の無神思想」を見、雪原を「白い屍衣」（*MD* 195）に喩える。

遺作となった『水兵ビリィ・バッド』での前檣楼員ビリィもやはり白い服装で、「白いジャンパーと白いズック製ズボン」（*BB* 118）を身につけており、『ホワイト・ジャケット』での白いジャケットと同様に「屍衣」に喩えられている。暁の絞首刑執行を待つビリィを「実質的に、すでに彼は屍衣を、もしくは屍衣に代わる衣服を身にまとっていた」（*BB* 119）とメルヴィルは描写する。

メルヴィルは一貫して、白を「屍衣」の色としても、つまり死の表象としても見ていたが、そのことを最初に明示し、前面に打ち出した作品が『ホワイト・ジャケット』である。[7] 軍艦乗組員の「私」は「屍衣」をまとっていたのであり、「私」の白いジャケットは死の表象であった。乗組員たちは「私」を「冥土のホワイト・ジャケット」（*WJ* 78）と呼び、「私」の白ジャケットを「冥土のジャケット」（*WJ* 121）と呼んだ。

死の表象を脱ぎ捨てることは、死からの解放であり、生への復帰である。だからメルヴィルは「白ジャケットは海の底に沈んだ」（*WJ* 395）と語った直後、航海が終わりに近づく艦上から夜の天空を見上げて、「痩せ細った下弦の月が航海の終わりを暗示している。だが、星々が顔を出し、永遠の輝きを見せている。あれが未来だ、永遠の彼方の光あふれる永劫の来世だ」（*WJ* 396）と、未来と来世への見果てぬ希望に思いを馳せながら、故郷の地に帰る喜びを表現し、作品最後を「誰に苦しめられようと、何に包囲されていようと、人生は故郷への航海である」（*WJ* 400）と締めくくっているのである。

6-2　メルヴィルの霊として

作品冒頭で艦がペルーを出港する際、白いジャケットを身にまとった「私」はメインマスト天辺でロイヤル帆を広げる作業をしており、ロイヤル帆がアホウドリの翼に、そして「私」自身はアホウドリそのものに喩えられている――「メインマスト最上部のロイヤル帆を広げていたのがホワイト・ジャケットだった。はるか頭上のロイヤル帆は、白いアホウドリの翼のように見え、目のくらむような高みにある桁端の上を飛び回るホワイト・ジャケットはアホウドリそのものに思えた！」（*WJ* 7）

『モービィ・ディック』の「その鯨が白いこと」の章でメルヴィルはアホウドリを「白い亡霊」（*MD* 190）と呼んでいるが、彼は「私、ホワイト・ジャケット」を、軍艦乗組員だった過去の「私」の「亡霊、幻影」としてとらえて描出したのではなかろうか。

また、シェンリィの遺体を水葬に付す儀式が上甲板で執り行われている間中、メインマスト上を舞っていた「一羽の雪白の鳥」は「シェンリィの霊」（*WJ* 342）であると、ジャック・チェイスの口を通してメルヴィルは言っている。だとすれば、メインマスト最上部が持ち場である「私、ホワイト・ジャケット」は、軍艦乗組員だった当時のメルヴィル自身の「亡霊、幻影（phantom）」または「霊（spirit）」として設定されているのではないだろうか。

鞭打ち刑の廃止を訴えるメルヴィルは「私、ホワイト・ジャケットは、不変の信条たる崇高なマストヘッドから降りて来て、あなた方、提督や艦長らと闘う用意がある」（*WJ* 147）と言う。メルヴィルの「不変の信条」とは「正義と人道」（*WJ* 146）を指しており、「崇高なマストヘッド」はその表象であり、そのマストヘッド上にいる彼の「霊」ホワイト・ジャケットはその信条の代弁者だということである。

6－3　虚偽の色として

「私」がオークションで白いジャケットを売り払おうとした際、乗組員の誰一人として値をつけようとせず、それどころか白いジャケットに対する嫌悪感をあらわにした。船倉部門キャプテンは「ジャケットだと！［中略］白塗りのスクーナー軍艦とでも呼んだらどうだ？」（WJ 202）と声を張り上げ、白いジャケットを「白塗りの軍艦」に喩えた。(8) 日本で後に黒船と呼ばれることになったように、当時は帆船軍艦も蒸気軍艦も船体はタールを塗られて黒かったが、白いジャケットは平乗組員たちにとって、戦時には自分たちに死をもたらす黒塗りの軍艦の外面を「白く塗って」美化しただけのような存在であり、白いジャケットも黒い軍艦もともに嫌悪の対象だというわけである。

「白く塗って」美化されたものは真実の姿を見せていない。"The End"で、軍艦内の世界を地球上の人間世界の縮図としてとらえるメルヴィルは、人類が乗る船は軍艦と同様に目に見える外面だけがきれいにされた「嘘」だと言う――「外面的には、われわれの船は嘘だ。外から見えるのは、きれいに掃除された甲板と、喫水線上のちょくちょく塗りなおされる船板だけだ。ところが、秘密の貯蔵室を抱えた船体の大部分は水面下深くを進む」（WJ 399）。

続けて、メルヴィルは地球という同じ船に乗る世界の人々に呼びかけて、きれいにされた目に見える上甲板の下の目に見えない砲列甲板は不条理な苦しみに満ちていると訴える。「乗組員諸君、世界の仲間たちよ！　われわれ民衆は数々の虐待に苦しんでいる。砲列甲板は不平不満に満ちている」（WJ 399）と。この「乗組員諸君」という呼びかけ方は『モービィ・ディック』のマプル神父に引き継がれる。マプル神父も、捕鯨者礼拝堂内のまばらな会衆に向かって「乗組員諸君」と呼びかけ、「世界は船出した一隻の船のようなもので、その航海は終わっていない」（*MD* 40）と世界を一隻の船に喩えながら説教をし、最後に「虚偽の面に向けて真理を説くこと」（*MD* 48）の必要性を訴える。そして、メルヴィルの代弁者のひとりとして物語の初めに一度だけ登場したマプル神父は、エイハブ船長に姿を変えて再び登場し白い鯨を追求する、という人物設定をメルヴィルは行ったと筆者は解釈している。エイハブが打ち抜けと言う「仮面」（*MD* 164）はマプル神父の言う「虚偽の面」であり、それは白い鯨の外面の白色を指している。

白いジャケットを「白塗りの軍艦」と呼ぶメタファーの奥には、「白塗りの」美化された人間世界という意味が内包されており、『ホワイト・ジャケット』から『モービィ・ディック』へとつながる白の表象の進化を読む時、白いジャケットは明らかに白い鯨のプロトタイプとして位置づけられ解釈されることができる。(9)

7 「正義と人道」の視座から

メルヴィルは一八四九年の春から夏にかけてのわずか四～五ヶ月の間にマンハッタンの住居で『レッドバーン』と『ホワイト・ジャケット』を立て続けに書き上げた後、岳父に宛てた手紙（一八四九年十月六日付）で「これらは金のためにやった二つの賃仕事です。他の人たちが仕事で木を挽くように、必要に迫られてやった仕事です。そして、自分が書きたいと思っている類いの本を書くことは控えなければならないと感じつつも、それでも、これら二冊を執筆するにあたり、自分をそれほど抑制せず［中略］ほぼ感じるままに語りました」(10)と書いた。そして、翌年春にリチャード・ヘンリィ・デイナ・Jr.（Richard Henry Dana, Jr., 1815-1882）に宛てた手紙（一八五〇年五月一日付）に「木を挽くような仕事をして手にする〝金銭的利益〟のためだけにこうした本を書いたわけではない」[11]と書いているように、メルヴィルは生活のための「金銭的利益」を得るためだけに書いたわけではなく、同時に、自分の心情を偽らずに、言いたいことを書き表した。

Southern Literary Messenger 誌は、立て続けに出版されたこれら二作品の書評（一八五〇年四月）で「『レッドバーン』と『ホワイト・ジャケット』は、はっきりした目的をもって書かれている。『レッドバーン』は商船業務規則の改革を企図し、『ホワイト・ジャケット』は〝海軍における鞭打ち〟の問題に目を向けている」[12]と、メルヴィルが当時の社会に訴えたかったことの一部を指摘したが、メルヴィルは「正義と人道」を信条とする自らの視座から、さまざまな直喩、隠喩と表象を通して、あるいは直截な言葉で、数々の社会的不公平と不正を批判し、告発し、糾弾したのである。

第六章　『モービィ・ディック』

――メルヴィル　vs.　白人キリスト教文明――

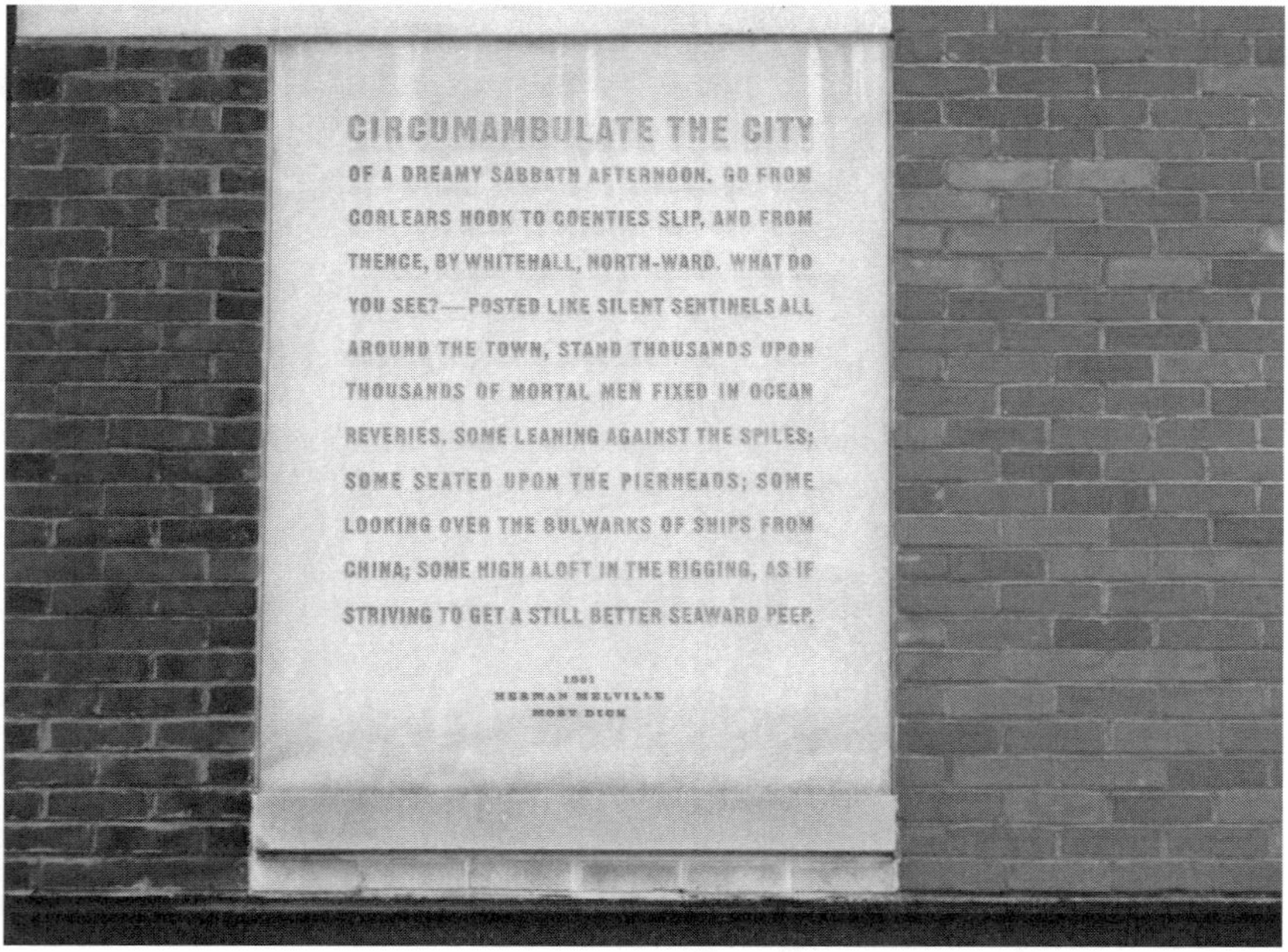

マンハッタン、イースト・リヴァー沿いのフロント・ストリートの壁面に掲げられている『モービィ・ディック』第1章、第3パラグラフ。

1　『南海』

メルヴィルの第六作『モービィ・ディック――鯨』（一八五一）の分析と解釈に先立ち、まず『南海』（*The South Seas*）というタイトルで彼が行った講演の中身を吟味しておきたい。なぜなら『モービィ・ディック』のストーリーの終局の場面は南海の只中に設定されているからであり、また、この講演は彼の長編全九作、および、遺作『水兵ビリィ・バッド』を除くすべての中短編が発表された後で行われたものであり、したがって、そこには作品分析に資する手がかりや作品解釈の傍証となりうる文言が含まれている可能性があるからである。

一八五八年十二月から翌年三月にかけての冬の間にメルヴィルは、ニューヨーク、マサチューセッツ、メリーランド、イリノイ、ウィスコンシンの米北東部から北部にかけての州で計十回この講演を行っている。その講演の再現版によると、前半でメルヴィルは、まず、欧米の視座からの南海すなわち太平洋の地理的所在と歴史的背景を話し、次に、サメ、メカジキ、マンタの海中生物、ペリカン、ペンギン、グンカンドリ、アホウドリの海鳥、青白い燐光を発する夜の海、そしてソシエテ諸島のボラボラ島などの美しい島々に触れている。講演後半では「文明の熱と埃から」（*PT* 415）隔絶されたポリネシアの島々および島民たちと、そこへ入り込んで来る白人たちについて語り、最後に「文明化を推し進める欧米」（*PT* 416）に対する批判と南海の楽園存続への願いを述べて講演を締めくくっている。

講演の主眼は、聴衆の心中に南海への憧れを醸成することにあるのではなく、南海の楽園を穢す白人キリスト教文明に対する批判を人々に伝達することにあると言ってよい。アメリカ人の聴衆を前にしてメルヴィルは「自分たち白人」が南海の地で歓迎されていない存在であることを次のように伝える――「残念ながらポリネシアの多くの人々の間での私たち白人の評判は嘆かわしいものだ。島民たちは本来やさしくて、親切なもてなしを提供してくれる人たちなのだが、白人に対しては本能的とも言える憎悪を植え付けられている。宣教師たちの内の何人かといったような例外はまれにあるにしても、彼らは私たちを、この地上で最も野蛮で信用できない、反宗教的な悪魔のような生き物だと思っている」(*PT* 415)と。

最初の二作『タイピー』と『オムー』でメルヴィルは、ソシエテ諸島およびサンドイッチ諸島(現ハワイ諸島)でのカトリックとプロテスタント両方の宣教師たちの悪行を具体的かつ詳細に描出して、キリスト教系各紙から激しい非難を浴びた。しかし、当然のことであろうが、それら二作の出版後十二年近くを経た『南海』講演時も、欧米による宣教の実態に対するメルヴィルの批判的認識は変わっていない。

講演の最終部でメルヴィルは、ハワイではハワイ語の学校教育を禁止しようとする動きが出ていることに言及して、「文明化の結果は、サンドイッチ諸島などの各地で、文明化する側に利益をもたらし、文明化される側には破壊をもたらしている」と文明批判をし、次のように結んでいる――「ハワイとジョージア諸島を合衆国に併合しようとするプロジェクトが最近着手された。しかもその一方で、ナンタケットの捕鯨船とカリフォルニアの〝西へ向かえ〟熱が日々それらの地の併合を推進しつつある。この講演を終えるにあたり私は、アメリカやヨーロッパ各地からの冒険者たちが、地上の楽園を悪の巣窟と化すような、蛮人さえもが目を背けるほどの残忍冷酷な悪業に手を染めないようにと心底願いたい。ごく普通の博愛主義者として、そして特にポリネシアの人々の友人として、私は、豊かな土壌に恵まれ幸福な人々の住まう南海のエデンの園の多くが、文明との接触によって汚染されることなく、素朴で美しく純真なままであり続けることを望む」(*PT* 420)。

メルヴィルは最後に、自国合衆国によるハワイ併合に反対する祈りを一緒に捧げることを全聴衆と全キリスト教徒に呼びかけて講演を終えているが――そしてその祈りが通じなかったことは後の歴史が示しているが――講演録を通してこの講演に接する私たちが認識を新たにすべきことは、メルヴィルの白人キリスト教文明批判は、第一作『タイピー』を書いた当初から、それ以降のすべての長中短編を書き終えた後も、首尾一貫してなされていることである。したがって、メルヴィルの白人キリスト教文明批判精神が、「地球上で最も獰猛な動物である白人文明人」（*T* 125）というフレーズをはじめとする直截で平明な言葉で語られる『タイピー』や『オムー』およびこの講演と同様に、一見分かりにくい隠喩や寓喩や象徴を通して書かれている『マーディ』や『モービィ・ディック』をも等しく貫いていると解釈するのはきわめて自然なことである。事実、『マーディ』で「私」タジは、キリスト教界を中心とする人間世界を寓意するマーディ群島を最終的に拒否し否定し、理想のイノセンス、死せるイノセンスを追い求めて、その世界の外へ出た。そして『モービィ・ディック』でメルヴィルは「白人文明人」としての自己を追究し、その過程で、白人キリスト教文明の表面の偽善とその奥に巣くう悪、およびその文明を正当化する根拠になっている神の概念を巨大な白い鯨に化身させ、憎悪の銛を撃ち込むエイハブの「汝、呪われし鯨め！」（*MD* 572）という叫びとともに、南海の只中で白人キリスト教文明とその神と「白人文明人」としての自己を断罪したのである。

『モービィ・ディック』には、自らと象徴化された白い鯨とを「拳銃と弾丸」（*MD* 3）で撃ち抜こうとするようなメルヴィルの糾弾姿勢、言い換えれば、マプル神父の口を通してメルヴィルが言う「虚偽の面に向けて真理を説く」（*MD* 48）姿勢が、まるで船を貫く竜骨のように走っている。この作品に対しては、部分的解釈や誤解釈を含めて、さまざまな視点からの多様な解釈が可能であるが、物語の八割強は北大西洋から南大西洋、インド洋、南シナ海を経由して日本沖と南海に至る海を舞台に進行するので、まず海の解釈から始めることにする。

2　メルヴィルにとって海とは？

『タイピー』と『オムー』でメルヴィルは、南海の緑の島と島の人々を描出したが、海それ自体を描くことはなかった。第三作『マーディ』で初めて彼は海を描いたが、作品導入部の第九章から三十八章までの間の捕鯨ボートによる航海と海の描写は生き生きとした冒険的魅力に富んでいて、南海の朝、昼、夕、夜の海のさまざまな姿、および、後の講演『南海』でも触れるサメやメカジキなどの海洋生物が仔細に描出されている。

第四作『レッドバーン』では冒頭、子供時代の「私」レッドバーンが抱いていた海、航海、異国への「漠とした夢みる想いと憧れの気持」（*R* 7）を「私」は述懐しているが、不況の時代を生き抜くために貨客船で初航海に出た後は荒々しく苛酷な北大西洋を描いている。続く第五作『ホワイト・ジャケット』は、太平洋からホーン岬を回って大西洋を北上する帆船軍艦を舞台としているが、副題『軍艦内の世界』が示すように、描出対象の主体は軍艦内部と乗員で、海に関しては、荒れ狂う厳寒のホーン岬以外はほとんど触れられていない。ただ、乗員についての記述中で「檣楼員たちの陽気さの原因は、彼らが青く果てしない海、えくぼのようなさざ波を立てて笑う、陽光あふれる海をいつも見渡していたことにあった」（*WJ* 47）と、どちらかと言うと暗い海を描く傾向の強いメルヴィルが、海の明るい表面を引き合いに出しているのが非常に印象的である。

海の描出は第六作『モービィ・ディック』が最多で、しかも、第五作までの海とは趣を少し異にしている。物語冒頭、陸上の人間社会に幻滅し、死と破壊の衝動に取り憑かれ始めた「私」イシュメイルは「拳銃と弾丸を手にする代わり」に海へ出ることにし、「大洋の存在を知っていさえすれば、ほとんどすべての男が、程度の差こそあれ、いつかは私と同じような気持を大洋に対して抱く」（*MD* 3）と語る。『モービィ・ディック』の海は、単に「深く果てしない海」（*MD* 454）とか「水の荒野」（*MD* 393）といったようなごく一般的な概念の範囲にとどまらない。メルヴィルは、檣頭での鯨見張りに立つ若者は「脚下の神秘の海洋を、人類と自然界にあまねく満ちている深く青い底知れぬ魂の表象としてとらえる」（*MD* 159）と述べ、「地球の暗い側である海洋」（*MD* 424）と表現している。つまりメルヴィルは海を、暗く深遠な魂の表象として認識しているのである。

さらに、海は苛酷な人生の表象として認識されてもいる。クィークェグがピークォド号に横付けされた鯨の屍体に乗っかり、時々海中に落ちながらも、鯨肉に襲いかかる鮫の群れとその鮫どもを退治すべくタシュティゴとダグーが甲板上から振り下ろす鯨切開用スペードとの間隙を縫って作業する姿を見守る「私」イシュメイルは「おまえがあえぐ、その底知れぬ大海が人生なるものだ」（*MD* 321）と考える。

メルヴィルは海を美化して描いていない。ピークォド号が太平洋に入った時点では「大南海〔中略〕わが愛しの太平洋〔中略〕あの穏やかな大洋」（*MD* 482）と、そして「憎悪されし白鯨が今しも遊弋《ゆうよく》しているあの海」（*MD* 483）と表現するメルヴィルは、船が日本沖の穏やかな大抹香鯨漁場に入った時には「人は、海の表面の静謐な美と輝きを目にすると、その下で激しく鼓動する虎の心臓の存在を忘れ、ビロードのようになめらかな足が残忍な爪を隠していることを思い出そうとしない」（*MD* 491）と書く。

海はむしろ、残虐なものとして認識され、またそう描かれている。海を「仇敵」（foe）とも「悪鬼」（fiend）とも呼ぶメルヴィルは、イノセンスのメタファーとしてのタヒチ島と、それを取り巻く、残酷な人生と人間世界のメタファーとしての残忍で無慈悲な海について次のように叙述している――「海の狡猾さを考えてみよ。目に見えぬ恐ろしい生き物が愛らしい青色の水の下に身を隠して泳いでいる。優美な姿の鮫のように悪魔的輝きと美しさをもつ無慈悲な種の存在を考えてみよ。海中であまねく行われている共食いを今一度考えてみよ。海の生き物は皆、互いに捕食し合いながら、創生以来、永劫の戦いを続けている。／こうしたことすべてをよく考えてから、この緑の、やさしい、従順な地上に目を向けてみよ。海と陸地の両方をよく考えてみよ。あなた自身の内に何か妙に似ているものを見出さないか？ この恐ろしい海洋が緑の陸地を取り巻いているように、人の魂の中には平和と喜びに満ちたタヒチ島が存在するが、半ば知った人生の恐怖に包囲されている。神よ汝を守りたまえ！ その島から漕ぎ出してはならない、二度と戻ることはできないのだから！」（*MD* 274）

かように海面下の海の残虐性が特筆されているが、白鯨との三日間にわたる死闘が繰り広げられる前日のナレーションでメルヴィルは、青い天空を女性に喩え、青い海を「たくましく男らしい海」「男性的な海」（*MD* 542）と呼び、花嫁と花婿が結ばれるようにして空と海がひとつの青に溶け合う様相を描出している。最後に、闘いが終わった後の海は、屍衣の海、葬送の海として描出される。最終章は「海の大いなる屍衣は五千年前と同じようにうねった」（*MD* 572）という一文で終わり、続くエピローグで「私は棺につかまり、ほぼ一昼夜、挽歌を奏でるように柔和な大海原を漂った」（*MD* 573）後で「私」イシュメイルは救出される。

以上の海の描出を総合すると、メルヴィルは男らしく、かつ残酷無慈悲な海に、自らの魂を映じ、生と死の投影を見ていたと要約できよう。

3　出航まで

『モービィ・ディック』（全百三十五章）は『マーディ』（全百九十五章）に次ぐ、メルヴィルの全著作中二番目に長い作品であり、書き方も似ているところがある。『マーディ』は、捕鯨船上で始まる第一章から、捕鯨ボートが燐光を発する夜の海を漂う三十八章までが現実的な世界で、イラーとマーディ群島が出現して、その群島内での航海が行われる三十九章以降は幻想的な寓意ロマンスと化した。『モービィ・ディック』はピークォド号がナンタケットを出航する二十三章までが厳冬のニュー・イングランドを舞台とする陸上の世界で、二十四章以降は船上と海上の世界になる。いずれの作品も前半ばの一章を境にして、作品の舞台背景ががらりと変わる。しかも、主役として行動し発言していた「私」タジは、イラー捜索の航海開始後に、そして「私」イシュメイルは捕鯨船ピークォド号による航海開始後に、いずれもほぼ完全なナレーターと化す。

『マーディ』の重心は当然のことながら三十九章以降にあった。『モービィ・ディック』も一見、モービィ・ディック追跡の航海が始まる二十四章以降が作品の主要部に見えるし、実際、捕鯨物語、白鯨追撃物語としてはそうであろう。しかし、この白鯨物語を読み解くための鍵や手がかりが、そして作者が白い鯨に象徴化して作品に投入したキリスト教と白人とに対する批判的認識が、二十三章までの間にすでに文言化され提示されているのである。したがって、作品の全貌を整合的に把握するためには、私たちはまず、二十三章のピークォド号出航までを注意深く精読し理解する必要がある。

出航までのストーリーは短い――マンハッタンを発った「私」イシュメイルがニュー・ベッドフォードに着くのは十二月の土曜夜で、投宿先の潮吹亭に入って来る船乗りたちの「ひげにはつららが下がっている」(*MD* 15)ほどまでに寒い。「私」はその宿で南海出身の異教徒のクィークェグとひとつのベッドを分け合って寝ることになる。翌日曜、「私」はみぞれの嵐の中、捕鯨者礼拝堂に行き、その翌日、荒天の中、「心の友」となったクィークェグと一緒に船でナンタケット島へ移動する。その島で「私」たちはピークォド号に乗り組むことにし、数日後の厳寒のクリスマスの日に、船首から巨大なつららをぶら下げたピークォド号は凍てつく冬の北大西洋上に出る。

では、ここまでのストーリー中のナレーション、独白、対話、描写に組み込まれている、作品解明への鍵や手がかり、および白人キリスト教文明に対するメルヴィルの批判的認識を以下に浮き彫りにしてみよう。

3－1 「幻」

鍵は、水面に映る「幻影」(phantom)である。海へ行くことにした「私」イシュメイルが、なぜ人は水辺に向かうのかと、その理由を思い巡らして到達する先が、ナルシスの物語である。メルヴィルは「彼は泉に映る悩ましく柔和な像をつかもうとして、水の中に飛び込み溺死した。だが、それと同じ像を私たちはすべての川と海の中に見出す。それは、とらえがたき生の幻影であり、これがすべてを解明する鍵だ」(*MD* 5)と、自らと読者に向けて語る。冒頭の「私をイシュメイルと呼んでほしい」(*MD* 3)というインパクトの強いフレーズに耳目を奪われて、ナルシスの存在を忘れてはいけない。「私」メルヴィルは、対世間的にはイシュメイルのような存在であると同時に、自分自身に対してはナルシスのようにも自己に陶酔し、自己を追究する人なのである。

ナルシスの物語に宿されている普遍的な意味は何か? C・G・ユング(C.G. Jung, 1875-1961)によれば、水は意識下の世界の象徴であり、水面に映る顔は仮面の背後にある本物の顔である。ユングは「水の鏡をのぞき込む者は、まず自分自身の顔を目にするだろう。自分自身に向かう者は、自分自身と対決するリスクを背負う。鏡はお世辞を言わず、のぞき込む者を忠実に映し出す。つまり、役者のつける仮面、ペルソナでおおって世間には決して見せることのない顔である。しかし鏡は仮面の背後にあり、本物の顔を見せる」(1)と説明する。

水面に映る幻像こそは真の己《おのれ》であり、ナルシスがそれを求めて水の中に飛び込んだように、「私」メルヴィルも真の己を追究して自らの魂の海に乗り出すのである。したがって、自身の魂の航海で追い求める白い鯨は、イシュメイル、まず自分自身である。そして、その自己を追究する過程で幾多の認識がえぐり出され、それらの認識がメルヴィルの分身あるいは代理人である登場人物たちを通して白い鯨に投影されるのである。

自分自身である白い鯨を「私」は「私の魂の奥深くに」見出し、それを追求すべく魂の海へ航海に乗り出すのであるが、そのことを作者は第一章の終わりで、こう述べている――「わが目的へと私を揺り動かす狂おしい想念の中で、わが魂の深奥へ向かって、二頭ずつ並んだ鯨の果てしなき行列が浮遊していた。そして、その真中には、フードをかぶったひとつの巨大な幻が、天空にそびえる雪山のように浮かび上がっていた」（*MD* 7）。『レッドバーン』第一章の破損したガラスの船の置物、『ホワイト・ジャケット』第一章の「屍衣のように白い」（*WJ* 3）ジャケット、そして『信用詐欺師』第一章の「愛〔中略〕つけお断り〔信用せず〕（Charity... NO TRUST）」（*CM* 4-5）の掲示と同様に、作品解明の鍵として、『モービィ・ディック』第一章でメルヴィルは、「私」イシュメイル＝ナルシスが見る「幻影」を語るのである。

3-2　「影」

水面に映る「幻影（phantom）」は、物理的には実体の影（shadow）である。捕鯨者礼拝堂内で死者のための碑銘を読んで捕鯨に伴う死の危険と対面したイシュメイルは、影と肉体と魂とについて次のように考える――「思うに、この地上で私の影と言われているものこそ、私の真の実体なのだ〔中略〕私の肉体は、よりよき私の残滓にすぎないのではないか。実際、私の体を取りたいやつは取れ。体は私ではない〔中略〕ボートが突き破られ、体に穴があくことがあっても、私の魂を打ち砕くことはジュピター神にもできない」（*MD* 37）。

肉体は滅んでも魂は不滅だというごく一般的な発想は、特にこの作品を解釈するための道標とはならないが、しかし、作品解明への重要な手がかりとなるのが、わが影はわが実在であり、わが魂なりという認識である。なぜなら、影というキーワードがエイハブとフェダラーとの間の暗喩的関係を明らかにするからである。出航当日の早朝、ピークォド号に駆け込む複数の人影を目にしたイシュメイルは「船乗りたちが向こうへ駆けて行っているみたいだ〔中略〕影ではあるまい」（*MD* 98）とクィークェグに言う。出航後かなりたってからメルヴィルは、それらの人影がフェダラーら五名のアジア人だったことを明らかにし、それ以降、次第にフェダラーをエイハブの影として描出し始める。

「私」イシュメイルとして物語っている作者メルヴィルの影を人格化した登場人物がエイハブで、そのエイハブの影をさらに人格化した存在がフェダラーであり、したがって、フェダラーはメルヴィルの魂の深奥にある実体となる。フェダラーに関しては登場人物の項で論考する。

3－3 「良心」

捕鯨者礼拝堂のマプル神父による説教で使用される「良心（conscience）」という語も、この作品を理解するためのキーワードになっている。マプル神父の口を通して話をするメルヴィルは、ヨナの寓話の中でランプを「良心」の表象として使用し、「真実の語り手」（*MD* 47）たることから逃げようとするヨナが、積荷のために傾いだ船室の寝床に横たわって、真直ぐなランプに対して歪んでいる室内を目にする場面をこう語る――「床も天井も壁もみな歪んでいる。〝おお、おれの良心もこんなふうにして吊り下がっている！〟と彼はうめく。〝真直ぐ上に向かって燃えているが、おれの魂の中の部屋はことごとくひん曲がっている！〟」（*MD* 45）

ピークォド号出航後、メルヴィルは「良心」という語を三回使用している。一回目は、毎朝エイハブの寝ていた寝床の寝具がもみくちゃにされて枕が異常に熱くなっていることを聞いたスタッブが「熱い老人よ！　陸の連中が言う良心ってやつをもっているんだろうな」（*MD* 128）と独白する場面である。ここでスタッブが語るエイハブの寝床のありさまは、まるで良心の呵責に苦悶するヨナのそれのようであり、出航後に、ヨナの魂がエイハブに乗り移ったかのようである。二回目は、喜望峰沖の海を「暗黒の海は大きく波打ち、隆起し、休むことなくうねり続けた。その巨大なうねりが良心であるかのように」（*MD* 234）と語り手が描写する箇所、三回目は、船倉の鯨油と船主たちの収益を気にかけるスターバックに対してエイハブが「わが良心はこの船の竜骨にある」（*MD* 474）と言う場面である。

以上の出航前と出航後の「良心」という語の使用をすべてつなぎ合わせてみると、この作品は、良心の呵責に苦悶するヨナ＝エイハブが「虚偽の面に向けて真理を説く」べく、良心の船ピークォド号に乗り、良心の大波がうねる魂の大海を白いフードをかぶった巨大な何物かに向かって航海するというストーリーラインが浮き出る。そして、もちろん、ヨナもエイハブも作者の精神的分身であり代理人である。

3－4　白人キリスト教文明批判

メルヴィルはまず「酔っ払ったキリスト教徒」を批判する。潮吹亭でクィークェグとひとつのベッドを分け合って寝ることにした「私」は「酔っ払ったキリスト教徒とよりは、しらふの食人種と寝るほうがいい」（*MD* 24）と考えるが、なぜか？　なぜ「私」は「酔っ払ったキリスト教徒」をかくも嫌悪するのか？　なぜならメルヴィルは「酔っ払ったキリスト教徒」らの道徳的荒廃を船上や港で見てきたからである。

メルヴィルのこうした心情と認識をより深く理解するためには、読者は『タイピー』と『オムー』を読んでいる必要がある。これら最初の二作品でメルヴィルは、白人キリスト教文明なるものが南海の島々で犯している諸々の罪業を具体例に描出するとともに直截な言葉で糾弾しており、そのために彼は本を書いたとも思えるほどに白人文明人に対する批判と糾弾の記述が多い。処女作『タイピー』の物語を開始してすぐにメルヴィルは最初の批判を書き、ヌクヒヴァ湾に入った「私」の乗る捕鯨船を歓迎するために泳いで来た現地の娘たちを相手に船内で繰り広げられる酒池肉林の乱痴気騒ぎを、こう嘆いている――「私たちの船は今や乱痴気騒ぎの舞台と化した。乗組員たちの不浄な欲望の際限なき充足を妨げるものは何ひとつなかった。つかの間中断することはあったが、船が湾内に停泊している間中、乗組員たちは破廉恥で淫らな酒色に溺れた。ああ、哀れな蛮人たちよ、こんな道徳的汚染にさらされるとは！　純真で疑うことを知らない彼女たちはいとも簡単にあらゆる悪徳に染まってしまう。ヨーロッパ文明人による仮借なき破壊の惨状は人として嘆かわしい。大洋の只中にあってまだ発見されていない島に住み、白人との接触によって穢されていない人々は数倍も幸福である」（*T* 15）。

次にメルヴィルが批判するのは、白人キリスト教文明人の偽善と欺瞞である。「虚偽の面に向けて真理を説く」責務をまばらな会衆と自分自身に向けて説くマプル神父の話を聴いた後で潮吹亭の部屋に戻ったイシュメイルは、クィークェグと二人だけで無言で炉の火で心身を温めながら次にように考える――「そこに彼［クィークェグ］は座っていた。彼の無関心な姿勢は、文明化された偽善や温和な口ぶりの欺瞞が宿らぬ天性を現していた［中略］異教徒の友をもってみようと私は思った。キリスト教徒の親切はうわべだけの儀礼にすぎないと分かったのだから」（*MD* 51）。

ここで文言化されている「文明化された偽善」の事例は、出航後に語られる鯨に関する話の中に出てくる。鯨を殺して食べることを嫌悪する一方で、四足動物を殺して食べ、美食と称してガチョウの肝臓を残酷な方法で肥大化させて食べる白人文明人の偽善がそれで、この「文明化された偽善」というフレーズは、白い鯨に化身した幻に投影されている幾多の意味の根幹をなすものである。

さらにメルヴィルは、南海の未開の島の王の子であるクィークェグが銛手になって現在に至る経緯を語る中でも、キリスト教徒の実態を批判している。クィークェグは「キリスト教徒たちの間で学びたいという深い願望に駆られていた」のだが、鯨捕りたちの行状を見て「キリスト教徒たちでさえ父の配下の異教徒たちよりずっと惨めで邪悪たりうる」ことを知り、さらに、港での彼らの悪行を目のあたりにして「地球を巡ってみても、どこも邪悪な世界だ。おれは非キリスト教徒として死のう」（*MD* 56）と考えるようになった。そして今の彼は「キリスト教、と言うよりはキリスト教徒どもに感化されてしまっている自分は、三十代続いている純潔無垢な異教の玉座に上る資格を失った」(*MD* 56)のではないかと思うのである。「私」イシュメイルの心の友となったクィークェグに関する伝記的な話の中で、メルヴィルはキリスト教徒の実態批判をクィークェグに代弁させていると言える。

この「キリスト教、と言うよりはキリスト教徒ども」による影響の一例が、出航後の物語で鮫がクィークェグの手を噛み切ろうとした際に彼が口にする言葉に現れる。クィークェグは「何の神が鮫を創ったかはクィークェグにはどうでもいい。フィジーの神だろうがナンタケットの神だろうが。しかし、鮫を創った神は、ひとりの忌まわしいインジンにちがいない(“Queequeg no care what god made him shark... wedder Fejee god or Nantucket god; but de god wat made shark must be one dam Ingin.”)」(*MD* 302)と言う。なぜクィークェグは残忍で凶暴な鮫の出所を「忌まわしいインジン」に帰すのか? なぜメルヴィルは、南海の島で生まれ育ったクィークェグに、アメリカ本土先住民に対する一種の侮蔑表現である“Ingin”を口にさせているのか? 表面的には“Ingin”は、英語をよく喋れないクィークェグの発音の表記ということでもあろうが、その奥には、「キリスト教徒たちの間で学びたい」という動機から鯨捕りになったクィークェグがアメリカに来て、白人キリスト教徒たちが“Ingin”とか“Injin”,“Injun”[2]などという呼称で先住民を侮り罵り憎悪するのを聞いているうちに、言葉とともにその言葉に込められた感情と認識にも感化されてしまった結果、彼らのまねをして“dam Ingin”と口にするという背景設定があるのではないだろうか? つまり、残忍で凶暴な鮫に対する時のクィークェグの情緒反応は、白人キリスト教徒たちが“dam Ingin”と言う時の感情と同じだということであろう。パーカーとヘイフォードは「南海の“蛮人”は文明にさらされ、皮肉なことに、アメリカン・インディアンに対する過激で極端な白人の態度を学習し、それをこだましている[3]」とコメントしているが、クィークェグの言動を通してメルヴィルが白人キリスト教文明を皮肉り批判していることは言うまでもなかろう。

しかし、なぜ “one dam Ingin” なのか？　なぜ “one” なのか？　この文脈で “one” が出てくるのは不自然で奇妙である。クィークェグがわざわざ “one” と言った時には、つまり、作者がことさらに “one” と書いた時には、「ひとりの」特定のインディアンのことが作者メルヴィルの頭の中にあったのではないだろうか？　そのインディアンとは、もちろん、クィークェグの銛手仲間のタシュティゴを指すのではない。クィークェグは後に、鯨蠟の中に落ちて窒息死寸前になるタシュティゴを救い出すし、作者は物語の終局でタシュティゴに重要な役目を与える。

その「ひとりの」インディアンを特定する鍵は、鮫がクィークェグの手を嚙み切ろうとしたことにあると考えられる。『モービィ・ディック』の前作『ホワイト・ジャケット』でメルヴィルは、「われわれアメリカ人」が他国の軍艦を戦勝記念としてほしがることを野蛮きわまりないこととして批判しているが、その際、「私」が「ミシシッピ川西岸の開拓者村で目撃したことのある」（*WJ* 266）インディアンを引き合いに出している。そのインディアンが身にまとっている外衣の背にはたくさんの人間の手が赤い色で描かれているのだが、その一つひとつが、殺して頭皮をはいだ敵の手を戦勝記念として描いたものだということを聞いて「私」は憤激し、戦利品の軍艦なるものは「この哀れな野蛮人の外衣に描かれた血のように赤い手」（*WJ* 267）のようなものだと述べている。したがって、このようなインディアンは、手を嚙み切ろうとした鮫と同類だという意味合いで「鮫を創った神は、ひとりの忌まわしいインジンにちがいない」とメルヴィル＝クィークェグは言っているのではなかろうか。

3-5　白人の人種主義批判

『マーディ』でメルヴィルは、アメリカ合衆国を指すヴィヴェンザの南部の奴隷制を糾弾し、「この非道な大罪に対して人道精神は泣き叫んでいる」（*M* 534）と書いた。

『レッドバーン』では、ニューヨークでそんなことをしたらその黒人は即、集団暴行を受けるだろうが、リヴァプールでは黒人が見目麗しいイギリス人女性と腕を組んで歩いていても平気で、「それは人道および当たり前の平等を要求する権利を彼に認めているにすぎない。したがって、幾つかの事項で、私たちアメリカ人は独立宣言冒頭に掲げた原則の実現を他国に委ねていることになる」（*R* 202）とメルヴィルは書いていた。『ホワイト・ジャケット』では、白人と黒人のハーフが鞭打ち刑に処されるのを見て「私」ホワイト・ジャケットは「ありがたや！　私は白人だ」（*WJ* 277）とまず思い、軍艦上では黒人も白人も等しく鞭打たれるが、それでも「私」たちの心の中には「自分たちよりも程度が低いと私たちが思っている者たちに対する空想上の優越意識（a fancied superiority to others, whom we suppose lower in the scale than ourselves）」（*WJ* 277）があると言って、合理的理由なき白人優越意識の存在をえぐっている。

『モービィ・ディック』ではメルヴィルは、ナンタケットへ向かう船の上で仲良く並んで立っている白人の「私」イシュメイルと有色人種のクィークェグに対して他の白人船客たちが向ける驚きと嘲りの視線を「まるで白人は白く塗られたニグロよりも高貴な存在であるかのように」（*MD* 60）と評して、白人優越意識を痛烈に皮肉っている。そしてピークォド号出航後は、エイハブが黒人少年ピップを可愛がるというかたちで、白人種の人種主義に対するメルヴィルの批判とヒューマニズムの精神が表明される。

3－6　マプル神父

出航までのストーリーに登場して、出航後は姿を消す登場人物の中で最も重要な存在がマプル神父であり、船首型の説教壇の説明とヨナの寓話とにそれぞれ一章が割り振られている。なぜメルヴィルは捕鯨者礼拝堂の説教壇を船首型にしたのか？　なぜなら「虚偽の面に向けて真理を説け」というマプル神父の説教は、ピークォド号による白鯨追撃航海の倫理的ひな型だからである。つまり、説教壇上の神父の「虚偽の面に向けて真理を説く」精神姿勢をピークォド号上のエイハブ船長が引き継ぎ、白い鯨に銛を突き刺すという象徴的行為によって、偽善と欺瞞に満ちた白人キリスト教文明とその後ろ盾となっているユダヤ・キリスト教の神を断罪するからである。出航後、マプル神父はエイハブ船長に変身すると解釈すると、物語全体に首尾一貫した筋が一本通り、作品を貫くテーマがはっきりと見えてくる。

神父は説教の最終部を「歓びは彼にある——はるかな高みと心の奥底に向かう歓びが、この地球の驕慢なる神々や提督どもに対して容赦なき己を押し出す彼にある」(*MD* 48)と言って始めるが、ここで神父が言う「彼」とは、『ホワイト・ジャケット』で提督や艦長を批判し、鞭打ちの刑に処されるくらいなら艦長もろとも海に飛び込んで死のうとする「私」ホワイト・ジャケットのような者を指している。『ホワイト・ジャケット』で鞭打ち刑廃止を訴えたメルヴィルは「私、ホワイト・ジャケットは、不変の信条たる崇高なマストヘッドから降りて来て、あなた方、提督や艦長らと闘う用意がある」(*WJ* 147)と言っていた。「不変の信条」とは「正義と人道」(*WJ* 146)であり、「崇高なマストヘッド」はその表象であった。神父も船首型の説教壇で自分が立っている位置を「このマストヘッド」(*MD* 47)と呼ぶ。つまり、メルヴィルは「正義と人道」の視点から、神父の姿を借りて人々と己に説教をし、しかも己自身のことを「彼」として語っているのである。これは己との自己懲罰的かつ自己陶酔的な対話であり、メルヴィルは「容赦なき」ナルシスである。

しかし、なぜ神父か? なぜメルヴィルは神父の仮面をつけたのか? これはローマカトリック教界ないしキリスト教界全体に対する皮肉と考えられる。そう推断できる根拠は『マーディ』のマラマ島にある。メルヴィルは、ローマカトリック教界ないしキリスト教界全体の寓喩としてのマラマ島を偽善と虚偽に満ちた醜悪な領域として描き、タジ一行は最終的にその島を忌避したからである。だから、神父の最後の台詞をそのまま額面通りに受け取ることはできない。神父は、死に際して次のように言う者に「永遠の歓びと快楽《けらく》」があると言う——「おお父なる神よ！〔中略〕死すべきものとしてにせよ、不滅のものとしてにせよ、ここに私は死にます〔中略〕永遠なるものは、あなたにおまかせします。なぜなら、神の生存期間を生き抜くなどということがあるとすれば、人間とは何なのでしょうか？（O Father!.. mortal or immortal, here I die... I leave eternity to Thee; for what is man that he should live out the lifetime of his God?）」（*MD* 48）

こう言って神父は説教を終え、顔を両手でおおうのだが、この最後の台詞の意味するところは非常に微妙で、どう解釈すべきか？　この台詞は、ただ単に彼、すなわちメルヴィルの著作が不朽の書として世に残ることを予言しているだけと解釈することもできるし、あるいは、彼が永遠の神と同等、もしくはそれ以上の存在になることを婉曲に宣言していると解釈できなくもない。いずれにせよ、「神の生存期間を生き抜く」と言った後は沈黙し、会衆が皆立ち去るまで神父は顔を両手でおおっているのが気になるし、引っかかる。なぜ顔を隠すのか？表面的には、神を蔑《なみ》することを言ってしまったという思いのポーズなのかもしれないが、もしかしたら両手の下のマプル神父＝メルヴィルの顔は笑みを浮かべているのかもしれない、と筆者は考える。

3－7　バルキントン

マプル神父に次いで注目すべき人物は、出航とともに完全に姿を消すバルキントンであろう。なぜなら、バルキントンは『マーディ』での「私」半神タジの精神姿勢を引き継いでいるからである。『マーディ』では、ナレーターと化してマーディ巡航第三ラウンドの地球周航を終えた「私」が、「たとえ〔中略〕黄金色の安息地は得られなかったとの評決が出るとしても、低俗な浅瀬に浮かんでいるよりは、果敢な探求で無限の深みに沈んだほうがましだ。神々よ、もし難破するなら徹底した難破をわれに与えよ」（*M* 557）と、その飽くなき探求姿勢を表明していた。『モービィ・ディック』では出航するピークォド号の舵を握って立つバルキントンに向けて、ナレーターと化し始めた「私」が、「たとえそれが安全というものであろうと、不名誉に風下の岸に叩きつけられるよりは、たけり狂う果てしなき大海に滅びたほうがよい［中略］勇気を出せ、勇気を出すのだ、バルキントン！　断固として押し進め、半神よ！　大海に滅ぶおまえの飛沫から、真直ぐにおまえの神格が立ち昇るのだ！」（*MD* 107）と語りかけるが、これは作家メルヴィルがこの作品を書き進めている自分自身に対して飛ばしている檄文であろう。つまり、世間に迎合して不本意で不名誉なものを書くよりは、轟々たる非難を浴びようとも世間が受け入れたがらない真実を書き貫こう、という作家メルヴィルの意思表明であろう。さらには、この本を書いている作家としての己は、人間でありながらも世間の常人たちを超えた神のごとき存在となるだろうという精神の高揚を、バルキントンに託して、表してもいよう。

出航までと出航後の分岐点となる二十三章「風下の岸」は「バルキントンの墓石なき墓」（*MD* 106）としての一章であるとメルヴィルは書いているが、実際、奇妙なことに、これ以降の物語でバルキントンは一度も登場しないし一言も触れられない。結局、彼は「風下の岸」以前に、ニュー・ベッドフォードの潮吹亭で一度姿を見せただけで、しかも一言も発さないまま退場する。

彼は「酔っ払ったキリスト教徒」ではない。四年間の危険な航海を終えて真冬のニュー・イングランドに戻った彼は、他の船乗りたちのように港で放蕩することもなく、休息もとらずに、すぐにまた新たな荒々しい航海に乗り出す。人物としての彼は『ホワイト・ジャケット』でのジャック・チェイスのように、乗組員たちの「大の人気者」（*MD* 16）であり、そのジャック・チェイスに捧げられた遺作『水兵ビリィ・バッド』の主人公で皆に愛される「美男の水夫」（*BB* 43）であるビリィ・バッドにも似ている。『ホワイト・ジャケット』で描かれた男らしく知性と教養のあるジャック・チェイスは、「私」ホワイト・ジャケットの憧れと敬愛の対象であり、父のような存在でもあり、そのジャック・チェイスの像がバルキントンに投影されていることは明々白々であろう。

作品中の登場人物のひとりとしてではなく、作者メルヴィルの一部としてのバルキントンの存在理由は何か？

それは、彼バルキントンが、休む暇もなく次々と長編作品を毎年書くメルヴィルの作家としての執筆姿勢を、船乗りとしての行動で代弁している存在だということにあろう。

＊　＊　＊

以上、捕鯨船ピークォド号出航までの要所を分析し解釈した。出航後は、鯨学と捕鯨業に関する話が多々挿入されながら白鯨追求物語が進行するが、航海開始前のステージでメルヴィルが語っていることを適切に理解することなしに、白鯨追求とこの作品がもつ意味を真に理解することはできない。

4　航海——九隻の捕鯨船との邂逅

ピークォド号出航後、「私」イシュメイルはナレーターと化し、登場人物としての姿を消す。これは『マーディ』でイラー探索の航海が始まると、「私」半神タジがほぼ姿を消してナレーターと化すのに酷似している。そして『マーディ』では航海の合間にホーシャの使者たちが乗る舟が間欠的に、タジら一行が乗る舟にメッセージをもって来るが、『モービィ・ディック』ではイシュメイルらが乗り組んだピークォド号は、航海——二十三章から百三十五章、エピローグまで——の進行過程で計九隻の捕鯨船に遭遇し、各船に白い鯨に関する情報を求める。この他船との出会いが、ナレーターによる捕鯨と鯨学の解説が散在する中での白鯨追求物語進行上のアクセントになっている。作品構成の視点から見れば、他の捕鯨船九隻との邂逅は、いわば作品という船の肋材のようなもので、肋材と肋材の間に作者は鯨と捕鯨にまつわる叙述と描写を挟んだと解釈できよう。

ピークォド号はナンタケット出港後、大西洋を南下し、喜望峰を回りインド洋に入って北東に進み、ジャワ海、南シナ海を抜けて日本沖の大抹香鯨漁場に到達した後、東南に針路を変えて太平洋の赤道付近で白い鯨に遭遇するまでの間に、計九隻の他の捕鯨船に出会う。①アホウドリ号（*Goney* [Albatross]：ナンタケット船籍：五十二章）、②タウン・ホー号（*Town-Ho*：ナンタケット船籍：五十四章）、③ジェロボウム号（*Jeroboam*：ナンタケット船籍：七十一章）、④乙女号（*Jungfrau*：ドイツのブレーメン船籍：八十一章）、⑤バラの蕾号（*Bouton de Rose*：フランス船籍：九十一章）、⑥サミュエル・エンダビィ号（*Samuel Enderby*：英国ロンドン船籍：百章）、⑦バチェラー号（*Bachelor*：ナンタケット船籍：百十五章）、⑧レイチェル号（*Rachel*：ナンタケット船籍：百二十八章）、⑨歓喜号（*Delight*：ナンタケット船籍：百三十一章）の順に遭遇する。

喜望峰を回ってからスマトラ島とジャワ島の間のスンダ海峡に到達するまでのインド洋上を航行中に、ピークォド号は四隻に遭遇する。一隻目のアホウドリ号はナンタケットへの帰航途中で、その捕鯨船の船長は、エイハブの「白鯨見たか？」という問いかけに答えようとした瞬間、拡声ラッパを手から海上に落としてしまい、何らの情報も伝えることができない。ボートを降ろして往訪し合うことなく二隻の捕鯨船がすれ違って終わるこの章を語り手はこう結んでいる――「私たちの夢見るはるかな神秘を求めて、あるいは、すべての人の心の前をいつかは泳ぐあの魔の幻を狂おしく追いかけながら、この丸い地球を巡るうちに、私たちは不毛の迷路に入り込むか、途中で沈むかしてしまう」（*MD* 237）。この文が読者に伝えていることは、最初の他船とすれ違うが何の情報も得られないこの段階では、白鯨は「はるかな神秘」であり「魔の幻」であり、それを追う航海は始まったばかりで、しかも何の見込みもないということである。

二隻目の他船、やはりナンタケットへ帰航途中のタウン・ホー号との出会い、およびそれに伴う乗組員同士の交歓を通じて知りえた「タウン・ホー号物語」が暗示していることは、白い鯨が天の使いのような存在だということである。この話の中の主人公である乗組員のスティールキルトが一等航海士ラドニィの下顎にアッパーカットを食わせるシーンは、遺作『水兵ビリィ・バッド』でビリィがクラガートを一撃で殴り倒す場面と似ている。また、スティールキルトは船長に「おれを鞭打ったら、おまえを殺す!」(*MD* 254)と言うが、これは『ホワイト・ジャケット』で鞭打ち刑に処される寸前の「私」が、鞭打ちを命じた艦長を抱えて海に飛び込んで刺し違えようと考える場面を想起させる。結局、船長は鞭打たなかったが、ラドニィがスティールキルトを鞭打った。スティールキルトはラドニィを殺す用意をしてその時機を待ったが、二日後に白鯨が出現し、白鯨を仕留めるべく捕鯨ボートから白鯨の背に飛び乗ろうとしたラドニィを白鯨は口にくわえ、深海に潜って消える。「天そのものが介入し、彼[スティールキルト]がやろうとしていた忌まわしいことを、天自らの手に取り上げたように思えた」(*MD* 255-6)という語りは、語り手が白い鯨を、審判を下す天の代理のような存在として見ていることを示唆している。

三隻目のジェロボウム号には、大天使ガブリエルを名乗る狂信的なシェイカー教徒の若者が乗っており、彼にとって白鯨は「シェイカー教徒の神の化身」(*MD* 316)である。ジェロボウム号は白鯨と遭遇し、一等航海士が銛を一本白鯨に打ち込んだが、その航海士は白鯨に叩き飛ばされて海中に消える。ピークォド号との遭遇時点で疫病が発生しているジェロボウム号にまつわる話が暗示していることは、白鯨はキリスト教における神を連想させるような存在だということである。

四隻目の乙女号のドイツ人船長は白い鯨のことをまったく知らず、したがって乙女号との出会いの章には白鯨は登場しない。しかし、その代わりに雄の老鯨が殺される情景が描出される。病気で黄疸の症状が出ていて、しかも右側のひれがないために真っ直ぐに泳げない老鯨を殺す場面のナレーションで、メルヴィルは次のように人間の無慈悲さと教会の欺瞞と偽善をえぐっている——「憐れみは無用だった。老齢で、片腕しかなく、目は盲いていようとも、彼は死ななければならないし、人間たちの楽しい婚礼や歓楽を照らすために、そして万物の万物に対する無条件の非攻撃的姿勢を説法する厳粛な教会の灯りをともすために、殺されなければならない」(*MD* 357)。

インド洋を航行し終えたピークォド号は、抹香鯨の大群を追いながらスンダ海峡を通過するが、その時、追われた鯨の群れは恐慌を来たして全体の動きを止める。この様子をメルヴィルは、火事発生時に劇場からわれ先に逃げ出ようとする人間たちと比較して「人間の狂気沙汰は、この地上の獣のいかなる愚行をもはるかに凌ぐ」(*MD* 385)と語る。

スンダ海峡を通過したピークォド号は、ジャワ海から南シナ海を航行中に五隻目と六隻目の捕鯨船に出会う。四隻目のドイツ船乙女号と同じく、五隻目のフランス船籍バラの蕾号も白鯨について何も知らない。スタッブは、初めて海に出たという無知なフランス人船長を「赤子のような」(*MD* 406)という表現で形容し、言葉巧みにだまして、その船に横付けされていた悪臭を放つ鯨を取り上げ、竜涎香を入手する。

六隻目のロンドン船籍サミュエル・エンダビィ号の船長は、前年の漁期に白鯨のせいで片腕を失い、鯨骨製の義腕を付けている。しかし彼は、エイハブのように白鯨に復讐をしようとは考えず、「腕一本で充分じゃないか? もう片方の腕もなくなったらどうしたらいいんだ?」(*MD* 441)と冷静に諦め、W・H・オーデン(W.H.Auden, 1907-1973)が言葉にしている通り、「理性的な常識とストイシズムをもって対応」[4]している。

南シナ海を北上したピークォド号はフィリピン群島と台湾の間のバシー海峡を通って太平洋に入り、「日本沖大捕鯨漁場」(*MD* 444)へ向かう。数週間後に日本沖の穏やかな大抹香鯨漁場に達したピークォド号は、七隻目の捕鯨船バチェラー号に出会う。バチェラー号は鯨漁で大成功を収め、抹香鯨油を満載してナンタケットへの帰航の途に就こうとしているところで、その船長は、エイハブの「白鯨を見たか?」という問いかけに「いや、聞いたことがあるだけだが、そんなもんはまったく信じない」(*MD* 494)と応答する。

白い鯨の存在を信じないバチェラー号は、太平洋の島々の人間に対する白人の人種主義を例証している。まず、バチェラー号は船上にポリネシアの島々の娘たちを乗せている。「後甲板では航海士や銛手たちが、ポリネシアの島々から彼らについて駆け落ちして来たオリーブ色の娘たちと踊っていた」(*MD* 494) という記述から思い起こされるのは、処女作『タイピー』の捕鯨船内で行われる酒池肉林の乱痴気騒ぎに対するメルヴィルの「白人との穢れる接触」(*T* 15) という白人文明人批判の文言である。次ぎに、「乗組み失ったか?」(*MD* 495) というエイハブの質問に対してバチェラー号の船長は「言うほどのことなし。島民二名、それだけだ」(*MD* 195) と応答する。この応答文からは、太平洋の島の住民の命の値は白人の命の値と同じではない、太平洋の島民は白人と同じ人間ではない、という露骨な人種主義の姿勢と認識が読み取れる。ピークォド号出航前に「私」イシュメイルは、クィークェグとひとつのベッドを分け合って眠ることにした際、「この男は私と同じ人間だ」(*MD* 24) と考え、そう認識して、その後の行動をともにし、心の友となるが、それとは対照的に、バチェラー号の船長はクィークェグと同様の太平洋の島々出身の乗組員たちを消耗品のような存在としてしか見ていない。

ピークォド号は日本沖の大抹香鯨漁場で鯨四頭を殺し、台風に遭遇した後、東南に針路を取って赤道漁場に到達し、そこで八隻目のレイチェル号に出会う。レイチェル号は、前日午後の捕鯨中に白鯨に出くわし、その結果、行方不明になった捕鯨ボートの乗組員と船長の二人の息子を捜索中である。レイチェル号のガードナー船長はエイハブに「同じような場合にあなたが私にしてほしいと思うように、私にしてください。あなたにも男の子がいるのですから、エイハブ船長」(*MD* 532) と言って、人からしてほしいと思うように人にもせよという福音書の考え方 (*Matthew* 7.12, *Luke* 6.31) と同じ考え方の文言で捜索協力を請うが、エイハブは「ガードナー船長、私はやりません。こうしている今も時間の無駄です」(*MD* 532) と答えて捜索協力を断る。

行方不明の二人の息子を必死に捜索するレイチェル号のガードナー船長の言動は、二人の太平洋の島民乗組員を失っても「言うほどのことなし。島民二名、それだけだ」と言って大漁の祝杯を挙げるバチェラー号の船長の言動と真逆だと言えよう。これらの二隻の船との出会いでメルヴィルは、失われた者の属性によって正反対と言えるほどまでに異なる白人船長の反応の鮮やかな対比を、極端な人種主義に根差す非白人の人命無視と自分の子の命を決してあきらめない親心との対比を描き出している。

レイチェル号に出会ってから数日が経過した頃、ピークォド号は九隻目で最後の他船、歓喜号とすれ違う。歓喜号は前日、捕鯨ボート一艘を白鯨に破壊されて四人が海中に消え、今、ひとりの遺体を水葬に付そうとしているという設定で登場する。なぜ「歓喜」なのか？　「間違った名をつけられた」（*MD* 540）とナレーターは言うが、この「歓喜（*Delight*）」という船名から直ちに連想されるのは、マプル神父の「歓びは彼にある……（Delight is to him...）」（*MD* 48）というフレーズである。したがって、この作品をひとつの寓意物語として解釈する場合、白鯨を攻撃して捕鯨ボート一艘を破壊された歓喜号は、「虚偽の面に向けて真理を説け」というマプル神父の教えの実行者であり、「真理のためには何の容赦もしない」（*MD* 48）者であり、ピークォド号の先駆け的存在になっていると解釈できる。

同時に、このネーミングには性的な歓びという意味合いも含まれているのかもしれない。なぜなら、ピークォド号と歓喜号が出会う章に続く百三十二章「交響曲」の出だしでメルヴィルは、青い空と青い海とがひとつに溶け合うさまを男女の婚姻による結合に喩えているからである。青空を女性に青い海を男性に喩えるメルヴィルは両者の一体化を次のように描出している――「太陽が、このやさしい大気を、この大胆にうねる海に与えているようだった。まさに花嫁を花婿に与えるように。そして、視界を取り巻く水平線上の柔らかに震える動きは――ここ赤道上ではよく見られるものだが――胸をはだけた哀れな花嫁の甘くときめく信頼と愛の驚きを表していた」（*MD* 542）。この描出を情況証拠としながら推量してかまわなければ、そして「歓喜」に性的な歓びという意味合いが含まれているとすれば、白い鯨は女体で銛は男根の象徴という深層心理層がこの作品にあると解釈できるかもしれない。ただ、こういう層があるとしても、これは顕現化しておらず、作品のテーマの一部を構成しえていない。したがって、この層は、作品に潜在しているとしても、あくまで作者の私的心理的含意の域を出ないと言ってよかろう。

そしてピークォド号の航海は、百三十一章「ピークォド号は歓喜号に出会う」と百三十二章「交響曲」に続く三日間の白い鯨追撃で終局を迎える。

5 船上の登場人物――メルヴィルの分身または代理人

『モービィ・ディック』以前の五作品を振り返ってみると、『タイピー』、『オムー』、『レッドバーン』、『ホワイト・ジャケット』は作者の実体験を加工、変形、拡大した作品だが、第三作『マーディ』だけは異色で、作者の南海での体験が場面設定の材料として使われているとは言え、ストーリーもプロットも完全なフィクションで、しかも一風変わった寓意ロマンスとなっている。『マーディ』と同系統の作品が『モービィ・ディック』で、メルヴィルは、それぞれの作品を執筆途中に出版者に宛てた手紙の中で、前者を「ポリネシア冒険ロマンス」[5]と呼び、後者を「南海抹香鯨漁伝説に基づく冒険ロマンス」[6]と紹介している。「冒険ロマンス」はいずれも探求の航海で、しかも『マーディ』での探求を引き継いで深化させたものが『モービィ・ディック』であり、両作品とも隠れた意味と象徴に満ち、登場人物の存在の仕方も非常によく似ている。

『マーディ』と『モービィ・ディック』では、登場人物たちが「私」メルヴィル＝タジあるいは「私」メルヴィル＝イシュメイルの分身もしくは代理人である様相が前面に押し出されている。彼らは「私」の何らかの側面が具象化され人格化された存在なのである。作家としてのメルヴィルが己の内に多くの人物を抱えていることは、『マーディ』で、たくさんの魂を先祖から受け継いでいて気持がころころと変わる少年王ピーピの描出を通して間接的に、また直接的には「フリゲート艦のように私には千の魂が詰まっている［中略］そう、私の中にはたくさんの、たくさんの魂がある」（*M* 367）という「私」メルヴィル＝タジのナレーションを通して明らかにされている。

『モービィ・ディック』の登場人物たちについて、モームは「メルヴィルの対話は通常の話し方とはおよそ違っており、しかも型にはまっている［中略］彼には登場人物によって話し方を変える技量がなく、皆同じような話し方をする。エイハブは航海士たちと同じように、航海士たちは大工や鍛冶屋と同じように、隠喩や直喩をふんだんに使った比喩的な話し方をする」[7]と評しているが、別の見方をすれば、登場人物たちはほぼ全員がメルヴィルであり、彼らの言葉はすべてメルヴィルの言葉なのであり、したがって、メルヴィルがひとりでほぼ全役の劇を演じていると解釈すれば作品を理解しやすくなる。

メルヴィルはピークォド号の乗組員が一心同体であるさまを白鯨追求航海の最初と最後で以下のように語っている。まず、ピークォド号出航直後、「私」は三人の航海士と三人の銛手を読者に紹介し、平水夫の半数以上がアメリカ人でないことを説明した後で、ピークォド号の乗組員総体が「［フランス革命の熱狂的支持者］アナカーシス・クルーツ率いる代表団のようなものであり、大洋のあらゆる島々と地球の隅々から集まった代表者たちがピークォド号に乗り込み、老エイハブに付き従って、この世界の恨みつらみを申し立てに、多くの者が行っては帰ることのない裁きの場へ向かう」（*MD* 121）と語る。乗組員の構成は、エイハブ船長および三人の航海士は白人アメリカ人、各航海士配下の三人の銛手はそれぞれ南海の島民、アメリカン・インディアン、黒人で、船長直属の銛手はアジアのマニラ人、そして一般乗組員が、白人アメリカ人以外に、ヨーロッパ各地からの白人、アメリカン・インディアン、スペイン人とインディオの混血チョロ、黒人、タヒチ島人、インド人、清国人となっている。そして、作品終局で白鯨が眼前に浮上した際には、全乗組員三十名がエイハブを主軸にして一丸となって白鯨を追うさまを「彼らは三十人ではなく、ひとりの人間だった。なぜなら［中略］乗組員の全個性が、例えば、この男の勇猛さとあの男の恐怖心、あるいは罪の意識と潔白の意識など多種多彩なものがすべてひとつに溶け合わされ、彼らの支配者で竜骨たるエィハブが指さす運命の到達点へ向けられていたからである」（*MD* 557）とメルヴィルは語っている。

エイハブ船長以下、平水夫のイシュメイルも含めてピークォド号の乗組員総体がひとりの人間、つまり作者であると想定して、言い換えれば、それぞれの乗組員が作者の仮の姿であり、作者の性格、人格、思想、精神、および感情の一部をそれぞれ体現している存在であることを念頭に置いて作品を解釈する必要がある。

5―1　イシュメイル――人間嫌いの語り手

「私」イシュメイルは、ピークォド号に乗り組むまでは、物語の主人公として存在している。しかし、ピークォド号出航後はナレーターと化し、登場人物としての存在理由をもって再び姿を見せるのはピークォド号沈没後である。出航後、マプル神父がエイハブ船長に変身するように、イシュメイルも主人公からほぼ完全にナレーターに変身し、マプル神父が語ったヨナの話に関する実地検分的な別の角度からの考察を鯨学の諸章の中に組み入れて行ったりする。このような「私」イシュメイルの変容の仕方は、『マーディ』での「私」半神タジのそれとそっくりである。両者とも、探求の航海開始までは主人公で、航海が始まるとナレーターという客観的視点をもつ目と口となり、同時に「私」の中身は分化して他の乗組みたちに具象化し、航海の終わりに主人公として再登場し、作品の結論を表明する。

メルヴィルは最後の長編『信用詐欺師』で、主人公の詐欺師コスモポリタンに、人間嫌いのミズーリの独身男を「イシュメイルのような人間」（*CM* 138）と呼ばせているが、メルヴィル自身が、反宗教体制と反人間社会の姿勢と思想をもつ「イシュメイルのような人間」である。メルヴィル＝イシュメイルは、宇宙の視点から見て

「人類という集団は［中略］概ね［中略］不要な複製たちの寄り集まりに見える。同時代的にも遺伝的にも」（*MD* 466）と語り、人類全体を優れた生き物とは見ていない。メルヴィル＝イシュメイルの中には、人間を憎悪する『レッドバーン』のジャクソンが棲んでおり、不条理と悪を司る神を断罪するエイハブが潜んでいる。「私」イシュメイルは陸上の人間世界に幻滅して海に出るが、出航後、「私」の怒りはエイハブに化身し、白い鯨に断罪の銛を打ち込むという象徴的行為によって、白人キリスト教文明社会の偽善と、その社会の後ろ盾たるユダヤ・キリスト教の神の概念、およびその社会の一員として生まれ育った自分のアイデンティティを形成する白人のDNAに対する審判を下した後、イシュメイルひとりに戻った「私」は空《から》の棺と一体化して「葬送の海」（*MD* 573）、歓びなきカタルシスの海をしばし漂う。アメリカでの『モービィ・ディック』出版直後、メルヴィルはホーソーン（Nathaniel Hawthorne, 1804-1864）に宛てて（一八五一年十一月十七［?］日付）「私は邪悪な本を書き、子羊のように汚れなき気持です[8]」と書いたが、この文言は、空の棺につかまって救われる「私」イシュメイル＝メルヴィルの心情を語るものと解釈できる。

メルヴィルの心中には人間を愛し擁護するヒューマニズムの精神と同時に、あるいはそれ以上に人間と人間社会に対する嫌悪が並存していたようである。一年半に及ぶ『モービィ・ディック』執筆を終える頃、ホーソーンに宛てた手紙（一八五一年六月一［?］日付）の中でメルヴィルは「あらゆることに無条件の民主主義を主張しながらも、人類総体に対する嫌悪を告白するのは矛盾したことのように思えるかもしれませんが、そうではありません[9]」と書いている。彼の「無条件の民主主義」と「人類総体に対する嫌悪」とは表裏一体である。どうしてか？

メルヴィルは『マーディ』での航海第三ラウンドで政治体制と社会制度の視点から世界を周航して、王政、貴族制、奴隷制を否定し、人間の平等と民主主義を擁護するが、全五ラウンドの探求の航海の果てに、最終的には人間世界と現世を否定し拒否する。『モービィ・ディック』は陸上の人間社会の否定で始まり、十九世紀当時の白人社会の人間観、価値観と真っ向から対立する類いのヒューマニズムの姿勢が冒頭から表明される。イシュメイルは、キリスト教文明世界が未開人、野蛮人とみなすクィークェグを同じ人間として認識し、扱い、彼の偶像崇拝をキリスト教信仰と同列に置き、彼と一緒に異教の偶像ヨジョを拝む。エイハブ船長にしても、船上で専制君主のように振る舞う一方で、黒人少年ピップに対してはきわめて人道的な処遇をし、当時のアメリカ社会では奴隷の身分の黒人に自分の船長室を委ねる。つまり、メルヴィルの「無条件の民主主義」というレベルのヒューマニズムを主張し通すことは、現実の人間社会の仕組みと価値体系とは真っ向から対立し、それらを否定することになるのである。したがって、「無条件の民主主義」という理想は、その理想に逆行する現実をつくり出し続ける「人類総体に対する嫌悪」と表裏一体なのである。メルヴィル＝イシュメイルは「無条件の民主主義」という理念をもつがゆえに人間嫌いなのである。

5－2　エイハブ

メルヴィルは船長や艦長を決して良く描いていない。『タイピー』での暴虐な捕鯨船長、『オムー』での素人で無能な捕鯨船長、『マーディ』での無学で無教養な捕鯨船長、『レッドバーン』では二面性をもち欺瞞的で金銭に汚いロシア人商船長、『ホワイト・ジャケット』では不公平な階級性と法制度の頂点で儀式ばった振る舞いをする艦長、いずれもメルヴィルは批判的に描出している。そして『モービィ・ディック』でも、出会った捕鯨船を往訪する際に海上を移動するボート上で両手をズボンの両ポケットに突っ込んで立ち続けて威厳を示そうとする船長の姿をからかっている。しかし、エイハブ船長は、作者が精神的にエイハブに同化して、作者の主要な分身になっているという意味で、例外的存在である。

ピークォド号船主のひとり、ペレグ船長は、人物としてのエイハブを的確に言い表している。イシュメイルがピークォド号に乗り組むことにした際、ペレグはイシュメイルに、エイハブ船長は「神を蔑《なみ》する、神のごとき大きな人間」（*MD* 79）であると同時に、彼には年若い妻と子供がひとりいることに言及して、「酷い目に遭い、呪われているとしても、エイハブにはエイハブなりの人としての情がある」（*MD* 79）と語る。

5-2-1　悪魔および神のごとき側面

エイハブは「エイハブは地上の何百万という人間たちの間で孤立し、神々も人間も隣人ではない。寒い、寒い、震える！」（*MD* 553）と言うが、なぜ彼は孤立した存在なのか？　なぜなら「名目上はキリスト教国の一員であったが、未だに彼［エイハブ］は異邦人だった」（*MD* 153）からである。つまり、彼は社会形式上はキリスト教徒であっても、キリスト教を信じてはいないのである。

エイハブは火を崇める。日本沖海域で稲妻を伴う台風に遭遇した際、マストや帆桁の先端部に青白いセント・エルモの火が発生するが、その火に向かってエイハブは「おお！　透き通った火の透き通った霊よ、かつてこの海の上でペルシアの拝火教徒のように私はおまえを拝んだ［中略］おお、透き通った霊よ、その火でおまえは私を作った［中略］跳べ！　跳び上がって空をなめよ！　私はおまえとともに跳び、おまえとともに燃え、喜んでおまえと溶け合おう。逆らいながら私はおまえを崇める！」（*MD* 507-8）と言う。そして、このセント・エルモの火は、白鯨用に特別に作られたエイハブの銛の刃先にも発生し、「沈黙の銛は蛇の舌のように火を吐いた」（*MD* 508）のであるが、この「蛇の舌のように」という直喩は『レッドバーン』のジャクソンを、蛇のような目をした「無神論者で非キリスト教徒」（*R* 104）のジャクソンを直ちに想起させる。

エイハブはキリスト教の神に敵対するサタンの側面をもつ。彼は白い鯨を「白い悪魔」（*MD* 489）と呼び、鍛冶屋パースに特別の銛を作らせる。「矢の形に」作り上げられた刃をエイハブは、三人の非キリスト教徒の銛手たち、タシュティゴ、クィークェグ、ダグーの生き血で焼き戻しながら「われ、汝に、父なる神の名においてにあらずして、悪魔の名において洗礼を施す！」（*MD* 489）と宣言する。この宣言文が「この書のモットー（秘密のモットー）」[10]だとメルヴィルは『モービィ・ディック』完成直前にホーソーンに宛てた手紙（一八五一年六月二十九日付）に記している。そして作品最終章で「彼〔エイハブ〕は、凄まじい鉄とさらに凄まじい呪いを憎悪されし鯨の中へと投擲した」（*MD* 569）のである。

エイハブはキリスト教の神に敵対する悪魔のような面をもつと同時に、さらに、三日間に及ぶ白い鯨との格闘直前には、自らが神であり、神になり代わり、キリスト教の神に裁きを下す、と言外に述べている――「エイハブはエイハブなのか？　この腕を上げる者は私なのか、神か、一体誰なのか？　だが、もし、大いなる太陽が自ら動くのではなく、天の使い走りだとすれば、また、何らかの目に見えぬ力によってでなければ、ひとつの星も回らぬとすれば、一体どのようにしてこの小さな心臓は鼓動し、この小さな頭脳は思考しうるのか？　神がその鼓動をし、その思考をし、その生を営むのであって、私ではないというのでなければ〔中略〕見よ！　あそこのビンナガマグロを！　トビウオを追い、噛みつく姿が見えるか？　殺人者はどこへ行くのか！　裁く者自身が裁きの場に引きずり出される時、誰が審判を下すのか？」（*MD* 545）

以上が、エイハブの「神を蔑する、神のごとき大きな人間」としての側面である。次に「人としての情」をもつ側面を見てみよう。

5-2-2　ヒューマニスティックな側面

エイハブのヒューマニズムは、捕鯨ボートから飛び降りて海上に長時間ひとり取り残された結果、精神異常を来たした黒人少年ピップと敬虔なスターバックとに対して吐露される。

エイハブは、気が狂った状態になりながらもエイハブ船長に忠誠を尽くすピップを「聖なる者」（*MD* 522）と呼んで、こう独白する——「神々にすべての善があり、人間にすべての悪があると信ずる者たちよ、見よ！ 全知の神々は苦しむ人間のことを忘れ、人間は、白痴のように自分が何をしているのか分からずとも、それでも甘美な愛と感謝に満ちている」（*MD* 522）。このようにエイハブは神々の全き善性を否定し、断罪し、人間を肯定する。そして「皇帝の手を握るよりも、おまえの黒い手を引いて行くほうがもっと誇らしく感じる」（*MD* 522）と言って、エイハブはピップを連れて船長室に入り、自分の代わりに船長室にとどまるようにと命じる。

スターバックに対しては「人間の目を見させてくれ。海や空に見入るよりも、神を見上げるよりも、人間の目を見るほうがよい」（*MD* 544）と人間愛の真情をエイハブは吐露し、スターバックの目の奥に自分の妻と子の姿を見出し、スターバックには白鯨追撃に加わらず、本船にとどまるようにと命じる。

5-2-3　なぜ、びっこをひき、義脚なのか？

エイハブは白鯨に「日本沖で脚を折られ」（*MD* 124）て片脚が義脚になったという設定がされているが、メルヴィルは、まるで取り憑かれているかのように、片脚が不自由な人物を彼の作品群に連続的に登場させている。彼の作品には最初から片脚の不自由な人物が登場する。処女作『タイピー』では「私」トモが山中で怪我をしてびっこを引くようになり、歩けないほどまでに悪化する。『オムー』では義脚のヴァイオリン弾きが言及される。『マーディ』では不具者と奇形人間たちだけが住む「肢体不自由者の島」（*M* 569）が描出される。『レッドバーン』では、リヴァプールのドック周辺に群がる最下層貧民たちの中に、義脚を付けた元軍艦乗組員の乞食がいる。『ホワイト・ジャケット』では右大腿部を撃たれた船員が、片脚を付け根から切断する外科手術を施された後、死亡する。そして『モービィ・ディック』に片方が義脚のエイハブが出現する。『モービィ・ディック』後も、『ピエール』を除いて、義脚は登場する。『イズリアル・ポッター』では主人公イズリアルが逃亡中にびっこを装う。『信用詐欺師』では片方が義脚の男が登場して詐欺師の正体を暴く。

しかも、その不自由な片脚が右脚か左脚かについては例外的な一事例を除いて一切言及がない。右脚か左脚かが明示される唯一の事例は『ホワイト・ジャケット』での外科医による右脚切断である。なぜメルヴィルは右脚か左脚かについて語らないのか？　脚だけでなく腕についても同様である。『マーディ』では、サモアが失った腕が右腕か左腕か語られていないし、イラーがほしがるヤールの片方の腕のキリスト磔刑像の刺青は右腕に彫られているのか左腕に彫られているのかの言及がない。サミュエル・エンダビィ号のブーマー船長の片腕の場合は、船医バンガーの「左腕をあいつに餌としてくれてやり、右腕を取り戻せばいい」（*MD* 441）という台詞から右腕が義腕だと分かるようになっているが、エイハブの義脚に関しては一切ヒントがない。

なぜメルヴィルは右か左かについて語らないのか？　おそらくメルヴィルにとって重要なことは、右か左かではなく、片方しかないこと、両方あるべきものが片方しかないことなのである。したがって右か左かはどうでもよいこと、無視していいくらいのことなのであろう。

ハーマンの姉ヘレン（一八一七―一八八八）は生まれながらに片脚が不自由だった。一八五四年、彼女が結婚した年に手術を受けて普通に歩けるようになったとのことではあるが、この事実は当然、弟のハーマンに何らかの精神的傷みを与えたと推測される。姉ヘレンに身体的ハンディキャップを負わせたのは運命であり神。父の破産と死により、高等教育を受けられず、当時の不況社会で生活のために職を転々とするという社会的経済的ハンディキャップを自分に負わせたのは運命であり神。その運命と神に対する怒りと復讐の心情が、メルヴィルにエイハブという登場人物を形成させる動因のひとつになったと推量しても的外れではないであろう。

びっこと義脚には、メルヴィルの私的な側面からのハンディキャップの意味に加えて、別の視点からの負の意味も付与されているようである。ひとつは生に対する死であり、語り手は「生きている脚は甲板上で生き生きとした響きを立てていたが、死んだほうの肢は棺を叩くような音を立てた。生と死の上をこの老人は歩いていた」

（*MD* 233）と語る。もうひとつは、この死と同義とも言える性的不能をもたらす原罪意識である。ピークォド号出航前のある夜、エイハブの義脚が外れて彼の股間に突き刺さりかけ、気を失った彼が地上にうつ伏せに倒れている姿で発見されたことが作品後半部で語られるが、この出来事をどう解釈するか？　性的不能化を強く示唆する出来事として見るべきか？(11)　性的な側面からの解釈にははっきりした証拠がなく、情況証拠で推量するしかないが、エイハブの義脚は性に対する罪の意識、すなわち、性的不能をもたらすキリスト教的原罪意識の具象化ではないだろうか？　だから、エイハブは「アダム以来の全人類が抱いた怒りと憎しみ」（*MD* 184）を神の象徴であり偽善と悪の化身たる白い鯨に投擲したのではないだろうか？

5－3　フェダラー

フェダラーも当然、作者メルヴィルの分身である。フェダラーは月明かりの夜にいつもマストヘッド上での見張りに立つが、この孤立した姿は『ホワイト・ジャケット』で毎夜マスト天辺の帆桁に腰掛けて銀河を見つめる主人公の「私」ホワイト・ジャケットに似ているところがある。

フェダラーは、目立たないがエイハブと同じくらいに重要な存在理由のある人物である。彼は、現象的には「幽霊悪魔」のような存在であり、比喩的にはエイハブの影であり、実体的にはエイハブの内奥の顔、真の顔である。

5－3－1　「幽霊悪魔」として

フェダラーは「五つの暗い幻影」（*MD* 216）のひとつとして、「マニラの原住民特有の虎のように鮮やかな黄色い肌をした」(*MD* 217) 四人の「マニラ人」(*MD* 442) とともに後甲板のエイハブの周りに姿を現す。作者は彼を異様な容貌の人物として描いており、フラスクとスタッブの対話中で蛇と悪魔に喩えている。フラスクが「フェダラーとかいうあの黄色い幽霊［中略］やつの牙は蛇の頭のような形をしている」と言うと、それに対して、殺したいと思うほどまでにフェダラーを嫌悪するスタッブは「おれはあのフェダラーは変装した悪魔だと思う」(*MD* 325) と応じる。作者はスタッブにフェダラーを「幽霊悪魔 (ghost-devil)」(*MD* 434) と呼ばせるが、この呼称はフェダラーという人物の存在の仕方を一言で的確に言い表している。

5-3-2　エイハブの影として

船上に「幽霊悪魔」のように存在するフェダラーは、エイハブの影の具象化である。作者は、フェダラーがエイハブの影のような存在であることを何段階かに分けて、しかも段階を踏むごとに色濃く、意味深く読者に提示している。

最初に「影」という語がフェダラーにあてて使用されるのは、ピークォド号出航当日の早朝、船に駆け込む複数の人影を目にしたイシュメイルが「船乗りたちが向こうへ駆けて行っているみたいだ［中略］影ではあるまい」(*MD* 98) とクィークェグに言う時であり、出航後かなりたってからフェダラーらが船上で初めて姿を見せた時に、イシュメイルは「ナンタケットの暁闇をついてピークォド号に這い上がって行った謎めいた影たちを私は静かに思い出した」(*MD* 220) と語る。次に作者は、フェダラーをエイハブの影の中に立たせることによって、拝火教徒フェダラーがエイハブの影であることを暗示する――「たまたまエイハブの立った位置のせいで拝火教徒はエイハブの影に隠れた。拝火教徒の影がそこにあったとしてもエイハブの影と混じり合い、エイハブの影を長く伸ばしているだけに見えた」(*MD* 328) と。また、「科学！　呪われてあれ、汝、むだな玩具よ」と呪詛して四分儀を破壊したエイハブを静観していたフェダラーが「誰にも気づかれずに立ち上がり、滑るように消えた」(*MD* 501) さまは、まさに影が動くようである。そして、終局間近の百三十章で作者は、フェダラーがエイハブの影であることをほぼ明言する。まず作者はフェダラーが影であると、次のように半ば言明する――「乗組みたちはいぶかしい思いで彼［フェダラー］を見た。彼は死すべき実体をもつ人間なのか、それとも、何らかの目に見えぬ存在が甲板上に投じた揺らぐ影なのか、どちらともつかぬ疑念をもって彼を見た。しかも、その影は常にそこ、甲板上をさまよっていた」(*MD* 537) と。続けて作者は、白鯨発見のために二十四時間寝ずの見張りを続けるエイハブと拝火教徒フェダラーの関係が、実体とその影のそれであることを明かす――「時折彼らは、長時間一言も声をかけ合うことなく、星明かりの下で離れ離れに立っていた。エイハブは船室昇降口に、拝火教徒はメインマスト脇に立ち、互いを凝視していた。あたかもエイハブは自らの投じた影を拝火教徒に見、拝火教徒は自分が遺棄した実体をエイハブに見るかのように」(*MD* 537-8) と。

以上の情況証拠から、メルヴィルはエイハブの「影」を「幽霊悪魔」のような様相のフェダラーに具現化したと推断できるが、では「影」とは何か？「影」はどのような意味をもつのか？

5-3-3　エイハブの真の顔として

エイハブの影としてのフェダラーは、エイハブのもうひとりの自分 (alter ego) であり、フェダラーの顔は、仮面 (persona) を脱いだエイハブの本物の顔である。そのことを作者は、ストーリーの進展とともに徐々に明らかにしていく。以下にこれを検証する。

作者はまず、百十七章「鯨の夜番」で、実体としてのエイハブとその影としてのフェダラーが一体であるさまを描出する。そこでは語り手が「眠りから目覚めたエイハブの顔の真正面に拝火教徒の顔があった」(*MD* 498)

と、まるで拝火教徒フェダラーの顔は鏡が映し出すエイハブの顔であるかのように語った後で、エイハブとフェダラーが物語の破滅的終結の暗示と予告となる二つの棺台と麻索について対話する。二つの棺台とは、白い鯨に索で巻きつけられたフェダラーの屍とアメリカ材で建造されたピークォド号であることが最終章で判明する。麻索は、これも最終章で、白い鯨に銛を突き刺したエイハブの首に絞首刑に処すかのように巻きつく銛索を指すことが明らかになる。二人の対話後に「両者は一個の人間となって再び沈黙した」（*MD* 499）と語り手が叙述することによって、作者がエイハブとフェダラーを合わせて「一個の人間」としてとらえていることが示唆される。

そして作者は、白い鯨との三日間にわたる死闘開始直前に、エイハブが眼下の水面をのぞくと、そこにフェダラーの目を見出す場面を設定することにより、フェダラーがエイハブの影であり、フェダラーの顔はエイハブの内奥の顔、本物の顔であることを暗示する。その場面を作者はこう描出している――「エイハブが舷側にもたれ、海の深遠を見究めようと目を凝らすにつれて、彼の影は水の中に深く深く沈みこんで行った［中略］エイハブは甲板を横切って反対側の手すりの下をのぞきこんだが、そこの水面に映る二つの、じっとこちらを見すえている目にぎくりとした。フェダラーが身じろぎもせずに同じ手すりから下を見ていた」（*MD* 543-5）。

白鯨追撃二日目の闘いでエイハブは、セント・エルモの火および三人の蛮人銛手の生き血で洗礼を施した銛を白鯨に投入し、それに伴い、フェダラーは姿を消す。作者は、スターバックの口を通してエイハブに「あなたの邪悪な影は消えた」（*MD* 561）と言い、翌日、追撃三日目最終日に、その「邪悪な影」を白鯨と一体化させて出現させる場面をこう描く――「昨夜の間に銛索で鯨の背に幾重にもぐるぐると巻かれ、がんじがらめに縛りつけられて、身体を半ば引き裂かれたフェダラーの姿が現れた。ずたずたになった黒い服をまとい、飛び出た両目で老エイハブを見すえた」（*MD* 568）。

語り手は、スンダ海峡でピークォド号を追って来たマレーの海賊を「非人間的で無神論者の悪魔たち」（*MD* 384）と呼んでいたが、このフレーズは、まさにフェダラーにもあてはまる。「無神論者の悪魔」の顔は、海面に映るエイハブの本物の顔であると同時に、この作品の第一章で「すべてを解明する鍵」として言及されていた、泉に映るナルシスの幻像、すなわち「私」イシュメイル＝メルヴィルの真の顔でもある。

作者はさらに、フェダラーが銛索で白鯨にがんじがらめに縛りつけられて白鯨と一体化した状態でエイハブの眼前に姿を見せることによって、白鯨イコール、フェダラーであることを暗示しており、その時、白い鯨は「無神論者の悪魔」フェダラー＝エイハブ＝メルヴィル自身の化身として、多重な意味を抱えて顕現する。したがって、「おまえに縛りつけられながらも、おまえを追い続け、おまえを引きずって粉々に砕いてやる。汝、呪わし鯨め！」（*MD* 572）と叫んでエイハブは最後の銛を投擲し、自らの影であるフェダラーの後を追うが、「呪われし鯨」とは、後述するように、メルヴィルがその中で生まれ、育ち、生きている白人キリスト教文明であり、その文明の後ろ盾たるユダヤ・キリスト教の神であり、同時に、その神を裁き、否定する無神論者の「私」でもある。

5-4　他の乗組み――全人類の代表

ピークォド号出航前はイシュメイルが主人公だったが、出航後はエイハブが登場人物群の中核的存在となり、航海士、銛手を始めとする乗組みは全員、彼の周辺部に位置する。作者はエイハブに、スターバックとスタッブに対して「おまえたち二人は、ひとつのものの両極だ［中略］そして、おまえたち二人が全人類だ」（*MD* 553）と言わせているが、スターバックとスタッブという両極を含む乗組み全員が人類の代表を構成していると言えよう。三人の航海士配下の乗組みは「主に、雑多な反社会的背教者や世間から見捨てられし者、および食人種で構成されて」（*MD* 186）いて、その中には、マン島などヨーロッパ各地からの人間、アメリカン・インディアン、チョロ、黒人、タヒチ島などの南海の島出身の人間、インド人、マニラ人、清国人がいる。

5－4－1　三人の航海士

語り手は、航海士三人の特性を「スターバックの美徳と良識、無頓着で無鉄砲なスタッブの変わらぬ陽気さ、そしてフラスクの凡庸そのもの」（*MD* 186-7）と要約している。三人の出身地はそれぞれ、ナンタケット、ケープ・コッド、マーサズ・ヴィンヤードでマサチューセッツ州南東部の半島周辺に集中している。

理性的に事物を見る一等航海士スターバックにとって白鯨は「物言わぬ獣」（*MD* 163）であり、血の海でのたうつ瀕死の老鯨の急所にとどめの一刺しを入れようとするフラスクを止めようとする彼を「慈悲深いスターバック」（*MD* 358）と語り手は呼ぶ。エイハブは「善良すぎるやつ」（*MD* 475）と彼を呼ぶ。日本沖鯨漁場で「金色に輝く海」を見つめながら彼がつぶやく独白は、彼の人格が愛と信に根差していることを開示している──「底なしの美しさ！　愛する男が若い花嫁の目の中に見出すような愛らしさ！　おまえ［海］の中にいる歯がぎっしりと並んだ鮫ども、そして食人種のように人をかっさらうおまえのやり方なんぞ思い出したくない。信じる心で事実を駆逐し、空想で記憶を追い払おう。私は深みを見つめ、そして信じる」（*MD* 492）。

二等航海士スタッブは自らを「陽気なスタッブ」（*MD* 433）と呼ぶが、「最悪の危機的状況においてもユーモアと慎重さ、冷静さ、落着き」（*MD* 368）を失わない男である。彼は、この物語で最初の鯨、抹香鯨を殺し、鯨肉ステーキ、鯨肉のカツレツ、鯨団子、鯨ひれの酢漬け、鯨尻尾の塩漬けなどの鯨料理を食べる。捕鯨シーン、および仕留めた鯨の処理シーンでは、三人の航海士の中でスタッブの登場頻度が最も高い。

三等航海士フラスクに関して特筆すべきことは、彼は凡庸さと同時に残忍さを合わせもっていることである。「残忍なフラスク」（*MD* 353）は、血の海でのたうつ瀕死の老鯨の急所にとどめの一刺しを入れて死の苦悶を与える。

5-4-2　三人の銛手――白人キリスト教文明批判の代行者

「異教徒の銛手たち」（*MD* 518）は、いずれも白人種によって征服、抑圧、搾取されている人種や民族出身で、「私」イシュメイル＝エイハブ＝メルヴィルによる白人キリスト教文明批判の代行者としての存在理由をもつ。

南海の島出身のクィークェグをナレーターの「私」は「人食い」（*MD* 153）と呼び、スタッブも彼を「人食い」（*MD* 434）と呼ぶが、彼はイシュメイルにとって「わが哀れな異教の伴侶にして、ゆるぎなき親友」（*MD* 476）である。

タシュティゴはマーサズ・ヴィンヤードのゲイ岬出身の純粋なアメリカン・インディアンという設定。彼は、深夜、雷鳴と稲光が次から次に発生する只中、メインマストヘッド上で、いつ雷に打たれてもおかしくない状況下でメイントップスルの帆桁に新しい索を巻きつける作業をする。百二十二章「真夜中の檣頭で――雷鳴と稲光」は全百三十五章中、最も短い、タシュティゴと同様に言葉少ない章で、言葉ではなく行為で自己表現するタシュティゴに捧げられた一章と言える。

ダグーはニグロで、米国文明社会の奴隷としてではなく、生まれ育ったアフリカ沿岸部の湾に停泊した捕鯨船に自ら望んで乗り組んだという設定。身長百九十五センチの巨体の持ち主で、ナレーターの「私」は彼を「気高き蛮人」（*MD* 152）と呼ぶ。

5-4-3　黒人少年ピップ――「私」の中の臆病者

ピップはアラバマ州出身の黒人少年で鐘打ち兼船内の触れ役という設定だが、臆病という点で『レッドバーン』のハリィ――高所恐怖症のためマストにのぼれず船員たちにばかにされ、一時的に少し心理状態がおかしくなる――と共通項がある。

ピップは捕鯨ボートから飛び降り、長時間、海に遺棄されて気が狂ってしまい、自分のことを臆病者と呼び、なじる。「卑しい小さなピップ、あいつは臆病者として死んだ。ぶるぶる震えながら死んだ［中略］あいつは脱走者だ。卑怯者だ、卑怯者、卑怯者！［中略］あいつは捕鯨ボートから飛び降りたんだ！［中略］卑怯者どもは恥を知れ！　連中に恥あれ！　捕鯨ボートから飛び降りたピップみたいに溺れ死にさせろ！　恥だ、恥だ！」（*MD* 480）と。

この捕鯨ボートから飛び降りたピップに、マーケサス諸島ヌクヒヴァで捕鯨船から飛び降りて脱走した作者自身の姿が重なって見える。ピップは「私」の中のピップだと推察される。

5－4－4　鍛治屋パース――海に出た理由

パースは、なぜ海に出たか？　彼は幸福な家庭とその身を酒で滅ぼし、自殺する代わりに「果てしない太平洋」へ捕鯨に出たという設定になっている。語り手が以下のように叙述するパースが海へ出た理由は、語り手自身、つまり「私」イシュメイル＝メルヴィルが「拳銃と弾丸の代わり」に海へ出た理由と同質である――「自殺に罪の意識を感じている者たちの、死を願う眼の前に、すべてが注がれすべてを受け入れる大洋が、想像だにできないぞくぞくする恐怖と素晴らしい新しき生の冒険の海原を広げて、誘いかける。果てしない太平洋の真中から千匹の人魚たちが彼らに歌いかける。〝こちらへいらっしゃい、失意の人たちよ。死という罪を仲介者としない別の生がここにあります。死なずして超自然的な驚異の世界が見られます。こちらへいらっしゃい！　嫌われ嫌う陸の世界を、死をもってするよりも忘れさせてくれる生に身を埋めなさい。こちらへいらっしゃい！　あなたの墓石を教会墓地に立てて、こちらへ来て、私たちと結婚しましょう!〟」(*MD* 486)。パースが実際に教会墓地に自分の墓石を立てて来たかどうかは不明だが、この叙述から、なぜ二十三章のピークォド号出航場面で特筆されたバルキントンがその後一度も登場することなく作品から姿を消したのか、その一見不可思議な現象の背後にある、作者にとっての合理的理由が窺い知れる。つまり、作者である「私」イシュメイル=メルヴィルは、バルキントンという自らの仮の姿の「紙の墓石」を二十三章に立ててから作品中の魂の大海に乗り出したということなのである。

陸上の人間社会に幻滅しきった「私」が選択したのは、陸上での自殺による死ではなく、海洋での新しい生であり、したがって「私」が希求するものは、空《から》の棺に象徴される死とか無とか空《くう》ではなく、あくまで生である。イノセンスの死と従来の価値体系の瓦解による精神的死を通しての新たな生、再生を求めて「私」イシュメイル=メルヴィルは海に出たのである。

6 表象

メルヴィルの作品には第三作『マーディ』以降、何らかの意味を宿す具象物が、人物も含めて、多々登場する。『マーディ』でのイラー、ホーシャやマラマ島など、『レッドバーン』での破損したガラス製の船の模型、そして『ホワイト・ジャケット』の白いジャケットと、いずれも何かの表象として作者は提示している。『モービィ・ディック』で描かれる多くの事物にもそれぞれ何らかの意味が潜んでおり、以下に、白い鯨をはじめとする主だった具象体が宿す意味を解明、整理する。

6－1　白い鯨は何か？

基本の問いは、なぜ白い鯨なのか？　なぜ鯨は白いのか？　白鯨は何を意味するのか？　である。捕鯨船に計二年間乗り組んだ経験をもつ作者が鯨を描くことには何の不思議もない。そして、西洋キリスト教社会に生まれ育った彼が、ギリシア・ローマ神話や旧約聖書中に言及された鯨の、怪物としての、また神の使いとしてのイメージを自分の描く巨鯨に投射するのもごく自然なことであろう。しかし、なぜ彼は鯨を白く設定したのか？

6－1－1　『タイピー』から『モービィ・ディック』に至る白の系譜

メルヴィルが白によって何を表していたかは、『タイピー』から『モービィ・ディック』に至る白の系譜を辿ることで把握できる。『タイピー』と『オムー』での白は、キリスト教と文明を携えて太平洋の島々を侵食し奪取する白人を指していた。失われた理想の純潔とイノセンスを探し求めた果てにキリスト教界と人間世界を全面否定する『マーディ』では、白い肌のイラーが純潔とイノセンスと善を表していた。この作品ではさらに、白は白人と死をも意味していた。白人の「私」タジに彼らの父を殺された南海の現地人復讐者たちは「私」に向かって、「おお、人殺しめ！　白い呪いをおまえに！　おまえの魂がわれらの憎しみにより白化するように！」(*M* 306-7) と、サンゴが白化して死滅するように、白人の「私」の魂が白化して死に至るようにと呪詛し、さらに「おまえの白い心臓を食ってやる！」(*M* 308) と、呪いの成就と復讐を誓う文言を叫んでいた。『レッドバーン』では白い何かが特筆されることはなかった。物語の終局で、人間と人間世界に対する嫌悪と憎悪の化身たるジャクソンが白い帆に喀血しながら帆桁から海に落ちて死ぬ場面が描出されるが、その白い帆に関する特段の叙述や描写を作者はしていない。『ホワイト・ジャケット』で「私の屍衣」（*WJ* 3）になりかけた白いジャケットは、軍艦搭乗員としての「私」の表象であり、白は屍衣の色、死の表象であり、そして「白塗りの」（*WJ* 202）美化された軍艦および人間世界の虚偽の外面を意味した。以上、『モービィ・ディック』に至る作品群中に顕在化した白の概念を発生順に並べると、キリスト教と文明を手にした白人、純潔とイノセンスと善、死、「白塗りの」美化された虚偽の外面となる。

『モービィ・ディック』第一章で、白い鯨の最初のイメージが「天空にそびえる雪山のような、フードをかぶった巨大な幻」（*MD* 7）として描出される。「天空にそびえる雪山」は、メルヴィルが『モービィ・ディック』の次の作品『ピエール』を捧げた山で、ピッツフィールド、アロウヘッドの自宅から北の方角に望む標高一〇六四メートルのグレイロック山がモデルだと一般に考えられているが、この「雪山のような」という比喩に、雄大な自然現象としての白い鯨という意味以外の何か特別な意味がこめられているとは思えない。しかし「フードをかぶった幻」という表現は、『マーディ』でベールと暗色のタパ衣に身を包んで片目だけをあらわにして「私」タジの前に現れた、悪の表象たるホーシャを連想させ、さらには『ホワイト・ジャケット』で死の表象たる白いジャケットに身を包んでメインマストヘッド上にいた「私」ホワイト・ジャケットを思い起こさせる。

四十二章「その鯨が白いこと」で「私」イシュメイルは白のもつ多面的な意味を分析し、詳述するが、メルヴィルは白と白鯨に複合的で多重な意味を付与しており、その様相は『マーディ』でババランジャが語る寓話中のバニヤンツリーに似ている。この寓話では、千本の枝が地中に突き刺さって本来の幹がどれか判別できないバニヤンツリーの巨木を九人の盲人が取り囲み、各人が最初に触れた枝を本来の唯一の幹だと主張、つまり、各盲人が真実の幹からの派生部分であるそれぞれの枝を唯一の真実だと錯誤して、そう主張する。ババランジャの口を通してメルヴィルは、この寓話の含意は「多義」（*M* 357）であると言う。メルヴィルが白い鯨に付与した「多義」は、作者メルヴィル自身、作者の中のイシュメイル、作者の中のエイハブ、およびその他の登場人物たちという複合の視点から解明することができる。

6-1-2　もうひとりの自分――神の存在を否定する悪魔

白鯨は、まず、作者メルヴィル自身である。それは、「私」イシュメイルがナルシスのように、水面下に見る「とらえがたき生の幻影」（*MD* 5）であり、その「幻影」はもうひとりの自分（alter ego）、すなわち、本物の己を表す。そして、「私」イシュメイル＝エイハブ＝メルヴィルのもうひとりの自分とは、エイハブの影を人格化したフェダラー、「無神論者の悪魔」のひとりであるフェダラーである。そのことをメルヴィルは最終章で、白鯨の巨体にフェダラーを鉛索で縛りつけ、両者が一体化した姿をエイハブの眼前に出現させることにより象徴的に暗示している。つまり、メルヴィルは白い鯨を、無神論者である真の己の表象として設定しているのである。

したがって、白い鯨との闘いは、まず第一に、自分との闘いであり、その意味では、白い鯨を追う航海は自己を追究するプロセスである。白い鯨と対面して行う直接的な格闘は最後の三日間のみであるが、闘いは白鯨追撃航海の開始前に既に始まっている。闘いとは、マプル神父が語るヨナに見るような、自己の良心との葛藤である。片脚を食いちぎられたエイハブが白鯨を追う復讐物語の表面下には、南海の島々での白人キリスト教文明による悪行の実態を現地で見聞し深く傷ついたメルヴィルが、「わが良心はこの船の竜骨にある」と言うエイハブを自らの代理人代表に仕立て、良心の船ピークォド号に乗って自身の内奥へ航海し、深奥に棲む無神思想の化身たる白鯨と対面する自己追究物語が進行する。片脚を食いちぎられたエイハブの姿は、白人キリスト教文明人によるアメリカ先住民族に対するジェノサイド、アフリカの黒人の奴隷化、そして南海の島々での非道な侵略と悪行に深く傷ついたメルヴィルの心を表象し、白人としての己の良心の責苦を負う様態としてとらえることができよう。

良心の呵責は、副次的テーマとして『マーディ』に既に登場していた。イラーの現地人養父を殺した「私」タジを追う三人の南海の復讐者たちは、「私」の良心の呵責を代弁していた。彼らの叫び声は「私」の罪の意識と良心の呵責が発する声であり、復讐者たちの追撃は、良心の呵責と同時に死の恐怖を伴っていた。メルヴィルは死の表象を使用して、復讐者たちは「亡霊のよう」(*M* 305)で「彼らの顔は髑髏《どくろ》のように見えた」(*M* 306)と表現し、「毒蛇のように彼らは私の跡を追い始めた。私がイラーを探し求めるように」(*M* 306)と語った。

しかし、自己の良心追究は未解決の課題であるという認識をメルヴィルは『マーディ』の最後の情景で「追う者と追われる者が果てしない海を飛び続けた」(*M* 654)という最終の一文で示した。そして、良心の呵責と死の強迫観念に駆られる彼は、自己の良心が発する文言を『モービィ・ディック』で象徴的に開示したのである。「憎悪されし白鯨」(*MD* 483)は『マーディ』で南海の復讐者たちに追われる白人の「私」タジを想起させる。メルヴィルは復讐者たちの憎悪をエイハブに化身させ、自己の良心をピークォド号に具象化して『モービィ・ディック』に登場させたと解釈できる。最終的に、メルヴィルの良心の闘いは、白人文明人の行為を正当化する根拠となっているユダヤ・キリスト教の神の正当性の否定、さらには、その神の存在自体の否定に帰結する。

6-1-3　死と虚無と無神思想——冷静に客観視するイシュメイルの視点から

メルヴィルは、四十一章「モービィ・ディック」でモービィ・ディックがエイハブにとっては悪の化身、乗組員らにとっては大悪魔であったことを語り、続く四十二章「その鯨が白いこと」では、「私」イシュメイルにとって白鯨は何だったかを語るために白い色がもつ「多義」を分析し例証する。

明るく輝かしい海の表面の下に残酷な海の素顔を見出す「私」イシュメイルは、白の意味に関しても、表面上の意味と合わせて、表面下のそれを語っており、表面下のそれが彼の到達点であり結論である。そのことは彼の語り口というか文体から分かる。彼は、まず、白が表象するものとして「美しさ」、「美点」(*MD* 188)、有色人種に対する白人の「優位性[12]」、「花嫁の純潔[13]」、「聖なる無垢と権威」（*MD* 189）などの具体例を列挙するが、具体例の一つひとつを逐一「……だけれども（though）」という接続詞を使用して語ることにより、それらが白の意味の本質や主体ではなくて、従属的で副次的な意味であることを読者に示唆している。イシュメイルにとっての白の意味の本質は、屍衣の色としての認識にあり、「この色の最深部の概念」（*MD* 189）は死であり、虚無であり、無神の概念である。

イシュメイルは「多くの面で、この目に見える世界は愛でつくられているように見えるが、目に見えない領域は恐怖で形成された」（*MD* 195）と述べ、表面上の「目に見える世界」の白の理念は「天上の無垢と愛」（*MD* 190）であり「キリスト教徒の神の衣そのもの」（*MD* 195）であるが、表面下の「目に見えない領域」の白の概念は、恐怖を惹き起こす死と虚無と無神思想であると語る。メルヴィルは後に『信用詐欺師』でコスモポリタンの口を通して、無神論者を「この宇宙に愛という支配原理を見出さない者」（*CM* 157）と定義するが、「私」イシュメイルは「目に見えない領域」に「愛という支配原理」を見出していない。イシュメイルにとって白は、究極において、人間を含めた自然界の表面下に隠れている「屍室」（*MD* 195）をおおう屍衣の色である。

イシュメイルは四十二章での白の分析を「哀れな不信心者は、周りの世界をおおいつくす広大無辺な白い屍衣を盲のように凝視する」（*MD* 195）と締めくくり、白い鯨もピークォド号もすべてが海面下に消えた作品最終章を「海の大いなる屍衣は五千年前と同じようにうねった」（*MD* 572）という一文で締めくくり、いずれも屍衣の心象でおおわれる情景で語り終えている。これら二つの心象風景を重ね合わせて判断すれば、イシュメイルの語りを通してメルヴィルは、「私」はノアの洪水なるものの発生時も今も全世界が白い屍衣におおわれて見える「哀れな不信心者」であると、つまり、創世の当初からのユダヤ・キリスト教の神の存在を否定する無神論者だと暗に告白していることが見てとれる。

6-1-4　白人キリスト教文明――偽善と悪

イシュメイルが分析し例証する白の意味と、白い鯨の意味とは、オーバーラップしてはいるがイコールではない。なぜなら、物語冒頭でイシュメイルが潮吹亭の玄関の間で目にする油絵に描かれている鯨がモービィ・ディックの原姿なのではないかと考えられるからである。その鯨は黒い。その絵には、大嵐の海で沈没しかけている船の三本マストの上に飛び跳ねて、あわや串刺しになりかけている黒い巨鯨が描かれている。この黒い鯨がモービィ・ディックの本来の姿なのではないか？　白い鯨モービィ・ディックは「白く塗られた」黒い鯨なのではないだろうか？　なぜなら、イシュメイルは、白人の彼と有色人種のクィークェグがナンタケット行きの船の上で仲良く並んで立っているさまに他の白人船客たちが向ける驚きと嘲りの視線を「まるで白人は白く塗られたニグロよりも高貴な存在であるかのように」（*MD* 60）と揶揄して白人優越意識を痛烈に皮肉っているからである。もしメルヴィルが表象としてのモービィ・ディックを「白く塗られた」黒い鯨として設定していたとすれば、彼は白いモービィ・ディックを虚偽の表象として、善の白い仮面をかぶった黒い悪、すなわち、偽善の象徴として認識していることになる。この想定は正しいであろう。なぜなら、ピークォド号出航前にメルヴィルはマプル神父の口を通して「虚偽の面に向けて真理を説け」と言うし、出航後にはエイハブの口を通して「目に見えるものはすべてボール紙の仮面のようなものにすぎない［中略］もし打つ意志があるなら、その仮面を打ち抜け！」（*MD* 164）と言うからである。作者メルヴィルの代弁者である両者はともに、虚偽の仮面の背後にある真実を追究する精神姿勢を表明しており、追究の標的を作者は「白く塗られた」鯨としての白鯨として登場させたと推断できる。

虚偽もしくは偽善の表象としての「白く塗られた」鯨は、「仮面を打ち抜く」エイハブにとって何か？　当然、悪である。語り手イシュメイルは、エイハブにとって白鯨は人間の心に巣くう「とらえがたい悪意」(*MD* 184)の具象化であり「すべての悪の化身」(*MD* 184)だと語る。エイハブという存在は、白鯨の白い仮面を打ち抜いて、仮面の奥の黒い鯨を、すなわち、黒い実体、悪を見抜く作者メルヴィルの目の具象化なのである。そして、復讐するエイハブ＝メルヴィルの言葉と行動を通して白鯨を見ると、象徴としての白鯨の全貌を把握できる。そして、復讐者エイハブ＝メルヴィルにとって白鯨は、愛と善を標榜するが、しかし、その実体は「測り知れない悪意」(*MD* 164)を内含する白人キリスト教文明とその推進者であり後ろ盾であるユダヤ・キリスト教の神の概念の象徴である。

そもそもメルヴィルは、白鯨を追撃する船に白人により絶滅させられたアメリカン・インディアンの一部族の名ピークォドを冠しており、そのことによってだけでも作者が白鯨を白人キリスト教文明の象徴としていることが容易に推察できる。また、エイハブが白鯨用に特別に作らせた銛の刃を三人の非キリスト教徒の銛手たちの生き血で焼き戻しながら叫ぶ「われ、汝に、父なる神の名においてにあらずして、悪魔の名において洗礼を施す！」という宣言文が「この書のモットー」であるとメルヴィルはホーソーンに書き送ったが、この宣言文の理解がこの作品の核心部分をとらえるために必須である。「悪魔」とは、ユダヤ・キリスト教の神に敵対し反逆するサタンというよりは、フェダラーとして顕現した作者の中のもうひとりの自分である「無神論者の悪魔」を指すと考えられる。そして、三人の非キリスト教徒の銛手たちが、いずれも、キリスト教徒の白人文明人によって絶滅寸前に追いやられるか、搾取され隷属させられている人種や民族に属していることを考慮に入れると、白鯨がキリスト教と白人文明の象徴であることが鮮明になる。「雑多な反社会的背教者、世間から見捨てられし者、食人種」などで構成されるピークォド号の非キリスト教徒乗組員たちにとって白鯨は「原初の魔神デモゴルゴン」(*MD* 169)であり「生の海を泳いでいる大悪魔」(*MD* 187)である。この作品は、白人キリスト教文明という、船長にとっての「白い悪魔」、乗組員たちにとっての「大悪魔」に対する、「無神論者の悪魔」としてのフェダラー＝メルヴィルの闘いの物語なのである。

作者は白鯨に、神の使い、神の代理としての意味合いも投射している。白鯨は、黒人少年ピップにとっては「天上の大きな白い神」（*MD* 178）であり、ジェロボウム号のガブリエルにとっては「シェイカー教徒の神の化身」である。モービィ・ディックがその白い巨体を現す場面で、ナレーターは「神々しく泳ぐ栄光の白鯨」（*MD* 548）とか「巨神」（*MD* 549）と表現する。ナレーターによれば、エイハブは「呪いの言葉とともにヨブの鯨を追って世界を巡り」（*MD* 186）、自らを「楽園以来、積み重ねられてきた幾十世紀の下でよろめくアダム」（*MD* 544）のように感じ、「アダム以来の全人類が抱いた怒りと憎しみ」を白鯨に向けて炸裂させるのである。したがって、白鯨を撃つ行為はユダヤ・キリスト教の神を撃つ行為に等しくなるが、神を撃つとはどういうことか？エイハブは「私の上に誰がいるか？」（*MD* 164）と、あるいは「裁く者自身が裁きの場に引きずり出される時、誰が審判を下すのか？」（*MD* 545）と言う。つまり、彼は、ユダヤ・キリスト教の神の使いである白鯨に自らが審判を下すと、神になり代わり神を裁くと言っているのである。

メルヴィルは『タイピー』と『オムー』で、具体的事例を描写しながら、直截な言葉で白人キリスト教文明を徹底的に批判し糾弾した。(14)『マーディ』ではキリスト教世界を全面的に拒否し否定した。そして『モービィ・ディック』で白人キリスト教文明とその正当性の根拠たるユダヤ・キリスト教の神の概念を白鯨に表象化し、象徴的行動を通してそれを裁き、断罪したのである。

6－2　ピークォド号——白人キリスト教文明を糾弾する良心と魂

ピークォド号は何の表象か？　アメリカ先住民族の表象であり、エイハブ＝メルヴィルの良心と魂の表象である。

ピークォド号が白人キリスト教徒たちにより絶滅させられたアメリカ先住民族の表象であることは、作者が船に「古代メディア人のように今は絶滅しているマサチューセッツ・インディアンの高名な部族の名」（*MD* 69）を冠していることから歴然としている。

メルヴィルは、いわゆるアメリカン・インディアンをどう認識していたのだろうか？　彼は処女作『タイピー』で、アングロサクソンによる北米先住民族殺戮、二十世紀中葉になって造られた言葉で言うならジェノサイドを次のように非難した――「野蛮人を文明人にするのはよいとしても、彼らに恩恵をもたらし、害悪をもたらすな。未開の異教の風習は撲滅されても、異教徒たちを殺すな。アングロサクソン人の群れは北米大陸の大半から異教を一掃した。が、同時に、赤色人種の大半をも掃討した。文明は未開の異教崇拝の名残をこの地上から消しつつあり、同時に、減少し続ける不幸な異教崇拝者たちをも消滅させつつある」（*T* 195）。

彼はまた、匿名で発表した書評「パークマン氏の旅」（一八四九）で、野蛮人は文明人の祖先であると言い、野蛮人として蔑まれるインディアンに「侮蔑ではなくて憐れみを」（*PT* 232）と訴えており、最後の長編『信用詐欺師』ではコスモポリタンの口を通して「私はインディアンを賞賛する」（*CM* 140）と発言している。メルヴィルのアメリカン・インディアン擁護姿勢は一貫している。

彼は白人社会の一員として、アメリカ先住民族大虐殺に良心の呵責を強く感じていたはずである。彼はエイハブの口を通して「わが良心はこの船の竜骨にある」（*MD* 474）と言うことにより、ピークォド号が彼の良心の表象であることをほのめかしている。したがって、「このピークォド号の全航海とその目的である巨大な白い鯨」（*MD* 226）の物語の表面下では、アメリカ先住民族の側に立つ作者による白人キリスト教文明への代理報復攻撃が進行しており、「虚偽の面に向けて真理を説け」という良心の声に従って、作者は白人キリスト教文明の偽善の仮面を打ち抜き、実体をさらけ出し、真実をえぐっているのである。

ピークォド号はエイハブの魂の表象でもある。エイハブは、白鯨を追撃するピークォド号を「わが竜骨つきの魂」（*MD* 564）あるいは「わが魂の船」（*MD* 565）と呼ぶ。船はアメリカ産木材で建造されているが、マストだけは「元の三本マストが日本沖の嵐で折れて海に消えたため、日本沿岸で切り出された」（*MD* 69）木を新たなマストにして使用している。最終章で白鯨がピークォド号に激突する場面では、日本の木で作られた三本マストの天辺に、アメリカン・インディアンのタシュティゴ、南海の島人クィークェグ、黒人ダグーの三人の非キリスト教徒の銛手たちが見張りのためにのぼっており、三本マストは非白人、非キリスト教文明の象徴のごとくに起立している。その三本マストに向かってエイハブは「おお！　おまえたち、屈服することなき、わが三本の尖塔よ」（*MD* 571）と呼びかけて、それら三本マストが反白人キリスト教文明の精神的支柱であることを示唆している。

最終的にピークォド号は沈むが、しかし、「マストの先端部分だけを海上に」突き出して、「沈んで行く船から異教の銛手たちが海上を見張り続けていた」（*MD* 572）さまは、潮吹亭の玄関の間の油絵に描かれている大嵐の海で三本マストだけを海上に突き出して沈没しかけている船の姿に酷似している。物語の表面上では、白い鯨はエイハブとともに姿を消し、エイハブの魂の表象たるピークォド号は海中に没するが、しかし、潮吹亭の油絵が『モービィ・ディック』のモティーフだとすれば、逆に言えば、その油絵のモティーフが『モービィ・ディック』だとすれば、油絵中の三本マスト上であわや串刺しになりかけている黒い巨鯨がモービィ・ディックの原姿であり、物語表層下の象徴とメタファーの世界で作者は、白人キリスト教文明とその正当化の根拠たる神の概念を白い鯨と化し、その白い偽善の仮面を作者のペンで打ち抜き、串刺しにしたと解釈できるのではなかろうか？

少なくとも、六十五章「料理としての鯨」で、作者のペンは「文明化された偽善」（*MD* 51）の仮面を打ち抜いて串刺しにしている。そこでは語り手イシュメイルがヨーロッパにおける鯨食の歴史を語り、陸上の人間たちが、鯨を殺して食べることを嫌悪する一方で、同じ動物である牛を殺して食べ、美食のために鵞鳥に対して残酷な行為を働く偽善と欺瞞を痛烈に批判し、食人種と言われるフィジー人は生存のために人肉を食うことがあるのであって、残酷極まりない美食を食らう文明人よりはましだと述べている――「土曜の夜の肉市場に行き、死んだ四足動物を吊るした長い列を見上げている生きた二足動物の群れを目にしてみよ。その光景には食人種も仰天するのではないか？　食人種？　誰が食人種でないというのか？　来たるべき飢饉に備えて、痩せこけた宣教師を塩漬けにして貯蔵したフィジー人のほうがまだ我慢できよう。最後の審判の日には、鵞鳥を地面に縛り付けて肥大化させた肝臓をパテ・ド・フォワ・グラにして喜んで食べている文明開化のグルメのあなたより、将来の飢饉に備えたあのフィジー人のほうがまだ許されるだろう」（*MD* 300）と。

エイハブは彼の最後の台詞中でモービィ・ディックに向かって「汝、すべてを破壊するが征服することなき鯨め」（*MD* 571）と呼びかける。物理的にはピークォド号やエイハブの身体は白い巨鯨に破壊され沈められるにしても、その魂は征服されえない、とエイハブはこのフレーズで言っている。同じ趣旨のことをイシュメイルも捕鯨者礼拝堂内で、命を落とした鯨捕りたちに捧げられた碑銘を前にして「私の体を取りたいやつは取れ。体は私ではない［中略］ボートが突き破られ、体に穴があくことがあっても、私の魂を打ち砕くことはジュピター神にもできない」（*MD* 37）と語っていた。白人キリスト教文明という白い巨鯨は、物理的破壊者たりえても精神的征服者にはなりえない。そのことをメルヴィルは『オムー』で、宣教師らによって伝統文化が否定され抹殺されている南海タヒチの現地人たちが、口では自分たちはキリスト教徒だと言うけれども、キリスト教を信じるふりをしているだけであるさまを描出することにより、例証していた。ピークォド号も、白い巨鯨に穴をあけられても、神に反逆し敵対し続ける「サタンのごとく」（*MD* 572）に海中に没して行くさまを描出することにより、その魂が征服されることはないとメルヴィルは象徴的に宣言している。

6－3　sea-hawk または sky-hawk――良心の呵責と復讐の思念

ピークォド号が沈み切る場面の設定はきわめて象徴的であり、タシュティゴの赤い腕に握られたハンマーとマスト先端部の間に翼を挟まれた一羽の「天空のタカ（sky-hawk）」が船とともに海中に没するさまを、作者はこう描写している――「一羽の天空のタカ［中略］この天上の鳥は大天使のような叫びを上げながら、その帝王のごときくちばしを天空に突き上げ、囚われの身をエイハブの旗に包まれながら船とともに没した。エイハブの船はサタンのごとくに、天の生ける一片を自らの兜にして地獄へ引きずり落とすまでは沈もうとしなかった」（*MD* 572）。

この鳥は何か？　そもそもsky-hawkという名の鳥は生物界にはいない。この種の鳥を作者は他の場面では、その本来の名で「トウゾクカモメ（sea-hawk）」と、または省略して単に「タカ（hawk）」、あるいは「黒いタカ（black hawk）」（*MD* 539）とも呼んでいた。なぜ作者はピークォド号が沈没する場面でこの鳥をsky-hawkと呼んだのか？　白い鯨との直接対決開始直前の百三十二章「交響曲」冒頭部で作者は、青い空と青い海とがひとつに溶け合うさまを男女の婚姻と合体に喩えて描いたが、これと同様に、作者はsea-hawkをsky-hawkとも呼ぶことによって海と空の一体感を醸成しながら、この鳥に天上的な雰囲気と意味合いを付与しようとしたのではないか？

この鳥は、sea-hawkにせよsky-hawkにせよ、表裏一体となった良心の呵責と復讐の思念の表象になっており、『マーディ』で「私」タジを追う復讐者たち、すなわち、「私」の罪の意識を代弁し「私」の良心の呵責の表象となっている復讐者たちと同種の存在である。なぜ、そう判断できるか？　判断の根拠を、物語の展開順に以下に整理する。

まず、エイハブが毎夜三時間と寝ず、しかも、寝床に入っても眠れずに悶々としているらしいことを聞いたスタッブは「彼は、陸の連中が言う良心ってやつをもっているんだろうな」（*MD* 128）と言う。エイハブが、寝ている間も白鯨に対する思念で悶々とするさまは、まるで、捕鯨者礼拝堂でマプル神父が語った良心の呵責に苦悶するヨナのようである。ヨナはマプル神父自身であり、マプル神父の「虚偽の面に向けて真理を説く」姿勢は、ピークォド号出航後、エイハブの「仮面を打ち抜く」真実追究姿勢に受け継がれる。別の見方をすれば、作者は登場人物としてのヨナ＝マプル神父をエイハブに変身させて再登場させたとも言える。登場人物は作者の一部であり分身であり、したがって、エイハブはメルヴィル自身の一部、それも主要な一部である。そのエイハブの良心の呵責とは、白人キリスト教文明社会の一員としての作者の良心の呵責であり、復讐とは、白人キリスト教文明社会に対してと同時に、その社会の一員である自分自身に対する復讐でもある。

次に、モービィ・ディックへの復讐の思念に燃えながら眠り、熱くなった寝床から飛び出すエイハブを作者はプロメテウスに擬して、こう語る――「あなたの思念はあなたの内にひとつの生き物を造り出した。熾烈な思念によりプロメテウスのような存在となった者の心臓をハゲワシが永劫に食い続ける。そのハゲワシこそ、自らが造り出した生き物に他ならない」（*MD* 202）と。作者は、比喩として登場させたプロメテウスの心臓をつつくハゲワシを、作品内現実では赤旗をつつく sea-hawk に変身させたと考えられる。したがって、sea-hawk が赤旗をつつくさまは、ハゲワシがプロメテウスの心臓をつついて食べるさまを表す。ギリシア神話ではハゲワシがつつくのはプロメテウスの肝臓なのに、なぜメルヴィルは心臓としたか？　これは、メルヴィルの記憶違いによるものではなく、意図的なもので、良心の呵責と復讐の思念はメルヴィルの肝臓にではなく、心臓に、心に深く食い込んだからであろう。

そして物語終盤で、エイハブは自らの生きざまを「野生の鳥」のそれに重ね合わせて、「おお、海よ、その永遠のうねりの中に野生の鳥は唯一の休息場所を見出す」（*MD* 497）と独白するが、この「野生の鳥」が sea-hawk であり、ピークォド号とともに沈む sky-hawk であり、作者メルヴィルの良心の呵責と復讐の思念の化身であると筆者は推断する。

もなる。

6−4　赤い旗——エイハブ＝タシュティゴ＝メルヴィルの心

赤い旗は何の表象か？　この赤旗は第一義的にはプロメテウスの心臓、すなわち、エイハブ＝メルヴィルの心臓であるが、ピークォド号が白鯨によって沈められる場面では、エイハブの代行者タシュティゴの心臓の表象ともなる。

作者は、赤旗をつつく sea-hawk を見てスターバックが叫ぶ場面をこう描写する——「〝あのタカを追い払え！　見ろ！　突っついて、風見を引き裂いている〟——大檣冠に翻る赤い旗を指差して——〝ほら！　持ち去ったぞ！〟」（*MD* 567）と。この sea-hawk が赤旗を奪い去った後、同じ鳥か別の鳥かは不明だが、同じ種と思われる鳥が sky-hawk という名で現れ、海面下に頭まで没したタシュティゴの腕が大檣冠に打ちつけている新たな赤旗を再びつつくさまは、ハゲワシがプロメテウスの肝臓を繰り返し食べるさまを連想させる。

エイハブの指示により新たな赤旗を大檣冠に打ちつけるタシュティゴはエイハブの代行者であるが、白鯨に激突される直前、その新たな赤旗はタシュティゴの心臓に擬される。ピークォド号に突進して来る白鯨をタシュティゴがメインマストヘッド上で目にした瞬間、「肩掛けのように半ば彼をつつんでいた赤い旗が前方へ真っ直ぐに吹き流され、流れ出る彼の心臓のようだった」（*MD* 570）と作者は語る。エイハブ＝メルヴィルの心の表象である赤旗は、アメリカン・インディアンのタシュティゴの心の表象でもある。ピークォド号に向かって突進して来る白鯨は悪の象徴と化して、「報復、迅速な復讐、永劫の悪意がその全貌にみなぎって」（*MD* 571）おり、アメリカン・インディアンに対する白人の報復攻撃を象徴的に表しているように見える。白鯨に穴をあけられたピークォド号が沈没し始めても、捕鯨ボート上のエイハブは最後の台詞の中で「おーい、タシュティゴ！　おまえのハンマーの音を聞かせろ」（*MD* 571）と叫ぶ。エイハブは鍛冶屋パースをプロメテウスに比したことがあったが、鍛冶屋のようにハンマーを手にするタシュティゴもプロメテウスのひとりとして作者は設定していたと考えられる。

さらに、脚下の船体とともに沈むメインマストヘッド上のタシュティゴの姿は、マプル神父の精神の具象化に見える。マプル神父は説教の最終部で自己陶酔的に自らを語っていたが、その中の「この卑しく偽り多き世の船が脚下に沈み去っても、たくましい両腕で自らを支え続ける者には歓びがある」（*MD* 48）という一文は、海中に没して行くピークォド号のメインマストヘッドから赤い腕とハンマーを海上に突き上げるタシュティゴの姿を彷彿とさせる。

6－5　「棺の救命ブイ」――死と虚無

この作品は、棺のシーンに始まり、棺のシーンで終わる。作品冒頭で「私」は「無意識のうちに棺の倉庫の前で立ち止まり、葬列に出くわすたびに、列の後に必ずついて行く」（*MD* 3）のであり、さらに、ニュー・ベッドフォードの潮吹亭の主人の名はコフィン（Coffin）である。そしてエピローグでは、クィークェグのための棺を作り変えた「棺の救命ブイ（the coffin life-buoy）」（*MD* 573）につかまって、「私」イシュメイル唯一人が生き残る。

白人キリスト教文明社会に歯向かう「私」イシュメイルのストーリーは、棺屋の空《から》の棺で始まり、救命ブイとしての空の棺で終わる。空の棺は何か？　なぜメルヴィルは空の棺にこだわるのか？　空の棺は、ごく自然に、死と虚無を連想させるが、メルヴィルは、クィークェグのためにこしらえた棺を救命ブイに作り変えている大工との対話を終えたエイハブに「この恐るべき死の象徴が、ふとしたはずみで、死に瀕した生の救いと希望の表象にされる。棺の救命ブイとは！」（*MD* 528）と独白させる。こうした皮肉な棺の用途に、メルヴィルの人生観の一面を、現世の苛酷な生を否定し、救いとしての死に価値を見出す彼の心情を見てとることができる。『マーディ』は、最終的に「私」タジがキリスト教世界と現世を全面否定し、さらなる探求に乗り出す場面で終わったが、『モービィ・ディック』は、白人キリスト教文明社会とその社会の一員としての自己を全面否定し、その結果生じる「海の大いなる屍衣」すなわち、死と虚無の認識の海を漂う「私」イシュメイル＝メルヴィルがカタルシスを感得して完結する。棺は、白人キリスト教文明社会とその社会の一員としての自分の死の象徴であり、棺が空であるさまは、虚無感を表すと同時に、「私」イシュメイル＝メルヴィルの心が浄化されたことを示唆する。

メルヴィルの虚無思想は、胸を叩くエイハブを見てスタッブが言う「彼は胸を叩いている［中略］ひどく大きいが空っぽの音を出す」（*MD* 163）という台詞や、エイハブの「壁を突き破る以外にどうやって囚人は外へ出られようか？　私にとっては白鯨がその壁で、すぐ目の前にある。その向こうには何もないと思うこともある」（*MD* 164）という台詞にも垣間見ることができる。そして「その向こうには何もない」というフレーズは、クィークェグのための棺を救命ブイに作り変えている大工にエイハブが言う「その蓋が反響板になっている。反響板を作り出すものは何かと言えば——その下には何もないという状態だ。しかも、棺は死体を入れても、やはり同じように鳴り響くぞ、大工」（*MD* 528）という台詞中の「その下には何もない」というフレーズと呼応する。

メルヴィルの虚無思想と無神思想は、言葉では、四十二章「その鯨が白いこと」の最終パラグラフに「絶無の思い」「無色にして全色の無神思想」「屍室」「哀れな不信心者」「屍衣」（*MD* 195）といったフレーズとともにはっきりと記述されている。そして、象徴的なイメージとしては、本船ピークォド号と他の捕鯨ボートからはぐれたスターバック艇の中で火を灯したカンテラを信号旗棒の先につけて夜の闇に掲げるクィークェグの姿に描かれている——「かくして彼［クィークェグ］は、完全に孤立した状況の只中で、その弱々しく愚かしい蠟燭の灯を掲げて座した。そうして、彼は絶望の只中で空しく望みを掲げる信仰なき者の象徴として座していた」（*MD* 225）。このクィークェグの姿こそ、人間世界に虚無と神なきさまを見るメルヴィル自身の姿であると推察される。

7　なぜイシュメイルだけが救われるのか？

なぜメルヴィルは「私」をイシュメイルと命名したか？　なぜなら「私」は社会に歯向かう人間だから、白人キリスト教文明社会に反逆する人間だからである。その「私」イシュメイルだけが生き残り、救われるのはなぜか？　理由は三つある。

第一の理由は、生存者がいなければこの出来事を伝える人物がいなくなり、物語が成立しないからである。

第二の理由は、「私」イシュメイル＝メルヴィルがカタルシスを味わうから、つまり、作者の中にいた「私」以外の他の人物群が表象群とともに魂の海中に没して消えることにより「私」の心が浄化され、素の「私」だけが残されるからである。『モービィ・ディック』出版直後にホーソーンに宛てて書いた「私は邪悪な本を書き、子羊のように汚れなき気持です」という一文は、彼が自分の思いの丈を言葉と象徴的行為を通して作品中にすべて吐き出して、白人キリスト教文明社会の一員としての良心の呵責、および、白人文明社会とその後ろ盾たるユダヤ・キリスト教の神に対する報復と断罪の思念から解放され、カタルシスを味わっていることを伝えている。

作者はエイハブの言動を通して白人文明社会と神とに対する憎悪と断罪の思念を吐き出している。神に敵対するサタンのごとくになったエイハブは、作者が「この書のモットー」だと言うところの「われ、汝に、父なる神の名においてにあらずして、悪魔の名において洗礼を施す！」という宣言とともに、三人の異教の非白人銛手たちの生き血で白鯨用の銛の刃を焼き戻し、その銛を「私は最後まで貴様と格闘し、地獄の只中から貴様を突き刺し、わが最後の息を貴様への憎悪のために吐きかけてやる［中略］この呪われし鯨め！」（*MD* 571-2）という最後の台詞とともに、白鯨に突き刺す。こうした象徴的言動によって作者は憎悪と断罪の思念を吐き出し、カタルシスを味わう。エピローグで作者は「獰猛なトウゾクカモメたちは、くちばしを鞘に収めて飛んでいた」(*MD* 573) と書いているが、良心の呵責と復讐の思念の表象であるトウゾクカモメがもはや叫ばず、棺とイシュメイルをつつかずに静かになって登場するのは、良心の呵責と復讐の思念が魂の海中に没して消えたことを意味する。

第三の理由は、これが最も重要な理由だが、「私」イシュメイルがレイチェル号に救出されるという設定にある。イシュメイルがレイチェル号に救われるのはなぜか？　なぜならイシュメイルは、レイチェル号のガードナー船長が言う言葉の実践者だからである。ガードナー船長は行方不明の二人の息子の捜索の手伝いをエイハブに頼む際に「同じような場合にあなたが私にしてほしいと思うように、私にしてください。あなたにも男の子がいるのですから、エイハブ船長」と言ったが、エイハブは反キリスト教精神で行動しており、ガードナー船長の依頼を拒絶した。しかし、イシュメイルは、物語の開始段階であるニュー・ベッドフォードの潮吹亭に投宿中に、ガードナー船長の言葉、すなわち、人からしてほしいと思うように人にもせよという福音書に書かれている文言 (*Matthew* 7.12, *Luke* 6.31) の精神に則って、クィークェグとともに偶像ヨジョを拝んだ。イシュメイルがレイチェル号に救出される理由はここにある。

潮吹亭でイシュメイルは「神の意思は何か？——同胞からしてもらいたいと思うことを同胞にすること——それが神の意思だ」と自問自答し、彼の心の友となったクィークェグが拝む偶像ヨジョをクィークェグと一緒に拝むことにする——「私は、不謬の長老派教会の懐《ふところ》で生まれ育った良きキリスト教徒だった。だから、どうやってこの未開の偶像崇拝者と一緒に一片の木切れを拝むことができようか？　だが拝むとはどういうことか？　と私は考えた。イシュメイルよ、異教徒にせよ何にせよすべてを包容する天と地の大いなる神が、つまらない黒い木片に嫉妬するなどということがありえようか？　ありえない！　拝むとは何だ？——神の意思を行うこと——それが拝むということだ。して、神の意思は何か？——同胞からしてもらいたいと思うことを同胞にすること

――それが神の意思だ。さてクィークェグはわが同胞だ。で、私はこのクィークェグから何をしてもらいたいか？　言うまでもなく、私と一緒に長老派教会形式の礼拝をしてもらうことだ。したがって私も彼の礼拝に加わらなければならない。ゆえに私は偶像崇拝者とならなければならない」（*MD* 52）。

こうした論理と行動は盲信的なキリスト教徒からすれば彼らの神を冒瀆するものに他ならないであろう。しかし、イシュメイルのこうした言動を冒瀆的と考えること自体が、キリスト教の一方的押しつけをよしとするキリスト教徒の盲目的独善性の証左以外の何物でもない。イシュメイルは客観的で公平な視点をもち、キリスト教徒と非キリスト教徒を同列に置き、同等に扱っている。イシュメイルこそ、真に公平な思いやりと愛の実践者と言えよう。だから作者は、イシュメイル唯一人がレイチェル号に救出されるように設定したのである。白人キリスト教文明とその後ろ盾たるユダヤ・キリスト教の神の概念を断罪し否定するエイハブが海中に沈み、すべてが沈んだ後の空《くう》の状態に漂い残るものが唯一、公平な愛の理念である。

この作品に登場する人物はほぼ全員がメルヴィル、つまり各登場人物がメルヴィルの一部と言ってよいであろう。作品の始まりと終わりを占めるイシュメイルが作者の素の姿と考えてよかろう。そして、社会に歯向かうイシュメイルのような人間としてのメルヴィルの中心部にいるのがエイハブであり、さらにその内奥に棲んでいるのがフェダラーという無神論者である。すべてが海の底に沈んだ後に生き残っている重要な登場人物は海上のイシュメイルと陸上のマプル神父のみ、つまり、「文明化された偽善」を批判し、白人と非白人、キリスト教徒と非キリスト教徒を同等に公平に扱うイシュメイルの精神と、「虚偽の面に向けて真理を説く」マプル神父の精神姿勢だけである。

8　捕鯨船員から世界的大作家へ

ピークォド号出航直後の第二十四章には、この作品の背景として詳細に描出される捕鯨に対する擁護と、この作品を書き進める作者の野心とが書かれている。捕鯨に対する擁護の弁としては、捕鯨船と鯨捕りはクックやヴァンクーヴァなどの航海者よりも以前に世界の未踏の地に入った先駆者であり、「あの堅固に閉ざされた地、日本」（*MD* 110）も捕鯨船が開国するだろうと述べている。実際、この作品が出版されてから二年足らずでペリー艦隊が琉球、小笠原諸島経由で江戸湾に侵入し、それが日本の開国の契機となった。この捕鯨擁護の章をメルヴィルは、彼が後世に名を残すとすれば、それは捕鯨のおかげであると予告しつつ、次のように締めくくっている――「もし私が、不当とは思えぬ私の野心が仰ぎ見る、あの小さいが高みにある静謐な世界での名声に値することになるなら、もし今から私が、人間としてなさざるよりはなしたほうがよいことをなすとすれば、もし私の死に際して私の遺言執行人、もっと適切な言い方をすれば債権者たちが私の机の中に何らかの貴重な原稿を見つけるとすれば、私はあらかじめその栄誉と栄光のすべてを捕鯨に帰しておく。捕鯨船は私のイェール大学でありハーヴァードだったのだから」（*MD* 111-2）。

捕鯨船がイェールでありハーヴァードだったという喩えは、父親の破産と死により、中等教育半ばで学校を中退した後、家計を支えるために一八三〇年代の不況時代のアメリカ社会でさまざまな職を転々とし、最終的に捕鯨船に乗り組んで太平洋を巡ることになったメルヴィルにとって、捕鯨船が世界と人間と人生に関して最も多くを学んだ場所だったことを意味するのであろうが、この作品を書いたメルヴィルは当時の大学や現代の大学院という学究の卵の段階をはるかに超えていることは言うまでもなかろう。メルヴィルの妻の父や異母弟たちは皆ハーヴァード大学卒だったが、後世の人間社会に大きなインパクトを与える作品と名を残しているのは経済的理由から中等学校を中退せざるをえなかったメルヴィルである。

メルヴィルはシェイクスピアに並び、シェイクスピアを超えることを目指した作家だった。[15]『モービィ・ディック』出版後、一世紀を経て、この作品はモームにより世界の十大小説のひとつに数え上げられ、百六十年後の二〇一〇年六月末には、ペルーの砂漠で発見された千二百〜千三百万年前に生息しヒゲクジラを捕食していたと推測されるマッコウクジラの種の化石が、メルヴィルの名にちなんで、レヴィアタン・メルヴィレイ(Leviathan melvillei)と命名されたというニュースが発表された。[16]メルヴィルの予告どおり、彼の名は鯨とともに残っている。

今後もメルヴィルと言えば『モービィ・ディック』、わが日本では『白鯨』を書いた作家として認知され続けるのであろう。筆者も、遠い遠い学生時代に、まず『モービィ・ディック』、『ピエール』、『マーディ』と読んだが、『モービィ・ディック』は日本語訳(阿部知二訳『白鯨』)が出ていたので、それを脇に置いて参照しながら読んだ。今回論考をするにあたり『モービィ・ディック』を再読し、その全体像を俯瞰して認識したことは、この作品を通して作者が読者に発信したいことのすべては、ピークォド号出航前の厳冬のニュー・イングランドを舞台とする陸上の諸場面で既にイシュメイルとマプル神父の言動を通して語られており、ピークォド号による白い鯨追求は陸上で表明された精神と理念の比喩、もしくは象徴的行動化だということである。そして、喩えとしての白鯨断罪物語が多彩な表象と象徴的言動に満ちていることが、豊饒な文芸作品を形成すると同時に、多くの読者と評者を惑わせる要因ともなっている。

メルヴィルの作品に人種主義のにおいを嗅ぎ、それがゆえもあって彼の作品を評価しない評者もいるが、[17]これはとんでもない偽善か見当違い、あるいは読解力欠如というものである。事実は、メルヴィルが生きた十九世紀の白人キリスト教文明社会が色濃い人種主義に支配されていたのであり、メルヴィルはその社会に歯向かい、その社会の精神風土を根底から断罪した作家であった。メルヴィルが生きた時代は、欧米列強と呼ばれる白人文明諸国が、カトリックにせよプロテスタントにせよキリスト教宣教師を思想洗脳のための尖兵として送り込みながら世界植民地化を強引に推し進めていた時代であった。アメリカ社会は、南部で黒人奴隷を制度化し、マニフェスト・デスティニーなる侵略正当化スローガンと一連の領土拡張政策の下で先住民を殺戮し追い立てながらミシシッピ川を越えて白人による土地の収奪、いわゆる西部開拓を推進していた。メルヴィルは、こうした罪業に満ちた偽善的白人文明社会、および、その社会の行為を正当化する根拠となっているユダヤ・キリスト教の神の概念を否定し、直截な言葉によってと同時に、白い鯨などの象徴を通して糾弾、断罪した「真実の語り手」(*MD* 47)であった。

D・H・ロレンスは白い鯨が内含する白人の血、白人の本能、白人のDNAという象徴的意味を見抜き、その洞察を次のように言い表した――「われわれ白人の時代の終焉。われわれは滅ぶ運命にある。その宿命をアメリカは抱えている〔中略〕メルヴィルは知っていた。自分の属する人種が死を宣告されていることを。自分の内の白人の魂が、白人による一大新時代が、そして自分自身が死と破滅の宿命を負っていることを〔中略〕ではモービィ・ディックとは何か？　それは白人種の内奥に棲む血的存在、われわれの根源的血的性《さが》である」[18]。

ロレンスは、作家としての彼の直観的認識と洞察を右記のように手短に正鵠を射る言葉にしている。メルヴィルが白人としての自己のDNAないしはアイデンティティを否定し抹消したがっていたことは『ホワイト・ジャケット』を読むとよく分かる。「私」ホワイト・ジャケットは白いジャケットを「甲板にこすりつけて黄褐色にしようとした」(*WJ* 121)し、最終的には、屍衣のように自分の身を包むその白いジャケットをナイフで切り裂き、そこから抜け出ることによって、死の際から生還したからである。

白い鯨は何か？　バニヤンツリーのように地中に突き刺さった多くの枝にもそれぞれの意味があり、多様な視点からの解釈が可能であろうが、[19] 本稿では中心の幹の部分を、つまり作者メルヴィルにとって白い鯨は何だったかを解き明かし整理すべく努めた。

ピッツフィールド、アロウヘッドのメルヴィル元住居。北側1階のヴェランダと2階の彼の書斎。

2階の書斎の北側窓から見えるグレイロック山。

第七章　『ピエール』

エジプト、ルクソールに残るメムノンの巨像。

I キーワードから読み解く「曖昧なるもの」

1 謎めいた副題

第七作『ピエール――曖昧なるもの』（*Pierre; or, The Ambiguities*, 1852）の副題は何を意味しているのか？ なぜ作者はこのような奇妙な副題を付けたのか？ 作品の副題は通常、本題に具体的説明を付加するものであり、メルヴィルの作品においても同様である。『ピエール』以外の長編を第一作から総覧してみると――『タイピー――ポリネシアの生活を垣間見て』（*Typee: A Peep at Polynesian Life*, 1846）、『オムー――南海の冒険談』（*Omoo: A Narrative of Adventures in the South Seas*, 1847）、『マーディ――そこでの航海』（*Mardi: and A Voyage Thither*, 1849）、『レッドバーン――初航海』（*Redburn: His First Voyage*, 1849）、『ホワイト・ジャケット――軍艦内の世界』（*White-Jacket: or The World in a Man-of-War*, 1850）、『モービィ・ディック――鯨』（*Moby-Dick; or, The Whale*, 1851）、そして『ピエール』後の『イズリアル・ポッター――流浪の五十年』（*Israel Potter: His Fifty Years of Exile*, 1855）と『信用詐欺師――彼の仮面劇』（*The Confidence-Man: His Masquerade*, 1857）――いずれも作品の中身を紹介する簡明な文言を作者は副題として使用している。しかし『ピエール』は例外的で、彼の全九作の長編の副題の内で唯一謎めいて分かりにくいものとなっている。

『ピエール』のストーリー自体は単純である。田舎育ちの無垢な青年ピエールが、突如現れた、シスターを名乗るイザベルを、父の名を汚すことなく社会的に救済するために、可愛い許婚《いいなずけ》ルーシィと裕福な実家の父祖伝来の家督を棄てて、イザベルと偽装結婚し、大都会に出て窮乏する作家生活を送り、最終的に殺人を犯して破滅するというものであるが、この作品は決して読みやすく分かりやすくはない。メルヴィルの小説には思索的、分析的な語りが多いが、『ピエール』の場合は特に、誇張された能書きにも似た前口上が非常に多く、また長くて、そのことがこの作品を読みにくく、また分かりづらくしている。したがって「曖昧なるもの」という副題は、この作品の内容に関わるものであると同時に、その書かれ方を表しているとも受け止められる。

私たち読む側にとっての障壁は、しかし、曖昧な書かれ方というより、内容面での曖昧さである。「曖昧な」という語およびその派生形が、作品前半でピエールの亡父の肖像画の笑みに言及して、またハーフ・シスター（異母姉）としてのイザベルという存在に関して使用されるが、これらはどちらかというと作品表層部の曖昧さを語るもので、作品を理解する上での障害とはならず、本稿での考察対象ではもちろんない。本稿の追究対象は作品の本質とテーマに関わる曖昧さ、すなわち、作者の精神の竜骨の化身としての主人公ピエールの前に立ちはだかる「曖昧なるもの」である。作品の中ほどでナレーターは「曖昧なままに進行する一連の出来事が、内包する曖昧さを開示するにまかせよう」（*P* 181）と語るが、「真実の語り手」たるメルヴィルは『ピエール』で一体何を追究し、何を読者に対して言おうとしたのか？　作品中に点在する複数のキーワードを糸口に作品の分析と解釈を通してこれを究明し、謎めいた副題の奥にある実態を明らかにする。

2　『レッドバーン』から『ピエール』へ

第一のキーワードは「ミルク」で、『ピエール』を執筆し始めた頃の作者がホーソーン夫人（Sophia Hawthorne, 1811-1871）宛ての手紙の中で発しているこの語が作品の全体像を把握するための手がかりになる。メルヴィルは、出版されて間もない『モービィ・ディック』に対する好意的な評を私信に書いてよこしたホーソーン夫人への返信（一八五二年一月八日付）で、『モービィ・ディック』を「一杯の塩水」と言及しつつ、次の作品『ピエール』を「一杯の田舎のミルク（a rural bowl of milk）」[1]と呼んでいる。この「一杯の田舎のミルク」というフレーズで即、思い起こされるのが、彼の第四作『レッドバーン』の英国の田園地帯での一場面である。そこでは、「私」レッドバーンがリヴァプール郊外の村で三人の美しい娘たちがいる農家に招じ入れられ、「一杯のミルク」（*R* 213）とバターマフィンをご馳走になる。「一杯のミルク」を搾乳小屋からもって来てくれた娘の唇を見ながらそのミルクを飲んで「私は即その場で、その美人と結婚してもよかった！」（*R* 213）と、さらには、私の向かいに座った三人の美しい娘たちがバターマフィンを食べるのを見て「私はバターマフィンになりたかった！」（*R* 214）と回想を綴る。

レッドバーンの年齢は明記されていないが、この作品は作者が十九歳から二十歳になった頃の初航海での体験を基にして書かれているので、そのくらいの年齢と考えてよかろう。ピエールの年齢に関しては、十九歳で「二十歳そこそこ」（*P* 56）であることが作品中で数回述べられている。したがって、レッドバーンとピエールの年齢と若さ加減の設定は同じである。

しかし、『レッドバーン』では、主人公が美しい娘に性的に魅かれて一目惚れした出来事は物語全体の流れの中の一コマにすぎないが、『ピエール』では作者は一目惚れを主人公の行動の動因とし、物語展開上の必須の契機にしている。『レッドバーン』では、美しい娘に一目惚れした主人公が「ひょっとして彼女はぼくに一目惚れしたんだろうか?」（*R* 214）などと勝手に一瞬思ってみたりもするが、二人が言葉を交わすこともなく、主人公がその農家を立ち去ることによって、ぷつっと切れ、その晩、彼は船内の寝床で「赤い頬とバラを夢見ながら」

眠り、「その後、彼女たちに会うことはないし、うわさを耳にすることもないが、私の心を奪った美女たちのせいで今日まで私は独身だ」（*R* 215）と語ってこの場面を締めくくっている。これに対して『ピエール』では、二人が偽装結婚する旨をイザベルに伝える際に「この瞬間に至るまでに起きたことのすべて、そして今後起きるであろうことのすべては［中略］ぼくがきみを初めて見た時にその運命的な端を発している」（*P* 191-2）とピエールは言う。つまり、美しい娘が出してくれた「一杯のミルク」を飲みながら、その娘を一目見て性的に魅了され、即、結婚したいほどの気持になった無垢で未経験な青年レッドバーンの心理をピエールに移植して増幅させ、虚構の物語化したのが『ピエール』なのである。

メルヴィルは「ミルク」という語もしくは概念を『ピエール』の四つの場面で使用している。まず、第一書での母親メアリとの朝食の席上、ピエールは「ミルク三杯たのむ」（*P* 18）と執事のディツに注文するが、なかなかミルクが運ばれて来ないのでピエールがいらいらすると、母メアリが「軟弱男（a milk-sop）になってはいけません」（*P* 19）と諫める場面。次に、酪農小屋で作業をしているイザベルに会いに来たピエールの顔を見て異変を感じ取ったイザベルが「わたしの顔はゴルゴンの顔なの？」と尋ねると、「いいや［中略］きみの顔は白い大理石を母親のミルクに変えるだろう」（*P* 189）とピエールが答える場面。三回目は、物語後半でピエール、イザベル、デリィの三人が乗った馬車が夜、ニューヨークのマンハッタンと思しき都会に到着した際、ピエールが二人に都会の冷酷非情さを比喩的に表現して「十二月に配達人の缶からミルクがあの敷石に滴り落ちて凍るよりも早く、雪のように白いイノセンスは凍りついてしまうよ。もしそれが貧困の内にここの街路に倒れるようなことがあれば」（*P* 230）と言う場面。最後は、牢獄内で「おまえの胸に宿っているのは幼子のための命ではなく、おまえとおれのための死のミルクだ！」（*P* 360）と言って、イザベルが胸間に隠しもっていた小瓶から毒薬をピエールが飲む場面である。ミルクがこの作品の主題ではないが、「ミルク」というキーワードは私たち読者に、「一杯の塩水」である『モービィ・ディック』が海と男性を描いたのに対して、「一杯の田舎のミルク」である『ピエール』は陸の女性を描出対象にした作品だということをまず認識させるのである。

『レッドバーン』と『ピエール』に共通して現れるものはミルク以外にも複数あり、これらの類似点の検証は『ピエール』の正当な解釈と理解に不可欠である。まず、内容面での共通項は、無知で無垢な青年の現実への開眼であり、その象徴的な事例として描出される出来事が、聖なる父の偶像の瓦解である。レッドバーンは、亡き父が遺した大切なガイドブックを手にリヴァプールの街を歩いて父の足跡を辿ろうとするが、半世紀前に父が使用した古いガイドブックはもはや役に立たないことが判明して、新たな現実を認識する。ピエールは、父が結婚前にこしらえたと思われる隠し子イザベルの存在をイザベル本人からの手紙によって知り、人生と世界の暗く悲しい側面に突然、目を見開かされるが、ピエールの開眼はレッドバーンのそれと比べて段違いに衝撃的なものとして描出されている。ピエールが十二歳の時に「紳士でクリスチャン」としての良き評判を残して他界して以降、「人間の完全な善と美徳の化身」（*P* 68）として彼が神格化していた父の像が、イザベルからの手紙によって一瞬の内に崩壊したさまを「これまで疑うことのなかった世界の道徳的美は永久に逃げ去った［中略］おまえの聖なる父はもはや聖人にあらず」（*P* 65）と語り手は語る。

構成面では、『レッドバーン』の真中部分（全六十二章中の第三十章）にガイドブックの表題部が出現し、『ピエール』の真中部分（全二十六書中の第十四書）にはパンフレット “*EI*”（ギリシア語で「もしも」の意）の表題部とその本文が挿入されている。しかも、いずれの表題部もピラミッド型に文字が配列されている。そして『レッドバーン』でガイドブックの出現以降、都会の悪と非情さと悲哀が描かれるのに似て、『ピエール』ではパンフレットを境に物語の舞台が楽園のような田舎から悲しみの都会へと移り、前半（第一～十三書）と後半（第十四～二十六書）とに作品ははっきりと分割される。『ピエール』の前半と後半の対比は、「女王のように」昼も夜も光り輝く田舎に対して「煙をすりこまれたような」太陽と「まがいもの」（*P* 13）の星が出ている都会の対比、昼と夜、明と暗、光と闇の並置、楽園と地獄、理想と現実、イノセンスと開眼、喜びと悲しみ、生と死の対置を形成している。

さらにメルヴィルは、それぞれの作品の物語進行中に、いわば忽然とひとりの人物を登場させるが、その登場のさせ方が酷似している。『レッドバーン』では「一杯のミルク」とバターマフィンと農家の娘の話の直後に、ハリィという女性的な青年を突如登場させてレッドバーンと相棒関係のような親交を結ばせる。『ピエール』ではパンフレット直後の第十五書に、それまで一度も言及がなかったのみならず、親戚の存在の示唆さえまったくなかった物語の展開の中に突如として、いとこグレンを登場させる。両者の登場のタイミングは、一見、何の脈絡もなく忽然としており、まるで巨大生物が海中から急に姿を現すかのようであるが、作者メルヴィルにとっては、前後関係と因果関係のある必然的な出現であろうと筆者は推察する。なぜなら、ハリィもグレンも主人公の分身のようなものであり、女性的なハリィとの親交は成就できなかった農家の美しい娘に対する恋情の代替であろうし、グレンはパンフレットが提唱する「美徳の便宜主義」(*P* 214)の最悪の具現例であり、『レッドバーン』での人間憎悪者ジャクソンがそうであったように、作者メルヴィル自身の一部、一側面でもあるからである。

3　追究対象は何か?――心の深淵に棲むクラーケン

メルヴィルはこの作品で何を追究したか?　それを知るための糸口となるのが「騎士」というキーワードである。イザベルの手紙を読んだ直後の青年ピエールの独白中には、『モービィ・ディック』のマプル神父やエイハブ船長と軌を一にする真実追究の精神姿勢がこう明言されている――「己自身だけは残っている、少なくとも［中略］己自身をもってして、おれはおまえに対しよう!［中略］今後、おれは真実のみを知ろう。うれしい真実であろうが悲しい真実であろうが、おれは実態を知り、わが深奥の天使が命じることをやろう〔中略〕運命よ、おれはおまえと熾烈な一戦を交えよう〔中略〕黒い騎士よ、おまえは面頬を下ろしておれに対峙し、おれを嘲る。見よ！　おれはおまえの兜を打ち抜き、おまえの顔を見てやる、たとえゴルゴンであっても！」（*P* 65-6）

イザベルの手紙が伝える衝撃的事実を通じて人生と世界の暗い側面の存在に開眼した彼は、今後はゴルゴンのように醜悪な「真実」と「実態（what is）」を直視すると独白している。ピエールの言う「面頬」や「兜」は、マプル神父の言う「虚偽の面」（*MD* 48）、およびエイハブの言う「仮面」（*MD* 164）と同一で、偽善を、すなわち、善と美徳の装いを意味する。「真実」とは「実態」を意味し、サドル・メドウズの楽園的理想世界ではなく作品後半の都会での冷厳な現実を指す。そして「運命」は、自分の人生と自分の生きる世界を意味する。

では「黒い騎士」とは何か？　この独白の文脈に限って見れば、「黒い騎士」は「運命」の擬人化と考えられるが、同時にこれは自分自身、つまりピエール＝メルヴィル自身を指すと思われる。なぜなら、作品後半で作者メルヴィルが主人公ピエールに職業作家としての現実の自身の姿を投影して物語り始める際、語り手＝メルヴィルは「自分をさらけ出さずに話したり書いたりすることはできない。不死身の騎士の面頬もすり減る」（*P* 259）と語るからである。つまり、面頬は、ピエールというキャラクターでありペルソナであり、その仮面がすり減り、職業作家としての自分の真の顔が露出したことを、この語りは含意している。「不死身の騎士」が「黒い騎士」の言い換えだとすれば、「黒い騎士」とは作者メルヴィル自身以外の何者でもない。だとすれば、『モービィ・ディック』で作者が自己の内奥を追究したように、『ピエール』でもやはり作者は自己の内奥にあるものを探索するのである。

しかし「黒い騎士」が有形化された具象体として作品に登場することはない。強いて言うなら、作者のもうひとりの醜悪な自分の顕現としてのグレンが「黒い騎士」のような存在だが、作品前半はもちろん、グレンが登場して以降の作品後半に限ってみても、グレンがピエールの終始一貫した追究対象になっているわけではない。

『マーディ』では終始、形象化されたイノセンスとしてのイラーが探求された。『モービィ・ディック』では一貫して白い鯨を追った。では『マーディ』、『モービィ・ディック』と同様に真実を追究する『ピエール』では一体何が追究の対象として設定されているのだろうか？

『モービィ・ディック』出版直後のホーソーン宛ての手紙（一八五一年十一月十七［?］日付）でメルヴィルは「リヴァイアサンが最大の魚ではない。私はクラーケンなるものを聞いたことがある」[2]と書いているが、このクラーケンが『ピエール』での追究対象であろう。では、クラーケンとは一体何か？　作品中の何を指すのか？

メルヴィルは、ルーシィの母にピエールを「怪物殿（Mr. Monster）」（*P* 329）と呼ばせることによって、ピエールが化け物のような存在であることを暗示している。また作者は、執筆する若き作家ピエールに、自らがエンケラドスとなって、タイタンの山の断崖絶壁に対して己の身を打ちつけ、憎しみを叩きつけながら襲いかかる幻覚を見させている。そして、ホーソーンに宛てて（一八五一年六月一［?］日付）「私はすべて自分自身について語っており、これは自己中でエゴというものでしょう。認めます。しかし、どうしようもありません。私はあなた宛てに書いていて、あなたのことはほんの少ししか知りませんが、自分自身のことはかなり知っています。ですから、私は私自身のことを書きます」[3]と彼はしたためている。以上三つの間接的証拠から推断して、クラーケンなる怪物はピエール＝メルヴィル自身の内にあるものを指すと見てとることができよう。

では、ピエール＝メルヴィル自身の内にあるものを追究するとは具体的にどういうことか？　作者メルヴィルはピエール＝メルヴィルの何を追究するのか？　イザベルとの第一回面談の前に、彼女に対する処し方を思案しながら「おお、心なき、プライド高く、氷で鍍金されし世間よ、どれほどおれはおまえを憎悪することか」（*P* 90）とひとり孤独に思索を進めるピエールは、最終的に「心だ！　心！　それは神に油を塗られしもの。おれは心を追究する！」（*P* 91）と決意する。この決意の文言から明らかなように、作者は『ピエール』では「心」を追究するのである。

3-1　心の追究

作品のテーマに直結するキーワードは「心」である。先に引用したホーソーン宛ての手紙（一八五一年六月一[?]日付）にメルヴィルは「私は心を支持する。頭は犬どもにくれてやる。頭のあるオリュンポス山のジュピター神より、心のある愚か者になったほうがいい」[4]と書いている。ここで彼が言っている「心」とは慈悲深い心(benevolenceもしくはcharity)を意味しており、これがピエールの追究するもので、作者はこの「心」を物語後半になって登場するチャーリィ・ミルソープに地上的世俗的な水準で体現させている。

しかし、ミルソープを登場させるまでの間、物語前半で作者は、冷たい心をもつ世間の愛なきさまを、イザベルとデリィを取り巻く状況を通して描いている。イザベルのケースでは、彼女が慈善裁縫会の会場に入って行った際に周囲の女たちが「あばずれよ！」とささやき合うなどして「非人間性」（*P* 157）と「広い世間の冷たさ」（*P* 158）で迎えたさまを、彼女が回想してピエールに語る場面で描出している。不義の子を産んで村から追放されることになったデリィに対する世間の冷酷さは、ピエールとフォールスグレイヴ牧師との間の対話を通して語られる。ピエールが発する「忌まわしい世間の慈愛のなさと心なさによって、デリィのような女性たちが日々不浄の世界に追いやられるのを何が防いでくれるのですか?」などの問いかけに「私は［そうした質問には］お答えしません」と応じるフォールスグレイヴ牧師に対してピエールは「デリィ・アルヴァーは追放されて、餓死するか堕落するかするのですね。しかも、神に仕える人がこれを黙認するのですね」（*P* 163）と言って対話を打ち切るが、デリィの置かれている状況は『レッドバーン』のリヴァプール倉庫街の地下穴でレッドバーン以外の誰からも援助の手を差し伸べられずに餓死していった母娘たちの置かれた状況に通じるものがある。

物語後半に入ると、ピエールとイザベル、デリィの三人が到着した夜の都会の冷たさが、グレンの冷酷な仕打ちを筆頭に、馬車の御者や投宿することになったホテルの主人の言動を通して描かれる。そして、彼の紹介によりピエールたちが元使徒教会内に住むことになるチャーリィ・ミルソープが登場する。彼は、『レッドバーン』でやはり都会のリヴァプールで初めて物語に登場するハリィと、その高貴な血筋や人の好さと誇大妄想的発想をもつという点でよく似ている。ミルソープはピエールより二歳年長の幼友だちで、ピエールの借金を自らの意思で進んで弁済してやったり、重いものの移動など手伝えることがあったらいつでも呼んでくれと申し出るなど、人の好い青年として描かれており、ピエールは彼のことを「心が豊かで、頭は足りないが［中略］ミルソープを創った神は、頭が過剰で心の足りないナポレオンやバイロンを創った神よりも善で偉大な神だった」（*P* 320）と評する。

ピエール＝メルヴィルはこの作品で「心」を追究したが、その「心」、慈悲深い心をミルソープに体現させているさまは、最終場面の牢獄内の情景描写で、ピエールの手をとるミルソープの手をピエールが無言で握りしめて息を引き取るという設定を作者が行っていることからも見てとることができよう。

チャーリィ・ミルソープがピエールに対して示す慈悲深い心は、後の短編『二つの聖堂』（一八五四）で語られる「真のチャリティ」（*PT* 315）に通ずる。この短編では、貧しい身なりの「私」が、「聖堂1」であるニューヨーク市内礼拝堂の日曜朝の礼拝に入れてもらえず、こっそりと入った結果、警察に突き出されて罰金刑を受けたのに対して、「聖堂2」であるロンドン市内の劇の殿堂では、一文無しの「私」が土曜夜の宗教劇のチケットを労働者階級の見知らぬ人からもらい、観劇中にはエール売りの少年から「泡立つエール」をもらって「真のチャリティ」に浴したという話が語られ、メルヴィルの教会批判とチャリティ観とが例証されている。

さらに、この短編での二つの聖堂の対比は、『ピエール』での、かつて教会として機能していた使徒教会と、空地を挟んで増設された賃貸事務所兼居住棟との対比に酷似しており、二つの聖堂という発想の原型は『ピエール』の中にあるのではないかと思われる。なぜなら、「聖堂1」となる元使徒教会の塔屋には、パンフレット

"*EI*" の著者で「非慈悲心（non-Benevolence）」（*P* 290）を内に秘めているように見えるプリンリモンが住んでいるのに対して、それと対面する賃貸事務所兼居住棟の「聖堂2」には慈悲深い心をもつチャーリィ・ミルソープとピエールたちが住んでいるからである。

3－2　深層心理の探究

メルヴィルの言う「心」の追究には、しかし、二重の意味がある。慈悲深い心の追求に並行して、深層心理の探究であるが、そのことは、語り手が人間の心を「洞窟」や「縦穴」に喩えていることから読みとることができる。語り手は、ピエールがイザベルの手紙を読んで暗い真実に開眼すると同時に彼女を救うという「キリストのような気持」（*P* 106）を抱いたが、彼も所詮は「土くれでできた」人間で、彼の行動の真の動機は彼もまだ知らない別のところにあることを示唆しながら、「私は人間の洞窟内を果てしなく蛇行する川を進む。どこへ向かおうが、どこに上陸することになろうが」（*P* 107）と語る。そして「この聖なる真実の書に何ひとつ隠しごとがあってはならない」（*P* 107）と言う語り手は、「死すべき人間ピエール」も「普通の男の避けがたい性《さが》と宿命」（*P* 108）を抱えていることをほのめかす。ピエールはイザベルの女性としての性的魅力に引かれて彼女を擁護しようと決心したのだが、この意識下の動機の真実性は、その後のプロットの展開の中で二人の間の近親性愛《インセスト》がいの情景が折に触れて描出されることにより明らかになる。

また、語り手は物語後半で、グレンの心理と行動を推し量ると同時にピエール自身の心情を掘り下げながら、深層心理を「縦穴」に喩えて「深く、深く、もっと深く、まだ深く私たちは行かなくてはならない、人間の心を探究しようとするなら。その中を降りて行くのは縦穴の中のらせん階段を降りて行くようなもので、果てしなく、しかもその果てしなさは、階段のらせん状態と縦坑の暗闇によって隠されている」（*P* 288-9）と語る。そして掘り下げた人間心理の中から摘出してこの作品で作者が描出したものは、性的情動と嫉妬である。『モービィ・ディック』でも深層心理の探究と分析は行われていた。語り手イシュメイル＝メルヴィルは四十一章「モービィ・ディック」の最終パラグラフで「白鯨が彼ら［乗組員］にとって何だったたか、また、どのようにして、無意識の内におぼろげながらも、白鯨が人生の海を遊弋する大悪魔に思えたか――これをすべて説明することは、イシュメイルの行ける深さ以上に潜ることを意味する。くぐもり、移動し続けるつるはしの音を聞いて、心の地下を進む坑夫の縦坑がどこに通じるかを誰が語れようか？」（*MD* 187）と述べた後、続く四十二章「その鯨が白いこと」で「私」イシュメイルにとって白い鯨が何であったかを詳述するが、その内容は白い色が人間の心理に与えるインパクトの分析と例証になっている。

メルヴィルは最後の長編『信用詐欺師』中で「真摯な心理学者たちは、これまでの失敗にもかかわらず、人間の心を確実に知る方法に関して、まだ期待を抱いているのかもしれない」（*CM* 71）と書いているが、彼は「心理小説家」（*CM* 71）のひとりたらんとしていたと思われる。『マーディ』では、「私」タジがイラーの現地人養父を殺した真の動機を探り、「私が犯した殺人は、囚われている人を救出するという高潔な動機によるものか、それとも、それを口実に、美しい娘と仲良くなりたいという利己的な目的のためにこの乱闘騒ぎを起こしたのか」（*M* 135）と自問し、自責の念に襲われるさまをメルヴィルは語った。遺作となった中編『水兵ビリィ・バッド』では、クラガートの心理を分析し、ビリィに対する彼の「妬みと反感」（*BB* 77）を掘り下げるが、『ピエール』でメルヴィルは心理の探究を執筆上のテーマとし、ピエールの行動の動因としての性的情動を描出するとともに、嫉妬心をルーシィ、イザベル、グレンの言動を通して例示している。

メルヴィルは『マーディ』では失われたイラーを探し求めた。『モービィ・ディック』では白い鯨を追撃し、憎悪の銛を打ち込んで断罪した。そして『ピエール』では「心」の追究、すなわち、慈愛の心の追究、および、生身の人間の心の深奥、心理の深淵に潜む実体なき怪物クラーケンのごときものの探究を行い、これを仕留めようとするのである。これらの三作品には真実探究の精神が共通して流れているが、『マーディ』、『モービィ・ディック』と比べて『ピエール』での探求は分かりづらく解釈しにくい。なぜなら、『マーディ』では無垢と純潔の理念が目に見えるイラーに具象化されていたし、『モービィ・ディック』ではユダヤ・キリスト教の神の概念を後ろ盾とする白人キリスト教文明が目に見える白い鯨に化身されていたが、『ピエール』では探究対象の「心」と深層心理が、客体としての可視のひとつの具象体に集約的に転換されてはおらず、ピエールおよび他の登場人物たちの言動を通して表面化し、語り手の叙述を通じて暗示されるのみだからである。

4　鍵束

登場人物は全員、ある意味で作者のエージェントであるが、『ピエール』の最後に「大きな鍵束」（*P* 361）をもって登場する牢番もそのひとりと考えてよかろう。なぜなら『ピエール』という「曖昧なるもの」を解明するための鍵となる語が作品中に多数あるからであり、鍵束をもつ牢番の登場がそのことを暗示しているように思われるからである。いずれにせよ、すでに「ミルク」、「騎士」、「心」という三つのキーワードを通して『ピエール』の全体像をとらえた。以下に、この作品をさらに深く、かつ正当に理解し解釈するためのキーワードに焦点を絞りながら、それぞれの視点から作品にアプローチする。

4-1 ambiguities

なぜメルヴィルは副題を「曖昧なるもの」としたのか？ 彼はどのような意味で曖昧という語を使っているのか？ 副題自体が大きなキーワードともなっており、この作品には ambiguous およびその派生形が計二十五個、二十三箇所で使用されている。内十八個が、パンフレット“EI”に至るまでの作品前半部で使用されており、しかも、その内の半分以上にあたる十個がピエールの亡き父とその椅子肖像画の顔の笑みに言及して使われている。パンフレット“EI”出現後の作品後半部では七個しか使われていないが、ルーシィと婚約したピエールへの激しい嫉妬心を潜めているグレンに関する章で三個、ルーシィに対する嫉妬心と対抗心をあらわにする前の段階でのイザベルの言動に関して一個、そして物語の終局部で三個が使用されている。

ピエールの父およびその椅子肖像画に対する使用は第四書に集中している。まず、臨終の床にあるピエールの父の精神が「曖昧に（ambiguously）彷徨する」（*P* 71）さまが語られる。続いて、結婚前の父の椅子肖像画の顔が「やや曖昧に（ambiguously）、嘲るように」（*P* 80）こちらを見ている様子と、父の「人柄や若い頃の生活の不明な部分に関する曖昧な（ambiguous）考察」（*P* 82）をピエールがする様子が語られる。「奇妙な、曖昧な（ambiguous）微笑」（*P* 83）をたたえる肖像画の顔は、ピエールに「微笑は、すべての曖昧なるもの（ambiguities）を伝達するために選ばれし媒体だ。だまそうとする時、われわれは微笑む」（*P* 84）と語りかけ、ピエールは「言葉では表現できないヒントらしきものや曖昧なもの（ambiguities）、そしてはっきりしない暗示めいたもの」（*P* 84）を肖像画から感じとる。そして、自分にハーフ・シスター（異母姉）がいることを告げるイザベルからの手紙を読んで、父の聖なるイメージを喪失したピエールは「もはや謎に満ちてはいないが、まだ曖昧に（ambiguously）微笑んでいる父の絵」（*P* 87）を裏返して、もう自分の目に触れないようにする。都会へ旅立つ前日、黒鳥亭で、チェストに入れておいた「曖昧な（ambiguous）、変わらぬ笑み」（P 196）をたたえた父の絵を再び目にしたピエールは、その「微笑む、曖昧な（ambiguous）肖像画」（P 197）に描かれた父の顔立ちとイザベルのそれとの間に類似性を見出して鋭い嫌悪感を抱き、その絵を炉の火にくべて、「去りし物事や人にまつわる曖昧なこと（ambiguities）すべて」（P 197）とともに焼却する。このように、ピエールの父関連の「曖昧さ」は、単純に、表面上の不明瞭さ、はっきりしないさまを意味している。

父にまつわること以外の「曖昧さ」も同様で、文脈から判断して、二重ないし多重の意味を含有する両義性や多義性といったニュアンスをそこから読み取ることはできない。順を追って、一つひとつ検証してみよう。まず、物語の開始直後に「彼女［都会でなくて田舎でピエールを生育させた自然］が彼［ピエール］にとって最終的には曖昧な（ambiguous）ものになったとしても気にするな」（P 13）と語り手は言う。続いて、ピエールとルーシィに言及してこの語が使われるが、正式に婚約する前の二人が置かれていた「曖昧で（ambiguous）、はなはだ好ましからざる状態」（P 29）という表現からは、不確かさと不明瞭さと疑わしさに加えて、いかがわしさの意味合いも汲みとれる。同じいかがわしさの含意は「見知らぬ若い女性たちを追う曖昧な（*ambiguous*）行為」（P 52）という言い回しからも読みとれる。そして、ピエールから慈善裁縫会で見た女の顔の話を聞いたルーシィがその夜一睡もできずに枕元で耳にする「曖昧でおぼろげな（ambiguous）妖精たちがヒースの上で踊るワルツのメロディ」（P 54）は、不明瞭で疑わしい出来事に対するルーシィの疑念と不安が奏でるものであろう。次に、イザベルに言及して使用される「曖昧さ」には神秘と謎のニュアンスが含まれている。イザベルの手紙を読んだピエールは「それまであった曖昧なるもの（ambiguities）のすべて、神秘のすべてが、まるで鋭い剣で切り開かれたかのように」（P 85）感じるが、イザベルとの二度目の面談時には「這い寄り凝集する靄《もや》のような曖昧さ（ambiguities）」（P 151）が彼女を包み込むのをピエールは感じる。

物語後半が始まる第十五書「いとこ同士」で作者は、微妙ではっきりしない嫉妬心の発現に関して曖昧という表現を使用する。まず、ピエールとルーシィの婚約を知ったグレンがピエールに送ったお祝いの砂糖菓子の大半を、ピエールは「ちょっといたずらっぽい曖昧さ（ambiguities）をもって」（*P* 220）グレンに送り返す。そして、ルーシィと婚約したピエールに対する激しい嫉妬心を心の奥に秘めるグレンと、ピエールの関係について作者は「全体に浸透するひとつの曖昧さ（ambiguity）のみが、曖昧な（ambiguous）すべての細部を説明しうる」（*P* 224）と叙述する。また、ピエールのもとへルーシィが一緒に暮らすためにやって来ることを聞いたイザベルが嫉妬心から口にする台詞は、当初は「曖昧模糊（ambiguous）」（*P* 313）としている。

作品終局部の「彼［ピエール］を取り囲むすべての曖昧なるもの（ambiguities）」（*P* 337）、および「黒鳥亭で燃やした肖像画の復活」のように思える『異邦人』と題された作者不明の絵画の「曖昧に（ambiguously）微笑んでいる」（*P* 351）顔、そして牢獄内でピエールが言う「まだ曖昧だ（ambiguous）」（*P* 360）という台詞、いずれの曖昧さも、はっきりしないさま、不確かな状態を意味している。

メルヴィルは『ピエール』の副題をなぜ「曖昧なるもの」としたのか？　この疑問に答えてくれるのが、「曖昧なままに進行する一連の出来事が、内包する曖昧さを開示するにまかせよう」という一文であろう。この一文は、シスターと名乗り出たイザベルへの対処に心身ともにかかり切りになって、その存在を忘れていた婚約者ルーシィの生身の姿を思い浮かべたピエールが自問する「ルーシィか神か？　というすべてを包含する問い」（*P* 181）の直後に書かれている。作者は、このピエールの自問の提示に続けて「ここでわれわれはベールを降ろそう。魂の名状しがたい苦悶は描出できないし、悲哀も言葉では語れない。曖昧な（ambiguous）ままに進行する一連の出来事が、内包する曖昧さ（ambiguousness）を開示するにまかせよう」（*P* 181）と書いて第十書を結んでいる。「ルーシィか神か？」とは、世俗の幸福を選択すべきか、道徳的完全性を追求して神に殉じる非世俗の方向を選ぶべきか？　世俗的楽園か世俗的地獄か？　現世での生か死か？　といったほどの意味を含むと考えられる。加えて、ピエールに棄てられたルーシィのその後の行動を先取りして判断すると、ルーシィは神か？　という意味合いも含まれているかもしれない。多義解釈が可能な曖昧な問いである。しかし、作者はその「すべてを包含する問い」がもつ意味を読者に説明するつもりはないのである。さらには、作品中の一連の曖昧なる物事を鮮明化するつもりもないのである。曖昧なる物事を曖昧なままに残すというのが作者の意図であり、特にピエールとイザベルとの近親性愛《インセスト》めく関わり方は、この意図に沿って描出されている。

このように、「曖昧なるもの」とは、作品表層部では、亡き父にまつわる疑わしきこと、出自のはっきりしないシスター・イザベルという存在、そして「曖昧なままに進行する一連の出来事」を意味しているが、その奥の深層部では、パンフレット*"EI"*が説く人生哲学である「美徳の便宜主義」なるものの人生と人間社会にたいする曖昧な姿勢、そして、牧師フォールスグレイヴのように美徳的にせよ、あるいは、いとこグレンのように悪徳的にせよ、「便宜主義」を実践しているキリスト教人間社会の曖昧なありようを指していると考えられる。なぜなら、物語終局部で作者は「彼［ピエール］を取り囲むすべての曖昧なるもの」を「八方に立ちふさがり、跳び越えることのできない石の壁」（*P* 337）と比喩的に言い換えているからであり、「石の壁」はピエール＝メルヴィルを取り巻く世間を意味しているからである。

4－2　wall

「壁」は前作『モービィ・ディック』のエイハブと『ピエール』のピエール＝エンケラドス、そして後の短編『代書人バートルビィ――ウォール・ストリート物語』（*Bartleby, the Scrivener. A Story of Wall-Street*, 1853）での青年バートルビィをつなぐ比喩的なキーワードである。「壁」とは何か？

「壁」の比喩は、まず『モービィ・ディック』で、信心深く良心的で理性的なスターバックに向けて発せられるエイハブの次の台詞中で使用される――「打つなら、仮面を打ち抜け！　壁を突き破る以外にどうやって囚人は外へ出られようか？　私にとっては白鯨がその壁で、すぐ目の前にある。その向こうには何もないと思うこともある。だが、それで充分だ［中略］私はやつの内に、測り知れない悪意で強靭にされた法外な力を見る。その測り知れないものこそ私が憎悪するものだ。白鯨が代理であろうが本尊であろうが、私はその憎悪をやつに叩きつける」（*MD* 164）。

エイハブ＝メルヴィルにとって彼を「囚人」として幽閉する牢獄の「壁」とは何か？　メルヴィルは、有色人種に対する白色人種の優越性を肯定し、黒人奴隷制度を支持し、アメリカ先住民族インディアンの駆逐と彼らの土地収奪を是とする当時の一般的な白人アメリカ人のひとりではなかった。多様な人種や民族と寝食をともにする捕鯨船に乗り組んで巡った太平洋の島々で、非白人社会、非キリスト教文明社会の人々と生活を知り、世界人の視野を獲得したメルヴィルにとって、偏見と独善性に満ちた狭隘な十九世紀白人キリスト教文明社会の一方的な価値観と世界観の只中で生きることは、牢獄で囚人生活を送るに等しかったであろう。「壁」とは、メルヴィルがその中で生きる白人キリスト教文明社会という無形の幽閉空間を囲む「壁」であり、その社会を姿態化し顕現させた白鯨は、善の仮面をつけた悪、すなわち偽善の象徴であった。したがって、エイハブ＝メルヴィルの前に立ちはだかる「壁」とは白人キリスト教文明社会の偽善を意味している。

「出口なき、行き止まりの、盲の死に壁が、探求する頭すべてに最後にはぶち当たる」（*MD* 521）と言うエイハブにとって、白鯨に化身した、ユダヤ・キリスト教の神の概念を後ろ盾とする白人キリスト教文明社会の偽善は、突き破らなければならない障壁であったように、ピエールにとっては、彼を取り巻くキリスト教人間社会の曖昧な「便宜主義」が障壁、すなわち「八方に立ちふさがり、跳び越えることのできない石の壁」となる。

メルヴィルは「石の壁」というフレーズを、デリィが神に語りかける独白中でも使用するが、そこでは比喩的な意味合いをまったく付与せずに、即物的、物理的に、ピエールたちの住む元使徒教会併設の建物の「石の壁」を指して「神様、あなたはこれらの石の壁を通してお聞きになれる」（*P* 321）とデリィに言わせているが、それはそれで意味深である。なぜなら、ここでの「石の壁」はホテルや劇場などの一般建築のそれではなく、元教会併設建築物のそれだからである。キリスト教会組織や制度に対するメルヴィルの批判と忌避姿勢は首尾一貫しており、『タイピー』や『オムー』での直截な言葉による糾弾や皮肉をはじめとして、『マーディ』におけるキリスト教宗教界の寓喩としての陰鬱で醜悪なマラマ島の描出や『二つの聖堂』での冷たく功利的な教会の姿勢の描出を通して、鮮明に発信されている。このようにメルヴィルの作品群を通して流れている彼のキリスト教宗教界に対する否定姿勢は当然『ピエール』にも流れており、したがって、真実と美徳を追求するピエールにとっての障壁は、元使徒教会の冷たい「石の壁」によって象徴されるようなキリスト教宗教界の「便宜主義」であり、その具現例としての、デリィの救済方法に関するピエールの問いかけに「私は［そうした質問には］お答えしません」と応じるフォールスグレイヴ牧師の冷たく曖昧な「便宜主義」であり、そして、グレンによって代表されるような世間の冷たい「便宜主義」である。

イザベルの手紙を読んだピエールが「キリストのような気持」を初めて味わい、彼女との第一回面談に行く前の時点で、作者はすでにこの作品を貫く基本姿勢を表明している。「この地上の逃げ隠れする道徳の便宜的な嘘や義務逃れ」（*P* 107）――これらは牧師フォールスグレイヴがすでにピエールと母の前で実証し、後のパンフレット*“EI”*が提唱する姿勢の産物であるが――に対する嫌悪の表明にとどまらず、さらに「神と人間から永久に追放されたおれは両者と対等の力をもつと宣言し、夜と昼とに、天界と地界が掌握するすべての思想とあらゆるものに対して自由に戦いを挑む！」（*P* 107）と宣言する。つまり、ピエール＝メルヴィルは、パンフレットが提唱する「美徳の便宜主義」なる曖昧な姿勢を初めから否定しており、さらに作品後半でピエールの幻覚を通して登場するタイタン、エンケラドスのように戦う姿勢と意志を最初から鮮明に表明しているのである。

執筆中のピエール＝メルヴィルが椅子に腰かけたままで見る幻覚に現れるタイタンたちは、エンケラドスを先頭に、「タイタンの山」の「断崖絶壁」（*P* 346）に対して己の身を打ちつけ、憎しみを叩きつけながら襲いかかるが、エンケラドスの胴体の上にはピエール自身の顔があり、挫折、敗北と悲しみを予言している。ピエール＝エンケラドスの行為は、白鯨に彼の憎しみを叩きつけるエイハブの行為と軌を一にしている。

『ピエール』の翌年に雑誌に発表された『代書人バートルビィ』では、筆写する仕事を放棄したバートルビィが完全孤立して立ったままの姿勢で「煉瓦造りの死に壁」（*PT* 28）を見つめ続け、「死に壁の夢想（dead-wall reveries）」（*PT* 29, 31, 37）に浸り続ける。刑務所に収監されてからも彼はひとり孤独に「死に壁に対面し続け」（*PT* 44）、最終的には「冷たい石」（*PT* 44）の「壁」に頭をくっつけたまま死ぬ。彼は代書人になる前は、配達不能の「死に文《ぶみ》（dead letters）」（*PT* 45）を処理する仕事をしていたという設定になっているが、これも意味深である。「死に文」とは、キリスト教界内の世間の人々の心と精神に届かない、つまり配達されえないメルヴィルの著作の暗喩ではなかろうか。

年齢的にはエイハブは五十代という想定だが、ピエールとバートルビィは青年の年代に設定されている。三者は「壁」というキーワードで結ばれており、特にピエールとバートルビィは共通項が多い。二人ともに最後は牢獄内で、ピエールは服毒して積極的に、そしてバートルビィは食べることを拒否して消極的にだが、死を選ぶ。ひとりはキリスト教社会の人間たちの「便宜主義」という曖昧なる道徳姿勢に対して、白鯨のごとき白人キリスト教社会の偽善を糾弾するエイハブのように果敢に戦いを挑むが、その「石の壁」を乗り越えることはできず、もうひとりは、そうした世間と関わりをもつことを拒否することにより無抵抗の抵抗をするが、結局「冷たい石」で作られた分厚い「壁」を突破することはできない。「壁」という比喩的キーワードを通して作者が最終的に描出するのは、克服不能な現実社会の「壁」の認識である。

ピエールとイザベルの曖昧な関係、男女としての、姉弟としての、さらには仮装の夫婦としての二人の曖昧な関わり方を解明するキーワードが incest である。作者が incest という語およびその派生形を使っている場面は二つだけで、半意識状態のピエールが見る夢幻の中に現れるエンケラドスがピエール自身の顔をしていて、二代にわたる二重の近親相姦から生まれたタイタンの息子であるという叙述中と、画廊に展示されている『グィードのチェンチ』の模写画の解説中のみである。

ピエールとイザベルの出会い、および心理的結合は、半分血のつながった弟と姉としてではなく、独立した個体としての男と女として始まっており、初めて出会った際に二人が男女として本能的に魅かれ合ったことが、それぞれの口から語られる。イザベルは裁縫会の席で、ピエールの「磁石のように引きつける視線」（*P* 158）を感じて、顔を上げ彼の顔をまともに見つめ、家に帰って「衝動」（*P* 159）に駆られてピエール宛てに手紙を書いたと語る。つまり、彼女は本能的反応から彼に手紙を書いたのである。一方、ピエールは、姉としてではなく女としての彼女の「並はずれた肉体的磁性」（*P* 151）に引きつけられたのであり、「この瞬間に至るまでに起きたことのすべて、そして今後起きるであろうことのすべては［中略］ぼくがきみを初めて見た時にその運命的な端を発している」（*P* 191-2）という告白から容易に読みとれるように、彼の心情と行動の動因は、彼女を一目見て魅かれたことに、彼女に対する一目惚れにある。

しかも、イザベルは異母姉という設定でありながら年齢不詳で、ピエールより年上のはずだが幼子のように若い顔をしている。彼女の「女性的可愛さ」と「天使のような子供っぽさ」（*P* 140）は、ピエールにイザベルを姉として見、姉と弟という関係で彼女に接することを困難にさせる。したがってピエールは「単なる弟の抱擁でイザベルを抱き締めることは決して、絶対にできないだろう」（*P* 142）と感じるのである。

このように二人の関係は心理的に男女関係で始まっていて、姉と弟のそれではない。しかし、彼女が異母姉であることが開示されることにより、心理的男女関係に姉弟の関係が混入し、さらに偽装結婚をすることによって名目上の夫婦という関係が付加される。語り手は「名目上、姉を妻に変えるという［中略］ピエールの発想の隠れた萌芽は［中略］それまで母を姉さんと呼んでいたことに見出せたのかもしれない」（*P* 176-7）と語るが、その「隠れた萌芽」は、のちのフロイトが言うところのエディプス・コンプレックスや巷間言われるマザー・コンプレックスの一種と考えてよかろう。なぜなら、語り手は、慈善裁縫会で見た彼女の顔が「哀願するようで、美しく、情熱的な理想の聖母マリアの顔」（*P* 48）のようにピエールに取り憑いたと語っているからであり、聖母マリアのイメージの中には母メアリに対するピエールの思いが混入していると推量されるからである。このように解釈を進めると、エンケラドスのケースとは別の意味での二重に近親相姦的な心理の流れをピエールの言動の中に見てとることができよう。

　ピエールとイザベルが演じる近親性愛《インセスト》的情景は、物語の結末に至るまでの間に三度展開される。一度目は、彼女との一回目の面談開始時の夜の情景で、二人が初めて身体的に接触する場面である。語り手はこの場面を「彼はかがんで、彼女の額にキスをした。彼女の手が彼の手をまさぐり、一言も言わずに握り締めてくるのを感じる。彼の手を握り締めている彼女の手の感覚に彼の全存在が凝集する」（*P* 113）と描いているが、二人が手を握り合うさまは、通常の姉と弟というよりは通常の魅かれ合う男女という感じである。二度目は、都会へと旅立つ前日の日中、二人が偽装結婚することをピエールがイザベルに伝える場面で、そこでは性衝動を奥に秘めた恋情を暗示する肉体的密着が描出される――「彼の口は彼女の耳を濡らし、そのことをささやいた［中略］彼は燃えるような熱いキスを彼女に何度もし、彼女と手をしっかりと合わせ、彼女の甘美で恐ろしい受身の体を離そうとしなかった［中略］二人はぴったりと体を合わせてからみ合ったまま、無言で立っていた」（*P* 192）。三度目は、いとこグレンの冷酷な仕打ちに裏切られ、幼友だちのミルソープが紹介してくれた元使徒教会の貧相な部屋に入居したが、生活の資を稼ぐための執筆をまだ開始できないでいるピエールにイザベルが寄り添う夕暮れの場面である。二人は一人用簡易ベッドに腰かけて体をくっつけ、互いの体に腕を回す。彼女が蠟燭を吹き消し、二人が手を握り合うと、ピエールは性衝動と情欲に襲われ、「すべては夢。ぼくらは夢見るという夢を見たと夢見ている［中略］どうして人は夢の中で罪を犯せようか？」（P 274）と言い、夕闇の中で無言で抱き締め合う。

　なぜメルヴィルは、こうした近親性愛《インセスト》めく愛を描いたのか？　その理由は、近親性愛《インセスト》が不可能な愛、実行不可能な恋情だからではないだろうか？　『レッドバーン』でメルヴィルは、一目惚れしたが達成しえなかった恋、果たせなかった恋情、不可能な愛を寸描したが、そのレッドバーンの心情と見果てぬ思いを、彼はピエールに移植して近親性愛《インセスト》という形態で発展拡大させたのではないだろうか？　なぜなら、ピエールはイザベルに対して「ぼくはピエールで、きみはイザベル。人間社会一般の広い意味でのブラザーとシスターで、それ以上の意味はない」（P 273）と言っているからであり、そして、それにもかかわらず、二人の間には真の意味での肉体関係はなかったと推断できるからである。

　メルヴィルは一八四九年八月初めに結婚して、オールバニー近郊の村の借家からマンハッタンに購入したアパートメントに転居した後も、自分の母親、姉妹と寝食をともにし続け、一年後ピッツフィールドの一戸建てに移って以降もその生活形態は変わらなかったが、メルヴィルの実生活の中に近親性愛《インセスト》めく情況を推量できるような客観的情況証拠はないし、仮にそのような情況があったとしても、そのことがいかなる意味をもちうるのだろうか？　根拠なしの疑念や推量をもって近親性愛《インセスト》という主題を曖昧に、おぼろげにとらえるのではなくて、「人間社会一般の広い意味でのブラザーとシスター」の間の性愛ないし疑似性愛として解釈することがこの作品の存在理由を裏打ちするであろう。なぜなら、三度目の近親性愛《インセスト》的場面で、イザベルとの身体的密着により性衝動と情欲を刺激されたピエールは「人間の道徳的完成という究極の理念は的外れだ。半神は屑を踏みしだく。美徳とか悪徳とかは屑だ！」（P 273）と言い、そうしたことを自分は書くとピエール＝メルヴィルは言うからである。意識上は「道徳的完成」を求めてイザベルを救済しようと行動してきたが、自分の意識下にある彼女への性衝動を自覚して苦悶するピエールは、性に対する原罪意識を克服、超越し、自然の本能的な性衝動を肯定しようとする姿勢をこの台詞を通して表明している。さらに、美徳と悪徳は「ひとつの無から投じられる二つの影」で「ぼくはひとつの無。すべては夢［中略］どうして人は夢の中で罪を犯せようか?」(*P* 274) と言うピエールは、人間行動を美徳と悪徳とに分別する実体なき道徳観を人間存在の基底にある本能的な性にあてはめることはできないという考え方、性は美徳・悪徳の識別以前の領域にある道徳外の超道徳的行為だという認識を語っていると考えられる。

4-4 silence

メルヴィルの作品の多くは、冒頭の第一段落ないし第一章中に、作品の主題に直結する鍵が置かれている。『ピエール』前の作品では、『レッドバーン』の冒頭文に登場するモグラ皮製狩猟ジャケットが主人公レッドバーンの洗練されていない心身のありようを表象し、その第一章の最終段落で描かれる、亡き父が残したガラス製帆船模型の破損した姿は、主人公のロマンと幻想の瓦解を暗示していた。『ホワイト・ジャケット』の冒頭文には当然のごとくに白いジャケットが登場した。『モービィ・ディック』の第一段落には死と虚無の象徴である棺が登場し、その第一章中で、水に映るナルシスの幻像が「すべてを解明する鍵」(*MD* 5) として紹介された。『ピエール』後の『信用詐欺師』の第一章には「愛［中略］つけお断り［信用せず］(Charity… NO TRUST)」(*CM* 4-5) という人間不信を暗に表明する掲示文が現れる。このように、メルヴィルの作品における冒頭の第一段落ないし第一章は作品全体の正当な理解にとって要となる重要な部分である。

では『ピエール』はどうか?『ピエール』の第一書で作者は、まず、無邪気なピエールとルーシィを登場させ、続いて主人公ピエールの出自と家系を語った後で、シスターをほしがるピエールが母メアリをシスターと呼ぶ様子を描くことによって、後のハーフ・シスター（異母姉）、イザベルの登場の伏線を敷いているが、特に重要なのは第一段落で、そこで作者は、初夏の早朝の自然が微動だにせずに「沈黙」の中に横たわるさまを語っている。[5] この「沈黙」が物語開始後の最初のキーワードである。

メルヴィルは、しかし、モグラ皮製狩猟ジャケットや白いジャケットや棺と同様に「沈黙」をメタファーとし、それに何か特別な特定の意味を付与して『ピエール』を書いたわけではなく、「沈黙」をひとつの信号ないし標識として使用しながら作品を書き進めたと解釈できる。なぜなら、作者自身が書いているように「すべての深遠な物事と情動は沈黙に先導され、沈黙に伴われる」（*P* 204）からである。換言すれば、何らかの意味を開示するのは「沈黙」それ自体ではなくて、「沈黙」の後に続く状態や行為、あるいは「沈黙」の中で進行する状態や行為だからである。

『ピエール』は初夏の自然の「沈黙」で始まり、最終的には、ハムレットが「あとは沈黙」という台詞を最後に息絶えるのに対して、ピエールは牢獄内で「無言（speechless）で手を握り締めて」（*P* 362）絶命する。そして、作品冒頭の朝の「沈黙」と作品結末の夜の「無言」のしぐさとの間に進行する物語の要所要所で作者は「沈黙」という言葉を使用するか、あるいは「沈黙」の情景を描出するが、物語前半では「沈黙」を死に関わるものとして、死の代名詞のように使い、後半では曖昧さの表出として使用している。以下に総覧してみよう。

物語前半で作者は、まず、イザベルの手紙の結尾に、彼女の悲哀を墓に喩えて「もう書かないわ――沈黙がこの墓にはふさわしい」（*P* 64）と記す。次に、ピエールが自分の墓石にしたいと考えているメムノンの石は「深い森の沈黙（silence）がもつ深遠な意味の只中に」（*P* 133）あると語り、その石に対して「物言わぬ巨塊（Mute Massiveness）」（*P* 134）とピエールに呼びかけさせる。二回目の面談の終わりには、ピエールとイザベルが共に「一言も発さずに」パンと水を摂り、「一言も発さずに」ピエールが彼女の穢れなき額にキスして、「一言も発さずに（without a single word）」（*P* 162）その場を去る情景を描く。そして、ピエールが提案する偽装結婚にイザベルが同意する際には、二人が近親性愛《インセスト》まがいに体をからめ合って抱擁しながら「無言で立っていた（stood mute）」

（*P* 192）情景を描出する。このように物語前半で作者は「沈黙」を、心と肉体の死、そして死にも等しい近親性愛《インセスト》の先導者あるいは随伴者として表出させている。

物語中間点の第十四書の冒頭で作者は「すべての深遠な物事と情動は沈黙に先導され、沈黙に伴われる」と語り、それを例証した後で、都会への沈黙の旅路を疾駆する馬車の沈黙する車内でピエールにパンフレット“*EI*”を読ませる。こうした設定をすることにより作者は、そのパンフレットがもつ意味の深さと重要性を暗示しているのであるが、同時に、この「沈黙」は、“*EI*”の説く「美徳の便宜主義」がもつ曖昧さ、唯一の正解というものをもたず複数の答を抱えている多義的で曖昧な精神姿勢の表出としての「沈黙」でもあろう。なぜなら、作者はパンフレットを“if—”で切って終え、その続きを沈黙で包んでいるからであり、“if—”の後は、ケース・バイ・ケースのさまざまな想定と、それに応じた多様な答が可能だからである。

物語後半の開始後、馬車が到着した夜の都会は沈黙に包まれている。そして作者は、都会到着後三日目の夜、元使徒教会の夕闇の中でピエールとイザベルがぴったりと体を寄せ合い抱き合いながら「黙して（hushed）」（*P* 274）簡易ベッドに腰かける近親性愛《インセスト》めく情景を描出するが、この沈黙に続いて二人が何をしたか、あるいは、しなかったかは語らず、不明で曖昧なままにしている。物語終局近くでは、画廊に展示されている曖昧な笑みをたたえた作者不明の『異邦人』を見て、イザベルが「見て！　見て！〔中略〕私の鏡の中に映っていた顔とそっくり！」（*P* 350）と言いながら、同時に生前の彼女の父の顔を思い出し、一方、ピエールは黒鳥亭で燃やした父の椅子肖像画を思い起こすが、ピエールはイザベルに「永遠に沈黙を守ろう」（*P* 352）と言う。そして「ピエールは沈黙した」ままで、「どうやってイザベルが自分のシスターだと分かったのか？」（*P* 353）と自問し、彼女が自分の異母姉であることに疑問を抱き始める。このように、物語中間点から後半にかけての「沈黙」は、物語前半におけるような死と近親性愛《インセスト》の先導者ないし同行者ではなくて、曖昧なるものの同行者となっている。換言すれば、「美徳の便宜主義」を説くパンフレット“*EI*”以降の「沈黙」の奥には曖昧なるものが秘められていると結論付けることができよう。

4－5　Hamletism

『ピエール』の登場人物は血肉を付与された生身の個別の人格として描出されてはいるが、『マーディ』や『モービィ・ディック』の登場人物がそうであったように、何らかの概念の代表的体現者になっている。主人公ピエールが体現しているものは、語り手が「高貴な若者たちの、高邁な精神で戦うが常に破滅する性《さが》」（*P* 136）と定義する“Hamletism”（*P* 135）、つまりハムレット的性向ないしハムレット的精神で、これが彼の在り方と作品の基調を知るためのキーワードになっている。

ピエールの人物設定は、パンフレット“*EI*”を境にして、前半と後半とで色合いが異なる。前半は、楽園のように緑と金色の陽光にあふれる田舎で可愛いフィアンセとデートをし、美しい母と暮らす、裕福な領主の館のひとり息子として設定され、後半では、十九世紀中葉のイースト・ヴィレッジないしロウアー・マンハッタン近辺と思しき都会の中心部で窮乏生活を送る青年作家として描かれる。青年作家としてのピエールには、この物語が始まる以前に恋愛詩『トロピカル・サマー』で華々しくデビューし、すでに複数の作品を世に出しているという設定がなされており、そこには『タイピー』でデビューしたメルヴィル自身の姿が投影されている。そして厳冬のマンハッタンの暖房のない部屋で執筆し続けるピエールの姿には、結婚後にオールバニー近郊の村からマンハッタンのイースト・ヴィレッジに移り住んだメルヴィルが第三作『マーディ』を執筆していた当時の状況が反映されている。しかし、田舎の貴公子としても、都会の貧しい作家としても、首尾一貫してピエールはハムレットと同様に、社会正義を追求する。

ハムレット的性向を付与された主人公の物語を要約すると次のようになる。純真な田舎の貴公子ピエールは、異母姉の出現によって人生と世界の暗い隠れた部分に開眼し、社会正義を追求するために自分の世俗的幸福を犠牲にして彼女と偽装結婚し、都会の窮乏生活の中で生活の資を稼ぐために本を執筆するが、出版社からも世間からも拒絶され憎悪され、最後は殺人と自殺により破滅する。父を殺して王位と母を奪った叔父の犯罪を断罪し、社会正義を追求するハムレットとは意味合いが異なるが、ピエールの物語は、意識下にイザベルへの性的情動を潜在させながら、道徳的社会正義を追求しようとした無垢な青年のぶざまな生きざまであり、悲劇である。

"Hamletism" というキーワードは、「メムノンの石（the Memnon Stone）」（*P* 132）が象徴するものとして語られている。語り手は、田舎の領地サドル・メドウズにいた頃のピエールが、この巨石を「メムノンの石」と命名し、これを自分の「墓石」（*P* 133, 135）にしたいと思ったことを叙述しながら、「この悲しい［メムノンの］伝説に私たちは古代世界の Hamletism の具現を見出す」（*P* 135）と語る。そして、古代のメムノンと近代のハムレット、および現代のピエールが似たような道を歩むことを示唆しながら、「メムノンの像が今日まで残っているように、高貴な若者たちの、高邁な精神で戦うが常に破滅する性《さが》も残っている」（*P* 136）と結んでいる。

さらに、『ハムレット』からの引喩もある。作者は「この世の関節は外れている。なんと呪わしい因縁か、／それを正すために自分が生まれてきたとは！」（*P* 168）というハムレットの台詞を引用して、「忌まわしい世間の慈愛のなさと心なさ」（*P* 163）を矯正し、曖昧な「便宜主義」が支配するキリスト教人間社会を是正しようとするピエールの批判姿勢と心境を代弁させている。そして物語の終局で、群衆の只中でグレンが鞭でピエールの頬を打ち、それに対してピエールは即、銃を抜いて相手を殺すが、なぜ作者はグレンに鞭を使わせたか？　この設定の背後には「誰がこの世の鞭と侮蔑を耐え忍ぼうとするか（who would bear the whips and scorns of time）」（*Hamlet*, 3.1.70）というハムレットの台詞が透けて見える。

＊　＊　＊

以上、八つのキーワード——論考順に「ミルク（milk）」、「騎士（knight）」、「心（heart）」、「曖昧なるもの（ambiguities）」、「壁（wall）」、「近親性愛《インセスト》（incest）」、「沈黙（silence）」、「ハムレット的精神（Hamletism）」——の視点から『ピエール』にアプローチし、作品が内包する「曖昧なるもの」の骨格を明らかにした。副題「曖昧なるもの」とは、作品表層部の物語上では、ピエールの亡父の過去や出自のはっきりしないイザベルという存在、およびピエールと異母姉とされるイザベルとの間の近親性愛《インセスト》的で曖昧な関係などの「曖昧なままに進行する一連の出来事」を指すが、しかし、その下の深層部では、「沈黙」という仮面の背後に隠されている「便宜主義」、すなわち、パンフレット"EI"が説く「美徳の便宜主義」という人生哲学による人生と人間社会に対する曖昧な対応姿勢、具体的には、牧師フォールスグレイヴのように美徳的にせよ、あるいは、いとこグレンのように悪徳的にせよ、「便宜主義」を実践している現実のキリスト教人間社会の曖昧なありようを意味している。

次項以降では、この作品の心臓部を形成する「真理の道化」と「美徳の便宜主義」の対峙、および、天上の愛と地上の愛の対置、クラーケンのような嫉妬心、そして「メムノンの石」が包含する多重な意味を論考する。

Ⅱ 「真理の道化」vs.「美徳の便宜主義」

5 主テーマ――「真理の道化」vs.「美徳の便宜主義」

メルヴィルの作品群を竜骨のように貫くテーマは、「真実の語り手」たるメルヴィルが処女作『タイピー』執筆以来、終始一貫して彼の作品中に発現してきた真実追究精神と、人間世界、とりわけ彼の生きるキリスト教人間世界の実態との軋轢と衝突にある。この真実対現実のテーマは『ピエール』では、ピエール対世間の対立と衝突を通して、具体的には、「真理の道化、美徳の道化」（*P* 358）の姿態化たるピエールと、パンフレット"*EI*"が説く「美徳の便宜主義（a virtuous expediency）」（*P* 214）、すなわち「実行可能な美徳（a practicable virtue）」（*P* 215）たるご都合主義を体現し実践する牧師フォールスグレイヴとの対峙、およびその「便宜主義」を最悪のかたちで発揮するいとこグレンとの激突を通して描出される。そしてこの作品における真実対現実のテーマを解明するための糸口は"fool"と"If"というキーワードにある。

5－1 fool

作者は物語の六つの局面で主人公ピエールを"fool"と呼んでおり、この呼称がピエールという人物とその生きざまを如実に言い表している。一回目は、イザベルが手紙でピエールに、世間は彼を“fool”呼ばわりするだろうけれど、天使のような存在となって彼女を救いに来てほしいと訴える局面である——「親愛なるピエール〔中略〕あなたは、世間の心ない慣習や流儀を跳び越えられる天使のような人でしょうか？　もしあなたが天上的衝動に屈して、長い間私を苦しめ続け、今はもう抑え切れなくなり張り裂けそうになっている私の憧憬する心に呼応してくださるなら、世間はあなたを“fool, fool, fool!”と呼んで罵るでしょうけれども」（*P* 64）。

この文面はその後のピエールの行動を予示している。ピエールは、慈善裁縫会でイザベルを一目見た時点で彼女に性的に魅かれており、男性としての本能的情動を意識下に潜ませながら、意識的には正義と美徳を行使するために彼の世間的幸福のすべてを棄てて彼女を救おうと決心し、ある意味でいわば天使のような行動をとる。

世間の誰も彼を直接“fool”呼ばわりすることはないが、ピエール自身の内なる声が、つまり彼の世間的視点が彼自身を“fool”と嘲笑う。作者がピエールを“fool”と呼ぶ二回目と三回目の局面では、いずれもピエール自身の内なる世間的視点からの声を代弁する語り手が彼を“fool”と呼んで嘲笑い、罵る。二回目は、イザベルの存在を母には隠したままで彼女を世間に認知させ、父の名誉を汚すことなくイザベルとの姉弟関係を公にするという、矛盾し並立不可能な四つの目的と意図の狭間で苦悶するピエールに対してピエール自身の心の内の声が「おお！　“fool”よ、盲の“fool”よ、百万倍ものとんまめ！〔中略〕高邁な行為はおまえのような盲の地虫のためにあるのではない！」（*P* 171）と叫ぶ。三回目は、自己の社会的幸福を犠牲にしてイザベルと偽装結婚することにより矛盾し合う四つの目的を何とか和解させたピエールに対して、都会へ向かう沈黙の馬車内で「悪魔が、彼の自己放棄的求道精神は月光のような虚構にすぎないかもしれないとささやき、彼を嘲って“fool”と呼んだ」（*P* 205）のであり、ここでも世間が直接口を開いてではなく、ピエール自身の内にある世間的なものの見方が彼を“fool”と認識している。

四回目は、楽園のような田舎で生まれ育ったイノセントな青年ピエールが新進作家としてそれまでに書きためておいた下書き原稿が価値のない代物であることを悟って「一万もの新しい開示がぼくの額に"fool"という烙印を押す」(*P* 273)と、冷たい都会にやって来て三日目の晩にイザベルに言う局面である。そして五回目は、元使徒教会の塔の中の部屋からピエールの部屋の窓を見つめるプリンリモンの顔が「むだ！　むだ！　むだだ！・・・［中略］愚か者！　愚か者！　愚か者め！［中略］やめろ！　やめろ！　やめろ！［中略］ロバ！　ロバ！　とんまめが！(Vain! vain! vain!.. Fool! fool! fool!.. Quit! quit! quit!.. *Ass! ass! ass!*)」(*P* 293)と言っているように思える局面、すなわち、ピエールが世間の基準で自らと自らの行動を客観視する局面である。

最後は、作品最終書で、グレンらと対決しに外へ出るため、自室から廊下に出て、イザベルの部屋のドアとルーシィの部屋のドアとの間で、まるで磔刑に処せられたキリストででもあるかのように両腕を広げた十字のポーズをとって「真理の道化、美徳の道化、運命の道化は今、永久にきみらのもとを去る！」(*P* 358)と宣する局面である。ピエールはパンフレット"*EI*"で比喩として語られる「天上的な」クロノメターになろうとして、つまり、現実的な美徳を身につけた地上の人間ではなくて「天使」になろうとして、最終的には自ら自分自身を「真理の道化、美徳の道化、運命の道化(the fool of Truth, the fool of Virtue, the fool of Fate)」と呼んで破滅に向かい、グレンを射殺して自らも命を絶つ。このエンディングは、純真なピエール、換言すれば、作者の中の良心的な真実追究精神はこの人間世界と人生において"fool"のような役回りを演じたという作者の認識を示していると考えられる。

5-2 "*EI*"——If

「真理の道化」であるピエールがエンケラドスのようになって戦いを挑む「断崖絶壁」(*P* 346)が、パンフレット"*EI*"(ギリシア語で"If")の説く「便宜主義」である。メルヴィルはパンフレットに"*EI*"というタイトルを付し、かつ、その論述を“if—”で終えているが、彼は if をどのような意味合いで使っているのか？

この疑問に対する答を私たちは『信用詐欺師』中の守銭奴と詐欺師との間のやりとりの中に見出すことができる。詐欺師を信用して彼に大金を預けるべきかどうかと逡巡する守銭奴が「もしも、もしも今、わしが預けたら――」と言うと、詐欺師は「もしも、もしもはお断りだ。全面的に信用するか、否かだ［中略］半信は受け付けない」（*CM* 75）と応じて、結局、守銭奴から札束をまきあげることに成功するが、if は「半信（half-confidences）」と端的に定義されている。メルヴィルが『ピエール』で使用している if は、事実に反したり、実現可能性なしの不可能な仮定を意味するものではなく、詐欺師の定義する「半信」としての if つまり可能性半分の想定を意味する if である。

『モービィ・ディック』でも if は発せられていたが、これも同様である。エイハブの独白を通してメルヴィルは、人間の進歩の過程を「幼児期という無意識の期間、少年期の思考することなき信念、青年期の疑念（万人共通の宿命）、そして懐疑、さらに不信を経て、最後に成年男子の〝もしも〟という沈思に落ち着く」（*MD* 492）と語っているが、この“If”も、文脈から判断して可能性半分の想定を表すものと解釈できる。したがって、“*El*”は成年男子の“If”であり、可能性半分の想定を意味するものと結論付けることができよう。

では、なぜメルヴィルはパンフレットに“*If*”ではなく、“*El*”という謎めかしたタイトルを付けたのか？“*El*”にはギリシア語の If という意味の他に、El（エル）、つまり神という意味が隠されているのではないかと推量する研究者がいる。[6] しかし、もし、そのような推量が可能だとすれば、つまり、“*El*”を El（エル）の誤植のようなものとしてとらえ、それはメルヴィルの諸作品中の登場人物たち Ishmael, Elijah や Israel の el（エル）、妻 Elizabeth の El（エル）、“Eli, Eli, lama sabachthani?（わが神、わが神、なぜわれを捨て給いしや？）”（*Mt.* 27:46）の El（エル）であり、神を意味すると解釈することができるとすれば、その解釈に加えて、さらに、“*El*”はドイツ語発音では〝アイ〟で「卵」を意味し、しかもその発音は英語の「私（I）」または「目（eye）」を意味するという語呂合わせ的解釈も可能になるであろう。実際、作者はそうした語呂合わせ、ないし駄洒落を認識していたと考えられる。なぜなら作者はiをeyeととらえて、作家ピエールの原稿の「*i*（目）の上の点（涙）」（a dot ⟨*tear*⟩, over an *i* ⟨*eye*⟩）（*P* 263）に「涙（The Tear）」というタイトルを与えているからである。しかし、“*EI*”にそうした語呂合わせ的で多義的な解釈が可能だとして、そのような解釈に一体どれほどの意味があるのだろうか？

Ifという意味以外の解釈は、『マーディ』でババランジャが語る寓話に登場する「多義（polysensuum）」（*M* 357）のメタファーとしてのバニヤンツリーの枝のようなものではなかろうか？「無知なほどよい」（*M* 355）と言ってババランジャが語る寓話では、千本の枝が地中に突き刺さって本来の幹がどれか分からなくなっているバニヤンツリーの巨木を九人の盲人が取り囲み、各人が最初に触れた枝を本来の唯一の幹だと主張する。つまり、各人がそれぞれの錯誤を唯一の真実だと主張するのであるが、“*EI*”というタイトルは、いわばこのバニヤンツリーのようなもので、その本来の幹はIfという意味に相違ないであろう。もしそうでなければ、このタイトルと“if—”で終わるパンフレットの内容との整合性がなくなる。『ピエール』には、ピエール自身を指して「ジャグラー（juggler）」という語が複数回使用されているが、作者メルヴィル自身がジャグラーであり、パンフレットにストレートにIfではなく、わざわざギリシア語で“*EI*”というタイトルを付けて、その意味として卵、目、私、神などの多義的で曖昧な解釈を可能にしているのは作者のジャグリングであり、目くらましであろう。ただし、こうした言葉のジャグリングは軽い遊びではあっても無意味なものではない。なぜなら、語呂合わせから生じる卵、目という派生的で副次的な“*EI*”の意味は「メムノンの石」の形状を表しており、パンフレット“*EI*”と「メムノンの石」との連関を暗示しているからである。この点に関しては後の「メムノンの石」の項で詳しく論考する。

ともあれ、“*EI*”の本質的意味は、パンフレットの内容に照らし合わせてみて、あくまでIfである。メルヴィルは、パンフレット本文に「海のクロノメター（ギリシア語で、時の命名者）」（sea-chronometers ⟨*Greek*, time-namers⟩）

（*P* 211）と書いて、その語源説明を *"EI"* がギリシア語であることの読者向けのヒントとしているようである。ただ、ギリシア語源の *chrono-*, time＋ギリシア語源の *-meter*, a measure を、メルヴィルもしくは当時の言語学者は、ギリシア語源の *chron-*, time＋ラテン語源の nominater と誤解していたようではあるが。

では、なぜ If なのか？　なぜ作者は "if—" でパンフレットの論述を終了させているのか？　なぜなら、メルヴィルは If をケース・バイ・ケースの想定に基づいて行動する「便宜主義」、ご都合主義を象徴する語としてとらえていたからであろう。そして、どっちつかずの姿勢を表す If は、「曖昧なるもの」というこの作品の副題の主調にも合致する。If はパンフレットおよびこの作品の心臓部、本質部分を解明するためのキーワードであると同時に、「真理の道化」対「美徳の便宜主義」というテーマの半分を担っている語である。

5－3　*"EI"* の結論 vs.『ピエール』の結論

語り手は、パンフレット *"EI"* の内容は「問題それ自体の解決というより、見事な例証によって問題を説明し直したもの」（*P* 210）であると言う。このパンフレットは、ピエールが直面している問題であると同時にこの作品の中心テーマでもある真実対現実の問題を、別の喩えを使って、つまり「経度測定用精密時計クロノメターのようなもの（Chronometricals）」なる天上的精神と「測時器ホロロジのようなもの（Horologicals）」である地上的精神の対比によって例証している。したがって、「問題を説明し直したもの」であるこのパンフレットの趣旨を理解すれば、この作品で作者が言おうとしたことも理解できることになる。では、メルヴィルはこのパンフレットとこの作品で一体何を言おうとしたのか？

メルヴィルがこのパンフレットで言おうとしたことと、この作品全体で言おうとしたこととは同じではない。同じではないが、しかし、表裏一体の関係にある。なぜなら、パンフレットの趣旨と結論は、現実に即した「実行可能な美徳」としての「美徳の便宜主義」のすすめであるが、この作品全体の結論はパンフレットが説く現実対応の「便宜主義」の否定であり、パンフレットの結論があって初めて、それを否定するという作品全体の結論が成立するからである。パンフレットの言う「便宜主義」を体現し実践している人物は、登場順に並べると、牧師フォールスグレイヴ、パンフレットの著者プリンリモン、および、ピエールのいとこグレンであり、この「便宜主義」を否定する主人公ピエールは、タジ、エイハブと軌を一にする真実追究精神の顕現であり、その精神は「便宜主義」の対極にある。

5－4　"EI" の人生哲学

では、パンフレットの登場から、その「便宜主義」という結論の提示に至るまでの過程で述べられていることを以下に整理してみよう。

まず、パンフレット "*EI*" がいかに重要な意味をはらむものであるかを作者は「沈黙」というキーワードによって暗示する。すでに見たように、作者は「沈黙」を重大な出来事や事象の発生を示す信号ないし標識として使用しながら作品を書き進めたと考えられるが、パンフレット "*EI*" が登場する第十四書をメルヴィルは「すべての深遠な物事と情動は沈黙に先導され、沈黙に伴われる」(*P* 204) という意味深で重々しい一文で書き始める。続けて彼は、都会へ向けて沈黙の野と森を駆け抜ける馬車の沈黙した車内でピエールに、自分の行為は「正しいのか間違っているのか (right or wrong)」(*P* 205) と、親にも牧師にも世間にも背いて「最後の罪 (the last sin)」(*P* 206) に向かって進行しているように思える自分の行動は正しいのかと思念させる。

「最後の罪」とは何か？　これは『マーディ』の結末でマーディ群島を飛び出すタジが犯そうとする「究極の犯罪 (the last crime)」(*M* 654) と同じ自殺行為を指すと思われる。しかも、その自殺とは身体的自殺ではなくて、ババランジャが言うところの「魂の自殺者」（*M* 426）になることを意味すると考えられる。なぜなら、パンフレットは「彼［天上の魂をもつ人間］は、この世の実際的な事柄に関しては、一種の自殺を犯さない限り、その同じ天上の魂で自分の地上での行為を律することは望めない」（*P* 213）と語っているからである。つまり「最後の罪」とは、自分の内にある天上の魂を自ら殺すことを意味する。ババランジャは「魂を殺すよりは身体を殺したほうがよい。もし自らの身体の殺人者になることが最も恐ろしい罪だとしたら、魂の自殺者となるのは、どれほど恐ろしい罪であろうか」（*M* 426）と言って、魂の自殺を身体的自殺以上の大罪として認識していた。作者メルヴィルの真理探究魂の顕現であるピエールは、登場人物としては殺人を犯した後、牢獄内で服毒自殺をするが、その虚構の身体的自殺行為は作者の純真な魂の自殺を意味するものと解釈できる。牢獄内に横たわるピエールに対してミルソープが言う最後の台詞「なんという侮蔑にみちた純真さがその唇に宿っているのか、わが友よ！」（*P* 362）は、メルヴィルがメルヴィル自身に対して、メルヴィルの中のイノセントなピエールに対して言っている言葉であろう。

馬車内のイザベルとデリィは眠っており、ピエールは沈黙の中で思念する。自分の行為は「正しいのか間違っているのか」と思念するピエールが直面する問題は、自分の内なる魂の声が告げる真理とこの世の実態との乖離であり、「神に受け入れられるための大条件としてキリスト教はすべての人間にこの世を放棄せよと呼びかけているにもかかわらず、世界で最も拝金主義の欧米地域がキリスト教を信奉する国民たちによって支配されている」（*P* 207）という矛盾である。「善人や賢人たちは、この世界は偽りに満ちているように見えるが、実際には［中略］偽りとともに多くの真実があると言う」が、バイブルの視点から見ると「この世界は偽りである」（*P* 208）。こう思念を進めながら、キリスト教の理念とこの世の現実とを調和させる方法を模索するピエールは、馬車の座席に置き捨てられてあったパンフレット *"EI"* を読む。

"EI" は「地上における人間の生は、試用期間のようなものにすぎない［中略］われわれ死すべき人間は仮のも

のを扱うのみである。したがって、われわれのいわゆる知恵なるものも仮のものにすぎない」(P 211)という前置きで始まり、最後は"if—"という想定への導入表現で途切れている。そして本文では、仮の世と生に対する仮の対応である「便宜主義」を結論として提唱するが、結論に至るプロセスで、時計の比喩を使いながら、天上的な知恵と地上的な知恵との差異について説明している。時計の比喩は『モービィ・ディック』でも見られ、信仰心の深いスターバックが「極地の雪の中であろうと灼熱の太陽の下であろうと、彼の内なる活力は、特許クロノメターのように、どんな気候でも正常に機能すると保証されていた」(MD 115)と、クロノメターに喩えられていた。"EI"ではこの比喩が発展拡大されて、キリストの天上の知恵が、グリニッジ天文台所在地の時間を正確に刻み続けるクロノメターに喩えられ、それに対して、現世の人間の地上の知恵は、旧式の測時器であるホロロジに、そしてもっと具体的にはチャイナ(清)の現地時計に喩えられている。

そして"EI"は次のように論を進める——「天の真理」(P 211)を伝えるある種の人間、キリストのような人間の魂は、ロンドン発のクロノメターのようなものである。しかし、この世の人間の魂は、神と天の真理から乖離している。したがって、クロノメターのような魂による天上の基準に従った正邪の判断は、この世の基準による正邪の判断に反する。キリストはクロノメターだが、彼の知恵は愚なるものである。なぜなら彼が残したクロノメターは天の時を刻み続け、この世界はこの世界の時間を保ち続けたからだ。例えば、チャイナの測時器、つまりチャイナの基準はチャイナでは何ら問題ないのであって、チャイナまで運ばれたクロノメターが表示するグリニッジの時間、つまりグリニッジの基準はチャイナでは誤りとなる。この喩えから分かるように、地上の人間の知恵は天の神にとっては愚かなるものであるが、逆に、天の神の知恵は地上の人間にとって愚かなものとなるのである。チャイナで測時器がロンドンのグリニッジの時間を表示していたら、その時間は間違いとなる。クロノメターの魂をもつ者が天の時間を地上に無理強いしても、成功はしないし、地上の時間を遵守する人々を敵にまわして、自分自身に悲しみと死を招くことになろう。このことは、キリストとその宗教が辿った道を見れば、はっきりと分かる。クロノメターの教えを実践することは、天上では可能だが地上では不可能であり、したがってその教えは地上では虚偽である。

その証左として“EI”は「右の頬を打たれたら左の頬を差し出す」という思想に言及する。メルヴィルはこの思想に『ホワイト・ジャケット』でも触れていて、「私たちの信仰する彼は、右の頬を打たれたら左の頬を向けよと言っている［中略］その一節こそはキリスト教信仰の精髄と本質を具現しており、この精神がなかったら、キリスト教は他の信仰と変わらない」（WJ 320）と語っていたが、“EI”では「右の頬を打たれたら左の頬を差し出すというのはクロノメター的考えであり、普通の人間でそんなことをした者はいない」（P 213）と言う。ピエールはグレンに鞭で片方の頬を打たれて、もう片方の頬を差し出したか？　ピエールはグレンの悪行に対して善行を返したか？　否。ピエールはキリスト教の精髄を形成している精神を実践できない、というか実践しないのである。ピエールは、父の名誉を守りつつイザベルを救済するために、フィアンセを犠牲にし、家督を含めた自らの社会的幸福を放棄してクロノメターになろうとしたが、彼は本能的、本質的にクロノメターたりえなく、普通の人間のひとり、ホロロジであらざるをえないのである。

“EI”はさらに、これまでのキリスト教世界の歴史に言及し、キリスト教発生後の世界も、キリスト教発生前の世界と変わらずに血と悪に満ちているという認識を語る――「キリスト教界の千八百年の歴史は［中略］キリストの教えにもかかわらず［中略］それ以前の世界の歴史と同様に、血と暴力と不正に満ちている」（P 215）と。キリスト教世界に対するこれと同種の批判的認識は『マーディ』でババランジャの口を通してすでに語られており、ババランジャはアルマ（＝キリスト）降臨後の世界でアルマ教徒（＝キリスト教徒）たちがはたらいてきた悪行を次のように批判していた――「預言者は、私たちマーディ人をもっと徳高く幸福にするために来た。だが、アルマ以前にあった善とともに、アルマの時代にあったのと同じ戦争、犯罪、悲惨な状況が形を少し変えただけで今も存在する。いや、モヒよ、おまえの年代記から、名ばかりのアルマ信徒たちの行為がもたらした数々の恐怖の歴史を除外してみよ。そうすればおまえの年代記にそう頻繁には血生臭い話は出てこないだろう」（*M* 349）と。メルヴィルのキリスト教界に対する批判ないし糾弾は、白人キリスト教文明に侵食されたポリネシアを舞台とする最初の二作『タイピー』と『オムー』の当初から首尾一貫して文言化されており、『モービィ・ディック』で白い鯨に姿を変えて顕現させた白人キリスト教文明との戦いで象徴的に描出されたが、『ピエール』では牧師フォールスグレイヴの言動描写、および "*EI*" の記述を通して表明される。

"*EI*" で展開されるキリストの知恵と地上の知恵の対比も『ホワイト・ジャケット』ですでに考察され、両者の知恵の間に一線が引かれていた――「至福千年の到来を期待して私たちが異教徒にせっせと教えている格言を、私たちキリスト教徒自身は無視している。私たちの住む世界の現社会体制がキリスト教の柔和さの実行には適していないことを考えると［中略］聖なる救い主は天上の知恵に満ちてはいたが、彼がもたらした福音は地上の実用的知恵を欠いていると思える」（*WJ* 324）と。"*EI*" は、したがって、人間は地上の人間界ではできるだけ正直で最善であろうとすればよいのであって、多少の罪さえも犯さないようにすることは「天使に、つまりクロノメターになろうとすること」（*P* 214）であるが、これは、ホロロジ、つまり地上的な測時器である人間にとっては不可能なことであると論ずる。「完全な善になる」（*P* 215）という不可能なことを目指さずに「実行可能な美徳」を身につけるべきだ、というのが "*EI*" の趣旨であり、「美徳の便宜主義というものが、したがって、人間にとっては最も望ましい、また到達可能な地上最高の美徳であろう」（*P* 214）と結論付け、「実行可能な美徳を提唱する」（*P* 215）と締めくくっている。

パンフレットは内容的に、この作品の道徳的側面を時計の比喩を使用して例示していると言えるし、また逆に、この作品はパンフレットの趣旨を、ピエールを中心とする登場人物たちの言動によって例証しているとも言える。しかも、パンフレットとこの作品の密接な関係はパンフレットの最終的な物理的所在によっても暗示されている。なぜならピエールは知らぬ間に「パンフレットを身につけていた」（*P* 294）からである。その経緯は以下の通りである――まず、馬車の座席に置き捨てられてあったパンフレットは「干からびた魚のような、パンフレットらしきぼろ紙切れ」（P 207）と描出されるほどに卑しい感じのものに見えるが、それを偶然、手にしたピエールは繰り返し読んでみても、書き手の考えをよく理解できないと思う。そして、その内容は「きわめて単純明快なことであり〔中略〕しかし同時に非常に深遠でもあり〔中略〕また、あまりにくだらないこと」（P 210）に思えた。後日、著者のプリンリモンとすれ違った後でピエールはパンフレットを探すが見あたらない。パンフレットを再び入手しようと試みるがもはや不可能で、「パンフレットをなくすとは〔中略〕しかも、手にして読んで理解できなかったなんて、おれはなんというばかだ！　もう遅すぎる！」（P 293）とピエールは思うが、実はパンフレットは彼のコートのポケット内の裂け目から服地と裏地の間に入ってコートの裾部分に詰め物のように納まっていたことに彼は気づかなかった。つまり、彼は物理的に「パンフレットを身につけていた」のであり、そのことは、ピエールが比喩的な意味で「パンフレットを身につけていた」ことを、つまり、"EI"の内容を理解し実践したことを示唆している。なぜなら、語り手は「ピエールがパンフレットを理解していたことは、彼の生涯の最後が示すであろう」（P 294）と述べているからである。そして実際、彼の生涯の最後で、クロノメターになりえず「右の頬を打たれたら左の頬を差し出す」代わりに、打った相手を射殺し、その後、自らも自殺をして果てるピエールは「悪徳のきわみは悲しみのきわみ」（P 215）というパンフレット末尾の一文の実証例となっているからである。

5-5　ピエールvs.世間

この作品は、「真理の道化」としてのピエールと「便宜主義」で動く世間との対立と葛藤がメインテーマであり、世間の代表として登場する人物が、作品前半の牧師フォールスグレイヴと後半のいとこグレンである。ピエールと牧師は倫理問題への対応の仕方という点で対立し、対峙はするが、衝突することはない。牧師に対してピエールは、牧師が「俸給をもらう立場で神のごとく自由に言動することはできない」ことに理解と同情を示し「ぼくをあなたの敵とは思わないでいただきたい」（*P* 164）と言い、これが牧師に対するピエールの最後の台詞となる。一方、作品後半で登場するいとこグレンは裏表のある言動をし、最終的にピエールと激突する。

5－5－1　牧師フォールスグレイヴ――「美徳の便宜主義」の体現者

フォールスグレイヴ牧師は作品前半に三回だけ登場するが、なぜ作者は、この牧師をトゥルーグレイヴではなくて、フォールスグレイヴ（Falsgrave）と命名したか？　なぜトゥルーでなくてフォールスなのか？

彼は、パンフレット *"EI"* が提唱する「美徳の便宜主義」の体現者であり、実践モデルである。彼の名をフォールスとしたことに作者メルヴィルの「美徳の便宜主義」なる人生哲学に対する否定的姿勢を見てとることができる。人間社会に対するメルヴィルの姿勢の根幹には『マーディ』のタジや『モービィ・ディック』のエイハブ、そしてこの作品のピエールの精神姿勢が宿っており、あくまで真実を追究するその一途な精神は「美徳の便宜主義」なる処世術とは相容れないものだからである。

妻子ある男の子供を生んだデリィの件を倫理上の観点から論議している朝食の席で、その問題から派生して「父親を同じくする嫡子は非嫡子を忌避すべきでしょうか？」（*P* 101）というピエールの問いに対して、フォールスグレイヴ牧師は明確な返答を避け、「すべての質問に、良心に基づきイエスまたはノーと答えることはできません。倫理的問題はいずれもそれぞれの事情で意味合いが変わります［中略］ひとつの普遍的原則ですべての事例をひとくくりにするのは不可能なだけでなく、そうした試みは愚かなことに思えます」（*P* 102）と述べて、倫理問題に対する解答はケース・バイ・ケースであると応じる。その瞬間、彼のナプキンが胸から落ちて、彼がつけていた「蛇と鳩の寓意的合体が描かれているカメオのブローチ」（*P* 102）が現れるという状況と小道具の設定を行うことによって、メルヴィルはフォールスグレイヴ牧師が「蛇のように賢く鳩のように無害であたりさわりのない」（*Mt.* 10:16）対応をしていることを暗示している。続けて、この問題からさらに派生して「例えば、ぼくは父を名誉に思うべきでしょうか、たとえ父が女たらしだと分かったとしても？」とピエールが問うと、フォールスグレイヴ牧師は「それも、普遍的に適用できる明確な答というものがない倫理問題のひとつです」（*P* 103）と返答して、イエスかノーかは場合によりけりであることを示唆するが、その瞬間、再びナプキンが落ちて蛇と鳩が彫られたブローチが姿を見せる。

「蛇のように賢く鳩のように無害」な対応の仕方ではあっても、このように唯一の明確な答を出さずに、ケース・バイ・ケースで物事を処理しようとするフォールスグレイヴ牧師の「便宜主義」的姿勢に対する作者メルヴィルの批判的認識の一端を、私たち読者はピエールの母の言葉を通してうかがい知ることができる。ピエールがルーシィとは別の女と結婚して家を出たという事態に直面して何もできない牧師に対して、ピエールの母は「出て行け！　おまえのそのソフトで上品ぶった声なんぞ耳にしたくない！　男の恥だ！　出て行け！　無能な役立たずめ！」（*P* 194）と毒づくからである。

作者は、フォールスグレイヴ牧師がパンフレット“*EI*”の提唱する「美徳の便宜主義」の体現者であり実践者であることを、フルートというキーワードによって読者に暗示している。メルヴィルはフォールスグレイヴを田舎が舞台の作品前半部に三回登場させているだけで、舞台が都会に移動する後半には一回もその姿を登場させていないが、フルートの音色を通してその「美徳の便宜主義」精神を世間に奏でさせている。語り手＝メルヴィルはフォールスグレイヴの人物描写で、彼が「非常にマイルドな、フルートのような声」（*P* 97）をしており、「天は彼に洗練されて澄んだ音色の人格を与えた。それはこの世にフルートを吹くようで、しかも彼はそれをほぼ完璧にマスターしていた。彼の優美な所作は美しい旋律の波動を思わせた。彼を見たのではなく彼を聞いたと思うほどだった」（P 98）と語る。そして、都会に来たピエールたちが部屋を借りることになった元使徒教会には、パンフレット“EI”の著者プリンリモンと「謎のフルート教師」が住んでおり、「静かな月明かりの夜には、彼の吹く崇高な調べが周囲の広大な倉庫群の屋根の上を流れた――かつてこの教会の鐘の音が遠い昔の世代の家々の軒に響き渡ったように」（P 270）という情景説明を行うことによって作者は、フォールスグレイヴの言動とパンフレット“EI”が提唱する「美徳の便宜主義」をフルートの音色によって読者に連想させ、連結させている。

5－5－2　いとこグレン――もうひとりの自分

作品後半部開始の第十五書全体がその説明に充てられているグレンは、「悲哀の都市」（P 168）における、うわべをつくろっただけの偽善的な「美徳の便宜主義」の最悪の具現例として描かれている。(7) なぜピエールは彼を射殺したのか？　射殺することの意味は何か？

そもそも、いとこグレンとは何か？　まず作者がピエールのファミリーネームであるグレンディニングを、いとこグレンディニング・スタンリィのファーストネームとして使用していることに注目する必要がある。そして、ピエールが、自分より二歳ほど年上だが、家柄も体つきもよく似ているグレンを自分の「複製人間のごとく」（P 289）に認識していたと語ることによって、グレンが、いわば鏡の中のもうひとりのピエール、ピエールの虚像であることを作者は暗示している。

『レッドバーン』のジャクソンがそうであったように、グレンも作者自身の一部である。都会育ちの同年代の青年とは異なり、田舎育ちのピエールが「物事のより暗く、より真実な側面に開眼し切っていなかった」（P 69）のに対して、グレンは都会的洗練さを身につけた人物で、フォールスグレイヴと同様に「非常に澄んだ」（P 238）声をしていて、虚偽、「偽善的ふるまい」（P 288）、そして妬みと嫉妬心のモデルのような存在として描出されている。ピエールがグレンを射殺する直近の契機は、グレンが鞭でピエールの頬を打ったからであるが、この虚構の物語内の殺人行為は、世間と軋轢《あつれき》を起こす純真で天上的な真理探究精神をもつ作者が、偽善的で虚偽的なキリスト教世界の一員として生きているもうひとりの醜悪な自分を否定し抹殺する意志の寓意的表現として解釈されてしかるべきであろう。なぜなら、書くという行為は、イシュメイルにとって海に出る行為がそうであったように、作者メルヴィルにとって「拳銃と弾丸の代わり」（*MD* 3）であり、自分の魂の内奥を攻める行為だったからである。

メルヴィルは作品中間地点に「うすっぺらで、ぼろぼろになった、干からびた魚みたいな」（*P* 206）パンフレットを登場させる以前の物語初期段階で、つまり、イザベルからの手紙を読んだピエールが「キリストのような気持」（*P* 106）を初めて味わいながら、彼女との第一回面談に向かう前の時点ですでに、「この地上の逃げ隠れする道徳の便宜的な嘘や義務逃れ」（*P* 107）に対する嫌悪を表明し、後のパンフレットが提唱する「便宜主義」を初めから否定していた。そして、その否定姿勢はグレンの射殺に帰結する。しかも、ピエールは、弾丸とともに、彼を「嘘つきめ」（*P* 356-7）と糾弾するグレンとフレッドの手紙の文言を切りとり、それを銃口に込めてグレンに撃ち込むが、この現象的には一見子供じみた行為にも隠された意味があり、それは、偽りに満ちた世間とその世間の一員として生きている自分を「嘘つきめ」と糾弾するピエール＝メルヴィルの姿勢の表明となっている。

Ⅲ 天上の愛、地上の愛、そして嫉妬心

6 もうひとつのテーマ――天上の愛と地上の愛

メルヴィルは作家として、真実対現実を生涯のテーマとしたと概括できる。前作『モービィ・ディック』で彼はマプル神父の口を通して「虚偽の面に向けて真理を説く」姿勢を明言し、白い鯨に化身させた偽善、ユダヤ・キリスト教の神を後ろ盾とする白人キリスト教文明社会の偽善を象徴的に糾弾し断罪したが、続く『ピエール』では、その真理追究精神をピエールという名の「真理の道化」に姿態化し、牧師フォールスグレイヴやいとこグレンの言動が例証する世間の「美徳の便宜主義」との対決をテーマとした。同時に、これと並行してメルヴィルは、ルーシィとイザベルの言動を通して天上的な愛と地上的な愛を描出し、この二つの愛の対置を『ピエール』の副テーマとしている。

第十四書に挿入されているパンフレット"*EI*"の「第一講」には「クロノメトリカルなものとホロロジカルなもの」という表題が付けられており、この比喩的表題が意味するものは、天上的な基準による行動と地上的な基準による行動の対比であるが、この対比はピエールに対するルーシィの愛とイザベルの愛にもあてはまる。ルーシィのクロノメトリカルな愛、つまり天上的な愛とイザベルのホロロジカルな愛、つまり地上的な愛との対比は、アガペーとエロスの対比のようなものであるが、メルヴィルは、アマランスとキャットニップを隠喩として使い

ながら二つの愛を語っている。

メルヴィルは物語の始まりで、母メアリの「しぼまないアマランスのような美しさ（amaranthiness）」（*P* 5）という形容表現で一度だけアマランスに言及し、その後は全く言及せず、物語の終わり近くになってピエールが見る幻覚の中でアマランスをキャットニップとともに登場させている。ピエール、イザベル、デリィの住居にルーシィが来て一緒に住むようになってから数日後の物語終局間近、ピエールは半意識状態の中で、田舎にある先祖の館と地所を取り囲む丘陵地にそびえ立つタイタンたちの山の幻影を見る。その山の絶壁周辺の台地の牧草地には、白い花を咲かせるアマランスと、所々に芳しいキャットニップが茂っている。

白い花を咲かせるアマランスは、ピエールの祖父が自分の愛馬の飼葉用に種を蒔いて繁殖させた「クローバー」（*P* 31）を指すと思われるが、この「小さく白い、アマランスのようにしぼまない花」（*P* 342）は家畜の食用とはならずに増殖し続け、初夏になると残雪のように輝く白さは、小作人たちの目には「不毛、不妊の象徴」（*P* 343）と映ずる。「不毛で無臭の不滅性」をもつ「天上の花」（*P* 344）は、ルーシィを連想させる。キャットニップは「あのいとしい農家の草、キャットニップの植込みの甘い芳しさ」（*P* 344）と語られていて、農家で暮らしていたイザベルを想起させる。そして作者は、二つの愛を表象する二種の草花の説明を「キャットニップとアマランス！　人の地上での家庭的平安と、やむことなき神への渇望」（*P* 345）と締めくくって、現世を表すキャットニップと天上の真理を表すアマランスを対比させている。

6－1　善き天使と悪しき天使

メルヴィルは『ホワイト・ジャケット』の軍艦内図書室の蔵書リスト中でマーロウの『マルタ島のユダヤ人』に触れており（*WJ* 168）、また、グレンディニング家の召使のひとりをクリストファー（Christopher）と命名しているが、『ピエール』での善き天使と悪しき天使の発想と使用はクリストファー・マーロウの『フォースタス博士』にその源があると推量してさしつかえなかろう。

マーロウの善き天使と悪しき天使は宗教的な色合いが濃厚で、善き天使は「聖書を読め」（I. 72）[8]、「天国と天上的なことを考えよ」（V. 21）とフォースタスに諭すが、フォースタスの死の一時間前になると「おまえは世俗を愛した［中略］地獄が大口を開けておまえを待っている」（XIX. 101, 115）と言って消える。他方、悪しき天使は「天上のジュピターのような存在に地上でなれ」（I. 75）、「名誉と富を考えよ」（V. 22）と言うが、最後には「私の言うことを聞いたので、地獄の苦痛を永劫に味わねばならない［中略］快楽を愛する者は快楽のために堕ちなければならない」（XIX. 102-3, 130）と結ぶ。メルヴィルの善き天使と悪しき天使には、マーロウの天使たちのような宗教的寓意は込められていない。しかも、マーロウの天使たちがあくまで霊的な寓意的存在であるのに対して、メルヴィルは二人の天使に人格を与え、生身の女性に姿態化して登場させている。

ルーシィとイザベルという人物設定は、『マーディ』のイラーとホーシャの延長線上にあり、善き天使と悪しき天使としての認識は『マーディ』にその萌芽を見ることができる。『マーディ』の失われたイラー探求物語の終局近くで歴史家モヒが語る伝説中に登場する「より純粋な心をもった、翼ある存在」（*M* 642）は、純粋さとイノセンスの象徴としてのイラーと同種の存在であり、この天使たちをマーディなる現実世界から駆逐した女王の末裔が、性と現世の歓びを象徴するホーシャであった。そしてメルヴィルは、イラーを善き天使としてのルーシィに、ホーシャを悪しき天使としてのイザベルに変容させて『ピエール』に再登場させたと推断できる。

『ピエール』でメルヴィルは天使という言葉を、まず、ピエールの葛藤する心の声の擬人化で使用し、次にピエール自身を指して使い、その後、ルーシィとイザベルを指して使用している。

メルヴィルが天使という言葉を、善き天使と悪しき天使とに二分してこの作品で最初に使用するのは、見知らぬ人物から手渡された手紙を無意識の内に半ば引き裂いたまま手にしている状態のピエールの心理の葛藤を語る時である。その時、ピエールは「二つの敵対する作用を自分の内に」感じ、「両者が彼の心を支配しようと闘っていて、最終的にどちらが優位を占めるかは、彼自身が唯一の審判者となる［中略］と思った」（P63）。悪しき天使は、手紙を完全に破れとピエールに命じ、読まずに利己的な幸福を追求せよと言う。善き天使は、男らしく不安を捨てて手紙を読めと命じる。善き天使はピエールに、利己的でなく、むしろ利他的な行為を要求し、「読んで、責務を果たして得られる至福を感じ、幸福なるものに関心を払うな」（P63）と言う。最終的にピエールの「気高い心」は「読まないで、いとしいピエール。破り捨てて幸せになって」と言う悪しき天使を吹き消し、「悲しげな、しかし優しい笑みを浮かべた」（P63）善き天使が勝利する。ここでは、二人の天使のどちらがルーシィか、あるいはイザベルかは判然としない。イザベルがまだ物語に登場していないこの段階では、ピエールの心理情況はルーシィかイザベルかの選択の板挟みにはない。したがって、この局面での二人の天使は、ルーシィのもつ両側面、より正確な言い方をすれば、婚約者ルーシィの気持を代弁するピエールの二つの相反する声の擬人化としてとらえられえよう。善き天使、悪しき天使なるものは、当然、人の心の二面を代弁する声ではあるが、しかし、この作品では、ルーシィとイザベルに姿態化された二人の天使はピエールもしくは他の登場人物の心の内の対立を代弁してはいない。ルーシィとイザベルの言動は、それぞれ天上的愛と地上的愛を対照的に発現しながらも、別個の独立した人格のものとして描き出されている。

『マーディ』のイラーとホーシャは、別個の存在として描かれながらも、同一存在が宿す二つの相反する側面、すなわち昼の顔と夜の顔、善と悪、理想と現実の具象化であることが叙述と台詞中に暗示されていた。これに対して、ルーシィとイザベルは、作者が彼女たちの描出で使用する色と明暗と情況設定を見る限りイラーとホーシャの派生形で、やはり昼と夜、善と悪、理想と現実の差異を具現してはいるが、二人が同一人物のもつ二つの対立する側面の擬人化であることを示唆するような情況証拠は作品中の叙述や台詞中に見あたらない。それに、『マーディ』のテーマは失踪したイラー、つまり失われた純潔とイノセンスの探求で、白人キリスト教文明世界の否定というもうひとつのテーマがその背後に隠されていたが、『ピエール』では真実対現実、つまり作者の真理探究精神の擬人化としてのピエールなる「真理の道化」対キリスト教社会の「美徳の便宜主義」が主テーマとなり、副テーマとして、善き天使としてのルーシィと悪しき天使としてのイザベルが具現する天上の愛と地上の愛の対比が描かれている。

ピエールの心に善き天使と悪しき天使の葛藤を生じさせた手紙はシスターと称するイザベルからのものと判明するが、その手紙の文面でピエール自身に天使という概念が適用されている――「あなたは、世間の心ない慣習や流儀を跳び越えられる天使のような人でしょうか?」(*P* 64)と。さらに、二回目の面談時にはピエールはイザベルに「天使の天使に対する純粋で完全な愛をもってぼくらは愛し合おう」(*P* 154)と言う。そして、ピエールがイザベルとともにデリィも救済する意思を伝えるとイザベルは「あなたは目に見えない天使性の目に見える表象だわ［中略］人が皆あなたのようだったら、人間はひとりもいなくなり、人類は絶滅して熾天使《してんし》だけになるわ!」(*P* 156)と言う。このようにピエールは天使に喩えられ、またピエール自身も「キリストのような気持」(*P* 106)で「美徳の道化」(*P* 358)のような行動を貫こうとするが、最終的には「石壁」のように「彼を取り囲むすべての曖昧なるもの」(*P* 337)、つまり曖昧な便宜主義ないしご都合主義で動いている世間という障壁を飛び越える超人的天使にはなりえない。

ルーシィを善き天使、イザベルを悪しき天使と呼ぶのはイザベルで、ルーシィがピエールのもとに来て一緒に暮らすことになったことを知らされたイザベルは、狂ったように嫉妬心を発現し、青い目で金髪のルーシィは善き天使で、自分は目も髪も頬も葬儀のように暗い色の悪しき天使だと、自分も青い目で金髪に生まれてきたかったと真情を吐露し、「あなたはどちらかを選ぶことになるでしょう!」(*P* 314)とピエールに言う。

ルーシィかイザベルかの選択にピエールは二度直面する。一度目は、田舎が舞台だった当時のイザベルとの初めての面談後に帰宅したピエールが、ルーシィかイザベルかの二者択一の葛藤に襲われる場面で、そのさまはこう叙述される――「一瞬、ルーシィの愛らしくて包み隠すところのない青い目が現れ、同じようにやさしいが悲しげで謎めいたイザベルの暗い眼差しに取って代わった。彼は二人に挟まれて、どちらかひとりを選ばなければならないと同時に、両者とも自分のもののように思えた。しかしルーシィの目にイザベルの悲哀にみちた目が半ば入り込んで重ね合わさった」（*P* 129）。田舎が舞台の作品前半では最終的にピエールはルーシィを犠牲にしてイザベルを選択するが、作品の結末ではピエールは両者を不選択、拒否する。いとこグレンを射殺し投獄された彼に会いに来たルーシィとイザベルに対してピエールは「おまえら二つの蒼白き霊よ、これがあの世の別世界なら、おまえらは歓迎されない。去れ！　善き天使も悪しき天使も！　ピエールは今や中立だ！」（*P* 360）と宣言する。これはどういうことか？

善悪両天使に対するこの拒否宣言は何を意味するのか？　もしこれがフォースタスの台詞だったなら、これを天国と地獄の存在を否定する発言として解釈することも可能であろう。しかし、ピエールによるこの拒絶宣言は、ルーシィが実践する自己犠牲的で性を伴わない純潔な天上的愛と、イザベルを通じてピエールが体感する情欲ないし性愛、言い換えれば、キリスト教的原罪意識を伴いながらも性を求める人間的な地上的愛のいずれにもくみしないというピエール＝メルヴィルの立ち位置の表明と受けとめることができよう。そして、クロノメトリカルな愛とホロロジカルな愛のいずれをも拒否する牢獄内のピエールに、愛をも空《くう》なるものとして認識する作者の姿を垣間見ることができる。なぜなら、作者のこのような認識は、結末に至る前の作品中の二箇所ですでに示唆され暗示されているからである。最初の示唆は、物語開始直後のピエールとルーシィの丘陵デート場面での「愛は空なるもの、見栄っ張りで誇り高いものよ（Love is vain and proud）」（*P* 37）というルーシィの台詞中に見出せる。さらに作者は、ピエールが自分の「墓石」（*P* 133, 135）にしたいと思った巨大なメムノンの石にまつわる話の中で、その石に刻まれている謎のイニシャルの意味を問う少年ピエールに対して、親戚の老人が「伝道の書」の文言に目を通しながらそのイニシャルは「賢者ソロモン」を表していると答えたという回想談を語ることによって、

「すべて空なり」というソロモンおよび作者自身の人生観と世界観を暗示しているのである。

6-1-1　ルーシィ――天上的な無垢と「超人的な愛」

「二十歳そこそこ」のピエールに対して「十七歳そこそこ」（*P* 56）のルーシィ・タータンは、朝の光あふれる物語冒頭から終結の暗闇迫る牢獄内での死に至るまで、一貫して純真無垢そのものの体現者となっており、青と白が彼女の天上性を表す色として使用されている。

メルヴィルの女性描写の源泉は処女作『タイピー』での褐色の肌と黒い髪に青い眼をもつポリネシアの娘ファヤウェイと第二作『オムー』の最後の方で白い子馬に乗って登場する「若く美しい英国人女性」（*O* 295）のベル夫人にある。語り手である独身青年メルヴィルは、ベル夫人を「ポリネシアで私が目にした中で最も美しい白人女性」（*O* 296）と評し「彼女のあの目、あのモスローズ色の頬、鞍上のあの聖なるたたずまいゆえに、私はベル夫人を生涯忘れないだろう」（*O* 296）と、若く美しい女性に対する憧憬を語っている。続いて、彼が結婚直後に移り住んだマンハッタンの住居で書いた『マーディ』で探求の対象となるイラーは「長い金髪［中略］雪のように白い肌、青い空色の眼」（*M* 136）をもち、「朝の光の輝きよりも美しい」（*M* 142）白人のブロンドの娘として設定されたが、ルーシィは外見的にはイラーの再来、内面的にはイラーの進化形となっている。

ルーシィという登場人物の存在理由と存在意義を解釈するにあたって重要な鍵となるのが、青と白の色である。まず青を見てみよう。『モービィ・ディック』では、白い鯨との三日間におよぶ格闘が始まる日の描写で語り手は、青い空と青い海が水平線で交わるさまを花嫁と花婿が結ばれるさまに喩えて、「男性的な海」（*MD* 542）に対する青い空を「美しい娘の額のような天」（*MD* 543）と比喩的に言い表していた。『ピエール』では、第二書のピエールとルーシィが丘陵へ馬車でドライブに出かける場面で、語り手はルーシィを淡青色の天空に結びつけて

「不思議なほどに色白の顔と青い目に金色の髪をした明るいブロンドのルーシィは天と調和する色の服を身につけていた。淡い青はきみの永遠の色だ、ルーシィ。淡い青がきみに一番似合う」(P 33) と語り、続く第三書では、ピエールの大好きな苺をもって来たルーシィが夕陽を浴びながら帰って行く姿を見て「ぼくは重い大地に属し、彼女は空気のような光に属す。実に、結婚とは不信心な行為だ!」(P 58) とピエールは考える。これらの描写と叙述を総合して判断すると、花嫁イコール青い天空という天上的イメージをメルヴィルがルーシィに投射していることが歴然とする。

次に白であるが、イラーの場合と同様に、白イコール天上的な無垢と純潔というイメージをメルヴィルはルーシィに付与している。彼に苺を買って来たいきさつを打ち明けるルーシィに対してピエールは「この上なく天上的な無垢だ［中略］純潔しか見せるものをもたぬ花は素直に開く」(P 57) と言い、語り手は、夕陽に照らされて輝く彼女の顔色を「バラ色の雪のよう」と形容し、その姿全体に「この世のものと思えぬ儚《はかな》さ」(P 58) が感じられると語る。メルヴィルが白イコール純潔と認識しているさまは、自分の社会的幸福を放棄してイザベルを救うことを決意し実行に移し始めたピエールの蒼白な顔を見てイザベルが「愛は［中略］冷たくて、栄光は白いの？あなたの頬は雪のように白いわよ、ピエール」と問いかけるのに対して、ピエールが「そのはずだ。神かけてぼくは純潔だと信じているのだから」(P 191) と返答するやりとりの中にはっきりと見てとることができる。

白はまた、死をも意味し、別の女性と結婚したことをピエールから告げられて昏倒したルーシィの住まいを、語り手は「しっかりと閉じられた白いカーテン、深い静けさに包まれた白い家、そして門の前につながれた白い乗用馬」(P 186) というように白一色で塗りつぶして死のイメージを与えているが、ルーシィの白は第一義的には天上的な無垢と純潔を表象している。

メルヴィルはルーシィの天上性ないし非地上性を「超人的」という言葉を使用することによって鮮明化し、先鋭化している。第二十三書に現れるルーシィからの手紙は、彼女の「超人的な愛」(P 311) を伝えるものとなっており、その趣旨は――「超人的で天使のような」（P 309）行為をしているピエールを私は信じ、私の「超人的な務め」（P 310）で応じたい。「あなたは私の母であり、私の兄と弟であり、私にとっての全世界、全天空、全宇宙です。あなたは私のピエールです」（P 311）。だから、私はピエールたちの傍で暮らし、ピエールたちを守りたい――というものである。そして、ピエールたちの住まいにやって来たルーシィは「超自然的な白さが頬に輝いていた」（P 328）のであり「不死の愛」（P 329）に支えられていたと語り手は語る。

ルーシィはパンフレット“EI”で言われているクロノメトリカルで天上的な指針に従って行動しており、ピエールが亡き父に対して抱いていたかつての心像、すなわち「汚点や曇りのない雪白で静謐な、ピエールの大好きな、人間の完全な善と美徳の化身」（P 68）という心像は、作品全体を通して、終始一貫してルーシィにあてはまるものとなっている。

6－1－2　イザベル――性的魅力と嫉妬心

イザベル・バンフォードは『マーディ』のホーシャの延長線上にある女性像で、ホーシャがイラーの対極的存在であったように、無垢で天上的なルーシィに対してイザベルは、謎めかし多少神秘化されているが、女の性的側面を表し、情欲を喚起する地上の女性として、また女のプライドと嫉妬心を発現する生身の地上的存在として描かれている。

彼女を表象する色は黒である。彼女の像はまず「暗い目をし、艶やかで、懇願するように哀しげな顔」（P 37）として作品に登場するが、慈善裁縫会でピエールが初めてその顔を見た時の彼女は「暗いオリーブ色の頬」（P 46）の下の首元まで黒い服に身を包んでいて、その顔は「彼を魅惑した」（P 49）のであった。作品全体を通して、イザベル像の描出は彼女の目と長い黒髪に特化されており、最終的に「漆黒の蔓」（P 362）のような髪に彼女の全存在が収斂《しゅうれん》される。

イザベルはまず初めに、女として、ピエールを性的に魅了したことが暗示されている。彼女の顔を見て「ある種の不健康さ」（P 53）が彼の中に生まれ、何日も何日もピエールがその顔を思い出しては悶々としたことを語ることによって、語り手メルヴィルは、彼女が異母姉であることを知らされる以前の段階で、ピエールが男として、女であるイザベルに性的に魅かれたことを示唆している。彼女の黒髪と大きな目がピエールの心に火をつけたことを語り手は「時折［中略］悲しげな長い黒髪が彼の魂に垂れ落ち、えもいわれぬ哀愁を漂わせた。愛らしさと苦悩であふれんばかりの大きな両目が彼を見つめ、狙った彼の心に魔法の光線を集束し、そこに不可思議な火をつけた」（P 53-4）と語っている。語り手はまた、イザベルの魅力を「並はずれた肉体的磁性」（P 151）と表現し、一言も言葉を交わすことなく肉体的に性的にピエールが彼女に魅きつけられたことを暗示している。

ギターを弾くイザベルの「髪の屍衣にくるまれた姿態（hair-shrouded form）」（P 126）という描写は、最終場面でピエールの体をおおう彼女の漆黒の髪がもつ意味の表層部、つまり屍衣としての意味の先駆けとなっている。物語は、牢獄内の床に服毒自殺して横たわるピエールの体に、彼の後を追って自分も毒を飲んだイザベルがおおいかぶさる情景で終わる――「彼女の全身が傾いて、ピエールの心臓部に倒れ落ちた。彼女の長い髪が彼の体をおおい、彼の姿は漆黒の蔓におおわれたあずまやと化した」（P 362）と。ピエールの心と体をおおうイザベルの髪は屍衣のようで、その黒い色は人の心の暗く悲しい側面の表象と解釈できよう。その側面にあるものとしてこの作品で描かれているものは、すでに言及した人間の情欲に加えて、プライドと嫉妬心であり、「悲哀の都市」（P 168）を舞台とする物語後半では、現世での見返りなしにピエールとイザベルに尽くそうとするルーシィに対して、イザベルが女のプライドからの対抗心と嫉妬心をあらわにする情景が展開される。

6-2　第三のテーマ――嫉妬心

『ピエール』はメルヴィルの著作中、最も難解で、『マーディ』、『モービィ・ディック』、『信用詐欺師』以上に正当な分析と解釈が困難な作品だと筆者は判断する。なぜなら、この作品には複数の層があり、第一の層、つまりメインテーマは「真理の道化」対「美徳の便宜主義」であるが、その下の第二の層に天上の愛と地上の愛の対置という副次的テーマが流れており、さらに、その愛をめぐる副テーマから派生して描出される嫉妬心がこの作品の第三の層の第三のテーマとなって、物語結末で「漆黒の蔓」に隠喩化されているからである。しかも、この嫉妬という最終テーマは、メインテーマの一翼を担うご都合主義のグレンにも連結されており、グレンのピエールに対するルーシィがらみの嫉妬心とイザベルのルーシィに対する嫉妬心、およびイザベルのピエールに対する独占欲の描出によって例証されている。

ピエールの心境と生き方に関わる『ハムレット』の引喩と併せて、この嫉妬心に関しても、メルヴィルにとって超えられるべき存在だったシェイクスピアの作品の引喩が見受けられる。イザベルの幼少の頃の記憶に残っている「なつかない猫の緑色のにらみつける目と蛇のようなシューという声音」（*P* 123）という比喩的表現中に使用されている「緑色」の引喩、そして少年時代のピエールとグレンおよび他の少年との間の友愛感情の三角関係から発生する「オセロのそれに似た感情」（*P* 217）という引喩は、読者に「それ［嫉妬］は緑色の目をした化け物です」（*Othello*, 3.3）というイアーゴの台詞を思い起こさせるべく作品内に配置されたものである。

メルヴィルは、フォールスグレイヴ牧師とピエールの幼友だちミルソープを除く主要登場人物全員が程度の差はあれ発現する嫉妬心を、ピエール、ルーシィ、母メアリ、イザベル、そして、いとこグレンの順に叙述し描出している。そしてピエール、ルーシィ、および母メアリの嫉妬心に関する語りは、イザベルとグレンが発現する化け物のような嫉妬心への導入のようなものとなっている。順を追って、以下に検証してみよう。

作品中に現れる嫉妬心に関する最初の叙述は、ピエールのそれについてであり、息子ピエールは、不凋花《ふちょうか》、アマランスのように若さと美を保つ母メアリに求婚しかねないほどの「美青年たちの熱烈すぎる賛美に言いようのないわずらわしさを感じ、時には嫉妬でわれを忘れそうにさえなった」（P5）と語り手は語る。

次に作者はルーシィに無害でいたいけな嫉妬心ないし独占欲を吐露させている。ピエールが慈善裁縫会で見た「暗い目をし、艶やかで、懇願するように哀しげな顔」についてピエールと会話した後、ルーシィは涙しながらこう言う――「私には秘密をすべて打ち明けてほしい。愛は空《くう》なるもの、見栄っ張りで誇り高いものよ。通りを歩いていてあなたのお友だちに会った時に私は笑いながら心の内で〝あの人たちは彼を知らないわ――私だけが私のピエールを知っているのよ〟と思っていなくてはならないの」（P37）と。これに対してピエールが、彼女にすべてを打ち明けることを拒み、彼女のいじらしい嫉妬心と独占欲を邪悪な心理として拒絶すると、ルーシィは「ピエール、あなたのためなら私の身は千々に引き裂かれてもいいわ。たとえ私が北極の氷原で凍死しても、私の胸の内にあなたをかくまって、温め続けるわ」（P38）と母性的独占愛と母性的犠牲愛を言葉にする。

母メアリに関しては、亡夫の結婚前の肖像画に対する彼女の「本能的な嫌悪」（P85）の奥には嫉妬心が隠れていると語り手は分析する。つまり「女性の女性らしさなるもの、繊細な嫉妬心あるいは潔癖症的な虚栄心とでも呼ぶべきもの」（P82）ゆえに母メアリは、結婚前の夫が彼女の知らない他の女性に向けていた眼差しを描いた絵を嫌っているのであろうと。

そして作者はイザベル登場後、嫉妬という言葉をあからさまに使用することなしに、子供の頃のイザベルが周囲から敵意と嫉妬をあらわに示された記憶を「なつかない猫の緑色のにらみつける目と蛇のようなシューという声音」という比喩的表現に集約して語る。

以上が田舎を舞台とする物語前半部における嫉妬心に関する記述と描出であり、ここまでの段階では読者は嫉妬なる人間心理がこの作品のテーマのひとつになっているとは認識できない。しかし、作品前半の嫉妬心への言及は、後半での出来事と事件のいわば伏線となっており、後半に入ると嫉妬心が、ピエールに対するグレンの言動とルーシィに対するイザベルの言動のいずれにおいても、因果関係の因として前面に押し出される。都会への旅の途中でピエールが読むパンフレット"EI"に続く物語後半の最初の書に作者はピエールのいとこグレンを忽然と登場させて、ピエールに対するグレンの嫉妬心と憎悪の芽について語り、最終的に嫉妬心と憎悪が動因となって二人は激突する。さらに後半部で作者は、イザベルの嫉妬をあらわにした言動を最終場面を含む複数場面で描出することによって、人間心理に潜むゴルゴンもしくはクラーケンのような嫉妬心をこの作品の最終テーマおよび最深テーマとして、そして人間心理探究のひとつの結論として前面に押し出している。作品最後の「おまえたちは彼を知らない！」（*P* 362）というイザベルの台詞に続いてピエールの心と身体をおおう彼女の漆黒の髪の情景が、その嫉妬心を隠喩的に、しかしはっきりと語っている。

では、グレンの嫉妬心とイザベルの嫉妬心の表出を具体的に検証してみよう。グレンの嫉妬心に関しては、まず、少年時代のピエールとグレンおよび他の少年との間の友愛感情の三角関係から生じる嫉妬感情が「オセロのそれに似た感情」として語られ、次に、成人後のピエールに対するルーシィをめぐってのグレンの嫉妬が語られる。グレンはかつてルーシィにふられて傷心を癒すためにヨーロッパへ渡ったが、今や、ピエールに代わってサドル・メドウズの館と地所を相続して再びルーシィに求婚しており、ピエールの「かつての恋敵」グレンは、今では「冷酷にせせら笑う敵」（*P* 287）と化している。ピエールに対するグレンの嫉妬心について作者は、「恋愛事で嫉妬は毒蛇のようなもの」であり、ルーシィが再びグレンをはねつけて元使徒教会敷地内の貧しいアパートメントに住むピエールのもとに来たことによって「グレンの嫉妬の毒蛇は倍増した」（*P* 336）と語る。そして、公衆の面前でグレンに頬を鞭打たれたピエールがグレンを射殺するという結末に至る。

グレンの嫉妬だけでも充分にひとつのテーマを構成しうるが、イザベルの嫉妬はグレン以上にもっと手の込んだ陰険な様相を呈して表出される。イザベルが嫉妬をあらわにする最初の場面は、ルーシィの手紙を読んだピエールが「彼女が来て、ぼくらと生涯一緒に暮らす」（P 312）とイザベルに伝えた時で、イザベルは「その女性を指す語〔中略〕その彼女！　その彼女って！」（P 312-3）とヒステリックに聞き返す。彼女を来させるなと言い、彼女のことを詳しく知りたがるイザベルを、ピエールは「姉の嫉妬はやめてほしい」（P 313）と言ってなだめようとするが、イザベルは、ルーシィは善き天使で、自分は目も髪も頬も暗い悪しき天使だと、自分も青い目で金髪の善き天使に生まれてきたかったと言う。最終的にこの場面では、ピエールはルーシィの手紙をイザベルに読ませないために隣室のストーブに投じて焼却し、イザベルは「悪しき天使が善き天使に仕えるのだわ〔中略〕勘違いしないで。私に対する彼女の思いやりよりも彼女に対する私の思いやりが勝るでしょう」（P 315）と言って、ルーシィと張り合う気持を吐露する。

ルーシィのために用意され整えられた部屋の中でピエール、イザベル、デリィが彼女の到着を待っている朝の場面で、三人が交わす暖房についてのやりとりの中でも作者はイザベルの女の嫉妬心とプライドを見え隠れさせている。イザベルが「この部屋にはストーブがないわ。彼女はとても寒い思いをするでしょう。パイプをこちらに引き込めないかしら？」（P 322）と言って、ピエールを必要以上にじっと見つめる。ピエールは、イザベルの部屋に引かれているその暖房用パイプは動かさないと返答し、デリィに向かって「ぼくの妻から奪うというのか、デリィ？　たとえ、献身的この上ない真心そのもののいとこのためとはいえ？」（P 323）と聞く。デリィが「いいえ、とんでもございませんわ！」とヒステリックに答えると、「勝ち誇る炎がイザベルの目に輝いた。豊かな胸を大きくそらせたが、彼女は黙っていた」（P 323）とイザベルの姿が描写される。この場面で作者は、イザベルがピエールの気持を試し、ルーシィよりも自分のほうが大切にされ優先されることを確認して、女としてのプライドの充足を感じるさまを描出している。

ルーシィが元使徒教会併設のアパートメントに来てピエールたちと一緒に住むようになってまもなく、彼女に対する嫉妬心と対抗心をイザベルが狂ったようにあらわにする場面が描かれる。まず、ルーシィがクレヨンで肖像画を描いてパン代を稼ぐ意向をピエールとイザベルに伝えた直後、ピエールと二人きりになったイザベルがルーシィへの「新たな非常に強い感情」（P 332）と対抗心をあらわにしながらピエールの傍らに迫ると、彼が自分から少し身を引いたのを見たイザベルは、姉が弟に近づきすぎるというのなら、自分は服毒して死ぬ用意があると身振りで示唆してから、「私は本当にばかだった［中略］けど、彼女に先を越させない！　ピエール、何とかして私はあなたのために働かなくてはならない！　見て、この髪を売るわ。歯を抜いてもらうわ。何とかしてあなたのためにお金を稼ぐ！」（P 333）と言う。この場面でイザベルは、パン代を稼ぎたいというルーシィの申し出によってと同時に、イザベルと身体的に接触したり抱き合ったりする姿をルーシィの目にさらさないようにと気遣うピエールの言動によって、二重に深く傷つく。イザベルをなだめようとするピエールがイザベルの強さと美しさを美辞麗句でほめたたえると、「彼女［ルーシィ］にこんなふうに話さなかったでしょうね！」とイザベルは嫉妬心をむき出しにしながら、自分はギターを教えてパン代を稼ぐ意思を表して、「肖像画描きのお客たちを連れてくる前に、音楽教師の生徒たちを見つけてきて」（P 334）と言う。ギターから適当に音を出すだけで弾き方など知らないイザベルをピエールが抱きしめようとすると、イザベルは蛇のように計算して動いてルーシィの部屋のドアの前まで後ずさりし、ピエールがイザベルを抱きしめた瞬間にそのドアを開けて、ピエールがイザベルを抱擁しているさまをルーシィに見せつける――「座っているルーシィの眼前に、ピエールとイザベルはからみ合って立ち、ピエールの唇は彼女の頬に押し付けられていた」（P 334）。まるでイザベルは、ほらね、私のほうが愛されているのよ、私のほうが女として優れているのよ、ピエールは私のものよ、私の勝ちよと言っているかのようである。ピエールとの抱擁をルーシィに見せつけるに至るまでのこの場面の出来事は、ルーシィの申し出によって、人として、女として、またピエールの名目上の妻としてのプライドを深く傷つけられたイザベルが、ピエールへの献身的愛情の示し合いとピエールからの愛情の奪い合いを、ルーシィとの間で一方的に演じているさまを描いている。

イザベルがルーシィに対する嫉妬と対抗心をむき出しにする場面は、作品最終書での物語の結末一歩手前でも描写される。ピエールが根を詰めて書いている本をイザベルは「悪い本」（P 348）と呼び、一方、ルーシィは「イザベルと私は、あなたの原稿を書き写して清書するだけでなく、原稿書きそのものも手伝うわ」（P 349）と言う。ルーシィのこの申し出に対してピエールが「これは自分の決闘のようなもので、介添人は禁止だ」（P 349）と返答すると、彼女はピエールを憧れの眼差しで見つめる。すると、イザベルはピエールの傍に身を寄せて彼の手をとり、「あなたのためなら私はめくらになるわ、ピエール。さあ、この両目をえぐり出して眼鏡として使って」と言って、「彼女は、一瞬だが奇妙な、傲然と挑むような目でルーシィを見た」（P 349）と作者はこの場の情景を語ることにより、ルーシィに対するイザベルの対抗心と嫉妬心の発現を描き出す。その後、三人で散歩に出て、画廊に立ち寄った後、湾内を往復する船に乗ると、イザベルは北大西洋へ出る海に飛びこんで死のうとし、ルーシィとピエールが彼女を引き戻してなだめても、「イザベルはルーシィに深い不信の目を、ピエールには深い非難の目を向けていた」（P 355）と作者は語り、イザベルのひがみと嫉妬心の根深さを描出する。

物語の最終場面で、牢獄内に横たわるピエールの遺体におおいかぶさる直前にイザベルが言う「おまえたちは彼を知らない！」という作品最後の台詞は、物語開始直後の丘陵デート場面で、隠しごとをせずに秘密をすべて打ち明けてほしいとピエールに語りかけるルーシィの「あの人たちは彼を知らないわ――私だけが私のピエールを知っているのよ」という台詞をこだましている。作者は、嫉妬心と独占欲を如実に表すこの台詞を発してピエールにおおいかぶさるイザベルの黒髪の「漆黒の蔓」のような情景を嫉妬心のメタファーに化して物語を締めくくっている。

この作品は、無垢な青年が冷酷な世間の現実に開眼し、同時に、人間の心の奥に潜む情欲と嫉妬に開眼する物語である。メルヴィルは、意識下の深層心理の領域に潜む嫉妬心、それも情欲に裏打ちされた、情欲と表裏一体の嫉妬心を、ピエールの恋敵グレンとピエールの名目上の妻イザベルの言動を通して物語化した。『ピエール』執筆開始時に彼がホーソーン宛ての手紙に書いた「クラーケンなるもの」とは、深海の底に棲むダイオウイカのように人の心の内奥に潜むこの嫉妬心のことであり、メルヴィルはそれを「漆黒の蔓」に隠喩化して『ピエール』を締めくくった。

メルヴィルはこの嫉妬（jealousy）ないし妬み（envy）なる負の情動に終生こだわっていたと推察される。なぜなら、遺作『水兵ビリィ・バッド』で彼は、ビリィを陥れようとするクラガートの言動の動機を掘り下げる叙述中でクラガートのビリィに対する「妬みと反感」について語り、「妬みというのは［中略］それほどの化け物なのか？」（*BB* 77）と問いながら、若くハンサムで誰からも好かれるビリィ、金髪碧眼で純真無垢なビリィに対するクラガートの猜忌《さいき》心を分析しているからである。メルヴィルの作品中で猜忌の念を抱きかつ発現するさまを描かれる主要登場人物は、レッドバーンに対するジャクソン、ルーシィに対するイザベル、そしてビリィに対するクラガートの三人がいるが、ピエールをめぐる悪しき天使イザベルの善き天使ルーシィに対するそれが最も詳細かつ克明に描き出されている。

IV　メムノンの石

7　メムノンの石――メムノン＝ハムレット＝ピエールの石

メルヴィルは作品前半で一度だけ、やや平べったい卵、あるいは目、または石化した鯨のようにも見える巨石を登場させているが、一体この石は何か？　彼は、主人公ピエールが少年時代にこの巨石を発見してメムノンの石と名付けたという設定にしているが、なぜメルヴィルはこの石をメムノンの石と命名したのか？　メムノンという人的比喩にどのような意味があるのか？

メルヴィルがメムノンを引き合いに出したのは、ピエールの体現するHamletismを時空を越えて普遍化するためだと考えられる。古代エジプトのメムノンおよびメムノンの巨像にまつわる伝説中に「古代世界のHamletism、三千年前のHamletismの具現を見出す」（P 135）と語り手に直截に語らせているように、メルヴィルは「高邁な精神で戦うが常に破滅する性《さが》」（P 136）の最古の先例を、すなわち、ハムレットのプロトタイプをメムノンに見出したのである。三千年前のメムノン、西洋近代のハムレット、そしてピエールはいずれも自分よりはるかに強大な敵と戦って死に至る。したがってメムノンの石は、表象的にはメムノン＝ハムレット＝ピエールの石であり、キリスト教社会の道徳的便宜主義という偽善と単身戦って死したピエールを表象する石である。(9)

7－1　ジャグラーとしてのピエールとメルヴィル

読者はどのようにメムノンの石、すなわち、ピエールの石をとらえ、解釈すべきか？　作者の立場に立って言い換えれば、メルヴィルはどういう意図でこの石を設定し、どのような意味をこの石に込めたか？　これらの疑問に対する答を出すためには、読者は、メルヴィルが作品中に点在させた巧妙な暗示、およびヒントとなる微妙な状況証拠を的確に把握しなければならないが、そのためには、まず、彼が非常に巧妙かつ微妙な書き方をする、ある意味で「ジャグラー」のような作家であったことを知っておく必要がある。

メルヴィルは海図もなく目的地も定めずに作品を書き進めた作家ではない。彼は、事前にマスタープランを立て、緻密に計算しつつ大胆に書いた人間である。用意周到に計算された言動をする彼の性向は、『マーディ』の主人公タジが相棒のヤールと一緒に得体の知れぬ漂流船パーキ号に乗り込んで船内を捜索する際、ヤールがその音を聞いたと断言する霊などいないと否定しつつも、それを確かめるために自分がマスト上にのぼることは拒否して、自分の身の安全を慎重に確保する場面や、『ホワイト・ジャケット』で白ジャケットを甲板上の競売に出した際に、付け値を叫ぶサクラを用意し、自分は甲板下に潜んで聞いているさま、あるいは『モービィ・ディック』でイシュメイルが潮吹亭の食堂の窓下の壁際に長椅子を並べてベッド代わりにしようとして、椅子の長さや幅や高さを計測したりするシーンに如実に現れている。また、ほとんどのメルヴィル評者が気づかないままに誤解釈しているが、『信用詐欺師』はエイプリル・フールの一日の間の出来事の物語ではなく、正確には、最終章から二つ手前の四十三章で詐欺師が床屋から出て来た後の真夜中十二時でエイプリル・フールズ・デイは終了し、深夜十二時以降の紳士用キャビンでの詐欺師の最後の言動は、嘘偽りではなくて、彼の真意を、最終的な本音を表すものとして読者に提示されている。このようにメルヴィルは非常に巧妙に細かく計算して作品を書いていることを読者は認識する必要がある。

『ピエール』には、作者の計算が手にとるように分かる一例として、「巻物」というキーワードの使用がある。第二十三書で、イザベルにその中身を読ませないようにするべく、ルーシィからの手紙をピエールが暖炉に投げ入れて焼却した際、作者はイザベルの台詞を通して「それ［彼女の手紙］は［中略］巻物として天に昇ったわ！それは再び現れるでしょう」（*P* 315）と言い、そして最終の第二十六書でイザベルとともに牢獄内のピエールに会いに来たルーシィが「巻物のように縮んで、音もなくピエールの足元に落ちた」（*P* 360）と語ることによって、比喩としての「巻物」を再登場させている。このようにしてメルヴィルは、人物としてのルーシィが死すとも、彼女の手紙の文言は天上的愛を語るものとして残ることを「巻物」という比喩を使用して表現している。

メルヴィルはこの作品で主人公ピエールを指して「ジャグラー」もしくは「詐欺師」という呼称を複数回使用しているが、これは、いわれなき誹謗中傷として発されているものではなく、部分的真実を言い表している。メルヴィルは、まず、作品冒頭部のピエールとルーシィが丘陵ドライブに出発する場面でピエールの曲芸師のような一面を描出し、ピエールは二頭の馬の脚の間に自分の身を隠す曲芸めいた行為をルーシィに見せる。「ジャグラー」という語はこの場面では使用されていないが、この曲芸めいた行為はピエールによる最初のジャグリングとして読者に提示されている。

「ジャグラー」というキーワードが最初に使われるのは、イザベルの出現によって発生した対立し矛盾し合う問題の解決策をいわば「ジャグラー」のように案出したピエールについて、語り手が「ルーシィに関する限り、彼は心の底では、まだジャグラーだった」（*P* 181）と語る時であり、その時のピエールはルーシィを問題解決のための計算式における記号のひとつのようにしか考えておらず、彼女を生身の女性として認識していなかったと語り手は言う。それは、ピエールが自分の心の底にあるルーシィへの心情に目をつぶり、自分の真情をごまかし、自分自身をだましていたことを意味する。

ピエール自身も都会に来て三日目の夕に「ジャグラー」という語を口にする。不義の子イザベルに対する世間の冷たい対応姿勢を知り、さらには都会の悪徳と悪行を目の当たりにして現実に開眼したピエールは、田舎で育った世間知らずの自分がかつて書いて素晴らしき作品と思っていたものが無価値なくずにすぎないことを認識し、「なんと嫌らしいジャグラーであり、詐欺師であることか、人間とは！」（P 272）と言う。

さらに、ピエールたちと一緒に暮らすためにピエールの所にやって来た妹ルーシィを取り戻そうとする兄フレデリックはピエールを「貴様、呪われしジャグラーめ」（P 325）と言って糾弾する。事実、ピエールという登場人物は自己の行動心理の認識の仕方において「ジャグラー」である。彼は自分の行動の動機のすべてを明確には認識しておらず、本音と建前が渾然一体となったままの心的状態で、自分と自分の周囲の人間たちをごまかしてきた。父の不義の子イザベルの幸福と社会正義という大義のために、婚約者ルーシィを犠牲にし、母からは勘当されて田舎を去るピエールの行動の真の動機と目的は、必ずしも大義の実現だけにあるのではない。彼の心はルーシィを愛しながらも、彼の心身はイザベルの強烈な性的魅力に引かれ、イザベルへの情欲が彼の意識下で彼を動かしていたが、彼は自分の心理の底に潜んでいる性的動因をはっきりと認めようとはせず、自分を抑制し、ごまかし、自分に嘘をついてきた。そしてルーシィには、彼が何らかの非利己的な動機と目的のために自己犠牲的行為をしていると思い込ませることになった。だから、ピエールの妻と思っていたイザベルが牢獄でピエールに「私の弟よ！」（P 360）と呼びかけるのを聞いて、ルーシィはショック死するのである。妹ルーシィの亡骸を抱きかかえる兄フレッドが瀕死のピエールに対して言う「貴様というジャグラーのライフルがこの天上の鳥を撃ち落としたのだ！」（P 362）という弾劾の台詞は、決して真実を逸脱した大げさな劇的比喩ではなくて、一面の真実を伝えている。

登場人物としてのピエールがジャグラーであると言うより、作者メルヴィルがジャグラーであると言う方が、より適切で真実に近い。なぜなら、この作品の終局間近で出版社はピエールに手紙を送り、彼を「詐欺師

（swindler）」と呼び、「通俗小説を書くという口実の下で」実際には「瀆神《とくしん》の狂想本」（*P* 356）を書いていると非難するが、こういうことを作品内に書いた後でメルヴィルは、『ピエール』の校正刷りを出版者ベントリィに送る際、手紙（一八五二年四月十六日付）に「私の新作は、これまでの私の著作について言うなら、まったく新しい情景と人物を扱っていて、疑問の余地のない斬新性をもっており、貴殿が出版されたこれまでの私のどの本よりも大衆受けするようによく計算されています――通常のロマンスで、神秘的なプロットが展開され、激烈な情熱が動いています[10]」などと書いているからである。彼は一体どういうつもりでこんなことを書いたのだろうか？　確かに、アメリカ北東部の地上を舞台に、女性たちを登場させる作品の創作は、それまで南海の島々と船と海を舞台に書いてきたメルヴィルにとっては斬新なことであった。しかし、この作品は「通常のロマンス」と言えるであろうか？　メルヴィル自身にしても、これを普通の恋愛小説とは少しも思っていなかったであろう。にもかかわらず「通常のロマンス」などと言い、しかも「大衆受けするようによく計算されている」などと、一体どういうつもりで書いたのか？　これらの文言はユーモアか皮肉のつもりか？　彼は出版者と大衆をおちょくり、愚弄しきっていたのか？　いずれにせよ、ひとつだけはっきりしていることは、メルヴィルが「よく計算」してこの作品を書いたということである。ただ、その計算は大衆受けと通俗性を追求しての計算ではなく、逆に、世間の読者を困惑させ、まごつかせ、はねつけ、そしてこの作品を理解できないようにするための計算であったとしか思えない。したがって、この作品最後の「すべて終わった。そしておまえたちは彼を知らない！」（*P* 362）というイザベルの嫉妬心と独占欲が発する台詞は、作者がイザベルの口を通して世間の読者に向けて発しているようにも思えてならない。

もちろん誰にでも分かるレベルの計算された言葉遣いもあり、例えば、作品最終場面の真っ暗な牢獄内でルーシィの兄フレッドが「つまずいた！［中略］ルーシィ！　光！　光を！　ルーシィ！」（*P* 361）と叫ぶが、作者はこの台詞によって読者に、ルーシィという名が「光」を意味することを改めて想い起こさせると同時に、さらに

「つまずく」というキーワードを通して読者に、村人たちにとっては「巨大なつまずきの石にすぎない」(*P* 132)メムノンの石を連想させながら、語源的にピエールは「石」を意味することをほのめかしているようである。こうしたワンクッションを置いた暗示の提示の仕方、つまりストレートにヒントを出すのではなく、ヒントのヒントを示すという書き方も、当然、彼の計算の内に入っていたと考えられる。

結論として言えることは、メルヴィルは、作家としても生活人としても鳩のように純真で蛇のように狡猾な側面をもっていたということ、つまり、牧師フォールスグレイヴが胸に付けていた「蛇と鳩の寓意的合体が描かれているカメオのブローチ」(*P* 102)を、作家自身もその胸に付けていたということである。

7-2　石に込められた意味

メムノンの石も、メルヴィルは「よく計算」して創作している。読者は、まず、この石のあり方、外観と形状、そして大きさに注目しながら、なぜ作者はそのように設定したのかを考える必要がある。そうすることによって初めて、作者がこの石に込めた意味を理解することができる。

この石に関する作者の何気ない描写、「納屋ほどに巨大なすべすべした岩の塊で、地面から水平に遊離した状態にあり、しかもブナやクリの木々が石全体におおいかぶさっていた」(*P* 131)という描写中に、石化した鯨の姿形、どっちつかずの "If" の平衡状態、そして、死して伏す純真無垢なピエールの魂という象徴的意味合いが集約されている。以下に検証してみよう。

7-2-1　イノセンスの墓石として

まず、この石のあり方を見よう。メルヴィルはこの石の描出においても、「すべての深遠な物事と情動」（*P* 204）の先導者ないし同行者である「沈黙」というキーワードを使用しながら、この「物言わぬ巨塊」（*P* 134）をピエールが住む館近くの森の奥深くに、「深い森の沈黙がもつ深遠な意味の只中に」（*P* 133）横たえている。そして「沈黙」に随伴されたこの石には深い意味が込められていることを示唆している。

この石には「ブナやクリの木々が石全体におおいかぶさって」いて、そのありようは、物語最終場面でイザベルの「漆黒の蔓」のような長い黒髪におおわれて横たわる死せるピエールの心と体の情景に様態的に似ている。このようなありようで永遠の沈黙の中に存在しているメムノンの石は、「侮蔑にみちた純真さ」（*P* 362）をその唇に宿すピエールの墓石であり、作者の死せる純真な魂の表象として意図されているものであり、またそう解釈されるべきであろう。作品の最後でピエールが服毒自殺したことは、ピエールに姿態化された作者の純真な魂が自死したことを含意している。なぜなら、ピエールは、彼が都会へ向かう馬車の中で予感した「最後の罪」（*P* 206）を最終的に犯したと、すなわち『マーディ』でババランジャの口を通して作者が言っていた、「最も恐ろしい罪」とされる身体的自殺以上に恐ろしい罪である「魂の自殺者」（*M* 426）になるという罪を最終的に犯したと解釈できるからである。

こうした含意は初めから作者の計算の内に入っており、作者は語り手の口を通して、ピエールがこの巨石を自分の「墓石」（*P* 133, 135）にしたいと思っていたことに二度までも言及し、そしてこの石には「ノアの洪水以前の時代の可愛い少年の死を悼み嘆き悲しむ声が宿っているように思えた」（*P* 134）と、ピエールをアベルに比して語ることによって、純真なピエールの墓石としての含意を読者にはっきりと暗示している。したがってメムノンの石は、まず第一に、作者が自らの純真無垢な魂の死を悼み、イノセンスの喪失を嘆く墓標としての意味をもつ。

7-2-2 "EI" のメタファーとして

次に、この石の外観と形状に注目して見てみると、この石とパンフレット"EI"(ギリシア語でIf)との間の強い連関が判明する。石の外観と形状について作者は「長く伸ばされた卵のような形」(P 132)と言い表しているが、その形状は二次元的には目のそれにも酷似しており、パンフレットのタイトル"EI"がもつ複数の含意の内のひとつであるドイツ語の卵、そしてその発音から英語の目(eye)を連想させる。

石と"EI"の連関をどうとらえるべきか? 実際には作者は"EI"という多義を注入した表現を最初にこしらえ、それからパンフレット"EI"とメムノンの石とを創作したのだろう。しかし、読む側としては、物語の進行順序に従って、作者は卵(ei)と目(eye)の形状に似たメムノンの石を創作した後に、その石に準拠してパンフレット"EI"を書いたととらえるべきなのかもしれない。その方が、メムノンの石とパンフレット"EI"の連関がもつ意味をドラマチックに解釈できるからである。

パンフレット"EI"結尾の「悪徳のきわみは悲しみのきわみ」という文言はこの作品の結末を暗示しており、この文言に続く「さらに、もし――(Moreover: if―)」という表現の直後の「ここでパンフレットはちぎられて、じつに汚く終わっていた」(P 215)という一文はこの物語の終わり方にあてはまる。ただし、"if―"の後でパンフレットはちぎられ、曖昧で意味不明なままに終わっているが、『ピエール』という作品をひとつの完結した虚構世界として見る時、"if―"の続きはメムノンの石の下の"if"の後に埋もれていると解釈すべきなのではなかろうか? つまり、ピエールがメムノンの石の下に這い入って口にした八つの"if"に続く文言が、パンフレット"EI"の「さらに、もし――」の後に続く言葉としてとらえられるべきなのではなかろうか? 読む側のそうした見方が作者の意図したところのように思われる。いずれにせよ、メムノンの石とパンフレット"EI"の連関において明言できることは、石は“EI”のメタファーだということ、石の外観と形状が暗示する卵（ei）や目（eye）という見かけの表面的意味での“EI”ではなく、“EI”の核心的意味である“if”のメタファーだということである。

では、メムノンの石の下でピエールが言うif節の文言を振り返って見てみよう。ピエールはイザベルとの第一回面談後に、イザベルをめぐる思いに耽りながら、彼が「恐怖の石」とも呼ぶメムノンの石と地面の間の隙間に這い入り、“if”を八回連発して石に呼びかけるが、“if”に続く想定内容の大半は、ピエールのイザベルに対する性的欲求と近親性愛《インセスト》にまつわるものである――「もし、おれの中にある開示できない惨めな何かが、男としてのおれの面目をつぶすようなことになるなら、もし、美徳と真実のみにわが身を捧げるとの誓いが、おれを、わなわな震える信用できない奴隷のごとくにするだけなら、もし、この人生が卑屈にちぢこまらずには担えない重荷なら、もし、人間の行動はあらかじめすべて定められていて、われわれはロシアの農奴のように運命に隷属しているのなら、もし、われわれが高貴この上ない努力をしている時に、目に見えぬ悪魔どもが忍び笑いをしているのなら、もし、人生はまやかしの夢で、美徳なるものは、真夜中のワインの楽しみと同様に無意味で祝福されることのないものなら、もし、義務のためにおれが自分を犠牲にしたら、わが母はさらにおれを犠牲にするのなら、もし、義務自体が子供だましのお化けにすぎず、人間にはすべてのことが許されており、すべてが罰せられざるものなら――それなら、汝、物言わぬ巨塊よ、おれの上に落ちろ！」（*P* 134）

この独白に続いてメルヴィルは語り手の口を通して、「石とそれにまつわる彼の若き思い、そして、後にはその下に這い入るという自棄的な行為」には「測り知れないほど大きな意味」があったと述べ、ピエールの「ハムレット的性向」と石の下での彼の独白内容は「予言的で［中略］その後の一連の出来事によって寓意的に実証されたようだった」（*P* 135）と語る。つまり、メムノンの石の下の独白は、主人公ピエールの視点から物語全体を概括していると言えるのである。

個別にif節内の文言を吟味してみよう。最初のif節内の「おれの中にある開示できない惨めな何か」とはピエールの性的欲求を指していると解釈して間違いなかろう。ピエールとイザベルの悲劇的な物語は、田舎育ちの純真な青年ピエールがイザベルに性的に魅かれ、言わば一目惚れしたことにその始まりがある。異母姉を社会的に救済するという大義は建前であり、彼の内に潜む本音は性的魅力をもつイザベルに対する性衝動にある。そのことを作者は、ピエールがイザベルに偽装結婚を申し込む場面で、性衝動を秘めた恋情を暗示する肉体的密着を描き出すことにより巧みに表現している——「震えながら彼は彼女を抱いた。彼女は彼に身を寄せた。彼の口は彼女の耳を濡らし、そのことをささやいた〔中略〕ピエールの顔に、ある恐ろしい自己開示が現れた。彼は燃えるような熱いキスを彼女に何度もし、彼女と手をしっかりと合わせ、彼女の甘美で恐ろしい受身の体を離そうとしなかった〔中略〕二人はぴったりと体を合わせてからみ合ったまま、無言で立っていた」(*P* 192)。この場面の始まりで「震えながら彼女を抱いた」ピエールは、メムノンの石の下の彼の独白の二番目のif節にある「わなわな震える信用できない奴隷」になったと、本能と性衝動の奴隷になったと解釈できる。

六番目のif節の「もし、人生はまやかしの夢で、美徳なるものは、真夜中のワインの楽しみと同様に無意味で祝福されることのないものなら」という想定は、都会に着いて三日目の夜の元使徒教会併設のアパートメントの暗い部屋でのピエールとイザベルの会話に直結する。その場面で二人は一人用簡易ベッドに並んで腰かけ、ピエールはイザベルの体に腕を回して抱きしめるが「彼の体全体が目には見えないながらも震えていた」(*P* 272)のであり、ここでも情欲に囚われて「わなわな震える信用できない奴隷」のようになったピエールは「イザベル！　イザベル！」と低い声でささやき、二人はぴったりと体を寄せ合う。さらに、世間知らずの自分がかつて書いたものが無価値と分かって苦悶するピエールの手を握り締めて「どう？　苦しみは消えたんじゃない？　わが弟よ」と問いかけるイザベルに対してピエールは「けど、その代わりに——が——が、おお神よ、イザベル、手を離してくれ！」と叫んで立ち上がり「天よ〔中略〕もし、普通の人間は決して行かない究極のところまで美徳を追求することが、もし、そうすることによっておれが地獄を手にし、究極の美徳は、とどのつまり、おぞましすぎる悪徳へと導く、裏切りの女衒《ぜげん》にすぎないなら――もしそうなら、石壁よ、おれを閉じ込め、押しつぶし、すべてを深淵の底へ投げ入れよ！」（*P* 273）と言う。さらに続けて「美徳とか悪徳とかは屑だ！」と言うピエールに対して「美徳とは何か」と問うイザベルに、「無は実体のあるもので、一方に影を投げかけ、他方に別の影を投げかける。ひとつの無から投じられる二つの影が美徳と悪徳だとぼくは思う」（*P* 274）とピエールは返答する。これはどういう意味か？　ピエールの美徳と悪徳に関する定義は、ハムレットの言う善と悪の定義に酷似しているのではなかろうか？　ハムレットは、この世界が牢獄かどうかについての廷臣たちとの会話の中で「善いか悪いかは考えかた次第（there is nothing either good or bad, but thinking makes it so）」（*Hamlet* 2.2）と言ったが、「ハムレット的性向」をもつピエールも愛と性的欲求という領域における行為が美徳か悪徳かは見方次第だということを、定義なき実体の投じる二つの影という比喩を使って言い表していると解釈できる。したがって、弟ピエールが異母姉イザベル救済過程で追求した「美徳なるもの」は、近親性愛《インセスト》の発情により「無意味で祝福されることのないもの」となり、「もし、人生はまやかしの夢なら」という想定もこの虚構の物語内で現実化する。だから作者は、暗闇の中でピエールに「ぼくはひとつの無。すべては夢［中略］無からは無しか生じない、イザベル！　どうして人は夢の中で罪を犯せようか？」（*P* 274）と言わせ、ベッドに腰かけて体を寄せ合う二人を沈黙させるのである。

　七番目のif節の「もし、義務のためにおれが自分を犠牲にしたら、わが母はさらにおれを犠牲にするのなら」という想定は、この後の物語の展開で、この文言通りに起きることであり、ピエールがイザベルのために自らの社会的幸福を犠牲にすると、彼の母は彼を勘当し、世襲財産をいとこのグレンに継がせ、自らも急逝する。

　最後の八番目のif節が最重要の想定であり、「もし、義務自体が子供だましのお化けにすぎず、人間にはすべてのことが許されており、すべてが罰せられざるものなら」という文言の前半部分は、義務のためにイザベルを救済するという大義が実体のない建前にすぎないならと言い換えることができるし、後半部分は、ピエールが男として異母姉イザベルを女として愛してもかまわないなら、それは罪ではないのなら、という意味を含んでいる。そして、この後半部分は作品全体から総合的に解釈すると――美徳と悪徳、善行と悪行を区別するオールマイティな基準はない。したがって道徳に絶対的基準と絶対的価値は存在しない。ゆえに、でっち上げられたユダヤ・キリスト教の神なるものは現実には存在せず、人間にはすべてのことが許されている――ということを含意していると解釈できよう。この解釈が妥当であることを間接的に証し立てるものとして、『ピエール』が出版されてから四半世紀後に書かれたドストエフスキィ（Fyodor Dostoyevsky, 1821-1881）の『カラマーゾフの兄弟』（一八八〇）でのイワンの言葉がある――「もし人類が抱く不死の信仰を破壊したら［中略］不道徳なものは何もなくなり、すべてのことが法的に許されるであろう、人食いでさえも」[11]。十九世紀末に向かう時期、ドストエフスキィがイワンに、神と不死への信仰の否定を条件に言わせた文言は、その四半世紀前にメルヴィルがメムノンの石の下でピエールに言わせた台詞を分かりやすくリフレーズしたこだまのように聞こえる。メルヴィルは、石の下でのピエールの独白に続く物語発展過程でピエールにイザベルとの擬似近親性愛《インセスト》を行わせ、最終的には殺人と自殺を遂行させることによって、最後のif節の想定をこの虚構の寓意物語内で現実のものに化した。

　ピエールが神の存在を否定する姿勢は、イザベルを救済しようとする彼が自らをあらゆるものと対等もしくは対等以上の力をもつ存在として認識し、自己膨張する過程で顕現する。自己膨張の開始は、シスターを名乗るイザベルからの手紙を読み、イザベル救済を決意したピエールの精神があらゆるものに対して挑戦的になり、「自らの生の果てしなき拡大」を感じるさまに現れる。そのさまを作者はこう描写している――「彼は部屋の中に居続けられなかった。家が収縮し、ナッツの殻のように彼を包み込んだ。周囲の壁が彼の額にぶち当たった。帽子もかぶらずにその場から彼は飛び出し、無限の大気の中でようやく、自らの生の果てしなき拡大の場を見出した」（*P* 66）。続けて、イザベルとの初めての面談の時が近づくにつれてピエールは「キリストのような気持」（*P* 106）になり、自らを、全宇宙に比し、神と人間の両方に匹敵する存在として認識するまでに膨張し、次のように思考する――「もし、汝ら［目に見えぬ諸力］がおれを見棄てるなら――信仰よさらば、真理よさらば、神よさらば。神と人間から永久に追放されたおれは両者と対等の力をもつと宣言し、夜と昼とに、天界と地界が掌握するすべての思想とあらゆるものに対して自由に戦いを挑む！」（*P* 107）と。そして、イザベルとの第一回面談後に彼はメムノンの石の下で八つの想定を語り、それらの想定が事実なら「おれの上に落ちろ」と、つまり、自分は死んでもかまわない、自分に死と沈黙を与えよと言うが、結局、石が彼の上に落ちることはなく、石の下から立ち上がるピエールの姿を作者は深い含意を込めてこう描出している――「ピエールはゆっくりと這い出て、傲然と立ち上がった。そして何者にも感謝することなく、むっつりと歩を進めた」（*P* 135）。「何者にも感謝することなく」とは、石が彼の上に落ちて来なかったことに対して、幸運にも天にも神にも感謝することなくという意味であり、このフレーズを一見するだけで、ピエールが神の存在をもはや認めていないことが分かる。

7-2-3　「すべて空なり」

メルヴィルは実に「よく計算」して作品を書いている。彼は作品理解のための手がかりを、意図的にせよ非意図的にせよ、他の作品中に書いたりする。メルヴィルの作品ひとつを正当に理解するためには、彼の作品総体を正当に理解する必要があると言って過言ではない。しかも彼が執筆した順に読み進める必要がある。彼を理解するためには、白人キリスト教文明を直截な文言で糾弾する『タイピー』から読み始め、白人キリスト教文明が南海の島々で行った罪業を描く『オムー』、イノセンスを喪失したキリスト教人間世界を否定する『マーディ』、人間世界の悲惨な貧困と死の現実に開眼する『レッドバーン』、白く美化された海軍服に死の表象としての白い鮫のイメージを重ね合わせる『ホワイト・ジャケット』を読解しなければならない。でなければ『モービィ・ディック』の白い鯨に投射された、神を後ろ盾とする白人キリスト教文明の偽善という象徴的意味を正当に解釈することはできないであろう。そして『ピエール』のメムノンの石に込められたもうひとつの意味を理解するためには『モービィ・ディック』を読んでいなければならない。

メムノンの石は「納屋ほどに巨大なすべすべした岩の塊」で全体的にすべすべしていて下部にしわのような割れ目が多数走っているという説明から、その全体像は立体的な姿形としては小型の鯨を連想させる。それは「地面から水平に遊離した状態にあり」、中央部分下の突出部が、地中から突き出た岩の背に乗ってバランスを保っている。片側は大地との間に一インチ未満の空隙、もう一方の側には人ひとりが這い入れるほどのスペースがあり、まるで石化した鯨の置物のように地上にすえられている巨石は「もし私が、あの小さいが高みにある静謐な世界での名声に値することになるなら［中略］私はあらかじめ、その栄誉と光栄をすべて捕鯨に帰しておく」（*MD* 111-2）というイシュメイル＝メルヴィルの予言的言辞を想起させ、『モービィ・ディック』とこの巨石との何らかのつながりを暗示している。

そのつながりの糸口を作者は“S. ye W.”という符号のような文字とピエールの子供時代の逸話を通して提示している。ピエールが、子供の頃のある日、その石をおおう苔を落としてみると“S. ye W.”という謎の文字が石に刻まれているのを発見し、それは「コロンブスによる西半球発見以前の時代」（*P* 133）のものと思えたと語り手は語る。そして、その文字の意味を尋ねる少年ピエールに対して、親戚の老人は「伝道の書」の文言に目を通した後で、刻まれている文字は「賢者ソロモン（Solomon the Wise）」を意味すると答えたという。冗談めかして語られてはいるが、このユーモラスな逸話の奥に作者の真意が秘められており、読む側はここで前作『モービィ・ディック』でのソロモンに関する記述を想い起こす必要がある。イシュメイル＝メルヴィルは「最も真実なる書物はソロモンの書であり、「伝道の書」は鍛え上げられた悲しみの刃金である。〝すべて空なり〟。すべて。この片意地な世界は、キリスト教徒でなかったソロモンの英知をいまだ手に入れていない」（*MD* 424）と語っていた。また、メルヴィルは『モービィ・ディック』を脱稿した頃にホーソーンに宛てた手紙（一八五一年六月一

［?］日付）の中で「ソロモンは最も真実なることを語った人」と書いた。さらに『ピエール』後にも彼は、短編『私とわが煙突』（*I and My Chimney*, 1856）で「私にはソロモン以外に文通相手はいない。心情的には私はソロモンと完全に一致する」（*PT* 368）と語り、『イズリアル・ポッター』では「すべては空で土くれだ」（*IP* 157）とイズリアルの胸の内を語り、最後の長編『信用詐欺師』では、友人からの借金がもとで悲惨な破滅と死に至ったチャイナ・アスターの墓碑銘に「［彼の］人生は、賢者ソロモンの厳粛な人生哲学に見られる聖なる文言が真実であることを証す一例であった」（*CM* 219）と刻んでいる。以上を連結して推断すると、ソロモンが書いたとされる「伝道の書」の中の〝すべて空なり〟（All is vanity）という文言が、メムノンの石に刻み込まれたもうひとつの意味として鮮明に浮き上がって来る。

〝すべて空なり〟という認識を作者は『ピエール』のどこで書いているか？　この作品の始まりと終わりでメルヴィルは、愛を空なるものとしてとらえる認識を言葉にしている。彼は、物語開始直後の丘陵デート場面でルーシィに「愛は空なるもの、見栄っ張りで誇り高いものよ（Love is vain and proud）」（*P* 37）と言わせ、「私には隠し事をしないと誓って」とピエールに迫る彼女の愛に内在する独占欲と嫉妬心をピエールに拒絶させる。そして物語最終場面の牢獄内で「去れ！　善き天使も悪しき天使も！　ピエールは今や中立だ！」（*P* 360）と言って、クロノメトリカルな愛とホロロジカルな愛の両方を、性を伴わない純潔な天上的愛と人間的で地上的な性愛のどちらも拒否するピエールに、愛それ自体をも空なるものとして認識する作者メルヴィルの姿を垣間見ることができる。

〝すべて空なり〟という文言は、愛を含めた人生と世界に対するメルヴィルの認識を語るフレーズであり、そのことは、彼がわざわざ「キリスト教徒でなかった（unchristian）」と形容しているソロモンと同様に、メルヴィルも「キリスト教徒でない」ことを、したがって、キリスト教の神を彼はもたないか、もしくは否定していることを、あるいは、少なくとも彼はキリスト教思想とキリスト教人間社会を是としていないことを示唆している。

8 「アナコンダの巣のようにのたうつ」クラーケン

メルヴィルをアメリカ文学の曽祖父と位置付けたウィリアム・フォークナー（William Faulkner, 1897-1962）は「葛藤する人間の心が抱える問題のみがすぐれた作品を生み出す。なぜなら、それのみが書くに値するものであり、苦しみと汗に値するものだからである」[13]と言ったが、メルヴィルの第七作『ピエール』こそは「葛藤する人間の心が抱える問題」を集約的に描出した作品と言える。メルヴィルはピエールに「ハムレット的性向」を付与したが、ピエールが問題視するのは、イザベル救済を実行するにあたっての己の社会的な「生か死か」の選択ではなく、ピエールと世間、あるいは、ピエールともうひとりの自分であるグレンとの間で表面化する真実対現実の葛藤であり、元使徒教会の暗い部屋で交わされるピエールとイザベルの会話に現出する美徳と悪徳の認識の葛藤であり、ルーシィとイザベルの間の天上的愛と地上的愛の葛藤である。

ただ、ピエール＝メルヴィルはそうした葛藤ないし相克を事細かに説明したり、あるいは、その狭間で優柔不断に悩んだりはしない。夕闇の中でイザベルと抱き合い、手を握り合って、自分の内にある本能的性衝動をはっきりと自覚したピエールは「人間の道徳的完成という究極の理念は的外れだ。半神は屑を踏みしだく。美徳とか悪徳とかは屑だ！」（*P* 273）と結論付ける。そして最後には、世間の価値体系を体現するグレンを射殺することによって象徴的に世間を糾弾し否定した後、「去れ！　善き天使も悪しき天使も！　ピエールは今や中立だ！」と全否定することにより、善と悪の認識の葛藤、および天上的愛と地上的愛の葛藤に対して一刀両断の裁きを下す。

メルヴィルがこの作品で描出し例証した「葛藤する人間の心が抱える問題」は、しかし、彼の作品創作過程でのいわば芸術的副産物で、彼の書く目的は、あくまで、自分を含めた人間がかぶっている仮面もしくは兜を打ち抜き、人間の心の深奥に潜む真実を追究することにあった。彼がこの作品で追究したものは何か？　隠喩的に言えば、それはクラーケンである。メルヴィルは『モービィ・ディック』出版直後にホーソーンに宛てた手紙（一八五一年十一月十七［?］日付）で「リヴァイアサンが最大の魚ではない。私はクラーケンなるものを聞いたことがある」[14]と書いて、次の作品での新たな追究対象を暗示したが、白い鯨に続く追究対象として彼が設定したクラーケンとは一体何だったか？

『ピエール』には「クラーケンなるもの」は実体としても比喩としても一度も登場しない。しかし前作『モービィ・ディック』でイシュメイルは、クラーケンと呼ばれる化け物の正体はマッコウクジラが捕食する深海のダイオウイカであると語り、海面に浮上したその姿を「数えきれないような長い腕が中心部から放射状に伸び、アナコンダの巣のようにのたうち、くねっていた」（*MD* 276）と描出した。クラーケンの姿態を描くこの「アナコンダの巣のよう」という直喩が、『ピエール』でメルヴィルが追究した「クラーケンなるもの」の正体を明らかにする鍵である。

『ピエール』にクラーケンという呼称は一度も使われないが、その代わりに、ゴルゴンが隠喩として三回登場する。最初は、慈善裁縫会でピエールを魅了した「その［イザベルの］顔の恐ろしさはゴルゴンのそれではなかった」（*P* 49）というナレーション中に、次は「おれはおまえの兜を打ち抜き、おまえの顔を見てやる、たとえゴルゴンであっても！」（*P* 66）というピエールの心中の独白に、そして三回目はピエールの蒼白な顔を見たイザベルの「わたしの顔はゴルゴンの顔なの？」（*P* 189）という問いかけに。メルヴィルはゴルゴンとだけしか書いていないが、彼が「アナコンダの巣のようにのたうつ」クラーケンのイメージを、蛇の巣のような頭髪をもつゴルゴンのそれに変態させて『ピエール』に登場させたことが容易に見てとれる。

蛇は『ピエール』を理解するためのキーワードのひとつである。蛇は何を意味するか？『レッドバーン』では、メルヴィルは、人間と人間世界を憎悪するジャクソンの目を蛇の目に比し、「彼の蛇のような目が赤い眼窩の中でぐるぐると動いた」（*R* 275）とか「彼の青い眼窩は蛇の巣窟のようだった」（*R* 295）と語った。ジャクソンの目の中の蛇は、善悪を知る木の実をイヴとアダムに食べさせて人間を開眼させた園の蛇であり、彼は、人間と人間世界の冷酷で邪悪な真実をえぐり出し、世間知らずの無知な「私」にそれを見せつけた、いわば園の蛇のような存在であった。これに対して『ピエール』の作品前半に登場する蛇が象徴する概念は多重で、狡知、非人間性、高慢、嫉妬、憎悪、責苦、死の象徴としてその姿を見せるが、作品後半に現れる蛇はもっぱら嫉妬の象徴と化している。以下にそれを検証してみよう。

蛇は『ピエール』の前半で三回、後半に一回登場する。前半一回目は「蛇のように賢く鳩のように無害であたりさわりのない」（*Mt.* 10:16）対応をするフォールスグレイヴ牧師が胸に付けている「蛇と鳩の寓意的合体が描かれているカメオのブローチ」（*P* 102）に彫られている狡智にたけた蛇。二回目は、イザベルが語る少女時代の記憶に残る蛇で、彼女は蛇を稲妻とともに「おぞましく不可解な非人間性」（*P* 122）の象徴としてとらえる。そして彼女に向けられた「なつかない猫の緑色のにらみつける目と蛇のようなシューという声音」（*P* 123）は「緑色の目をした嫉妬」（*Mer.* 5.3.2）を連想させる。三回目は、ルーシィ以外の女性と結婚したことを報告しに館内の階段を昇って行くピエールが階段を降りて来る母メアリと出くわす踊り場の壁龕に置かれた「神殿を穢すラオコーンと彼の二人の罪なき子供たちが蛇にからみつかれて永劫の責苦に身もだえする」（*P* 184-5）ラオコーン群像の蛇で、破滅と死をもたらす二匹の蛇は母メアリと世間の高慢さを表す。

ピエールの母メアリは、自分自身で言うように「強くて高慢な女」（*P* 195）で、イザベルと同様に『マーディ』のホーシャの流れをくむ人物である。彼女は「女性の通常の虚栄心以上の虚栄心をもつ」（*P* 15）五十歳近い女性に設定され、虚栄心と高慢さの代表のように描かれている。語り手は、天使のようなルーシィと対置して母メアリを世俗的で地上的な存在として語る――「彼女は本質的にルーシィの対極にいる人間だった［中略］天使のような性《さが》に卑俗な活力はない。そして活力を発現させるものは往々にして、男の場合でも女の場合でも、基本的に野心以外の何ものでもなく、この特性は全く地上的なものであり、天使的なものではない」（P 59）と。そして、自分の生まれ、富、純潔などに対する「母の測り知れぬほどに巨大なプライド」ゆえに、母がイザベルをグレンディニング家の娘として、またピエールの姉として認知することはないと確信する時、ピエールは自らを「母ハガルに付き添われずに砂漠へ追放された幼いイシュメイルのように」（P 89）感じるが、同時に、母の高慢さは母自身のせいではなく、「限りなき高慢さがまず母をこしらえ、その後、高慢な世間がさらに彼女を形成し、最後に高慢な儀礼的しきたりが仕上げを施した」とピエールは認識し、「心なき、プライド高く、氷で鍍金され し世間」（P 90）を憎悪する。したがって母メアリは世間の高慢さを代表的に体現している存在で、ラオコーンはピエールの父を、二人の子供はイザベルとピエールを指し、三人にからみついて責苦を与える二匹の大蛇は母メアリと世間の高慢さを象徴する。

メルヴィル評者のひとりは「物語結末で死す三人の恋人たちの暗澹《あんたん》たる情景は、物語前半で象徴的に使用されたラオコーン群像、破壊の意志をもつ蛇たちにからみつかれた呪われし人物群を想起させる⑮」と述べて、ピエール、ルーシィ、イザベルの三人をラオコーン群像に重ね合わせている。階段踊り場でピエールが母と出くわす場面に限定して見れば、ラオコーン群像の三人は父とその二人の子であるピエールとイザベルを指すととらえるのが自然で順当な解釈と考えられるが、局所的なコンテクストを超越して物語全体を俯瞰する視点から解釈するなら、右記のように重ね合わせる見方も可能である。もしこのような見方で解釈するなら、ラオコーン群像は主人公ピエールの葛藤の象徴となり、蛇は葛藤の責苦の象徴となる。

このように作品前半に現れる蛇は多重な意味の象徴体である。これに対して、作品後半に登場する蛇は嫉妬心の化身となっており、作者はピエールに対するグレンの嫉妬心を毒蛇に喩えて「恋愛事で嫉妬は毒蛇のようなもの」と言い、ルーシィが再度グレンの求愛をはねつけて元使徒教会敷地内の貧しいアパートメントに住むピエールのもとに来たことによって「グレンの嫉妬の毒蛇は倍増した」（*P* 336）と語る。

メルヴィルが『ピエール』で追究した対象は、嫉妬の化身となった蛇を頭髪にもつゴルゴンに変容したクラーケンであった。『モービィ・ディック』で海面に浮上したクラーケンの「数えきれないような長い腕が中心部から放射状に伸び、アナコンダの巣のようにのたうち、くねっていた」さまは、様態的に『ピエール』最終場面で「漆黒の蔓」のようにピエールの心と体をおおうイザベルの長い黒髪に酷似している。「漆黒の蔓」は、ゴルゴンの蛇の頭髪の変異体であり、クラーケンの「アナコンダの巣のよう」な「数えきれないような長い腕」の変異体である。

作品の最終フレーズとなっている「漆黒の蔓」というメタファーが嫉妬心を含意していることは、ピエールの遺体におおいかぶさる直前にイザベルが発する「おまえたちは彼を知らない！」という作品最後の台詞からも推断できる。なぜなら、この台詞は、物語開始直後の丘陵デート場面で、隠し事をせずに秘密をすべて打ち明けてほしいとピエールに語りかけるルーシィの「あの人たちは彼を知らないわ――私だけが私のピエールを知っているのよ」という台詞をこだまのように反響しているからである。独占欲と嫉妬心に根差すこの台詞を最後に発したイザベルの長い黒髪が「漆黒の蔓」のようにピエールの心身をおおう情景で幕を閉じるこの作品にはカタルシスも救いもなく、黒々とした嫉妬心が滓《おり》のように残る。

メルヴィルは、『ピエール』創作開始時にホーソーン宛ての手紙で触れた「クラーケンなるもの」を作品中のゴルゴンに変容させ、ゴルゴンというメタファーに、人間の心の底に潜む「緑色の目をした化け物」（*Oth.* 3.3）のような嫉妬心、それも情欲に裏打ちされて情欲と表裏一体となった嫉妬心を内包させ、その嫉妬心を彼は、もうひとりの自分であるグレンの心の奥に、そしてルーシィとピエールに対するイザベルの言動の背後に追究し、そのありようを「漆黒の蔓」に形象化し、隠喩化して、追究を締めくくったのである。

ピッツフィールド、ポントゥサック湖近くのバランス・ロックと著者。
メムノンの石のモデルになったと思われる。

第八章　『幸福な失敗』と『フィドル弾き』

——凡庸と幸福——

マンハッタン南端、バッテリー・パークに面するパール・ストリート６番地。
メルヴィル生誕地のプレート。

1　『ピエール』後に

メルヴィルの書く目的は、あくまで、自分を含めた人間がかぶっている偽善的仮面ないしは兜を打ち抜いて人間の心の深奥に潜む真実を追究し、そして、その真実を人間社会に対して開示することにあった。この真実探究精神は、南太平洋での白人と白人文明の所業を糾弾した処女作『タイピー』に始まる彼の全作品を貫いており、「真理の道化」のようなピエールの生き方を描いた第七作『ピエール』では、人の心の奥底に潜む嫉妬を掘り下げ、隠喩的にそれを、ホーソーンに宛てた手紙では「クラーケン」と、作品中ではゴルゴンと呼んだ。『ピエール』が世間で酷評を受けた後、メルヴィルは、人間不信およびキリスト教に対する不信と否定を最終結論とする最後の長編『信用詐欺師』（一八五七）を執筆するまでの約四年の間に、当時の二つの人気文学雑誌向けに十五本の中短編フィクションを書き、内一誌には『イズリアル・ポッター』（一八五五）を連載した。この他、『ギー族』（*The 'Gees*, 1856）というタイトルで、ポルトガル人服役囚とアフリカ北西部の黒人の混血で、背が低く、サルみたいで、金銭ではなくて堅パン目当てに捕鯨船に乗り組んで働く連中のプロフィールを紹介しているが、これはフィクションの部類には入らない。

本稿では、『ピエール』の出版と『信用詐欺師』の執筆との間に書かれたメルヴィルの中短編群中に見られる『ピエール』の名残もしくは残滓と言ってよいような描出を検証しつつ、『ピエール』が商業上、そして文学的評価という点でも失敗したという事実を前提にして書かれたと考えられる二つの短編『幸福な失敗――ハドソン川の物語』（*Happy Failure. A Story of the River Hudson*, 1854）と『フィドル弾き』（*The Fiddler*, 1854）を論考する。そして、十九世紀中葉のアメリカの文学誌の読者層を形成していた当時の中流階級の人々を対象に、まさに信用詐欺師演じる仮面劇のごとく、さまざまな仮面と装いを身につけて、教訓めいたことや建前などを語るメルヴィルの本音を探りたい。

2 『ピエール』の名残——『代書人バートルビィ』と『ピアザ』

『ピエール』の名残もしくは残滓とでも言うべき描出が、『ピエール』出版後にメルヴィルが連続的に書いた十五本の中短編中の最初の一編『代書人バートルビィ——ウォール・ストリート物語』(*Bartleby, the Scrivener. A Story of Wall-Street*, 1853)と最後の一編『ピアザ』(*The Piazza*, 1856)の中に見受けられる。『代書人バートルビィ』は不思議な作品である。まず、青年バートルビィの行動が奇異で、彼は壁に向かって立ち尽くしたり、階段の手すりの上に乗っかったりと、まるで何かの「霊(ghost)」(*PT* 38)であるかのように描出されている。実際、壁に対面し続けて死に至るバートルビィの内的姿勢はエイハブやピエールの探究姿勢と軌を一にするものであり、作者はバートルビィを、作者の真実探究精神の化身であるエイハブとピエールの「霊」のようなものとして描いたと解釈して的外れでなかろう。

バートルビィがかつて勤めていた中央郵便局の部署で取り扱っていた「配達不能郵便物(Dead Letters)」(*PT* 45)とは、世間の読者に理解されて受け入れられることのなかった作品群、『マーディ』、『モービィ・ディック』や『ピエール』を指す隠喩であり、バートルビィが対面し続けるロウアー・マンハッタンの「窓のない壁(dead-wall)」(*PT* 31, 37, 44)と、最終的には刑務所の中庭で額をそれに押し付けて死ぬ「冷たい石」(*PT* 44)の

「壁」は、ピエールを取り囲む世間の、つまり、キリスト教社会の冷たい「石壁」（*P* 337）と同一のものであり、さらにそれは、「壁を突き破る以外にどうやって囚人は外へ出られようか？　私にとっては白鯨がその壁だ」（*MD* 164）と言うエイハブにとっての「壁」、すなわち、神を後ろ盾とするキリスト教文明社会の偽善を象徴的に意味する白鯨という「壁」とも同一である。メルヴィルは『モービィ・ディック』でエイハブの口を通して「最終的には、出口なき、行き止まりの、死んだ盲の壁が、探究する頭にぶつかる」（*MD* 521）と語っていたが、『ピエール』では独房の天井の石壁がピエールの額にくっつきそうになるほどまでに接近し、『代書人バートルビィ』ではついにバートルビィの額が刑務所の塀の石壁に突き当たる。

そもそも代書人というバートルビィの肩書き自体が意味深長で、彼は、作者メルヴィルに乗り移って作者の真実探究を代書する存在のようなものとして設定されているようだが、この短編自体の中ではバートルビィは、何かをしないことを一途に偏執的に求めるのみで、特に何かを積極的に追求することはなく、形としてはエイハブやピエールの名残を留めてはいるが、実質は熱情的探究の残滓である。

『ピエール』の名残は最後の一編『ピアザ』の「メムノンのように」（*PT* 12）という直喩にも見られる。この短編でメルヴィルは、『ピエール』前半部の田舎の舞台描写のベースとしたピッツフィールドの自宅およびその北方の山々を写実的に描出しており、『ピエール』ではピエールの住む館近くの森の奥深くにメムノンの石を設定したが、この短編では「私」の家の北側にこしらえたピアザ（＝ヴェランダ）から望むグレイロック山の左方の山間部に、日の出とともに金色に輝き、ヒバリの鳴き声が「メムノンのように」調べを奏でる地点を妖精の住む所として描出している。

このように、『代書人バートルビィ』と『ピアザ』に見られるものは、『ピエール』で描出された濃厚で濃密な実体の名残ないし残滓のようなものである。これに対して、凡庸と幸福をテーマとする『幸福な失敗』と『フィドル弾き』の二編は、以下に考察するように、『ピエール』が受けた世間からの無理解と酷評に対する作者のシニカルな反応を行間に潜めている。

3　真の幹――凡庸と幸福

メルヴィルの長編は、彼が『マーディ』で「多義」（*M* 357）の隠喩として、真の幹と見紛う多数の大枝が地中に突き刺さっているさまを描いたバニヤンツリーの巨木のようなものだが、中短編は、バニヤンツリーであることに変わりはないものの、当然のことながらスケールの小さい木である。したがって、作品の中核的意味を形成する真の幹と見紛う大枝の数も少ないが、しかし同時に、真の幹を選別し特定するためのデータも少なくて、メルヴィルの真意がどこにあるかを推量することはできても、確たる証拠によってその所在を突き止めることは難しい。したがって私たち読者は、語り手と登場人物たちの言動という情況証拠のみを手がかりに、作者の真意を推断し洞察しなければならない。

長編にせよ短編にせよフィクションを読む際、批評家や研究者を含めて、読者一般は、語り手を含めた登場人物たちをそれぞれ別個の独立した人格をもつ個々人としてとらえながら鑑賞するのが普通であろう。しかし、少なくともメルヴィルの場合には、語り手をはじめとする登場人物たちはメルヴィル自身の何らかの視点と心理の代弁者となっているので、彼らの言動を個別に分析し解釈すると同時に、彼らの視点と心理を統合し、バニヤンツリーのようなひとつの総体として把握し解釈しないと真の幹を見誤る可能性がある。『信用詐欺師』の場合、その副題『彼の仮面劇（*His Masquerade*）』が暗示しているように、登場人物たちの言動は、エイプリル・フールズ・デイ終了直後のコスモポリタンのそれを除いて、すべて作者の仮面的パーソナリティから出る言動、いわば

〝ぶり〟である。語り手または主人公の言動を表面的にのみとらえて作品を解釈してしまうと、作者の真意をくみとることができず、読者に対する作者のメッセージを誤読してしまう恐れがある。『幸福な失敗』を解釈するためのキーワードは「名声（fame）」（*PT* 258）、「栄光（glory）」（*PT* 256）、「失敗（failure）」（*PT* 260-1）と「幸福（happiness）」（*PT* 260）であり、『フィドル弾き』を解読するためのキーワードは「名声（fame）」（*PT* 262, 267）、「道化（clown）」（*PT* 262-4）、「神童（prodigy）」（*PT* 265）、「天才（genius）」（*PT* 265）と「幸福（happiness）」（*PT* 263）である。

両作品に共通するキーワードは「名声」と「幸福」で、そこには、「名声」とは無縁の人並み、平凡、中庸こそが「幸福」であるという認識が一般読者向けのメッセージとしてすり込まれているが、そのメッセージの背後には、幸福であるためには「名声」なき凡庸な人間でなければならないというシニカルな認識が隠れている。平凡であることに対する肯定的見方と否定的見方の両方を合わせもつ二重構造の認識が両作品の真の幹を形成しており、『幸福な失敗』の「私のおじさん」と『フィドル弾き』のオウボイの生き方はこの認識の具象化である。

では、以下に二作品を個別に分析し解釈する。

3－1　『幸福な失敗』

登場人物は、語り手の「私」、そして主役の「私のおじさん」と彼の召使で黒人の「忠実な老ヨーピィ」（*PT* 260）の三人で、プロットは――三人が、「私のおじさん」が十年かけて考案した装置をボートに積み込み、ハドソン川の流れに逆らってボートを漕いで十マイル上流にあるクウォッシュ島まで運び、そこで秘密裡に試運転をしようとするが、まったく作動せず、失敗に終わる。「私のおじさん」は失敗したことにより本来の自分に戻り、失敗によって「善き老人」（*PT* 260）となった彼は、失敗したことをよきことと思い、神を讃える――というものである。

少年として設定されている「私」は、距離を置いてプロットとテーマを見つめる作者の客観的で冷静な視点を保持し、何らかの意見表明をしたり主張をしたりしても、最終的には、もっぱら「私のおじさん」の言うことを聞き、一連の流れを傍観する受身的な役に徹していて、「私のおじさん」の言動が具現する凡庸と幸福というテーマに直接関わることはない。

3－1－1　「アナコンダと毒蛇」――『ピエール』の中身

この作品を真に理解するためには、まず、「私のおじさん」の発明品である「水パイプ式静水調整装置（Hydraulic-Hydrostatic Apparatus）」（*PT* 255）に対して「私」が三回も使用する「アナコンダと毒蛇（anacondas and adders）」（*PT* 258-9）という比喩の意味を理解しなければならない。「私」は、さまざまなパイプ類がからみ合いもつれ合うようにして組み立てられている装置を「それはアナコンダと毒蛇の巨大な巣のように見えた」（*PT* 258）と言い表し、装置の入っている箱を「とぐろを巻いたアナコンダと毒蛇が横たわる箱」と形容し、「私のおじさん」が作動しなかった装置を破壊するさまを「彼はアナコンダと毒蛇をことごとくその箱の中から抜きとって捨てた」（*PT* 259）と描出する。

アナコンダは悲運の使いの象徴、毒蛇は嫉妬の象徴であり、「私のおじさん」が考案したこの装置は『ピエール』を暗示しているが、そのことを理解できるためには読者は少なくとも『モービィ・ディック』と『ピエール』を注意深く読んでいなければならない。なぜなら、メルヴィルは『モービィ・ディック』で、伝説のクラーケンと呼ばれるダイオウイカが海面に浮上しているさまを「数えきれないような長い腕が中心部から放射状に伸び、アナコンダの巣のようにのたうち、くねっていた」（*MD* 276）と描出し、ホーソーン宛ての手紙（一八五一年十一月十七［?］日付）で『ピエール』での追求対象を「クラーケン」と呼び、そして「アナコンダの巣のようにのたうつ」クラーケンのイメージを、蛇の巣のような頭髪をもつゴルゴンのそれに変容させて『ピエール』に登場させたからである。メルヴィルは『ピエール』前半部に、二匹の大蛇にからみつかれたラオコーン群像を象徴的に登場させているが、一八五〇年代末に行った講演『ローマの彫像群』（*Statues in Roma*）中では「ラオコーン群像は人間の悲劇的側面を表し、人間の悲運の象徴である」（*PT* 404）と述べている。また『ピエール』後半部では、ピエールに対するグレンの嫉妬心を毒蛇に喩えて「恋愛事で嫉妬は毒蛇のようなもの」（*P* 336）と語っている。したがって、大蛇もしくはアナコンダは悲運の使いの象徴、毒蛇は嫉妬の象徴であり、この装置が収められている「悲しみにみちた箱（woeful box）」（*PT* 260）は『ピエール』という書を指す。

アナコンダの比喩は『エンカンターダ諸島――魔法にかけられし島々』（*The Encantadas, or Enchanted Isles*, 1854）でも使われている。船を脱走してフード島にひとり、隠者のように住みついている人間嫌いの白人ヨーロッパ人が、人間と人間性に対する復讐から、島に上陸して来た船員たちを奴隷と化し、自らは「領主アナコンダ（Lord Anaconda）」（*PT* 166）となって君臨する。メルヴィルは『レッドバーン』で、ジャクソンの目を蛇の目に比し「彼の青い眼窩は蛇の巣窟のようだった」（*R* 295）と描出したが、「領主アナコンダ」は、人間と人間世界の冷酷な実態と邪悪な真実をえぐり出して人間と人間世界を憎悪するジャクソンと同種の存在である。

3-1-2　ロバ――道化のような「私のおじさん」

『ピエール』には、「美徳の便宜主義」を処世術として提唱するプリンリモンの顔が、自らの社会的安定と幸福を犠牲にして真実と美徳を追求するピエールに向かって「むだ！　むだ！　むだだ！［中略］愚か者！　愚か者！　愚か者め！［中略］ロバ！　ロバ！　とんまめが！（Vain! vain! vain!.. Fool! fool! fool!.. *Ass! ass! ass!*）」（*P* 293）と言っているように思える場面が出てくる。プリンリモンが実際にそう言っているわけではなく、プリンリモンの人生哲学に触れたことを契機に、ピエールが人間社会一般の基準で自らと自らの行動を客観的に見つめ直し、世間に逆らって行動する自分はバカな道化でロバみたいだと感じる場面である。

『幸福な失敗』には愚か者とか道化といった言葉は使用されておらず、ロバ（ass）という語もストレートには出て来ないが、イソップ寓話への言及を通してロバ（ass）の概念が暗示される。装置の実験に失敗した後、ヨーピィが「旦那様は十年という長い時を経て、またもとの旦那様に戻りなすった（Yoo is yourself agin in de ten long'ear.）」と言うと、「私のおじさん」は「そう、充分長い耳［中略］イソップの耳だ（Ay, long ears enough... Esopian ears.）」（*PT* 260）というふうに、「年（years）」と「耳（ears）」の語呂合わせで応じて、十年もの長い間、自分は長い耳のロバを演じていたという自嘲的な認識を言葉にする。実際、極秘装置の「実験」（*PT* 255）を人に見られないようにと異常に警戒し、遠くの「白い枯れ枝」（*PT* 257）をスパイの少年と思い込んだりする「私のおじさん」の台詞と振る舞いは道化のそれのようで、挙句の果てに装置の実験に見事に失敗する彼の言動は、まさに道化のようなおかしさと愚かしさに満ちている。

「十年という長い時」は『タイピー』を書き始めてからこの短編を書くまでの間の時の経過に相当する。「栄光」（*PT* 256）と「名声」（*PT* 258）を求めて十年かけて創出した、沼沢地を農地に変える革新的装置の実験に失敗した、まるでロバのような「私のおじさん」は、革新的創作『ピエール』を世に出して失敗した作者自身の戯画として描かれたものと解釈できる。

3－1－3　「失敗」——世の流れに逆らって

問題は、失敗したことの意味である。「失敗」が「私のおじさん」に「幸福」をもたらしたとすれば、「幸福」

とは一体何か？　「幸福」の条件とは何か？

十年かけて創作した品が失敗に終わった直後、「私のおじさん」は「生ある限り今後は絶望がある」（*PT* 259）とうめいたが、「栄光」と「名声」の望みが粉砕されたクウォッシュ島を離れ、世の流れを象徴するハドソン川の流れに乗って下り始めると落ち着きを取り戻し、「幸福――それ以外のものを創出しようなどと決して思うな」（*PT* 260）と「私」に言う。さらに「失敗してよかった［中略］失敗は私を善き老人にしてくれた［中略］失敗ゆえに神を讃えよ！」（*PT* 260）と言って失敗した現実を受容する。失敗したことにより、謙虚で「善き老人」になった「私のおじさん」は、これまで自分が求めていた「栄光」を神に帰す。そして数年後、「私のおじさん」が息を引き取った際には、「失敗ゆえに神を讃えよ！」という「彼の深甚な熱い叫び声」（*PT* 261）が再び「私」の心の耳に響いて物語は終わるが、この声を、このフレーズを作者メルヴィル自身のものとして額面どおりに受け取ってよいのだろうか？

否、メルヴィルは『マーディ』で普通の人間から半神タジとなり、『モービィ・ディック』では出航時に操舵手バルキントンに化身して、死後のバルキントン＝自分の「神格化（apotheosis）」（*MD* 107）を謳い、『ピエール』では作者の真実探究情熱の化身であるピエールが、自らを神と人間の両方に匹敵する存在として認識するまでに膨張し、「信仰よさらば、真理よさらば、神よさらば。神と人間から永久に追放されたおれは両者と対等の力をもつと宣言する」（*P* 107）と思考した。さらに、『幸福な失敗』執筆から三年後に著した最後の長編『信用詐欺師』の最終章では、すべての仮面を外したコスモポリタンが、船内の天井のランプを完全に吹き消すことによって、ランプが象徴する旧約の神と新約の神とキリスト教という宗教を全面否定している。したがって、「私のおじさん」の「失敗ゆえに神を讃えよ！」という叫び声を作者メルヴィルの本音として聞くことはできない。

しかもメルヴィルは岳父に宛てた手紙（一八四九年十月六日付）に、『レッドバーン』と『ホワイト・ジャケット』を「金銭のために」書いたが「私個人としては、そして実入りを別にして言えば、〝失敗〟作と言われる類いの本を書きたいというのが私の真摯な気持です」⑴と書いていた。メルヴィルは『ピエール』が失敗することを予期し、知っていた。なぜなら、彼が書きたかったものは、彼を取り巻く当時の白人至上の独善的で偽善的なキリスト教社会体制に対する糾弾だったからである。だから彼の著作が糾弾の対象たる世間に受け入れられずに失敗しても当然のことであり、予期したとおり失敗したからといって、「私のおじさん」のように絶望のあまり卒倒したり、あるいは失敗を喜んで神に感謝し、神を讃えたりする言動に論理的整合性は見出せない。

読者は、作者がつける仮面とその背後にある本物の顔、いわば表の顔と裏の顔、建前と本音を識別しなければならない。『モービィ・ディック』の偽善的白人キリスト教文明を糾弾するエイハブの影としてのフェダラー、『ピエール』では、「美徳の便宜主義」を身につけ、ピエールに嫉妬するいとこグレン、そして『信用詐欺師』でエイプリル・フールの四月一日が終了した直後の真夜中零時過ぎに姿を見せてキリスト教を象徴するランプを吹き消すコスモポリタンが、作者の本当の顔であり、裏の顔であり、本音を述べている。これらの長編で作者は、最終的には仮面や兜の背後にある本物の顔を読者の前にさらし、作者の本音である人間不信とキリスト教不信を比喩的に開示しているが、『ピエール』と『信用詐欺師』の間で当時のアメリカの中流階級向け文学誌用に書いた中短編群では、仮面をかぶったままの表の顔で、建前や教訓的言辞、世間の標準的発想と模範的見解を語っている。

『幸福な失敗』では、『ピエール』という野心的失敗作を世に出した作者が、世間の平凡な人間のひとりとしての「私のおじさん」に扮装し、「名声」と「栄光」を手に入れようとして、まるでイソップ寓話に登場するライオンの皮を身にまとったロバみたいな行動を演じ、⑵その愚行に失敗して身のほどを知り、世間に喜んで受け入れられる類いの模範的キリスト教徒の姿勢を最後に表明する。「失敗ゆえに神を讃えよ！」という「私のおじさん」の「深甚な熱い叫び声」は、ロバのように愚かで凡庸な人々へのメッセージとして発せられている。〃ロバは雄々しいライオンのふりをしても無駄であり、「名声」と「栄光」は凡俗な人間たちのためにあるのではなく神のためにある。凡庸な人間は「名声」と「栄光」を求めず、「幸福――それ以外のものを創出しようなどと決して思うな」。失敗は幸福な凡人であることの証明だ〃というメッセージとして。

創作品の実験を秘密裡に行うためにわざわざ十マイルも上流へと、世の流れを象徴するハドソン川の流れに逆らって「私」たちがボートを漕いでいた際に、「私のおじさん」は「栄光は、流れに逆らって一所懸命に漕がなければ手に入らない〔中略〕自然な流れとして人間一般は、世の流れとともに忘却の彼方へと下って行く」（*PT* 256）と言う。そして彼のこの言葉を「私」は、実験失敗後にハドソン川の流れに乗って下流へと向かいながら思い出し、「一般大衆は世の流れとともに完全に忘れ去られる」（*PT* 260）ことを思う。「名声」と「栄光」を求めて川の流れに逆らって失敗した後、川の流れとともに無名の凡夫として下るという象徴的行動の帰結として作者は、世の流れに乗って下る凡庸さを最終的によしとして甘受する「私のおじさん」の諦観と、そこから人生の教訓を汲みとるナイーブな少年の「私」の姿を一般読者向けに提示し、「ハドソン川の物語」という副題を付けられたこの短編を締めくくっている。

3－2　『フィドル弾き』

この作品は「私の詩は酷評された。不滅の名声は私には無縁だ！　私は永久に無名だ。耐えがたき宿命！／私は帽子をひっつかみ、批評を下に叩きつけて、ブロードウェイに飛び出た」（*PT* 262）という「私」の怒りのナレーションで始まり、ブロードウェイで旧友スタンダードに出くわし、彼に紹介されたオウボイと三人でサーカスの道化を見て楽しんだ後、オウボイのアパートメントで彼のフィドル演奏を聴いて感動し、「翌日私は原稿をすべて破き、フィドルを買って、オウボイのレッスンを受けに行った」（*PT* 267）というナレーションで終わる。

登場人物は『幸福な失敗』と同様に三人だが、『幸福な失敗』では主役の「私のおじさん」の言動が作品のテーマのほとんどすべてを語り、他の二人は脇役、端役的存在にすぎなかったのに対して、『フィドル弾き』の三人はそれぞれがこの作品のテーマに深く緊密に関わる言動をしており、三人の内の誰一人が欠けてもこの作品は成立しない。したがって、三人の登場人物を中心にすえて個別に解釈しながら作品全体の解釈を行う必要がある。

3-2-1 「私」――「野心的な夢想家」

「私」ヘルムストーン(Helmstone)は「野心的な夢想家」(*PT* 265)である。その名は字義的には〝舵取りの石〟または〝兜の石〟を意味し、〝舵取りの石〟ならピークォド号出航時の舵手バルキントンを、〝兜の石〟ならピエールの墓石であり兜であるメムノンの石を連想させる。多義を好むメルヴィルのことだから、おそらく両方を含意しているのであろうが、いずれにしても、ヘルムストーンという「私」のネーミングの背景には『ピエール』があり、「私の詩は酷評された」という一文でメルヴィルがこの短編を書き始めた時、彼の脳裏には『ピエール』があり、「私の詩」とは当然『ピエール』を指すと考えられる。

詩を酷評されて「不滅の名声は私には無縁だ!」と怒る「私」ヘルムストーンの「暗い気分」とオウボイの「素晴らしい明るさ」(*PT* 264)は際立った対照をなしている。純真で明るいオウボイを目の当たりにし、「私」は「オウボイのようでありたい」(*PT* 264)と言うが、これは本心ではなく、一種の外交辞令で、オウボイがフィドルの名手であることを知る前の「私」は、オウボイが「きみ[スタンダード]や私にとってのお手本、教訓とはならない」(*PT* 265)と言う。しかし、彼のフィドル演奏を聴いて彼がフィドルの名手であることを知った後の「私」は、かつては「神童」ともてはやされ、今は名もなきフィドル弾きをして生計を立てているオウボイの生き方の中に、詩を酷評され「不滅の名声」を手にする望みを断たれて「暗い気分」に落ちこんでいる自分にとっての「共感的慰め（sympathetic solace）」（*PT* 267）を見出す。そして「崩れ落ちた名声という神殿の砕け散った柱にからみつく蔓とバラをオウボイという人物の中に見ると、私の些細な出来事なんぞは無に等しいのではないか？」（*PT* 267）と思われ、「翌日私は原稿をすべて破き、フィドルを買って、オウボイのレッスンを受けに行った」のである。このようにして作者は、才能がありながらも不遇で無名の人生を送っているフィドル弾きからフィドルの弾き方と人生哲学を学ぼうとする「私」の姿勢をこの小編の結論にしている。

3－2－2　スタンダード――標準的視点

「私」の旧友スタンダード（Standard）は、その名が示す通り、基準となる中庸で標準的な視点と判断を体現し、「私たちのテーマのマスターキーをもっている」（*PT* 265）登場人物で、彼の発する言葉は「幸福」というテーマに直結する。

「あんなチビで太ったやつが天才だなんて！　天才ってのは［中略］痩せてひょろっとしているもんだ」と言う「私」に対してスタンダードは「オウボイはかつては天才だったかもしれないが、幸いにも天才でなくなり、ついに太ってしまった」（*PT* 265）ことをほのめかす。さらに彼は、オウボイが「人一般にとっての手本［中略］顧みられぬ功績、無視された天才、出しゃばって撥ねつけられる非力さにとっての貴重な教訓」（*PT* 266）であることもほのめかす。そして最後にスタンダードは「かつては名声によって窮屈きわまりない思いをした彼は、今はその名声を失って大喜びだ。天才があって名声のない彼は王様よりも幸福だ」（*PT* 267）と述べる。逆に言えば、天才プラス名声、イコール非幸福であり、「私」が望む名声なるものは窮屈な不自由をもたらすものであることを示唆して、詩作を酷評された「私」をスタンダードは慰めている。

3－2－3　オウボイ——元神童

フィドル弾きのオウボイ（Hautboy）の生き方がこの作品のテーマである。彼は、かつては「神童」としてほめそやされ、名声をほしいままにしたが、四十歳を過ぎた今は一介の無名のアメリカ人で、マンハッタンにある元倉庫のアパートメントに住み、フィドル弾きの個人教授をして生計を立てている。(3)

楽器のオーボエを意味するオウボイというネーミングには、その発音の語呂合わせでHo boy, Oh boy, Old boyという意味合いも含まれているのであろう。(4)彼はサーカスの道化の演技を見て、童心に帰った反応をして楽しむが、そのさまは、まさに「幸福」そのもので、「四十男の中に十二歳の少年がいた」（*PT* 263）と「私」は表現する。

オウボイは都会のど真ん中に居住していながら都会人らしくなく、「彼の顔は田舎の人間のように赤らんでいて、目は誠実そうで、明るく、灰色」（*PT* 262）で、田舎の人間然とした容貌をもつ。その内面には「本物のいい性格」と「驚嘆すべき若さ」（*PT* 263）があり、彼の特性は「並外れた快活さ」、「素晴らしい明るさ」（*PT* 264）にある。

オウボイは人物として類いまれな存在であるが、対世間的には中庸を心得た対応をする。したがって「さまざまなトピックに関する彼の発言内容は、熱狂と無関心の間の中間線を本能的に突いていた」のであり、「オウボイは世界をあるがままに見て、その明るい側面または暗い側面のいずれかを理論上支持するということはせず［中略］事実をそのまま受け入れた」（*PT* 264）のである。

よく言えば中庸だが、しかし、オウボイがフィドルの名手であることを知る前の「私」は彼を凡庸な人間のひとりとしてしか見ておらず、彼に関する「私」とスタンダードの間の会話には、凡庸を意味する語句が頻出する。

「私」はオウボイの「凡才（average abilities）」と「通常人の限界（common limit）」を指摘し、「群衆の中を通って行く」彼、つまり群衆の中のひとりにすぎない彼を、「こつこつと働くだけの哀れな凡夫、四十歳のアメリカ人のオウボイ（the poor common-place plodder Hautboy, an American of forty）」（*PT* 265）と評する。そして、「私」のオウボイ評を聞いたスタンダードは「きみ［ヘルムストーン］は彼［オウボイ］の明るさを賞賛しつつ、彼の平々凡々たる魂を軽蔑している（You admire his cheerfulness, while scorning his common-place soul）」（*PT* 266）と言って「私」を軽く諫める。

このように作者は、世間の人間のひとりとしてのオウボイの凡庸さを言葉にしているが、芸術的才能面では彼がかつて「神童」とほめそやされたような天分を今も保持しているのか、あるいは今は単に上手いというだけの凡庸なフィドル弾きにすぎないのかは、オウボイを指して「天才」という表現をスタンダードに使わせてはいるものの、明確にしていない。しかし重要なのは、オウボイの芸術的才能の程度ではなく、かつて「神童」として喝采を浴びた彼が今、不遇で無名の人生を送っていて、それにもかかわらず、彼は傍目には幸福そうに振る舞っているという設定である。オウボイが今の自分の生活に本当に幸福を感じているのかどうかは分からないが、詩作を酷評された「私」が「暗い気分」でいるのに対して、オウボイはサーカスで道化の演技を見て心底楽しみ、幸福そのものに見える。作者はこのような設定を通して「幸福」とは何かを問うているが、最終的に「私」は酷評された詩の原稿を破り捨てて、つまり「不滅の名声」を求めることを放棄して、巷の凡俗の幸福を選択する。

4　凡夫の幸福と名声なき天才の幸福

『幸福な失敗』では「私のおじさん」が「名声」と「栄光」を求めて失敗し、『フィドル弾き』では「私」が「不滅の名声」を求めて得られず、両者とも最終的に、求めるべきは凡俗の中の「幸福」であるという認識に到達する。

「私のおじさん」は「名声」と「栄光」を求めて十年がかりで「アナコンダと毒蛇」を創作したが失敗し、創作すべきは唯一「幸福」のみで、凡夫のロバにとっての「幸福」は世の流れに乗って下ることにあると悟る。つまり凡俗こそ「幸福」という認識である。「野心的な夢想家」である「私」も「不滅の名声」を求めて詩を創作したが、酷評を受けて「暗い気分」に沈んでいた時に、かつて「神童」、「天才」と称えられ、今は名もなきフィドル弾きの中年アメリカ人オウボイと知り合い、一緒にサーカスを見物する。「私」はサーカスの観客を見て、「道化を賞賛するような連中からの賞賛を求めるのか?」(*PT* 263)と自問し、「名声」を手にすることの無意味さを認識し始める。そして、オウボイのフィドル演奏を聴いて「暗い気分」が消えた「私」は、世間の衆愚の間での窮屈で煩わしい「名声」を求める無意味さよりも、オウボイのように自由に純真に世を楽しむ「幸福」を選択する。

両作品のテーマと結論は連動しており、それは世間の俗衆の中の「幸福」、凡夫の「幸福」の認識である。

第九章　『信用詐欺師』

――愛と不信――

ピッツフィールド、アロウヘッドのメルヴィル元自宅（1850-1862）の銘板。

1　メルヴィルとシェイクスピア

メルヴィルの九番目の、そして最後の長編『信用詐欺師——彼の仮面劇』(*The Confidence-Man: His Masquerade*, 1857)には、シェイクスピアの引喩が多発する。メルヴィルの全著作中で、『信用詐欺師』はシェイクスピアへの言及が最も多い作品である。

処女作『タイピー』では、サンドイッチ諸島(現ハワイ諸島)でのキリスト教宣教活動の偽善的で邪悪な実態をあばいて世間に伝える作者自身を指して、「賢人シェイクスピアが言っているように、悪い知らせをもって来る者は、損な役回りを務める」(*T* 198)と『ヘンリー四世 第二部』の台詞(*Henry IV, Part II*, 1. 1. 110-1)を引用している。第二作『オムー』には、シェイクスピアの引喩は見あたらないが、第三作『マーディ』では、作品の中ほどで彼は「わが海洋の上空高くに甘美なシェイクスピアが舞い上がる、春のヒバリの群れのように」(*M* 367)と書いている。続く第四作『レッドバーン』では、ロンドンの賭博場の描写中で「さながら、この壮麗な館がベルモントのポーシャの月光に照らされた庭園で、やさしい恋人たち、ロレンゾとジェシカが葡萄の木々の間に潜んでいるかのよう」(*R* 228)と『ヴェニスの商人』に言及している。

第五作『ホワイト・ジャケット』は、『信用詐欺師』に次いでシェイクスピアへの直接的言及が多い。言及の発生順に列挙すると、まず、リオ・デ・ジャネイロ港で一時上陸した艦長が帰艦する場面で「艦長は厳かにキャビンへと歩みを進め、『ハムレット』に登場するボール紙製の亡霊のごとくに舞台から消えた」(*WJ* 163)と、直喩で『ハムレット』が言及される。次に、軍艦内図書室の蔵書に関する叙述中で、メルヴィルは「聖シェイクスピア［中略］彼の聖なる書」（*WJ* 168）と記している。また、船員たちを代表して船員たちの二十四時間の自由行動許可を艦長に願い出るジャック・チェイスは「クラレット艦長が私どもに一日の自由を賜り、永遠の至福を得られますように。と申しますのも、今後私どもが満ちあふれる祝杯を挙げるたびに艦長への思いが新たにされるでしょうから。いかがなものでしょうか?」（*WJ* 214）と、『ヘンリー五世』からの断片的引用（*Henry V*, 4. 3. 55）を交えて願い出、提督と艦長から許可を得ると、『マクベス』から引用（*Macbeth*, 1. 3. 151-3）して「御両君、お骨折りは心に書き留めて、毎日めくって読ませていただきます――マクベス」（*WJ* 215）と謝辞を述べる。さらにメルヴィルは、アメリカ海軍における鞭打ち刑の残虐さを、『ヴェニスの商人』のシャイロックに喩え、「シャイロックは一ポンドの肉を手にしなければならない」（*WJ* 371）と表現している。

　第六作『モービィ・ディック』では、冒頭の「引用文集」で「打ち身に一番効くのはマッコウクジラの脳油です」（*Henry IV, Part I*, 1. 3. 57-8）と『ヘンリー四世 第一部』から、続けて「鯨そっくりです」（*Hamlet*, 3. 2. 373）[(1)]という侍従長ポローニアスの台詞を『ハムレット』から引用している。さらに、マクベスの台詞（*Macbeth*, 5. 5. 27-8）をもじって、北大西洋諸国での聞いたことのない昔の鯨の呼び名の数々を「単なる音で、リヴァイアサン精神に満ちてはいるが、何の意味もない」（*MD* 145）と語っている。第七作『ピエール』には、ハムレットの第一幕最後の台詞「この世の関節は外れている。なんと呪わしい因縁か、／それを正すために自分が生まれてきたとは!」（*Hamlet*, 1. 5. 188-9; *P* 168）が引用されており、主人公ピエールに「ハムレット的性向」が色濃く付与されている。文芸雑誌に連載された後、単行本として出された長編第八作『イズリアル・ポッター』にはシェイクスピアへの言及は見あたらない。

　そして最後の長編『信用詐欺師』にシェイクスピアの引喩が多発する。発生順に列挙すると、『夏の夜の夢』、『アテネのタイモン』、『シンベリーン』、『リア王』、『ヘンリー六世』、『ハムレット』、『十二夜』、『冬物語』、『お気に召すまま』、『トロイラスとクレシダ』の台詞または登場人物が言及されている。特に、チャーリィという愛称の船客とフランクという愛称のコスモポリタンに扮した信用詐欺師との間の対話の中でシェイクスピアが頻繁に言及されるが、『信用詐欺師』におけるシェイクスピアの数々の引喩の核となっているのは、人間を憎悪するタイモンである。

かつて筆者がピッツフィールドのメルヴィルの元自宅（一八五〇—一八六二年居住）を初めて訪れた際、展示用のメルヴィルの蔵書や私物を整理途中だったキュレイターの女性は「メルヴィルが一番よく読んでいたのはシェイクスピアでした」と話していた。シェイクスピアはメルヴィルにとってどのような存在だったのだろうか？　メルヴィルの手紙やエッセイを読むと、彼にとってシェイクスピアは崇敬の対象であると同時に、乗り越えられるべき存在だったことが分かる。

崇敬の対象であったことは、『マーディ』脱稿後の一八四九年二月に大きな活字のシェイクスピア全集をボストンで入手したメルヴィルがエヴァート・A・ダイキンクに宛てた手紙（一八四九年二月二十四日付）を読むと分かる——「私はうすのろで間抜けだ。二十九年以上も生きてきて、数日前まで神聖なるウィリアムをよく知らなかった。ああ、彼は山上の垂訓に満ちていて、やさしく、そう、イエスのようだ［中略］もし救世主がもうひとり現れるとしたら、それはシェイクスピアという人格で現れるでしょう。些細なことが原因でこれまでシェイクスピアを読めなかったと思うと頭に来ます。しかし、これまで入手できた本の活字はどれも粗悪で小さくて、小スズメみたいに、か弱い私の目には耐え難いものでした。だが、偶然この素晴らしい版に出会い、私は今大喜びでページをめくっています[2]」。

乗り越えられるべき存在だったことは、彼が匿名で *Literary World* 誌に発表した批評「ホーソーンと苔」（一八五〇）の中で明言されている。メルヴィルは、シェイクスピアを「真実を語る偉大な芸術」（*PT* 244）の巨匠として賛美しながらも、「シェイクスピアにそれほど引けを取らぬ者たちが、今日、オハイオ河畔に誕生しつつある[3]」と、そして「シェイクスピアに並ぶ者がまだ出ていないとしたら、世界に時間を与えよ。東半球か西半球か、地球のどこかで確実に彼は超えられるだろう」[4]と述べている。

また、『信用詐欺師』のテーマと結論に直結するタイモンもこの批評中で言及されており、「ハムレット、タイモン、リア、イアーゴという暗いキャラクターの口を通して、彼［シェイクスピア］が巧妙に発言したり、ほのめかしたりすることは、まさに真実そのものと感じられることであり、善良な人間が善良な性格のままでそれらの言葉を口にするのは気違い沙汰であろう」（*PT* 244）とメルヴィルは書いている。『信用詐欺師』中に直接引用されてはいないが、タイモンの「私は〝ミザンスロポス〟で、人間なるものを憎悪する（I am *Misanthropos*, and hate mankind.）」（*Timon of Athens*, 4. 3. 54）という台詞が、この作品を解明する鍵である。

2　八枚の仮面

作品の副題『彼の仮面劇』が暗示しているように、この作品はメルヴィルの仮面劇である。物語中盤で登場するコスモポリタンが言う「人生は仮装を身につけてするピクニックのようなもの。ひとつの役を引き受け、ひとつのキャラクターを装い、賢く準備を整えて、愚か者を演じなければならない」（*CM* 133）という台詞は、この作品の背後にある作者の人生観を語っている。しかも、この人生観はシェイクスピアのそれを反映しており、物語終盤で語り手のメルヴィルは『お気に召すまま』から「世界はひとつの舞台であり、／男も女も皆、演技をしているだけで、／それぞれに出番があり、／しかもひとりの人間がその生涯に多くの役を演じる」（*As You Like It*, 2. 7. 139-142; *CM* 224）という「おなじみの台詞」（*CM* 224）を、コスモポリタンの振る舞いに言及して引用している。

『彼の仮面劇』という副題は、仮面をかぶった主人公の登場を予告しているが、どのような仮面を何枚かぶるのかは、作品中の状況証拠から推定するしかない。例えば、詐欺師がニグロのいざり姿に扮装する場面だとか、喪章をつけた男へと変装する場面などが作品中に描かれていれば、その描写が確たる証拠となるが、そうした描写はひとつもない。読者に提示されるのは示唆と暗示のみである。

主役の詐欺師は計八枚の仮面をかぶって現れる。登場順に列挙すると、①聾啞の男、②ニグロのいざり、③喪章をつけた帽子をかぶった男、④グレーのコートを着て白いネクタイをした男、⑤炭鉱会社社長兼株式名義書換代理人、⑥薬草医、⑦真鍮プレートを首にぶら下げた周旋業者、⑧コスモポリタン、という八つのキャラクターに扮装する。しかも、これら八変化の扮装は、四月一日、エイプリル・フールの日の明け方から真夜中にかけて行われる。一番目から七番目の仮面は全四十五章のこの作品の前半部である第一章から二十三章にかけて登場し、最後の八番目のコスモポリタンが二十四章以降の後半部を占めて、詐欺師の主たる仮面となっている。

以下に、詐欺師のペルソナの変移を物語の推移と併行して見てみよう。

① 聾啞の男——愛《チャリティ》を訴える役

エイプリル・フールの日の夜明けに、クリーム色のスーツを着た、おしでつんぼの男が、セントルイスで、ミシシッピ川をニューオーリンズに向けて下る蒸気船フィディーリ号に乗船する。

聾啞者という設定のこの男は、人々に愛を訴える役を演じる。彼は、東部から来た詐欺師を捕えた者に賞金を出す旨の張り紙の隣に立ち、手にしている石版に「コリント人への第一の手紙」十三章の文言を次々に書いて、張り紙を見ている群衆に向けて掲げる。人々から脇へ押しやられたり、頭をたたかれたり、嘲られたりしながらも「愛は邪悪なことを思わず［中略］愛は辛抱強く、情け深い［中略］愛はすべてを耐える［中略］愛はすべてを信じる［中略］愛は絶えることとなし」（*CM* 4-5）の順に、五つのフレーズを次々と石板に書いて人々に見せる。愛について語るこれらの文言は、近くの船内床屋入口に掲げられる"NO TRUST"（CM 5）という文言と対照をなす。この掲示には調髪料の「つけお断り」の意と併せて、この場面の描写の前後関係と作品のテーマから判断して、字義通りの「信用するな」という意味合いが作者によって込められている。

「見知らぬ聾啞者」（CM 8）は、やがて船首楼に行き、楼内のはしごの下で寝入り、その間にフィディーリ号は出航する。

② ニグロのいざり――チャリティ収集実験役

「船の前方部に［中略］グロテスクなニグロのいざり」（CM 10）が現れると作者は記述するが、聾啞の男が寝入った船首楼がある「船の前方部」にニグロのいざりが登場するという設定が唯一、聾啞の男とニグロのいざりが同一人物による扮装である可能性を示唆している。

ニグロのいざりは、チャリティを集めるための実験台を演じる。ギニーと名乗る彼の周囲にいた船客たちは「チャリティ・ゲーム」（CM 12）としての「ペニー投げゲーム」（CM 11）に興じる。両脚不自由なギニーは、タンバリンを手にし、犬のように口を開けて、投げられたペニーをキャッチする。この光景を作者は「人々は奇妙なペニー投げゲームをして競い合った。いざりの口が的であると同時に財布となり、銅貨をうまくキャッチするたびに、彼はタンバリンを打ち鳴らした」（CM 11）と、そしてペニー銅貨の代わりにボタンを投げる船客もいたと叙述する。

この「チャリティ・ゲーム」の最中に、片脚が木の義脚の男が登場して、「彼の肢体不自由はいかさま」（CM 12）だと人々に告げ、「そいつは白人のペテン師で、脚をねじ曲げ、体を黒く塗りたくって、おとり役を演じている」（CM 14）と言う。すると、疑われたギニーは、彼の肢体不自由を証し立ててくれる人として八名を列挙する――「おお、そう、そう、この船に喪章をつけたとてもいいダンナがいる。グレーのコートを着て白いネクタイをしたダンナも私のことをよく知っている。大きな本を抱えたダンナも。そして薬草医さん、黄色いベストのダンナ、真鍮プレートのダンナ、紫色のローブのダンナ、兵隊さんのようなダンナも」（CM 13）。

列挙された八人の内、これ以降の物語で実際に詐欺師が扮装するのは、喪章をつけた男、グレーのコートを着て白いネクタイをした男、大きな本を抱えた男、薬草医、真鍮プレートの男であり、「黄色いベストのダンナ」と「紫色のローブのダンナ、兵隊さんのようなダンナ」は物語に登場しない。

人々はニグロのいざりを疑惑の目で見始めるが、善良な田舎商人だけが「私はおまえを信用するよ」（CM 17）と言って半ドルの施しをし、その際、うっかり自分のビジネスカードを甲板上に落としてしまう。ニグロのいざりは「一歩脚を引きずって近寄り、片手を上に伸ばして施しを受け取ると同時に、無意識のようにして前に出した片方の、皮に包まれた脚でカードを踏んで隠した」（CM 17）。この後、詐欺師は、このビジネスカードで得た情報を基に、この善良な田舎商人をカモにすることになる。

ニグロのいざりは、さらに、自分を信用しなくなった人々の間で「おお、この黒んぼのあのいい友だちは、あの喪章をつけたいい人はどこにいるのか？」（CM 17）と言って、詐欺師の次の扮装を予告する。

③　喪章をつけた男――信用詐欺の下準備役

黒い喪章をつけた帽子をかぶった男、自称ジョン・リングマンが登場し、前章の終わりでニグロのいざりに半ドルをあげた人のよい田舎商人ロバーツに声をかける。喪章をつけた男は田舎商人の昔の知り合いを装い、ひそひそ話をして高額の紙幣をせしめた後、株の儲け話があることを伝えて立ち去る。ひそひそ話は、リングマンは妻の悪妻ぶりに耐え切れず家を出たが、その妻の死を新聞で知ったため、今は帽子に喪章をつけ、娘のもとに帰るためのお金を必要としているという内容だったことが後の第十二章で明らかにされる。

田舎商人の傍らを立ち去った喪章男は、今度は聞こえよがしに独り言をつぶやいて、近くの大学生の気を引き、声をかけて話をした後、「ためしに私を信用してみてくれないか？」（*CM* 27）と言うが、大学二年生のその青年は無言でその場から立ち去る。

喪章をつけた男は、人のよい田舎商人と若い大学生を対象とした株取引信用詐欺の下準備役を演じている。

④　グレーコートと白タイの男――チャリティ収集役

ニグロのいざりは、船客たちからわずか一セントずつを投げてもらうことによって、いわば、人々のチャリティを集める実験台になったが、グレーコートを着て白いネクタイをして現れる男は、もっと多額のチャリティ募金を収集する。

彼は、セミノール・インディアンの寡婦と孤児収容所への寄付を募る。「天があなたにもっと慈愛を賜りますように」というグレーコート男の言葉に対して、船客のひとりは「あんたには偽善をもっと少なく」（*CM* 29）と言い返して、寄付をせずに立ち去る。

ニグロのいざりが列挙した彼の八人の友人を探していた若い牧師が、この場を通りかかり、ニグロのいざりが言っていたグレーコートと白タイの男を目にして喜ぶ。グレーコートの男は若い牧師に対して、まことしやかに「さっきの船着場で、あのいざりがタラップの上にいるのを偶然見かけ、下船する彼に手を貸しました。話をする暇はなく、ただ手を貸しただけですが。彼は言わなかったかもしれないが、彼の兄弟があの辺りに住んでいるんです」（*CM* 29）と語る。

この場面に、ニグロのいざりが「いかさま」だと言っていた、先ほどの片方が義脚の男が再び登場し、三人でニグロのいざりの真偽について会話する。ニグロのいざりが「黒人に変装した白人」（*CM* 31）ではなくて本物だと主張するグレーコートの男と若い牧師に対して、片脚男は「二人とも青い！　おまえさんたちは金銭がこの世の苦難と詐欺や悪魔的所業の唯一の動機だと思っている。悪魔はイヴをだまして、いくら稼いだというのか？」

（CM 32）と言って立ち去る。

片脚男が消えた後、若い牧師は、かすかな疑念を抱きながらもセミノール・インディアン施設に寄付をする。グレーコートの男は、次に、近くにいた金のカフスボタンをつけた紳士に寄付を求め、新券三枚を手にする。グレーコート男は「世界のチャリティ」（CM 39）という自分の企画を情熱的に語る。金のカフスボタン紳士はその実現性を信じないながらも、次の船着場で下船する直前にもう一枚紙幣をグレーコート男に渡す。グレーコート男は、さらに、女性用サロンに入り込み、「コリント人への第一の手紙」十三章を読んでいた寡婦に二十ドルを求め、セミノール・インディアンの寡婦と孤児収容所への寄付だと言って手に入れる。

⑤　炭鉱会社社長兼株式名義書換代理人――信用詐欺の主役

Black Rapids Coal Company の「社長兼株式名義書換代理人」（CM 47）を名乗る男が、先の大学二年生の隣に現れ、喪章をつけた男の所在を尋ねて話しかける。若い大学生は、自ら望んでこの株式名義書換代理人から石炭株を買う。次に、この代理人は台帳を抱えて、カードゲームが行われている船室に入り、田舎商人の傍らに腰掛ける。人を信用する善良な田舎商人は自分の方から株取引を望む。取引終了後、田舎商人は代理人に、船内の移民用区画にいるモグラ皮を着こんだ老守銭奴、およびニグロのいざりと喪章をつけた男の話をする。

話を聞き終えて移民用区画へと移動して来た代理人に、守銭奴がひどい咳をしながら水を求める。彼は水をもって来てやり、Omni-Balsamic Reinvigorator というよく効く薬をもっている薬草医が船内にいることを教えると同時に、お金が三倍に増える投資話をもちかけて、守銭奴から百ドルを受け取ると、領収書も渡さずにさっと立ち去る。

この社長兼株式名義書換代理人という仮面が、信用詐欺行為における中心的役割を担っている。

⑥ 薬草医——「よきクリスチャン」の仮面

薬草医が登場して、Omni-Balsamic Reinvigorator と Samaritan Pain Dissuader なる薬を販売する。

薬草医は、松葉杖を突いている肢体不自由者が、メキシコとの戦争で不具になった兵士を装って人々に施しを乞う姿を目にすると、「愛は絶えることなし［中略］この不運な人の悪行は赦せる」（*CM* 97）と言い、ニグロのいざりとよく似た事例だと言って彼に塗り薬をあげ、お金はいらないと言うが、肢体不自由者は薬草医を「よきクリスチャン」（*CM* 100）と呼んで、薬代金を差し出し、薬草医は結局、代金を受け取る。

薬草医は、売上金額の半分をチャリティに寄付すると発言するなど、表向きは「よきクリスチャン」として振る舞うが、その実、株取引信用詐欺行為の後片付けとでも言うべき役回りを演じる。百ドルを取られた守銭奴が株式名義書換代理人を探して姿を見せると、薬草医は彼に声をかけ、一緒に代理人を探してあげる。薬草医は、船着場で下船する人々の中の誰かに向かって〝ミスター・トルーマン！〟と呼びかけるが間に合わず、船は船着場を離れてしまう。百ドルをもって行った男はジョン・トルーマンという名前でセントルイスに住んでいると薬草医は言う。極度の不安に陥っている守銭奴に対して薬草医は、ミスター・トルーマンを信用しさえすればよいと言い、咳止めに Omni-Balsamic Reinvigorator を勧める。

薬草医と守銭奴の会話を立ち聞きしていた「ミズーリの独身男」（*CM* 106）が、その薬草は効かないと守銭奴に言う。ミズーリの独身男は薬草医をうさん臭い人物と考えており、「おれは不信に自信をもっている。特にあんたとあんたの薬草にはな」（*CM* 108）と言う。

⑦ 真鍮プレートを首にぶら下げた周旋業者——ヒューマニストの仮面

薬草医が下船したとされる船着場を船が離れてから約二十分後、ミズーリの独身男に対して犬のように追従的な男が話しかける。Philosophical Intelligence Office の頭文字 P. I. O. が刻印された真鍮プレートを首から下げた周旋業者は、薬草医と思しき「柔和なクリスチャンのような人」（*CM* 115）が自分と入れ替わりに下船するのを見かけたと言う。

人間観が全く異なる彼ら二人の間で対話が行われる。ミズーリの独身男が「男は皆ワルで、男の子も全員ワルだ」と言うのに対して、周旋業者は「人類は［中略］人間が未完成であることを酌量すれば、全体としては、清純そのものの天使が望みうるほどまでに清純な道徳的美観を呈している」（*CM* 119）と言う。

対話後、ミズーリの独身男は周旋業者から男の子を雇い入れることにし、彼に三ドル、プラス男の子の交通費を渡す。しかし、次の船着場で周旋屋が下船すると、彼に対してミズーリの独身男は疑いを抱き始め、「あいつがペテン師だとしたら、カネのためというより、好きでやっているんだろう。二、三ドルのはした金が、あれだけの手管を弄する動機なのだろうか？」（*CM* 130）と考える。

⑧　コスモポリタン――博愛主義の仮面

コスモポリタンの役柄での信用詐欺師の言動は、作品の半分、後半部を占めており、したがって、詐欺師がつけるペルソナの主要部を構成している。

彼はスモーキングキャップをかぶってキセルを手にし、インディアン風のベルトをした出で立ちで現れ、ミズーリの独身男に声をかける。自らを「コスモポリタン、普遍的人間」（*CM* 132）と称する彼は博愛主義者で、ミズーリの独身男は人間嫌いとして設定されている。コスモポリタンはミズーリの独身男の人間観を転向させようとして彼と対話するが、無理と分かると、彼を「イシュメイルのような人間」（*CM* 138）と呼んで、立ち去る。

立ち去って行くコスモポリタンに、ひとりの船客が声をかけ、ミズーリの独身男と似ている「インディアン憎悪者（Indian-hater）」のジョン・モアドック大佐の話をする。彼は、大佐が「インディアン憎悪者」になった経緯と「インディアンを殺すことが彼の情熱となった」（*CM* 154）ことを語り、アメリカの辺境住民社会に存在するインディアン憎悪なる「情熱」について話し、「インディアン憎悪は今も存在し、インディアンが存在し続ける限り、将来も存在し続ける」(*CM* 142)と言う。

「私はインディアンを賞賛する」(*CM* 140)と言うコスモポリタンは、インディアン憎悪の話を聞き終えると、「愛、愛を!」と叫び、「愛が育まれるべきだ」(*CM* 156)と言う。インディアン憎悪の話をした船客は、自分はコスモポリタンの言う「人間を信じ、人間のために立ち上がる者」(*CM* 158)だと言って、コスモポリタンと意気投合する。

コスモポリタン(フランシス・グッドマン)と船客(チャールズ・アーノルド・ノーブル)は、それぞれの愛称、フランクとチャーリィで呼び合い、ワインとシガーを楽しみながら会話する。『ハムレット』のポローニアスの台詞「金を貸せば、金と友の両方を失う」(*Hamlet*, 1. 3. 76; *CM* 174)をはじめ、シェイクスピアの引喩を多々織り込んだ会話をした後で、ためしにコスモポリタンが五十ドルの借金を申し込んでみると、二人の間の親密な空気が一変し、チャーリィは気分が悪くなって退席する。

すると、別の船客(マーク・ウインサム)がコスモポリタンの傍に寄って来て、あの男は有名な「ミシシッピ川の詐欺師」(*CM* 196)だから、もう会うなと警告する。二人が話しているところへ、ポー(Edgar Allan Poe, 1809-1849)がモデルと考えられる「気違いの乞食」(*CM* 194)が詩集を売りに来ると、コスモポリタンは一冊買うが、ウインサムは買わない。エマソン(Ralph Waldo Emerson, 1803-1882)がモデルと考えられるウインサムは、ソロー(Henry David Thoreau, 1817-1862)がモデルと考えられる弟子のエグバートを呼び、コスモポリタンに紹介して立ち去る。

ウインサムの考え方を明らかにするため、エグバートがチャーリィで親友から借金を申し込まれる側に立ち、コスモポリタンがフランクのままで借金を申し込む側に立ち、親友間の金の貸し借りの想定問答をする。コスモポリタンがどんなに頼んでみても、チャーリィ役のエグバートは、あくまで金を貸さないと返答し、蝋燭職人チャイナ・アスターの、友人からの借金をきっかけとする人生の転落話をする。「心」というものを訴えるコスモポリタンは、ウインサムの哲学は「非人間的」で「凍りついている」（*CM* 223）と言って、席を立ち去る。

この後、コスモポリタンは第一章に出て来た船内床屋に入ってひげ剃りを頼むと同時に、“NO TRUST”の掲示に関して床屋と対話する。コスモポリタンは床屋に「つけお断りは不信を意味する」（*CM* 226）、「あんたは人間全体を信用できないと考えるようなタイモンじゃない。あの掲示を下ろせ。人間嫌いを感じさせる掲示だ」（*CM* 230）と言い、掲示を下ろすことによって損害が発生した場合、コスモポリタンが賠償するという条件で「タイモンの掲示」（*CM* 234）を下ろさせる。コスモポリタンは「博愛家で世界市民のフランク・グッドマン」（*CM* 235）と床屋の間の協定書を作成し、一八——年四月一日午後十一時四十五分と作成時刻まで記した文書を床屋に渡す。床屋は保証金五十ドルを要求するが、コスモポリタンは、それは信用契約違反だと言って断り、ひげ剃り代金も今は払わない、協定書を見よ、信用せよ、と言って立ち去る。床屋は、もう二度と彼に会うことはないと感じ、“NO TRUST”の掲示を元の所に掲げ、協定書を破り捨てる。

コスモポリタンは、彼と対話中に床屋が引用したシラクの子の言葉をバイブル中に探すため、船備え付けのバイブルが置いてある紳士用キャビンに入る。ランプの下でバイブルを読んでいた老人からバイブルを譲り受けて、『アポクリファ（聖書外典）』中のシラクの子イエスが書いた「シラ書（集会の書）」（Ecclesiasticus）を読んだコスモポリタンは、その中の人間不信に満ちた文言に関して老人と対話を始める。そこへ、旅行者用の船室錠とスリ被害を未然に防止するマネーベルトを販売する少年が入って来たので、老人はひとつずつ購入するが、コスモポリタンは買わない。老人は、少年からおまけでもらった「偽造紙幣発見手引」を読んで、自分の紙幣を調べ、その間、コスモポリタンはバイブルを読み続ける。やがて二人はバイブルに関する対話を再開するが、ランプの明かりが弱まり始めたので老人はもう寝なければならないと言い、自分の個室に戻る支度をする。コスモポリタンは消えかかっているランプを完全に消し、暗闇の中を、マネーベルトを手にもって室内便器兼救命具を小脇にかかえた老人を先導して行く。

3　愛と不信

メルヴィルは、セントルイスからニューオーリンズへ向けてミシシッピ川を下る蒸気船フィディーリ号を一種の世界の縮図として設定している。彼は物語冒頭で、船上には「多様な人間の多様な顔と服装が混じり合っていた」と書き、「遠い彼方の地域からの幾筋もの流れが合流し、あわてふためきながらも、コスモポリタンのような自信に満ちた本流となって進むミシシッピ川」（*CM* 9）をこの船は下ると叙述する。しかし、やはり世界の縮図として設定されていた『ホワイト・ジャケット』の帆船軍艦ネヴァーシンク号のように、フィディーリ号の船内の様子が詳しく描出されることはない。また『オムー』の捕鯨船ジュリア号、『レッドバーン』の貨客船ハイランダー号や『モービィ・ディック』の捕鯨船ピークォド号の場合のように、乗員たちが詳細に描かれることもない。

『信用詐欺師』は、それ以前の八作の長編小説とは趣を異にしている。この作品にはそれ以前の作品に見られたようなドラマチックなストーリーの起伏と展開がない。場面設定は終始、蒸気船内で、四月一日の明け方から真夜中過ぎにかけて、さまざまな人物が登場し、小さな出来事が複数発生するが、大事件は起きず、登場人物間の対話が波のない川面を流れるようにして叙述される。しかも、最初の三つの章にこの作品のテーマが集約的に描かれていて、作品全体がひとつのパラグラフもしくはひとつのエッセイのように構成されている。(5) 最初の三章が言わばトピック・センテンスであり序論であり、そこに愛と不信というテーマが提示され、四章以降に具体的事例が描出され、最後の四十二、四十三、四十五章に不信の現実が結論として描かれている。

3－1　愛を掲げて

作品全体を通して「愛（charity）」、「信（confidence）」、「信用（trust）」、「不信（distrust）」という語が頻出する。主人公の信用詐欺行為の目的は、世間の人間たちから金銭をだまし取ることにあるというより、彼らが抱えている「不信」との戦いにあり、彼らから「愛」と「信」を勝ち取ることにあるようである。ニグロのいざりに扮し、犬のような格好で口を開けて受け取るわずか一セントの金銭それ自体が詐欺師の目的ではない。片脚男が若い牧師らに対して言う「おまえさんたちは金銭がこの世の苦難と詐欺や悪魔的所業の唯一の動機だと思っている。悪魔はイヴをだまして、いくら稼いだというのか？」という台詞が、詐欺師の主目的が金銭ではないことを示唆している。さらに、作者は「あいつ［＝周旋業者］がペテン師だとしたら、カネのためというより、好きでやっているんだろう。二、三ドルのはした金が、あれだけの手管を弄する動機なのだろうか？」とミズーリの独身男に推量させているが、この推量の文言も詐欺師の真の意図を探るための手がかりのひとつになっている。

「愛」というキーワードでメルヴィルの作品群を見ると、『レッドバーン』と短編『二つの聖堂』が『信用詐欺師』とつながる。まず、「冷たい慈善心《チャリティ》（cold charity）」というフレーズで『レッドバーン』が『信用詐欺師』につながる。『レッドバーン』では、貧しい身なりの「私」がリヴァプール郊外の田園地帯で道端の草地に寝転んでいて、棍棒を手にし犬を連れた農夫に追い立てられた際、立ち去りながら「どなたか知らんが、もしアメリカに来ることがあったら、家に訪ねて来てくれ。いつでも食事とベッドを提供するよ。きっとだぞ」（*R* 212）と言い捨て、「世間の冷たい慈善心を悲しく思いながら」（*R* 213）リヴァプールへの帰路についたことをメルヴィルは語る。そして『信用詐欺師』で、ニグロのいざりを偽者ではないかと疑い始めた人々の対応ぶりに「冷たい慈善心」(*CM* 13)という表現をメルヴィルは再び使用している。「愛」を訴え、「信」を求めつつ詐欺師が世間の人間たちをだます行為は、「世間の冷たい慈善心」に対する仕返し、もしくは懲罰として意図されているように思える。

また、『信用詐欺師』の三年前に書かれた短編『二つの聖堂』にはメルヴィルのチャリティ観が述べられている。この短編は、貧しい身なりの「私」がニューヨーク市の礼拝堂の日曜朝の礼拝に入れてもらえず、こっそりと入った結果、警察に突き出されて罰金刑を受けたが、ロンドン市内の劇の殿堂では、一文無しの「私」が土曜夜の宗教劇のチケットを労働者階級の見知らぬ人からもらい、観劇中はエール売りの少年から「泡立つエール」をもらって「真のチャリティ」に浴したという話だが、チケットをもらった時の「私」は、まず「恥ずかしく」思う。そして、ためらいを感じながらも「母の愛《チャリティ》が赤ん坊のおまえを育て、父の愛が子供のおまえを養い、友の愛のおかげでおまえは職に就いた」(*PT* 312)と思い巡らした後で、謙虚にチャリティを受け入れる。

メルヴィルは『信用詐欺師』で、好意やホスピタリティとしてではなく、施しとしてのチャリティを受けるニグロのいざりの心の内を、こう慮《おもんぱか》る――「施しの対象となるのはつらいことであり、さらに、そうした試練を受けながらも、明るく感謝の気持を表さなければならないと感じるのは、もっとつらいことだろう」(*CM* 11)。メルヴィルが世間の人間たちに訴える「愛」とは、『信用詐欺師』冒頭で聾啞者を装った詐欺師が石版に書く「コリント人への第一の手紙」十三章に書かれている「愛」であり、具体的には、彼が『二つの聖堂』で描いたような「真のチャリティ」である。

3-2　博愛と人間嫌悪

詐欺師は次々と仮面をつけ替え、衣装を変えて登場するが、その表の顔が「愛」を語ることに変わりはない

——最初に登場する、「愛」を石版に書いて掲げるおしでつんぼの男、チャリティ・ゲームの的となるニグロのいざり、インディアン遺族へのチャリティ募金を集めるグレーコートの男、「よきクリスチャン」と思しき薬草医、人間を信じる周旋業者、そして最後に登場する博愛主義者のコスモポリタン。一見、まるで愛の唱道者のように思えるが、メルヴィルには裏があるというか、奥がある。それは、ちょうど『マーディ』で哲学者ババランジャがキリスト的愛が実践されているセレニア島に探求の終点を見出したのに対して、タジはキリスト教世界そのものを否定して、そこから飛び出して探求を続けるのに似ている。

メルヴィルの表の顔は博愛主義者だが、その奥の顔は人間嫌いである。彼はコスモポリタンという仮面を通して「私はフィランスロポスで、人間を愛す〔中略〕人類を信じる（I am Philanthropos, and love mankind... I trust them.)」（*CM* 231）と言っているが、この台詞は、タイモンの「私は〝ミザンスロポス〟で、人間なるものを憎悪する」（*Timon of Athens*, 4. 3. 54）という台詞の裏返しである。『信用詐欺師』にはタイモンの顔をもつ人物が三人——片脚男、「病身のタイタン」（*CM* 85）、そしてミズーリの独身男——登場し、詐欺師と対峙する。愛の唱道者のように見える詐欺師に対して、彼ら三人は不信の提唱者である。

メルヴィルはエイハブの口を通して「仮面を打ち抜け！」（*MD* 164）とスターバックに語りかけたが、そのエイハブの再来かと思われるような人物が、ニグロのいざりの前に現れる片脚男である。片脚義脚男は、いざりは嘘で、白人の詐欺師による仮装だと、人々に向かって真実をえぐり出す。メソディスト派牧師がニグロのいざりを擁護すると、片脚男は「愛と真実は別だ〔中略〕見かけと事実は別だ」（*CM* 14）と言う。「愛ですよ、愛を」と訴える牧師に対して、片脚男は「その愛のあるところへ、天国へ行くべし！　この地上では真の愛はもうろくし、偽りの愛がたくらみごとを謀っている」（*CM* 14）と応じる。言い合いを続けるうち、怒った牧師が片脚男の襟首をつかんで揺さぶり、義脚が甲板上でカタカタ鳴り、周囲の群衆が牧師の側に立って声援すると、片脚男は「愚か者どもめが！〔中略〕愚か者どもを引き連れたこの船長の下で、この愚者の船に乗る愚衆めが！」（*CM* 15）と叫ぶ。

立ち去って行く片脚男に対して牧師が「彼は片脚立ちで体を引きずって行くが、その姿は片面だけの人間観の象徴だ」と言うと、片脚男は「塗りたくられたデコイを信じればいい［中略］そうすれば俺は復讐することになる」（*CM* 15）と言い返す。

作者は牧師に片脚男を「不信仰の邪悪な心」（*CM* 16）をもつ「神に見放された者」（*CM* 15）と呼ばせているが、この形容の仕方は『レッドバーン』のジャクソンと『モービィ・ディック』のエイハブにも、そっくりそのままあてはまるものである。ジャクソンもエイハブもメルヴィルの精神の一部であったように、この「不信の精神」（*CM* 33）の具現者たる片脚男もメルヴィルの一部であり、奥の顔である。真実をえぐる片脚男は、「チャリティ・ゲーム」の対象となるニグロのいざりとチャリティ募金を収集するグレーコートの男の前にだけ姿を見せる。グレーコートの男の前では「悪魔はイヴをだまして、いくら稼いだというのか？」と言い、詐欺師を悪魔に、楽園の蛇に喩えている。

片脚男に続いて詐欺師の仮面を打ち抜く登場人物は「病身のタイタン」のような風貌の大男で、彼は、人々に向かって薬草の効能証明書を読み上げる薬草医を横から殴りつけて、「ヴァイオリンでも弾くようにして人の心の琴線をもてあそぶ不敬な輩め！　蛇め！」（*CM* 88）と叫ぶ。「病身のタイタン」の登場は薬草医の前のみだが、ここで重要なのは、薬草医に扮した詐欺師がはっきりと蛇に喩えられていることである。当然、この蛇は人間を悪に開眼させた楽園の蛇であり、ジャクソンも蛇に喩えられていた。つまり、ここでメルヴィルは、「よきクリスチャン」の仮面をかぶった薬草医としての詐欺師の裏の顔はジャクソンのような人間憎悪者であることを告白しているのである。

仮面を打ち破る三人目のタイモンであるミズーリの独身男を、語り手ははっきりと「人間嫌い」と呼んでいる。彼は「おれは不信に自信をもっている。特にあんたとあんたの薬草にはな」と「よきクリスチャン」の仮面をかぶる薬草医に向かって言い、ヒューマニストの仮面をつけた周旋業者には「男は皆ワルで、男の子も全員ワルだ」と言い、博愛主義者の仮面をつけたコスモポリタンには「手を触れるな！［中略］さわるな」（*CM* 131-2）と言う。コスモポリタンはミズーリの独身男を「イシュメイルのような人間」と呼ぶが、この比喩はメルヴィルと彼の作品群を統合的に理解するための鍵である。そう、メルヴィルは、初航海の船内でイシュメイルのように疎外された「私」レッドバーンであると同時に人間を憎悪するジャクソンであり、白い鯨を追う「私」イシュメイルであると同時にエイハブであり、愛を掲げる詐欺師である一方で、その仮面を打ち破る人間嫌悪者、人間不信者でもある。

メルヴィルの作品中には、したがって彼自身の精神の内もそうだったであろうと推察されるが、人間への愛と不信、博愛と人間嫌悪という相反する二つの姿勢が並存している。これら二つの精神姿勢は、建前と本音、表の顔と裏の顔と言うより、前者は前面に押し出された顔で、後者は奥に潜む顔と見るべきであろう。そして両方ともメルヴィルの偽りなき顔である。

人間愛、博愛の姿勢をメルヴィルはコスモポリタンの口を通して次のように語る。「人はこの壮大な地球をむだに放浪はしない。それは友愛と融和の感覚を培う［中略］真の世界市民の原則は、悪に対して善を報いることです」（*CM* 132-3）と。これは、船乗りとして世界を放浪した経験をもつメルヴィルの偽りのない思いであろう。同様の理想主義的心情をメルヴィルは『マーディ』での「私」を通して「だれもかれも皆、本質的には兄弟である」（*M* 12）とか、あるいはババランジャの口を通して「全マーディを自分の家と考えよ。国家は名称にすぎない。そして大陸は移ろいゆく砂でしかない」（*M* 638）と語っている。

また、インディアンに関してコスモポリタンが発する言葉も、メルヴィルの真情を伝えている。コスモポリタンは「私はインディアンを賞賛する」と言うが、『モービィ・ディック』でのタシュティゴの描き方を見れば、これは作者自身の言葉であると容易に判断できる。そして、インディアン憎悪の話を聞き終えたコスモポリタンが発する「愛、愛を！〔中略〕愛が育まれるべきだ」という文言も作者自身の偽らざる気持を表していることは、彼が匿名で発表した書評「パークマン氏の旅」を読めば分かる。この書評の中でメルヴィルは、野蛮人は文明人の祖先であることを説明し、野蛮人として蔑まれるインディアンに対して「侮蔑ではなくて憐れみを」(*PT* 232)と読者に訴えかけている。

メルヴィルは、さらに、博愛という前面の顔をもつコスモポリタンの口を通して、彼の奥に潜む顔である「人間嫌悪と不信心」(*CM* 157)について、こう語っている——「人間嫌悪と宗教不信は根は同じで、対《つい》を成している。それは同じ根から出ている。なぜって、無神論者とは、この宇宙に愛という支配原理を見出さない者であり、人間を嫌悪する者とは、人間の中にやさしさという支配原理を見出さない者に他ならないからだ」(*CM* 157)。つまり、メルヴィルはここで、彼自身の奥に潜む人間嫌悪の顔はジャクソンやエイハブのような無神論者の顔でもあることを間接的に明かしているのである。

3－3　不信の闇の中へ

人間不信と「宗教不信」がこの作品の結論であり、これら二つの不信は最終章で象徴的に描出される。

作者は最終章に「コスモポリタンは真面目になる (The Cosmopolitan increases in seriousness)」というタイトルを付している。なぜなら、エイプリル・フールというおふざけの日はもう終わったからである。コスモポリタンが床屋の面前で合意文書を作成し終えたのは一八——年四月一日午後十一時四十五分であり、その後、紳士用キャビンに来た彼はバイブルを数分間調べた後で「三十分足らず前に私は何と言われたと思いますか?」(*CM* 242)と老人に言う。このようにして日付がすでに四月二日になっていることをほのめかす作者は、もう冗談やおふざけで叙述してはいないことを、つまり、作者の本物の顔を見せ始め、本心を明かすことを読者に示唆している。

そして作者の本心は不信にあることが登場人物の言葉と行為を通して描出される。

人間不信は、ランプの下でバイブルを読んでいた老人が、旅行者用防犯グッズを売りに来た少年から携帯用船室錠とマネーベルトを買う行為によって象徴的に示される。人間を信用できるのであれば、そうした防犯グッズは不要のはずだが、人間不信は厳然と当然のごとくに現実世界に存在する。そうした人間不信の現実が、コスモポリタンと防犯グッズを購入した老人の間で交わされる次の会話中にはっきりと提示されている。

「で、今夜早速お金をベルトに入れるんですか?」
「それが一番いいんじゃないでしょうか?」と、ちょっと驚いた様子。「用心するに遅すぎることはないでしょう。〝スリにご用心〟の張り紙が船内のいたるところにありますから」
「そうですね、そんな張り紙をしたのはシラクの子か、別の病的なひねくれ者にちがいありません」
（*CM* 247）

しかも、この会話は人間不信の主題から「宗教不信」の主題への橋渡しをしている。なぜなら、「私は人間を愛し、人間を信じる」（*CM* 242）と言うコスモポリタンの詐欺師にとって、“NO TRUST”の文言を掲げる床屋が言及した「シラクの子イエスの知恵」は、人間への「不信を教える」書で、「血を凍らせる知恵」（*CM* 243）だからである。

右の会話に先立ち、紳士用キャビン備え付けのバイブルで「シラ書（集会の書）」を読んだコスモポリタンは、その書中に「友だちには気をつけよ」（Ecclesiasticus 6:13; CM 243）などの「不信の精神に満ちた」（*CM* 244）文言を多々見出し、自らの博愛主義者としての人間への愛とシラクの子が教える人間に対する不信の精神との間で疑念と不安に襲われて苦しみ、老人に意見を問うたが、その時、老人は「あなたは私と似た考え方をしている。神により創られしものへの不信は、創造主の神に対する不信でもあるとお考えですな」（*CM* 244）と応じて、人間不信が「宗教不信」と表裏一体であることを示唆した。

本作品の帰結するところは「宗教不信」であり、これはコスモポリタンがランプの明かりを消す行為によって象徴的に表現される。最終章の第一パラグラフでメルヴィルは、紳士用キャビンの天井中央部にひとつだけランプが灯されており、そのランプのシェードの透かし模様には「火炎が立ち昇る角《つの》つき祭壇の図像と光輪を頭上にいただいたローブ姿の人物像とが交互に並んでいる」（*CM* 240）と叙述する。そして最終章の最終パラグラフでメルヴィルは、コスモポリタンがランプを消した瞬間を「次の瞬間、衰えていた光が消え、それとともに角《つの》つき祭壇の衰えた炎とローブ姿の人物の頭の消えかかっていた光輪も完全に消えた」（*CM* 251）と描出する。物としては単なる透かし模様であり図柄にすぎない「角《つの》つき祭壇」と「ローブ姿の人物」の描出が繰り返され、強調されている。これは、すでに多くの研究者により指摘されているように、旧約聖書の「出エジプト記」でヤーウェがモーゼに作り方を指示した祭壇と新約聖書のイエスを想起させる図柄で、したがってランプはバイブルとキリスト教の象徴として描出されていると言えるであろう。

このランプが燃え続けていた間、「キャビン内の寝台には、心の中で祝福する人々もいれば、心の中で罵る人々もいた」（*CM* 241）という状況説明も象徴的で、キリスト教を信仰する者もいれば、嫌悪する者もいることを暗示している。さらに「外側は古びて、中は新しい」（*CM* 249）バイブルは、バイブルを読まない世間の人々の信仰心の欠如の象徴となっている。そして、ランプの明かりが衰えつつある状況は、キリスト教信仰が希薄化している社会状況を暗示し、コスモポリタンがそのランプを消す行為は、バイブルとキリスト教とに対する疑念と不信から、それらの存在意義を否定する象徴的行為としてとらえることができる。ランプの明かりの消滅に続く「闇（darkness）」（*CM* 251）のラストシーンは、愛の光が消えて不信の闇に包まれる作者メルヴィルの内面の描出と解釈できよう。

4　「最も難解な作品」

この作品が発表された当時、*The Critic*（April 15, 1857）は『信用詐欺師』は、彼の全著作中、最も難解な作品（the hardest nut to crack）であろう。理解できたのかどうか、皮相の意味とは別の深い意味が隠されているのかどうかも、私たちにはよく分からない[6]」と評した。また *The Westminster and Foreign Quarterly Review*（July 1, 1857）は「人間性に対する見方は厳しく、暗い……息抜きできず、タイモンの精神が濃すぎる[7]」と述べた。『信用詐欺師』は、他のメルヴィルの作品と比べて、非常に読みにくい。遺作となった中編小説『水兵ビリィ・バッド』もそうだが、回りくどい言い回しと語り口で、言葉数が非常に多い。わざと分かりにくいようにメルヴィルは書いたのではないかと筆者には思える。文体が読みにくいだけでなく、作者の意図と真意もとらえにくい。しかし、作品の最初の数章と最後の数章を理解すれば、作品のテーマと結論が、つまり、作者の言いたいことの核心部分が理解できる仕組みになっている。

ただ、疑問点がひとつ残る。コスモポリタンは、どの一章を読み上げようとしたのか？　彼は老人に向けてバイブルからの一章を読み上げようとしたが、ランプが暗くなり始め、老人も自分の個室に戻る支度をし始めたため、結局読み上げられることのなかった一章はどれなのか？　「箴言《しんげん》」か「伝道の書」中のソロモンの知恵の一章か？　『アポクリファ』中の一章か？　作者は一体何のために、どういう意図で、このような答なき謎を残したのか？　読者にその一章を探すべくバイブルを開かせるためか？　あるいは、そんなことに疑問を抱いてバイブルを開く人間なんていないだろうという思いから、わざと答なき謎を残したのか？

この作品は一般の読者には決して好まれないであろう。だが、メルヴィルとその時代を知るためには是非とも読んで理解したい作品である。[8]

第十章　メルヴィルと鮫

——どちらがより残虐か、鮫か人間か？——

1863年以降、この世を去る1891年までメルヴィルが後半生を暮らした住居に面する四つ角に掲げられているハーマン・メルヴィル・スクウェアの表示——メルヴィルは、ブロンクス北方のウッドローン共同墓地に眠っているが、野口英世と高峰譲吉も同じ共同墓地に眠っている。

1　メルヴィルにとって鮫とは？

アメリカが世界最大の捕鯨国であった十九世紀に生き、しかも自らも、往路は捕鯨船員として、帰路は米軍艦乗組員として、南太平洋と中部太平洋を巡ったメルヴィルは、鯨、それも白い鯨と結び付けられて後世にその名と作品を残しているが、彼が最初にスポットライトを当てた海の生き物は、鯨ではなく、鮫であった。第三作『マーディ』で彼は海洋生物の描写に数章を割いているが、その中で鮫の描出に最も多くの言葉を費やしている。そして第五作『ホワイト・ジャケット』では屍衣のように白いジャケットをホホジロザメになぞらえ、第六作『モービィ・ディック』では鯨の屍体をむさぼり食う南海の鮫の群れを描出している。メルヴィルにとって鮫とは、どのような存在だったのか？

2　鮫と人間――冷酷、残忍、無慈悲

メルヴィルは海を残酷な人間世界と人生のメタファーとして、そして鮫を残忍な人間たちのメタファーとして認識していた。メルヴィルの鮫の描出は『マーディ』と『ホワイト・ジャケット』では助走段階にすぎず、『モービィ・ディック』で本格的に行われるが、その鮫の描き方を見ると、彼は、鮫と人間のどちらがより冷酷、

無慈悲で残虐か？　と読者に問いかけているように思える。

2－1　『マーディ』の鮫

メルヴィルは『マーディ』の導入部――第一章から第三十八章――で、海洋のさまざまな姿を生き生きと描出している。捕鯨ボートによる航海の様相、および中部・南太平洋の朝、昼、夕、夜の海の姿、海洋生物、そして天空の星座を細かに描いているが、海洋生物の叙述と描写では鮫に関して最も多くの言葉を費やしている。

彼は「陸上の人間よりも多い数の鮫が海にいる」（*M* 40）と言って、計七種の鮫に言及するが、まず四種の鮫――Bone Shark（ウバザメ）、鯨の屍肉の周りを泳ぐ「深海のハゲワシ」（*M* 40）と呼ばれるBrown Shark（ネコザメに似た褐色の鮫）、「悪鬼のように冷酷」に見え「冷血な」（*M* 40）雰囲気をもつBlue Shark（ヨシキリザメ）、はぐれた船乗りを捕食するので船乗りたちが憎悪するTiger Shark（イタチザメ）――を紹介し、これらの鮫の外観と行動パターンに関する一般的認識を語った後で、この認識は誤りであり、鮫は他の生き物や人間と同様に愛すべき存在であると述べている。

ただし、White Shark（ホホジロザメ）だけは例外で、メルヴィルはこれを嫌悪し、死霊や人間嫌いのタイモンになぞらえて、次のように語る――「すべての鮫の内、ぞっとするホホジロザメからだけは、われを救い給え。われわれは何にせよ憎むべきではないが、ある種の嫌悪は本能的なもので、嫌悪は憎悪とは異なる。私はホホジロザメとは親しくも仲良くもなれない。彼は、はつらつとした親愛の情を取り付ける類いの生き物ではない。／この死霊のような鮫に出会うことはまれであり、その姿は昼よりも夜になるとはっきりと見える。タイモンのように、彼は常にひとりで泳ぐ。水面下すれすれのところを滑るように動き、時折、ぼうっとした乳白色の長い姿態を現しながら、白い歯の奥の底知れぬ穴を垣間見せる」（*M* 41）。

このように死を直ちに連想させ、死の使者と見紛うようなホホジロザメを紹介した後、メルヴィルは、鯨の背に乗り尻尾で叩いて攻撃するThrasher（オナガザメ）や、パイロットフィッシュ（水先案内魚としてのブリモドキ）に先導されて進むShovel-nosed Shark（サカタザメ、またはシュモクザメ）について語るが、彼がここで紹介する全七種の鮫の内、『マーディ』後の作品でその固有名が登場する種は、彼が嫌悪するホホジロザメのみであり、彼は、このホホジロザメを『ホワイト・ジャケット』と『モービィ・ディック』に、死のイメージを付与して登場させる。

2－2　『ホワイト・ジャケット』の鮫

『ホワイト・ジャケット』に鮫が、ホホジロザメが登場するのは物語の最終局面であるが、実際にホホジロザメが出現するのではなく、白ジャケットがホホジロザメに見間違えられるというかたちでその心象が現れるのである。物語の結末でネヴァーシンク号がヴァージニア沖に差しかかった際、メインマスト上で作業をしていた「私」は手違いから三十メートル下の海に落ちる。「私」は海面へ浮上しようとするが、水中で膨らんだ白ジャケットのせいで身動きがとれず、ベルトに挟んでおいたナイフで「自分自身を切り開くかのように」（*WJ* 394）して白いジャケットを切り裂いて脱け出て、海面に顔を出す。「私」は白ジャケットに対して「沈め、沈め、屍衣よ！」（*WJ* 394）と思い、一方、艦の乗員たちは白ジャケットをホホジロザメと思って、銛を何本も打ちこんで沈める。

ホホジロザメかと見紛う白ジャケットは『モービィ・ディック』の白鯨の先駆け的象徴、白鯨のプロトタイプとして認識できるが、ホホジロザメ自体は『ホワイト・ジャケット』にも『モービィ・ディック』にも、死の使いとしてのその心象が提示されている。

2―3　『モービィ・ディック』の鮫

『モービィ・ディック』では白い鯨という中心的表象に付帯する周辺的表象のひとつとして、ホホジロザメをはじめとする鮫類が、冷酷無慈悲さと残虐性の象徴的存在のように描かれる。

作者はまず、四十二章「その鯨が白いこと」でホホジロザメを登場させ、その白い色が人間の深層心理で死に直結することを例証する。白色がもつ多重な意味を分析する「私」イシュメイルは、極度の恐怖と嫌悪感を惹起する存在としてシロクマとホホジロザメを挙げ、「白い屍衣を着た熊や鮫」（*MD* 189）と表現しながら、ホホジロザメには「死のもつ白い静謐さ」（*MD* 190）があると語り、他の例を複数挙げながら、白い色は、究極的には、死を連想させ、死に対する恐怖を呼び覚ますと結論付けている。

次に彼は「恐ろしい海洋」を泳ぐ「無慈悲な」鮫を語るが、海は恐ろしい人間世界ないし人生のメタファーであり、その恐ろしい残酷な海を泳ぐ鮫は冷酷無慈悲な人間のメタファーになっている――「海の狡猾さを考えてみよ。目に見えぬ恐ろしい生き物が愛らしい青色の下に身を隠して泳いでいる。優美な姿の鮫のように悪魔的輝きと美しさをもつ無慈悲な種族の存在を考えてみよ。海中で行われる共食いを今一度考えてみよ。海の生き物は皆、互いに食い合い、創生以来、永劫の戦いを続けている［中略］この恐ろしい海洋が緑の陸地を取り巻いているように、人の魂の中にはタヒチ島があって平和と喜びに満ちているが、半ば知った人生の恐怖に包囲されている」（*MD* 274）。

ピークォド号が日本沖の穏やかな大抹香鯨漁場に入った時にメルヴィルは、イシュメイルの口を通して「人は、海の表面の静謐な美と輝きを目にすると、その下で激しく鼓動する虎の心臓の存在を忘れ、ビロードのようになめらかな足が残忍な爪を隠していることを思い出そうとしない」（*MD* 491）と語り、海の実像を「残忍な爪」を隠しもつ虎として映し出している。また一等航海士スターバックの口を通しては「おまえ［海］の中にいる歯がぎっしりと並んだ鮫ども、そして食人種のように人をかっさらうおまえのやり方」（*MD* 492）と語り、海を鮫や食人種に喩えている。このようにメルヴィルは、海面下の海の実態、すなわち、表面下の人間世界の実態を残忍な虎や鮫や食人種に比している。

さらにメルヴィルは鯨を追う捕鯨ボートと鯨肉を食べる人間を鮫に比している。インド洋上でスタッブ艇が巨大な抹香鯨を斃《たお》す場面では「ボートは今や沸き立つ海面を、体全体がひれと化した鮫のように疾走した」（*MD* 285）と表現し、その斃した鯨の料理を食す二等航海士スタッブを鮫に比して「神さま！　あいつが鯨を食うんじゃなくって、鯨があいつを食ってほしい。あいつのほうが鮫の旦那よりずっと鮫らしいぜ」（*MD* 297）と老黒人コックのフリースに言わせている。

フリースは、スタッブに命じられて、鯨の屍体に群がる鮫に対してピークォド号の舷越しに説教をするが、このばかばかしく無意味な説教は、教会に集う会衆に対する説教に擬せられている。したがって、フリースのこの言動は、鮫のように残虐な人間たちに対する教会の説教のパロディであり、その意図は、人間世界という残酷な海に生きる残忍で貪欲な人間たちに対するキリスト教会の説教の無意味さを比喩的に描出することにあると推察される。フリースの説教文句は以下の通りで、この説教を通じてメルヴィルは端的に、人間は鮫と同じだと語っている――「その貪欲さ、仲間の生き物の皆さんよ、その貪欲さをわしは非難せんよ。それが天性で、しょうがないもんな。けど、その邪悪な天性を抑えるってことが大切だ。おまえらは確かに鮫だ。しかし、自分の内の鮫を抑制すれば、なんとおまえらは天使になる。天使ってのは皆、よく律された鮫以上の何物でもないんだからな」（*MD* 295）。

鮫に関する最も凄絶な描出は「丸い海全体がひとつの巨大なチーズで、鮫どもはチーズの中の蛆虫」（*MD* 302）と見紛うほどに鯨の屍体に群がる鮫を、クィークェグらが鯨切開用スペードを使って殺戮する場面での鮫の行動描出である――「彼らは悪鬼のごとく、互いの飛び出たはらわたに噛みつくのみならず、しなやかな弓のように体を曲げて自らの飛び出た内臓にかじりついた。そして、その臓物はその同じ鮫の口からのみ込まれた後、あんぐりと開いている傷口から外へ飛び出し、再びのみ込まれてはまた傷口から飛び出すことを繰り返しているようだった」（*MD* 302）。

仲間のはらわたも自らのはらわたさえも食らう鮫の生態描写は加虐的自虐的残虐性の極致を表すものとしてとらえられようし、メルヴィルは鮫を非人間的残虐性の化身として描出したと認識できよう。

さらにメルヴィルは、このようにして殺戮した鮫の内の一匹がクィークェグの手を噛み切ろうとした際に、「鮫を創った神は、ひとりの忌まわしいインジンにちがいない」（*MD* 302）とクィークェグに言わせることにより、鮫を、十九世紀当時の白人アメリカ人がアメリカ先住民に対して抱いていた先入的固定観念である野蛮と残虐性の化身として描出している。

3　「文明化された残虐性」

メルヴィルは、鮫に説教をするフリースを通して鮫と人間とを同列視しているが、鮫と人間の共通項は、両者の冷酷無慈悲で野蛮、残忍な所業にある。メルヴィルの作品中に描出される鮫の所業は右に整理した通りで、鮫は死のイメージを付与され、冷酷無慈悲で残忍な人間のメタファーになり、蛮性と残虐性の象徴的存在になっている。

では、人間の冷酷無慈悲な所業はメルヴィルの作品中にどう描出されているか？　彼は処女作『タイピー』で白人文明人による残虐行為の具体例を列挙し、それら一連の行為を「文明化された残虐性」（*T* 125）というフレーズで総括した。そして、その後の作品で彼は、動物および人間自身に対する白人文明人の残虐性を数々の具体例に描出している。では、それらの具体例を総覧してみよう。

3－1　動物に対する残虐行為

メルヴィルは時折、ぎょっとするほど凄惨で残酷なシーンを描いている。人間が、それも作者自身を含めた白人文明人が動物たちを斃して血まみれにする残酷なシーンの描出の背後に、自らを含めた白人文明人の残忍無慈悲な所業を糾弾する姿勢と彼の動物に対する慈しみの心を読者は読み取ることができよう。

3－1－1　牛

メルヴィルは第二作『オムー』で冷酷無慈悲な牛殺しを描いている。「私」を含めた白人四名が現地《ポリネシ》ア人を荷物かつぎとして従えて牛狩りに行き、親子三頭の家族を発見して、皆殺しにする凄惨な殺戮場面を作者はこう描写する――「子牛は土くれのように倒れた。母牛は叫び声を上げ、茂みに頭を突っ込んだが、振り向き、うめき声を出しながら、死んだ子牛の傍に来て、ぐるぐるとその周りを回りながら、血だらけの鼻先でにおいを嗅ぎ続けた。茂みを砕く音と咆え声が逃げる雄牛の位置を知らせた。／すぐにもう一発が撃たれ、雌牛は倒れた。現地人たちに死んだ動物の処理を任せて私たちは雄牛を追った。恐ろしい鳴き声が雄牛の倒れている場所を教えた。雄牛は肩を撃たれ、恐怖と激痛から茂みの中に跳びこんだのだが、私たちが行った時には、緑の窪地に倒れていた。黒い鼻づらを自らの血の池に突っこみ、体中に血の塊がはねていた。／ヤンキーは銃を構え、次の瞬間、野獣は空中にはね、前脚を折りたたんでうずくまるかたちで死んだ」(*O* 220-1)。

さらに、血の臭いを嗅ぎつけて現れた野豚二頭も撃ち殺し、殺した動物たちを運ぶ「彼ら［現地人たち］の裸の背には血糊がべったりと付いていた」(*O* 222) と、メルヴィルは血塗られた情景を直截に語るが、文明が作り出した銃を手にした白人文明人による残虐行為を非難したりはしない。そして「私」たちが一年以上ぶりに口にする新鮮な牛肉で、深夜遅くまで宴会を楽しんだことを淡々と語る。

しかし『モービィ・ディック』では、牛を殺して食べる行為を、生存のために必要に迫られて人肉を食う食人種の行為にも劣るものとして、徹底的に断罪している――「最初に牛を殺した人間は殺人者とみなされたことに疑いの余地はない。もしかしたら絞首刑に処せられたかもしれない。牛たちによって裁判にかけられていたとしたら、当然そうなったであろうし、殺人者が絞首刑に値するなら、牛殺しも当然絞首刑に値する」(*MD* 299-300)と。

3-1-2　豚

『ホワイト・ジャケット』では、物語と同時進行の戦闘は発生しないが、登場人物の回想談というかたちで二つの戦闘場面をメルヴィルは描いている。その内のひとつは、黒人老船員による三十年余前の英米間の最後の海戦の回想であり、その黒人船員が米国人であるにもかかわらず公海上で英フリゲート艦マケドニアン号に強制徴用されて、この作品の舞台である米フリゲート艦ネヴァーシンク号と交戦した際の砲列甲板の惨状をメルヴィルは「屠殺場」や「肉屋の陳列台」に喩え、その中を豚が走り回るおぞましい光景を描出している――「マケドニアン号内の〝屠殺場〟では、頭上の横梁と縦梁に血と脳味噌が飛び散っていた。ハッチ周辺は肉屋の陳列台のようで、人肉の断片が環付きボルトに引っついていた。豚が甲板を走り回り無傷で生き延びたが、血だまりの中を嗅ぎ回った豚の体には血がべったりとこびりついていた。船が旗を降ろして降服した時、水兵らは、その豚を食うなんぞ人肉食いそのものだと毒づいて、船外に放り投げた」（*WJ* 316）。

この描写に続けて「別の四肢動物、山羊がこの戦闘で前肢二本を失った」（*WJ* 316）という短い一文を一段落としてメルヴィルが付け加えているのを目にすると、彼は戦闘で死傷した人間たちよりも、その巻き添えで犠牲になった無辜《むこ》の動物たちのほうに同情している様子が奇異な感じがするくらいにはっきりと見てとれる。動物愛護と背中合わせになっている彼の人間嫌悪、最後の長編『信用詐欺師』で明確に表明される人間嫌悪の深さを傍証する一文と言えよう。

3-1-3　鵞鳥

メルヴィルの動物をいたわる心に裏打ちされた残虐行為批判は、白人文明人の食習慣をも標的にしている。『モービィ・ディック』では読者を「鵞鳥を地面に縛り付けて肥大化させた肝臓をパテ・ド・フォワ・グラにして喜んで食べている文明開化のグルメのあなた」（*MD* 300）と呼び、次のように問いかけながら、白人キリスト教文明人の欺瞞に満ちた残虐行為を批判している――「ナイフの柄を見てみよ、ローストビーフを食している、わが文明開化のグルメよ。その柄は何で作られているか？　あなたが食べている牛の兄弟の骨でなくて何だ？　さらに、あの太らせた鵞鳥をむさぼり食った後、何を使って歯をつつくのか？　その同じ鳥の羽根でだ。しかも鵞鳥虐待防止協会の書記はどんな羽ペンで回状を書いていたか？　この協会がスチールペン以外は使用しないと決議したのは、ほんの一、二ヶ月前のことだ」（*MD* 300）。

3-1-4 鯨

『モービィ・ディック』の六十一章から七十章にかけての捕鯨─鯨食─鯨の解体処理─鯨の屍体遺棄までの一連の行動の描写中には凄惨な血の光景が複数出現する。まず捕鯨シーンで、体中に銛を突き刺された鯨が血を流す光景をメルヴィルはこう描く――「赤い血潮が怪物の体中から流れ出るさまは、丘を下る小川の流れのようだった。海水ではなく血の海の中を激痛でのたうつ鯨は、泡立ち沸き立つ血の航跡を長々と引きずった。陽は傾き、深紅の池の照り返しを受けた鯨捕りたちの顔は赤色人種のように紅潮した」(*MD* 285)。

続けて彼は、心臓を突き刺された鯨が赤ワインの滓《おり》のような血の塊を噴き出して息絶える姿を描く――「断末魔のもがきは弱まり、鯨はもう一度波打つようにしてその姿を見せた。鋭く裂けるような苦悶の呼吸音を出しながら、痙攣を起こしたように噴気孔を広げ、収縮させた。最後に、赤ワインの紫色の滓《おり》のように凝固した血の塊が、どどっと噴き上げられ、動かなくなった鯨の脇腹を伝って海に滴り落ちた。鯨の心臓が破裂したのだ！」(*MD* 286)

捕鯨シーンに続けてメルヴィルは、このようにして殺した鯨の尾の身のステーキをスタッブが食べる場面を描くと同時に、さらに、フランスや英国の宮廷における鯨食の歴史やスコットランドの修道士たちが好んだ海豚食などを紹介しながら、白人キリスト教文明人による鯨食の実態を明らかにする。続いて、乗組員総出で鯨の脂肉をはぎ取り、鯨油を取るための脂肉処理作業をする場面では「象牙色のピークォド号は屠殺場と化し、水夫は皆、屠殺人となった。傍目には私たちが一万頭の血染めの牛を海神たちに捧げているように見えたことだろう」(*MD* 303) と語る。最終的には「頭部を切断され、脂肉をはがされた鯨の白い体」が海上に遺棄されるが、この遺棄屍体に群がる鮫と海鳥を見て「私」イシュメイルは「おお、おぞましき地球のハゲワシ的所業！　その所業からは最強の鯨といえども逃れえない」（*MD* 308）と結ぶ。

メルヴィルは捕鯨や鯨食を良きこととして推奨しているわけではない。彼はまた、捕鯨や鯨食を悪しきことして批判し、過激な動物愛護の観点から、それらの禁止を独善的、偽善的に訴えているわけでもない。彼は、あくまで人間行動の実態としてのそれらの行為を忠実に描出し語っているのであり、作品の中ほどで次のように述べることによって、捕鯨船に乗り組んだ彼自身も必然的にこれらの行為の一部を担っていることを率直に認めている――「キリスト教世界と文明から長期間追放された者は、神の御手によって置かれた時の状態、つまり野蛮と称せられる状態に必然的に立ち返る。本物の鯨捕りは［アメリカ北東部インディアン］イロクォイ族と同様の蛮人である。私自身、蛮人であり、食人種の王にしか忠誠を示さず、しかもいつでも反逆する用意がある」（*MD* 270）。

とは言え、人間に狩られる巨鯨を鷹に追われる小鳥に喩えながら、その可哀想すぎる姿を描出するメルヴィルからは、牛や豚、鵞鳥と等しく、鯨を含む生き物全体に対する愛護の精神が読み取れる。以下は、右側のひれがないために真直ぐに泳ぐことができず、しかも黄疸らしき病気を患っている雄の老鯨を追い、屠《ほふ》る場面である――「それは恐ろしい、哀れそのもので、気狂いじみた光景だった。鯨は頭部を突き出し、悶え、続けざまに潮を噴き上げながら、激痛と恐怖に駆られて、片方しかない惨めなひれを横腹に打ちつけていた。こっちへあっちへとよろめきながら逃げ、大波に突き当たるたびに発作的に海中に潜ったり、空中で片ひれをぱたぱたと打ちつけながら横向きに転がったりした。片方の翼が傷ついた小鳥が、海賊のような鷹から逃れようとして恐怖に駆られながら空中でぐるぐると無駄に舞う姿を見たことがある。だが、鳥には声があり、悲痛な鳴き声で恐怖を伝える。しかし、この巨大な物言わぬ海の獣の恐怖は、彼の中に鎖でつながれて閉じ込められたままである。噴気孔を通しての窒息しそうな呼吸音を除いては、彼は声をもたず、そのことが彼の姿を言葉にできないほどに哀れなものにしていた。その驚異の巨体、落とし格子の顎、絶大な力をもつ尾には、彼を哀れむどんな猛者をも戦慄させるに足るものがあったのではあるが」（*MD* 354-5）。

最終的に三等航海士の「残忍なフラスク」（*MD* 353）によってとどめの一刺しを入れられて断末魔の苦しみを味わいながら、当時の白人文明社会に灯りをともすために老鯨が死に絶える情景は、むごたらしさと悲哀に満ちている――「憐れみは無用だった。老齢で、片腕しかなく、目は盲いていようとも、彼は死ななければならないし、人間たちの楽しい婚礼や歓楽を照らすために、そして万物の万物に対する無条件の非攻撃的姿勢を説法する厳粛な教会の灯りをともすために、殺されなければならない。自分の血の海の中をのたうち回りながら、ついに彼は、脇腹の下部にある一ブッシェル容器ほどの大きさの、奇妙に変色したこぶのような突起部をちらと見せた。／〝急所だ〟とフラスクは叫んだ。〝そこを一突きさせてくれ〟／〝やめろ！〟とスターバックは叫んだ。〝その必要はない！〟／だが慈悲深いスターバックの指示は間に合わなかった。投擲の瞬間、その無残な傷口から潰瘍性の血がほとばしり、耐え難い激痛に刺し抜かれた鯨は濃い血を噴きながら、怒り狂い、盲滅法にボートに突進し、勝ち誇る乗組みたちに血糊の雨を降らし、フラスクのボートを転覆させ、その舳先を破壊した。それは瀕死の一撃だった。この時までにすでに大量失血した彼は、破壊したボートから力なく転がるようにして離れて行った。横向きになってあえぎながら、力なくぱたぱたと付け根部分しかないひれを動かし、終わりに近づく世界のようにゆっくりと転がって行き、仰向けになって白い陰部をさらし、丸太のように横たわって死んだ」（*MD* 357-8）。

3―2　人間に対する残虐行為

メルヴィルは『タイピー』で「私たちが〝野蛮人〟と呼ぶ彼らは、その称号にふさわしくなるようにさせられているのだ」（*T* 26）と述べて、太平洋の島々に生きる人間たちに対する欧米からの侵略者たちの、つまり、白人キリスト教文明国の兵士たちや冷血極悪な商人たちの残虐非道な所業が、未開の純真な人間たちを野蛮な復讐者に、すなわち、いうところの〝野蛮人〟に変えたことを、具体的事例に触れながら、メタファーや象徴など一切使わずに直截な言葉で糾弾している。そして、イングランドにおける残虐極まりない処刑方法に触れながら、真の野蛮人は白人文明人であり、白人文明人が最も野蛮だと結論付けている――「彼らがそう［食人種に］なるのは、敵に対する復讐心を満たす時だけである。私は問いたい。単なる人肉食が、文明開化されているイングランドでわずか数年前に行われた慣例的行為を残虐さの点ではるかに上回っているのかと。イングランドでは、おそらく嘘をつき、愛国心にもとる行為をしたなどの極悪の罪で有罪を宣告された国賊が、大きな斧で首を刎《は》ねられ、はらわたを引きずり出されて火の中に投げ入れられた。さらに、その体は八つ裂きにされ、刎ねた首とともに槍で刺して、人の集まる場所に陳列され、腐りただれるままに放置されたのである！／死をもたらす道具の考案に私たちが際限なく発揮する悪魔的技能、戦争遂行時の復讐心、その結果もたらされる荒廃した惨状。これだけでもう、白人文明人が地球上で最も獰猛な動物だということをはっきりさせるのに充分である」（*T* 125）。

実際に現地ポリネシアの人々の間で暮らし、彼らと交流したメルヴィルの目から見ると、野蛮人はポリネシア人ではなくて白人文明人のほうであり、ポリネシアの人間が逆に宣教師となってアメリカに派遣されてもよいくらいだとも彼は語っている――「〝野蛮人〟という表現は間違った相手に向けて使われていると私は考える。熱病のような文明がもたらす汚れた空気の中で発生するあらゆる悪徳と冷酷非道な所業を考えてみる時、私は、邪悪さの程度を比べてみた限りでは、四、五人のマーケサス諸島の人間を宣教師として合衆国に送ったら、同様の役目でマーケサス諸島に派遣される同じ数のアメリカ人と同程度に役立つのではないかと考えたくなる」（*T* 125-6）。

メルヴィルはさらに、戦争遂行時の人間の人間に対する残虐性にもスポットライトを当てている。『ホワイト・ジャケット』ではジャック・チェイスが仲間たちに語る海戦体験談という設定で、砲撃を受けてショック死した少年弾薬運搬員の姿を言葉少なに描出している――「砲撃で粉砕された舷牆から立ち上る粉塵が消えると、その子がまだじっと座っているのにおれは気づいた。彼の両目は見開かれたままだった。〝おれの可愛いヒーロー!〟とおれは叫んで彼の背中をたたいたが、彼は顔を下にしておれの足元に倒れた。心臓に手を当ててみると死んでいた。その子の体には指一本も触れた跡がなかった」(*WJ* 319)。

メルヴィルは戦争を「それ〔戦争〕にまつわることはすべて、愚かそのもので、キリスト教精神に反し、野蛮、残忍で、フィジー諸島と人肉食、硝石と悪魔を連想させる」(*WJ* 315)と断罪し、「陸上の兵士であろうと水兵であろうと、戦う者は悪鬼である」(*WJ* 320)と結んで、戦争を非人間的な「悪鬼」の行為として否定している。彼は戦争を、人間の人間に対する残虐性が最も分かりやすいかたちで発現される場として認識していたと考えられる。

4 「死の大顎」――『イズリアル・ポッター』の海戦

メルヴィルの作品中で海戦が描出されるのは『ホワイト・ジャケット』と第八作『イズリアル・ポッター』のみで、しかも『ホワイト・ジャケット』では登場人物に過去の海戦体験を語らせるという形式での短い海戦描写を行っており、物語と同時進行の海戦シーンが詳細に描出されるのは、唯一『イズリアル・ポッター』のみである。

『イズリアル・ポッター』は、メルヴィルの全九作の長編中で一番短い、また、最も底の浅い作品である。彼が一八四九年初秋に入手した実在の人物の伝記的種本をベースにして書かれた、波乱に富んだ活劇的物語だが、メタファーや象徴は、海戦を照らし出す「人面月」と「死の大顎」としての海の深淵以外に目立つものはない。メルヴィルは出版社宛てに、執筆中の『イズリアル・ポッター』について「内省的叙述はわずかで、重々しい記述はゼロです。冒険物語です[1]」と書いたが、実際その通りである。『モービィ・ディック』で酷評され、『ピエール』でさらなる悪評をこうむった彼が、生活のために世間が求める類いのものを書いてやろうと考えて書いたのではなかろうかと思われる、深みのない、浅薄で軽く読み通せる物語であるが、しかし、この作品での海戦シーンの描出は秀逸であり[2]、このシーンを見るためだけにでもこの作品を読む価値があると言ってよいほどである。

海戦シーンの描写は「勇猛果敢、無節操、無謀で、弱肉強食的考え方と果てしなき野心をもち、外面は文明化されているが内実は野蛮なアメリカは、世界の国家群の中のポール・ジョーンズであり、今も依然として、そのような存在なのかもしれない」(*IP* 120) という、文明という仮面をかぶった野蛮なアメリカを語る叙述で始まり、文明が作り出した武器を使用しての凄絶な蛮性の発現を描出している。

凄惨な海戦は、夜七時から十時までの三時間にわたって、仲秋の満月の下で、ヨークシャーの高い崖と岬の上から何千という数の群衆が見つめる中で、アメリカのリシャール号とイギリスのセラピス号との間の決闘という様相を呈して行われる。月が水平線上に顔を出すと、両艦の舷側砲の一斉射撃が始まり、取っ組み合って格闘するような格好で、マストの帆桁をからませ合い、一斉砲撃し合うと同時に、帆桁上からマスケット銃を撃ち、手榴弾を投擲する戦闘シーンが描出される。両艦の総員の半数が死傷した海戦の描出を締めくくる以下の文言にメルヴィルの戦争観と文明観が集約されている――「リシャール号は殺戮に飽食し［中略］硫黄のあらしの中で爆発して、ゆっくりと沈み、ゴモラのように視界から消えて行った［中略］文明開化された人間と野蛮人を分かつものは何か？　文明は別個のものか、それとも蛮性の進化の一段階なのか？」(*IP* 130)

メルヴィルは、文明という仮面の奥に隠されている蛮性と残虐性を人間の属性として冷ややかに認識していたようである。なぜなら、彼は『タイピー』と『オムー』で、南海の現地人がもつ未開の自然な蛮性とその地を侵略する白人の文明化された蛮性を対比して語り、文明化された蛮性による残虐な所業を批判し糾弾していたからであり、そして『イズリアル・ポッター』の凄絶な海戦を照らし出す月を「にやりと笑う人面月（the grinning Man-in-the-Moon）」（*IP* 123）と表現しているからである。この月は作者の心の表情を映じていると推断できる。『イズリアル・ポッター』に鮫の姿は直接的には出て来ないが、しかし、「艦と艦の境の深淵は双方にとって死の大顎であった」（*IP* 125）という一文中にメルヴィルは死のメタファーとして鮫の大顎のイメージを使用しており、この一文は彼が『モービィ・ディック』で寸描した「鮫どもが待ち遠しそうに船の甲板をじっと見上げている姿」を想起させる。『モービィ・ディック』で彼は、海戦中の船の甲板を口を開けて見上げる鮫たちの姿を引き合いに出しながら、無数の鮫が鯨の屍体に群がって脂肉に食らいつく情景がいかに凄まじいものであるかを、こう語っている――「赤い肉が切り分けられているテーブルの周りに集まる腹をすかせた犬たちのように、硝煙に包まれた海戦の恐怖と悪魔的所業の真っ只中で、殺されて放り落とされる人間を一飲みにしようと、鮫どもが待ち遠しそうに船の甲板をじっと見上げている姿が目にされるであろうが、そして、甲板テーブル上で勇猛な屠殺人たちが、金色に塗り、ふさ飾りを付けた肉切り包丁で、互いの生身を食人種のように切り刻んでいる間、テーブル下の鮫どもも、宝石のような歯がはめ込まれた口を開けて騒々しく死肉を切り分けているが［中略］それでも、夜の海上の捕鯨船に横付けされた死んだ抹香鯨の周りほど連中が無数に楽しそうに集まっている光景を目にすることはない」（*MD* 293）。

この長い一文中にメルヴィルは、鮫も人間も等しく冷酷で残忍で無慈悲な側面をもっているさまを描出している。彼の作品群総体の中では、確かに、鯨が、それもユダヤ・キリスト教の神を後ろ盾とする白人キリスト教文明の化身たる白い鯨が要の位置を占めており、自らのＤＮＡを組成するこの白い存在がメルヴィルの追究と断罪と否定の対象の中心にあったが、並行して、彼は、残酷な海を泳ぐ冷酷無慈悲な鮫に、残酷な人間世界でうごめく残忍な人間たちの性《さが》の化身としての、そして残酷な死の化身としての隠喩的、象徴的意味合いを付与し、彼の作品群中に繰り返し登場させていることを、私たちははっきりと認識しておきたい。

5　メルヴィル後半生の鮫

『イズリアル・ポッター』出版直後に書かれた中編『ベニート・セレーノ』（*Benito Cereno*, 1855）にも一度だけ鮫がさりげなく言及される場面があるが、そこではメルヴィルは、愛する者を水葬に付さねばならなかったことを嘆くデラーノ船長の口を通して「すべてを——食べ残しを犬たちに与えるようにして——すべてを鮫どもに投げ与えるなんて！」（*PT* 61）と言って、人間の死と屍肉を鮫に直結させている。このようにメルヴィルは、三十代半ばまでに書いた諸作品中で、ホホジロザメをはじめとする鮫総体に忌まわしい死のイメージを付与しながら、死を仲介する冷酷無慈悲な残虐性と蛮性の化身、および、そうした性《さが》をもつ人間たちの化身として鮫を描出したが、彼の鮫は終生彼につきまとい、晩年に彼が綴った詩の中にも死の仲介者としての鮫が時折登場する。

最後の長編『信用詐欺師』の出版から二年近く後に複数回行った講演『南海』では、彼は鯨については一切語らず、鮫、メカジキ、マンタの順に三種の海中生物に言及しているが、鮫に関しては、太平洋の鮫の個体数の多さを比喩的に「清帝国に清国人が密集するごとくに太平洋の各地に生息する鮫の各種族」（*PT* 413）と述べているのみである。しかし、一八六三年十月、ハドソン川沿いのニューヨーク税関に検査官として就職するためにピッツフィールド、アロウヘッドの一戸建てからマンハッタン、グラマシー地区のアパートメントに引っ越して以降に発表した詩では、数少ないながらもメルヴィルは鮫の心象風景を寸描している。

『戦闘詩編および戦争の諸相』（*Battle-Pieces and Aspects of the War*, 1866）には終わりの方で二回、鮫が登場する。まず、「海軍の勝利を記念して」と題した詩を「鮫が／白い姿を見せながら燐光を発する海をすべるように泳ぐ

(The shark / Glides white through the phosphorus sea)」(*PP* 136) とメルヴィルは結んでいるが、この情景は『マーディ』開始部の幻想的な燐光を発する夜の海と『ホワイト・ジャケット』の最終局面でホホジロザメに見間違えられる海中の白ジャケットを思い起こさせる。そして「アルディへの斥候」では、南軍騎馬隊大佐モズビィの動きを「鮫が海中をすべり行くように (As glides in seas the shark)」(*PP* 139) と表現している。

『クラレル――聖地での詩と巡礼』(*Clarel: A poem and Pilgrimage in the Holy Land*, 1876) では第一部「エルサレム」で一回、第二部「荒れ野」で三回、鮫が出てくる。第三部と第四部に鮫は登場しない。第一部では「鮫をあなた [キリスト] はつくり出し、それを鳩だと言う (The shark thou mad'st, yet claim'st the dove)」(C 1.13.71) と。第二部では、聖地巡礼一行の護衛隊に蹴散らされて去っていく盗賊たちの五本の槍の刃先の遠景を、「屍室の口」を開いて海面下を進む鮫が水面上に見せる背びれに喩えている――「鮫の背びれのように水面上に現し/真っ直ぐに立てて波を切り分け/じっと上を見つめながら、水の下の/墓の中を、細身の体と/屍室の口がすべるように進む (Like dorsal fins of sharks they show / When upright these divide the wave / And peer above, while down in grave / Of waters, slide the body lean / And charnel mouth.)」(C 2.9.96-102)。また、トビウオの逃げ場として「砂地の鮫どもが牙をかかえて棲む浅瀬は深海よりも悪い (But where their fangs the sand-sharks keep / Be shallows worse than any deep.)」(C 2.10.219-220) と。そして「憎悪が生の美しい色合いの下を/陽光降りそそぐ太平洋の青の中の鮫のようにうろつく (And hate which under life's fair hue / Prowls like the shark in sunned Pacific blue.)」(C 2.36.38-9) というふうに、メルヴィルは鮫を死と憎悪のメタファーとして登場させている。

メルヴィルが死の三年前に自費出版した詩集『ジョン・マーと他の水夫たち、および海の詩編』(*John Marr and Other Sailors With Some Sea-Pieces*, 1888) と死の四ヶ月前に自費出版した詩集『ティモレオン他』(*Timoleon Etc.*, 1891) の中にも、『マーディ』、『ホワイト・ジャケット』そして『モービィ・ディック』で描出されたホホジロザメ等の鮫と同様に、死のイメージを色濃く付与されたホホジロザメ他の鮫が姿を見せる。

海洋と南の島々への懐旧の情を詠じた『ジョン・マーと他の水夫たち、および海の詩編』中の「海の詩編」には十四の詩が収められており、[3] 最初の「ミズナギドリ」と十番目の「モルディヴの鮫」に鮫が現れる。ホワイト号の提督が彼の指揮下の水夫らとともに海の底に眠る情景で終わる「ミズナギドリ」では、海洋の光景の一部として鮫たちの姿が寸描されるが、それらの鮫は「腹をすかせた海」と一体化している――「腹をすかせた海は猟犬のように船体を駆り立て、／鮫はミズナギドリの群れをつけまわす（The hungry seas they hound the hull, / The sharks they dog the haglets' flight;)」と。そして、死相を帯びた鮫とパイロットフィッシュの共生を詠った「モルディヴの鮫」の鮫は、「屍室のごとき口」で「おぞましき肉をむさぼり食う青白き生き物」として、死の表象体と化している。

The Maldive Shark

About the Shark, phlegmatical one,
Pale sot of the Maldive sea,
The sleek little pilot-fish, azure and slim,
How alert in attendance be.
From his saw-pit of mouth, from his charnel of maw
They have nothing of harm to dread,
But liquidly glide on his ghastly flank
Or before his Gorgonian head;
Or lurk in the port of serrated teeth

In white triple tiers of glittering gates,
And there find a haven when peril's abroad,
An asylum in jaws of the Fates!

They are friends; and friendly they guide him to prey,
Yet never partake of the treat—
Eyes and brains to the dotard lethargic and dull,
Pale ravener of horrible meat.

この詩に詠われる「ゴルゴンのような頭」をもつ「モルディヴの海の青白き痴れ者」は、鮫の種としては、『マーディ』で「メドゥサの頭髪」（*M* 54）を振るようにして動く「不細工な嗜眠性の化け物」（*M* 53）として描出され、パイロットフィッシュと共生するさまが語られたShovel-nosed Sharkであろうが、この「鈍重なやつ」で「惰眠をむさぼる愚鈍な老いぼれ」は、老年のメルヴィル自身を映じているようにも思える。

「モルディヴの鮫」は『マーディ』と連動して解釈される必要がある。『マーディ』での失われたイノセンス探求航海の結末近くで、若きタジがホーシャからの三人の使者が乗る舟の後についてホーシャの住むフロツェラ島へ向かう際、「三匹の光り輝くパイロットフィッシュが前方を泳ぎ、三匹の飢えた鮫が後から追って来た」（*M* 641）とメルヴィルは綴る。「私」タジを先導する三匹のパイロットフィッシュはホーシャからの三人の使者で、セイレンに喩えられる南海の美しい娘たちの化身であり、性の誘惑を意味し、「三匹の飢えた鮫」は「私」の罪の意識と良心の呵責を体現する復讐者たちの化身である。フロツェラ島に着くと、タジを案内したパイロットフィッシュたちは現地ポリネシアの娘たちの姿に戻り、「青い衣を身にまとった［中略］三人の黒い目の娘たち」

(*M* 645) が現れる。「パイロットフィッシュが変身した!」と若き吟遊詩人ユーミィが叫び、「夜の目をもつ三人の使者に!」(*M* 645) と老歴史家モヒが続ける。『マーディ』開始部で語られるShovel-nosed Sharkと共生するパイロットフィッシュは「明るい鋼青色」(*M* 54) をしており、パイロットフィッシュになってタジを先導した三人の使者は「青い衣を身にまとった」姿に戻り、「モルディヴの鮫」のパイロットフィッシュも「青くてほっそりして」いて、いずれもパイロットフィッシュであるブリモドキの特徴的色合いを呈している。『マーディ』のパイロットフィッシュは南海の娘たちで、性の誘惑を意味していたが、「モルディヴの鮫」と共生するパイロットフィッシュは誰で、何なのか? やはり、性の誘惑か? それとも食卓のごちそうにいざなう友人や家族か? 「屍室」に喩えられる鮫の口は、パイロットフィッシュたちにとって「のこぎり歯の港」で「安全な場所」であり「運命の三女神のような大顎の中の避難所」と詠われているので、もし鮫が老年のメルヴィル自身だとすれば、パイロットフィッシュは彼の子供たちや孫娘たちなのかもしれない。そして、白人キリスト教文明社会を敵に回して世間に抗し続けた、イシュメイルのようなメルヴィルにとって、パイロットフィッシュは数少ない愛すべき存在を意味するのかもしれない。いずれにせよ、ひとつだけはっきりしていることは、「屍室のごとき口」をもつ鮫が、この詩の最終行で「おぞましき肉をむさぼり食う青白き生き物」と、死と悪魔的残虐性の化身のごとくに詠われていることである。そして「おぞましき肉」とは肉欲の肉かもしれないし、食卓の肉かもしれないし、両方かもしれない。

あるいは、パイロットフィッシュはメルヴィル自身でもあるのかもしれない。『モービィ・ディック』の最終場面で、空《から》の棺につかまって「葬送の海」に浮かぶイシュメイルの傍を「危害を加えぬ鮫たちが、まるで口に南京錠をかけたかのようにして通り過ぎた」(*MD* 573) と作者は綴ったが、イシュメイルは白鯨追撃物語を進行するパイロットフィッシュのような役割を担っていた。したがって、パイロットフィッシュとしてのイシュメイルにとって、死と虚無の象徴たる空《から》の棺は、鮫のように冷酷無慈悲な海、つまり鮫のごとくに残酷な世間からの避難所だったと解釈できる。クィークェグがその棺に入ってみて、生きる意志を取り戻して死の淵から復活したように、「無意識のうちに棺の倉庫の前で立ち止まり、葬列に出くわすたびに、列の後に必ずついて行く」(*MD* 3) イシュメイルも、死と虚無に直面することにより生への意志が蘇るのである。メルヴィルは死に取り憑かれながらも、常に生を希求していた。そのことは死んだ脚と生きている脚の上に立って歩くエイハブの姿に象徴的に表れている。

鮫は終生メルヴィルにつきまとい、死のわずか四ヶ月前に出版された『ティモレオン他』(一八九一)に収められている「遠い昔の旅の果実」中の「脇の小運河で」にもその姿を鯨とともに見せる――「私は泳いできた/鯨の黒い尾びれとホホジロザメのひれとの間を (I have swum— I have been / 'Twixt the whale's black flukes and the white shark's fin;)」。この隠喩的表現をどう解釈すべきか? 鯨の尾びれには一撃で捕鯨ボートを粉砕し鯨捕りを死に至らしめる力があることをメルヴィルは『モービィ・ディック』の八十六章「尾」で語っていた。したがって、死と破滅をもたらす鯨と鮫に挟まれて泳ぐという隠喩的状況にメルヴィルが投入したのは、自分は死と破滅と隣り合わせの人生を生きてきたという認識である。この鯨と鮫の隠喩に続けてメルヴィルは、「敵の砂漠をさすらってきた/そして振り返り、振り返り、じっとよく見た/音もなく私の後をつけていた/妬みと中傷が、手をつないで癩《らい》病患者のように (The enemy's desert have wandered in, / And there have turned, have turned and scanned, / Following me how noiselessly, / Envy and Slander, lepers hand in hand.)」と綴っているが、これはメルヴィルの作品に対する世間の評価も彼に死と破滅をもたらすようなものだったことを意味していよう。さらに続けて、こうした一連の死と破滅の脅威に「私」は屈することなく立ち向かってきたが、ゴンドラに乗っている「私」を見つめるセイレンの眼差しの誘惑には立ち向かえず、ユリシーズと同様に逃げ去ったことを詠ってメルヴィルはこの詩を締めくくっている。

メルヴィルの日記によると、彼は、一八五六年十月から翌五七年五月にかけてのヨーロッパ・中東旅行中、四月一日夕から六日早朝までヴェニスに滞在した。滞在中、彼は頻繁にゴンドラに乗っているが、五日、日曜の日記には「リアルト橋まで歩いた。大運河沿いをくまなく見た後、さらに散策。美女多数。ティツィアーノの女性たちの豊潤な褐色の肌は実物から描かれた」（*J* 119）と記している。彼はヴェニスの美女たちに魅せられたようだが、この「脇の小運河で」という詩では、ゴンドラに乗っている「私」を誘う美しすぎる眼差しから逃れ去る心境を、セイレンからの逃避になぞらえて詠っている。

彼がこの詩を書いたのは、一八五七年初夏にヨーロッパ・中東旅行からニューヨークに帰って間もない頃だったかもしれないし、また、死の直前の出版に際して最後の推敲を施したかもしれない。いずれにせよ、死ぬ間際に一冊にまとめて発表した作品中に鯨と鮫の並列メタファーが現れることの意味は大きい。一般にモービィ・ディックという名の白い鯨で知られる作家メルヴィルの表象として、白い鯨とともに白い鮫が認知されてしかるべきであろう。

註

第一章

（1）『モービィ・ディック』のなかで日本が言及されている十六箇所の内、八箇所を本文で取り上げた。残り八箇所を以下に列挙しておく。

＊　mountainous Japanese junks（*MD* 69）

＊　“… we are nearing Japan…”（*MD* 474）

＊　impenetrable Japans（*MD* 483）

＊　Launched at length upon these almost final waters, and gliding towards the Japanese cruising-ground, the old man’s purpose intensified itself.（*MD* 483）

＊　Penetrating further and further into the heart of the Japanese cruising ground, the Pequod was soon all astir in the fishery.（*MD* 491）

＊　Now, sometimes, in that Japanese sea, the days in summer are as freshets of effulgences. That unblinkingly vivid Japanese sun seems the blazing focus of the glassy ocean’s immeasurable burning-glass.（*MD* 500）

＊　… in these resplendent Japanese seas the mariner encounters the direst of all storms, the Typhoon.（*MD* 503）

＊ "The land is hundreds of leagues away, and locked Japan the nearest."（*MD* 515）

（2）［　］内の語句は筆者が補ったもの。以下、全章を通じて同じ。

（3）この「　」内は、メルヴィルの描写（*T* 197）を筆者が短縮、要約したもの。

（4）D. H. Lawrence, *Studies in Classic American Literature*, Penguin Books, 1971, p. 169.

第二章

（1）Jean-Louis Saquet, *The Tahiti Handbook*（Editions Avant et Apres, 1992）, p. 90.

（2）Jay Leyda ed., *The Melville Log*（New York: Gordian Press, 1969）, p. 113.

（3）*Ibid*. 2）, p. 130.

（4）Merrell R. Davis and William H. Gilman eds., *The Letters of Herman Melville*（New Haven: Yale University Press, 1960）, p. 41.

（5）*Ibid*. 4）, p. 53.

（6）『オムー』の序文でメルヴィルは、自らが記憶している音声に基づいて現地語を表記したと述べており、「イメーオ、別名モレーア（Imeeo, or Moreea）」（*O* 95）と表記しているが、本書では現在一般に使われている呼称と表記「モーレア」（Moorea）を使用する。

（7）*Ibid*. 2）, p. 211.

（8）*Ibid*. 2）, p. 216.

（9）*Ibid*. 2）, p. 225.

（10）*Ibid*. 2）, p. 228.

（11）*Ibid*. 2）, p. 245.

（12）日本人としては、鎖国中の幕末日本から漂流し米捕鯨船に救助されたジョン万次郎がメルヴィルと同時期に捕鯨船に乗っていた。メルヴィルは一八四二年十一月九日にモーレアを去ったが、その三週間後の同年同月二十九日に、当時十五歳の万次郎を乗せた米捕鯨船ジョン・ハウランド号がモーレアに入港し、三週間停泊したとのことである。（中濱博『中濱万次郎―「アメリカ」を

初めて伝えた日本人』三二 - 三頁）

（13）*Ibid.* 4）, p. 48.

（14）この人物は、身長六フィート以上で痩せこけてひょろっとした体型の、素性不明の博識な船医という設定で、捕鯨船ジュリア号内で出会って以降、まるで影のように「私」と行動を共にする。彼の異名「長い幽霊先生（Doctor Long Ghost）」は、長く伸びた自分の影を連想させ、「私」メルヴィルの、もうひとりの自分（alter ego）としての側面をもっているのではないかと推察される。

（15）ホイットマンは『タイピー』を「変わっていて、優雅で、とてもおもしろくて読みやすい本［中略］夏の日に手にもって、じっくりと夢見心地で読む本として、これ以上のものはない」（*The Brooklyn Eagle*, April 15, 1846）と評した。（*ibid.* 2）, p. 211.）

（16）*Ibid.* 2）, p. 243.

（17）D. H. Lawrence, *Studies in Classic American Literature*（Penguin Books, 1971）, pp. 148-9.

（18）*Ibid.* 4）, p. 71.

第三章

（1）ハーマンの兄ギャンズヴォート（Gansevoort Melville, 1815-1846）はこの時既に病死しており、一番下の弟でメルヴィル家の末っ子トーマス（Thomas Melville, 1830-1884）は十六歳の時から船乗りとして海に出ていた。

（2）Merrell R. Davis and William H. Gilman eds., *The Letters of Herman Melville*（New Haven: Yale University Press, 1960）, p. 66.

（3）*Ibid.* 2）, p. 67.

（4）Jay Leyda ed., *The Melville Log*（New York: Gordian Press, 1969）, p. 268.

（5）Eleanor Melville Metcalf, *Herman Melville: Cycle and Epicycle*（Westport, Conn.: Greenwood Press, Publishers, 1970）, p. 54.

（6）D・H・ロレンスの『アメリカ古典文学研究』（一九二四）は分析的、論証的な文学批評ではなく、彼の鋭い直感的認識と洞察、および推量を書き綴ったものであるが、第十章「ハーマン・メルヴィルの『タイピー』と『オムー』」で、次のように彼は書いている――「二十五歳の時、彼は家に、母のもとに帰って来た［中略］メルヴィルは帰郷し、長い残りの人生に立ち向かった。結婚し、求愛の歓びを味わい、そして幻滅の五十年を過ごした。／彼は家庭に幻滅だけを感じていた。タイピー族はもういなかった。楽園はもうなかった。ファヤウェイたちはもはやいなかった。母は恐ろしいゴルゴンで、家は拷問箱のようで、妻は欠点だらけだった。人生は恥辱のようなもので、文字が読めるだけの俗物らからひいきにされて得た名声も不名誉なものだった」(*Studies in Classic American Literature*, Penguin Books, 1971, p. 150)。

続けてロレンスは『ピエール』に触れながら「結婚は彼にとって、ぞっとするような幻滅だった。完璧な結婚を彼は求めていたから」(*ibid, p.* 151) と書いている。

ロレンスはこのような推断の根拠を述べていないし、また『マーディ』にも言及していないが、彼の洞察はメルヴィルの私生活と私的心理の一面の真実を鋭く突いているであろう。ただし、あくまで真実の一面あるいは一局面である。なぜなら、メルヴィルはさまざまなことに対してアンビヴァラントな気持を抱いており、彼の諸作品中には、自然と文明、理想と現実、正と不正、美徳と悪徳、善と悪などの間での葛藤が描かれているからであり、当然、彼の私生活や私的内面においても葛藤する心理はあったであろうと推察できるからである。

真実とは何か？　について、メルヴィルは『マーディ』の中で次のように三回言及している。

一回目は、同じ島に派遣された二人の使者の報告内容と持ち帰った標本が異なり、どちらが真実か分からず当惑するという挿話である。ジュアム島から外へ出ることができないドンジャロロ王は二人一組の使者たちを島外へ送り出して外界の情報を集めるが、二人の使者の報告内容は異なり、同じサンゴ礁からそれぞれが持ち帰ったサンゴの標本も異なり、ひとりは深紅色のサンゴを、もうひとりは白化したサンゴを持ち帰った。どちらが真実か分からず絶望するドンジャロロ王を傍観していた哲学者ババランジャが「ラフォナ島のこのリーフを見たことがあるが、いろんな所でいろんな色をしている。ズマとヴァーノピについては、両者とも間違いで、両者とも正しい」(*M* 250) と語って、この挿話は終わる。この挿話は、真実は個々人の視点により異なるということを寓意している。

二回目は、真実とは何かについての対話である。哲学者ババランジャが「見えるものは目の気まぐれにすぎない」(*M* 283-4) と言うと、歴史家モヒは「もしすべてのものが欺瞞なら、何が真実なのか?」(*M* 284) と問う。するとババランジャは「古《いにしえ》の問いだ。その問いが発せられたのは世界の始まりの時ではなかったか？　しかし、もう問うな。その問い自体がどんな答よりも究極のものだ」(*M* 284) と答えて、真実とは常に探究し続けるものであるとほのめかす。

三回目は、「無知なほどよい」(*M* 355) と言ってババランジャが語るバニヤンツリーと九人の盲人の寓話である。千本の枝が地中に突き刺さっていて、本来の幹がどれだか分からなくなっているバニヤンツリーの巨木を九人の盲人が取り囲み、それぞれが最初に触れた枝を本来の唯一の幹だと主張する。つまり、各人がそれぞれの錯誤を唯一の真実だと主張する。

メルヴィルのフィクションを読んで、彼の私生活や私的心理を推量するのは、盲人がバニヤンツリーの巨木に触れるのと同じような行為なのかもしれない。

(7) *Ibid*. 2), pp. 70-1.

(8) メルヴィルの長編全九作の The Northwestern-Newberry Edition でのページ数は、以下の通り――第一作『タイピー』(一八四六) 271 pp. 第二作『オムー』(一八四七) 316 pp. 第三作『マーディ』(一八四九) 654 pp. 第四作『レッドバーン』(一八四九) 312 pp. 第五作『ホワイト・ジャケット』(一八五〇) 400 pp. 第六作『モービィ・ディック』(一八五一) 573 pp. 第七作『ピエール』(一八五二) 362 pp. 第八作『イズリアル・ポッター』(一八五五) 169 pp. 第九作『信用詐欺師』(一八五七) 251 pp.

(9) W. Somerset Maugham, *Ten Novels and Their Authors* (London: Vintage, 2001), pp. 217-8.

(10)『マーディ』脱稿後の一八四九年二月、メルヴィルは大きな活字のシェイクスピア全集をボストンで手に入れ、エヴァート・A・ダイキンクに宛てた手紙(一八四九年二月二十四日付)にこう書いている――「私はうすのろで間抜けだ。二十九年以上も生きてきて、数日前まで神聖なるウイリアムをよく知らなかった[中略]もし救世主がもうひとり現れるとしたら、それはシェイクスピアという人格で現れるでしょう。些細なことが原因でこれまでシェイクスピアを読めなかったと思うと頭に来ます。しかし、これまで入手できた本の活字はどれも粗悪で小さくて、小スズメみたいに、か弱い私の目には耐え難いものでした。だが、偶然この素晴らしい版に出会い、私は今大喜びでページをめくっています」(Merrell R. Davis and William H. Gilman eds., *The Letters of Herman Melville* [New Haven: Yale University Press, 1960], p. 77)。そして翌年、匿名で発表した批評「ホーソーンと苔」(Hawthorne and His Mosses, August, 1850) の中でメルヴィルは、ホーソーンをシェイクスピアに比して称えつつ、シェイクスピアを「真実を語る偉大な芸術」(*PT* 244) の巨匠として賛美している。『マーディ』は、メルヴィルがシェイクスピアを「よく知らなかった」頃に書かれた作品ということになるが、それにもかかわらず『マーディ』執筆時のメルヴィルはすでにシェイクスピアの影響を強く受けていた。

(11) *Ibid.* 2), p. 67.

(12) 筆者が目を通した日本語のメルヴィル研究書の範囲内では、Hautia はいずれもホーティアと和訳されているが、ホーシャと表記するほうがメルヴィルの意図に沿うと考えられる。

(13) エリザベスには、兄が一人と異母弟が二人いた。

(14) ヴィクトリア女王時代（一八三七—一九〇一）の花言葉は、次のウェブサイトを参照した。
http://home.comcast.net/~bryant.katherine/flowers.html
http://www.apocalypse.org/~hilda/flang.html
http://www.victorianbazaar.com/meanings.html

(15) メルヴィルは、イラーとホーシャを第七作『ピエール』で「善き天使」としてのルーシィと「悪しき天使」としてのイザベルに姿を変えて登場させる。

(16) *Ibid.* 2), p. 71.

(17) ある研究者は「マラマ島はキリスト教会組織と聖職者たちの専横さと教条主義を表す」(Newton Arvin, *Herman Melville* [New York: The Viking Press, 1950], p. 91) と解釈している。別の研究者は、マラマ島は「不毛で陰鬱な宗教的迷信の地」(Merrell R. Davis, *Melville's Mardi: A Chartless Voyage* [Hamden, Conn.: Archon Books, 1967], p. 147) として描かれており、「宗教的迷信と宗教的官僚主義が風刺されている」(*ibid*, p. 150) と解釈し、「ヒヴォヒティー一八四八世（新ローマ法王が一八四七年に就任した）という言及に見られるように、特にカトリック教会が攻撃されているふしがあるが、この風刺は時事的なものではなく、また、ひとつの宗派に限定されたものでもない」(*ibid*, pp. 150-1) とコメントしている。

(18) メルヴィルは『マーディ』の英国版をエヴァート・A・ダイキンクに贈呈した際、添え状（一八五〇年二月二日付）に「『マーディ』は、未開の神秘的なモルモン教徒のように追い立てられ、追放され、避難所なき状態にある」(*The Letters of Herman Melville*, p. 102) と書いた。一八三〇年創設の当時新興のモルモン教が、セレニア島に住むキリスト教集団という設定の部分的モデルになったのかもしれない。

(19) *Ibid*. 2), pp. 84-5.

(20) *Ibid*. 4), p. 293.

(21) Hershel Parker ed., *The Recognition of Herman Melville: Selected Criticism Since 1846* (The University of Michigan Press, Ann Arbor Paperbacks, 1970), p.15.

(22) *Ibid*. 4), p. 293.

(23) *Ibid*. 4), p. 295.

(24) *Ibid*. 2), pp. 85-6.

(25) *Ibid*. 4), p. 311.

(26) *Ibid*. 4), p.310.

(27) *Ibid*. 9), p. 211.

(28) デイヴィスは、メルヴィルが『マーディ』の導入部を執筆するに際して、特にサメ、トビウオ、パイロット・フィッシュ（ブリモドキ)、メカジキ、夜光虫などの海洋生物の情報源として参照した本（Frederick Debell Bennett, *Narrative of a Whaling Voyage* [London: Richard Bentley, 1840]）の該当箇所と『マーディ』での記述とを並置して比較しながら、「情報源の本の説明が『マーディ』では生彩に富む記述に変容しているさま」（Merrell R. Davis, *Melville's Mardi: A Chartless Voyage* [Hamden, Conn.: Archon Books, 1967], p. 113）を提示している（See *ibid*., pp. 113-5, 123-4)。

第四章

(1) Merrell R. Davis and William H. Gilman eds., *The Letters of Herman Melville*（New Haven: Yale University Press, 1960), p. 86.

(2) マイナーなイニシエーションとして、世間知らずで品行方正な小人の世界から大人の世界へ入る「私」が初体験するものに、酒とタバコがある。見習い船員として船に乗り組みニューヨークを出港して数日後、船長に対してなれなれしく挨拶をしてその逆鱗に触れるなど、「海の慣行に対する無知」（*R* 69）をさらけ出す「私」に対して一等航海士は「おまえは未熟そのものだ［中略］俺が大人にしてやる」（*R* 70）と言う。そして一人前の船乗りへと成長していく過程で「私」は酒とタバコを初体験する。

飲酒については、「私は酒を飲むことに対して良心の咎めを感じた［中略］私は母の住む村の青少年完全禁酒協会のメンバーだった」（*R* 42）と語る「私」は、船酔いを解消するために勧められた酒を飲んでみると酒が船酔いに効くことが分かり、これがきっかけで酒を多少飲むようになる。また「私は、村の日曜学校の校長が禁酒協会と一緒に組織した禁煙協会のメンバーだった」（*R* 46）が、船乗りたちが皆吸うので、「私」もタバコを吸うようになる。

このようにメルヴィルはキリスト教会活動と連動した禁酒と禁煙の姿勢に触れているが、その後メルヴィルが飲酒や喫煙に対して良心の咎めを感じていた痕跡は見あたらない。『レッドバーン』に続けて書き上げた『ホワイト・ジャケット』の校正刷りをもってロンドンへ出版交渉に出かけた際の一八四九年十月から十二月末の日誌（Herman Melville, *Journal* 1849-50［Evanston and Chicago: Northwestern University Press and The Newberry Library, 1989］, pp. 3-48）を読むと、メルヴィルは毎日のように他の人たちと一緒にビールやワインやブランデーを飲み、頻繁にシガーを吸っていたことが分かる。

（3）父親探しの旅は、「私」の現実に対する開眼の一道程としてあるが、作品のテーマとはなっていない。

（4）ハイランダー号のモデルとなったセント・ローレンス号にはロバート・ジャクソンという名の乗組員がいて、リヴァプール停泊中に彼は一旦船から脱走したが、ニューヨークへ帰航する前に船に戻ったとの記録が残っている。ニュートン・アーヴィンは、ジャクソンのモデルになったと考えられるこの同姓の人物について「『レッドバーン』のハイランダー号にジャクソンという名の船員がいるように、セント・ローレンス号にはジャクソンという名の船員がいた。彼が帰航途上で死ぬことはなかったが、実際のジャクソンがフィクションの中のジャクソンと同様に凶暴で、威張り散らし、冷酷な人間嫌いで、邪悪な性格だったことは想像に難くない」（Newton Arvin, *Herman Melville*［New York: The Viking Press, 1950］, p. 40）と推量している。

（5）ローランス・トンプソンは、ジャクソンという登場人物をメルヴィルとは別個の人格としてとらえた上で、「メルヴィル自身はジャクソンとの間に共通の絆を感じている。なぜなら、双方とも経験によって傷つき、苦々しい思いをしているからだ。そしてメルヴィルがジャクソンに対してほとんど憎悪とも言える感情を抱いているとしたら、彼は彼自身の中にある性質をほとんど憎悪しているのである」（Lawrance Thompson, *Melville's Quarrel with God*［Princeton, N.J.: Princeton University Press, 1952］, p. 88）と推察し、ジャクソンと同質のものをメルヴィルは自らの内に抱えているという解釈の仕方をしている。

（6）『レッドバーン』執筆の三年前に、アメリカ公使付きの書記官としてロンドンで勤務していた兄のギャンズヴォート

（Gansevoort Melville, 1815-1846）が、結核性髄膜炎を患って死去した。

（7）W. Somerset Maugham, *Ten Novels and Their Authors*（London: Vintage, 2001）, p. 214.

（8）アーヴィンは「この本の表面的主題は若者の平水夫としての初航海であり、内面的主題はイノセンスの悪への開眼である」（Newton Arvin, *Herman Melville*［New York: The Viking Press, 1950］, p. 103）と手短に概括したが、これに対してR・W・B・ルイスは「『レッドバーン』の力点はたぶん、青年自身に起きることよりも、彼とは無関係にこの世に存在するものとして暴かれる悲惨と腐敗とに置かれている」（R. W. B. Lewis, *The American Adam*［Chicago and London: The University of Chicago Press, 1955］, p. 136）と指摘した。さらに、ワーナー・バーソフは「『レッドバーン』は〝開眼〟小説と言われているが、私にはそのような印象を与えない。この作品のヒーローの経験は深くは語られていない」（Warner Berthoff, *The Example of Melville*［New York: The Norton Library, 1972］, p. 32）という判断を述べている。

アーヴィンのコメントがこの作品の概略的・表層的解釈であるのに対して、ルイスとバーソフの解釈は一歩踏み込んだものとはなっている。しかし『レッドバーン』の主題は、筆者が本論で述べているように、貧困がもたらす悲惨で醜悪な現実であり、加えて、そうした現実を生み出す人間世界に対する嫌悪と憎悪であろう。

（9）地下穴で餓死していく母娘が描出される場面を取り上げて、ロナルド・メイソンは「ディケンズでさえ五百ページを費やしてもできなかったであろうことをメルヴィルは五ページ分の静かな叙述で行っている。彼は人間の髄を熱い憐憫の情と怒りでかき乱すと同時に、恐怖で凍りつかせそうにする。無慈悲な産業主義の冷淡さに抗議する十九世紀文学にはこのような類いの叙述がたくさんあり、その大いなる人道主義の時代に、怒れるリアリズムの一章を書かなかった人道的作家はまずいないが、私はメルヴィルのこの叙述をそれらすべての中のトップの地位に位置づける」（Ronald Mason, *The Spirit Above the Dust*［Mamaroneck, N.Y.: Paul P. Appel, Publisher, 1972］, p. 71）と評している。

（10）*Ibid*. 1）, p. 91.

（11）*Ibid*. 1）, p. 91.

（12）Herman Melville, *Journals*（Evanston and Chicago: Northwestern University Press and The Newberry Library, 1989）, p. 13.

（13）*Ibid*. 1）, p. 95.

第五章

(1) David Garnett ed., *The Letters of T. E. Lawrence* (London: Jonathan Cape, 1938), p. 797.

(2) *Ibid*. 1), p. 458.

(3) *Ibid*. 1), p. 402.

(4) メルヴィルは、米軍艦ユナイティド・ステイツ号に搭乗していた十三ヶ月余の間に、計百六十三名の乗員が鞭打ち刑に処されるのを目撃していたようである（See Newton Arvin, *Herman Melville* [New York: The Viking Press, 1950], p. 74; Leon Howard, *Herman Melville: A Biography*. [Berkeley and Los Angeles: University of California Press, 1967], p. 72）。

(5) Herman Melville, *White Jacket; or The World in a Man-of-War* (New York: Grove Press, Inc., 1956), "Preface to the First English Edition."

(6) Herman Melville, *Journals* (Evanston and Chicago: Northwestern University Press and The Newberry Library, 1989), pp. 7-8.

(7) 白と死の連想は、前面に打ち出されたテーマとはなっていないが既に『マーディ』の中で示唆されていた。三人の復讐者たちがタジに対して叫ぶ呪詛の文言、「おお、人殺しめ！　白い呪いをおまえに！　おまえの魂がわれらの憎しみにより白化するように！」（*M* 306-7）の中でメルヴィルは、サンゴの白化と死を、魂の死の隠喩として使っている。

(8) アドラーは白いジャケットを軍艦の象徴としてとらえて、彼女の解釈を詳述しているが、それは一面の真実ではある（Joyce Sparer Adler, *War in Melville's Imagination* [New York and London: New York university Press, 1981], pp. 29-54）。しかし、白い鯨ほどではないにしても、白いジャケットにも多重な意味が込められており、その中核的意味をなすのは、白いジャケット、イコール軍艦の象徴ではなくて、白いジャケット、イコール軍艦乗組員としての「私」の表象である。

(9) 白いジャケットの象徴的意味についてメルヴィル研究者たちは、さまざまな推量を述べている。以下にその数例を記しておく。

ナタリア・ライトは「メルヴィルの語る白いものがもつ意味が、作品によって変化したり、また、一冊の作品中で時として不明確になりすぎて一貫した象徴的価値をもちえないとしても、それら白いものすべてには無限性が暗示されている。ブロンドのイラーは測り知れないし、白鯨は捕ええないし、白ジャケットのポケットや割れ目やだぶついたひだは無尽蔵である」（Nathalia

Wright, *Melville's Use of the Bible*〔Durham, N.C.: Duke University Press, 1949〕, p. 31）と述べている。チャールズ・ファイデルスン・Jr.も同意見で、白ジャケットは「イラーやあの鯨がもつ無限の可能性によく似た何か」（Charles Feidelson, Jr. *Symbolism and American Literature*〔Chicago and London: The University of Chicago Press, 1953〕, p. 181）を表していると述べているが、二人とも、表面的な印象を言葉にしているだけで、では具体的に何の象徴かを分析・解明・特定できていない。

リチャード・チェイスは、白ジャケットは「青年〔メルヴィル〕の父の神秘性」の象徴で、その白い色は「亡き父の道徳的汚れのなさ」を表し、マストの桁端からの主人公の落下を「イノセンスからの墜落」（Richard Chase, *Herman Melville: A Critical Study*〔New York: The Macmillan Company, 1949〕, pp. 25-6）と解釈している。チェイスはそのことを述べていないが、白ジャケットの象徴的意味に関する彼の推量は、『ホワイト・ジャケット』を『レッドバーン』および『ピエール』という他の作品と合わせて、よく言えば総合的に、悪く言えばごっちゃにして解釈した結果、出てきたものであろうと筆者は推察する。『ホワイト・ジャケット』という作品の枠内ではチェイスの推量は全く説得力をもたないからである。

ローランス・トンプスンは、『ホワイト・ジャケット』の作品構成の中に、反キリスト教的な寓喩、および「キリスト教の教義と神学に対する風刺」（Lawrance Thompson, *Melville's Quarrel with God*〔Princeton, N.J.: Princeton University Press, 1952〕, p. 105）を読み取りながら論じており、「ジャケットを切り払う行為を、宗教的信念を切り払う象徴的行為として」（*ibid.*, p. 102）とらえている。トンプスンの論考には大きくうなずけるところがある。

エドガー・A・ドライデンは、白ジャケットを「〔軍艦の世界の〕現実を映し出す鏡〔中略〕真実の象徴」（Edgar A. Dryden, *Melville's Thematics of Form: The Great Art of Telling the Truth*〔Baltimore: The Johns Hopkins Press, 1968〕, p. 77）と解釈している。

ワーナー・バーソフは、白ジャケットに「断片的でしかない象徴性」しか見出さず、『ホワイト・ジャケット』は『モービィ・ディック』のための「トライアル版のようなもの」（Warner Berthoff, *The Example of Melville*〔New York: The Norton Library, 1962〕, pp. 34-5）だと評している。

（10）Merrell R. Davis and William H. Gilman eds., *The Letters of Herman Melville*（New Haven: Yale University Press, 1960）, pp. 91-2.

(11) *Ibid*. 10), p. 106.
(12) Jay Leyda ed., *The Melville Log* (New York: Gordian Press, 1969), p. 373.

第六章

(1) Voilet Staub de Laszlo, ed. *The Basic Writings of C. G. Jung* (New York: The Modern Library, 1959), p. 304.
(2) アメリカ先住民に対するこうした蔑称は今日では、十九世紀のアメリカを舞台とする西部劇で耳にする。一八四〇年代のフロリダが舞台の『遠い太鼓』(*Distant Drums*) では "Injun" または "Injin"、一八五〇—六〇年代のアメリカ西部が舞台の『大いなる勇者』(*Jeremiah Johnson*)、『捜索者』(*The Searchers*)、『ダンス・ウィズ・ウルブズ』(*Dances with Wolves*) では "Injun"、南北戦争末期の西部を舞台とした『ダンディー少佐』(*Major Dundee*) でも "Injun"、そして一八七〇年代の西部を背景とする『黄色いリボン』(*She Wore a Yellow Ribbon*) では "Injun" または "Ingin" という蔑称を白人たちは使用している。
(3) Hershel Parker and Harrison Hayford, eds., *Moby-Dick* (N.Y. and London: W. W. Norton and Company, 2002) p. 243, footnote 3.
(4) W. H. Auden, *The Enchafèd Flood* (New York: Vintage Books, 1950), p. 61.
(5) Merrell R. Davis and William H. Gilman eds., *The Letters of Herman Melville* (New Haven: Yale University Press, 1960), p. 70.
(6) *Ibid*. 5), p. 109.
(7) W. Somerset Maugham, *Ten Novels and Their Authors* (London: Vintage, 2001), pp. 217-8.
(8) *Ibid*. 5), p. 142.
(9) *Ibid*. 5), p. 127.
(10) *Ibid*. 5), p. 133.
(11) アーヴィンは、エイハブが片脚を失ったこと、さらには出航前のある夜、義脚が外れて股間に突き刺さりかけ気絶したことを「一種の去勢」(Newton Arvin, *Herman Melville* [New York: The Viking Press, 1950], p. 172) として解釈している。アーヴィンはまた、ダブロン金貨の図柄にある三つの山頂——火を噴く山頂、塔がそそり立つ山頂、ときをつくる雄鶏が立つ山頂——は

「モービィ・ディックが破壊した男性生殖能力」(Newton Arvin, *op. cit.*, p. 175) を象徴すると解釈している。いずれの解釈も、特に証拠となるようなものはないが、それにもかかわらず容易に首肯できる。

(12) イシュメイルは「白のもつこの優位性は人類自体にもあてはまり、すべての肌黒い種族に対する観念的な支配的地位を白人に与えている (this pre-eminence in it [= whiteness] applies to the human race itself, giving the white man ideal mastership over every dusky tribe)」(*MD* 189) と語っているが、「すべての肌黒い種族に対する観念的な支配的地位」とは、『ホワイト・ジャケット』での「私」が言っていたところの「自分たちよりも程度が低いと私たちが思っている者たちに対する空想上の優越意識 (a fancied superiority to others, whom we suppose lower in the scale than ourselves)」(*WJ* 277) の抽象的な言い換えである。『ホワイト・ジャケット』での「空想上の優越意識」とは、「私」たち白人が抱いている黒人等の有色人種に対する合理的理由なき白人優越意識を意味していた。「空想上の (fancied)」と「観念的な (ideal)」は同義であり、したがって、"ideal mastership" というやや曖昧な表現の意味を「理想的な支配的地位」などと解釈してしまったら、メルヴィルの真意と意図を誤解することになろう。

(13)「花嫁の純潔」という意味で白をとらえると、白い鯨は花嫁の女体を、そして銛は花婿の男根を意味し、白鯨に銛を打ちこむ行為は男女の性交渉を表すと解釈できよう。事実、白鯨追撃がこうした比喩的意味合いをもっているであろうことは、百三十二章「交響曲」の冒頭部分で作者が、青い空と青い海とがひとつに溶け合うさまを婚姻による男女の合体に喩えていることから推量できる。ただ、作者のこの心象風景描写は、作品の本質的テーマとは別の領域での作者の私的心理の表出と言ってよかろう。

(14)『モービィ・ディック』でも、白人キリスト教文明による環太平洋地域での行動を直截な言葉で批判している具体的事例が散見される。ピークォド号がジャワに接近した際には、作者は「その東洋の海に浮かぶ千の島々が抱える無尽蔵の香辛料、絹、宝石、金、象牙などの富」を狙う白人キリスト教文明世界を「貪婪《どんらん》きわまりない西方世界」(*MD* 380) と呼んでいる。また、アザラシの鳴き声を聞いて「キリスト教徒や文明人の水夫たちは人魚だと言って身震いしたが、異教徒の銛手たちは動じなかった」(*MD* 523) 場面では、キリスト教文明が露呈する蒙昧な迷信と、そのキリスト教文明が野蛮と断ずる異教の正当性との皮肉な対比が描かれている。

(15) メルヴィルにとってシェイクスピアが乗り越えられるべき存在だったことは、彼が匿名で *Literary World* 誌に発表した批評「ホーソーンと苔」(一八五〇) の中で次のように明言されている――「シェイクスピアたちが今日、オハイオ河畔に誕生しつつある［中略］シェイクスピアに並ぶ者がまだ出ていないとしても、彼は確実に超えられるだろう。それも、今すでに誕生しているか、あるいはこれから生まれて来るアメリカ人によって確実に超えられるだろう」（*PT* 245-6）。

（16）http://www.nature.com/news/2010/100630/full/news.2010.322.html

（17）C・W・ニコルは「メルヴィルの作品は、宗教的、人種的偏見にみちみちている」（C・W・ニコル『白鯨』に対する異端的見解」、大橋健三郎編『鯨とテキスト——メルヴィルの世界——』［東京：国書刊行会、一九八三］、三七九頁）等々の理由でメルヴィルをよく評価していない。それが偏見かどうかは別として、メルヴィルの反宗教姿勢、反キリスト教会および反キリスト教姿勢は確かに彼の作品群に一貫して表出されている。だから、キリスト教会系各紙は処女作『タイピー』出版当初からメルヴィルを酷評した。『モービィ・ディック』も、トンプスンが指摘するように「『モービィ・ディック』の最初から最後までキリスト教の理念が嘲られている」（Lawrance Thompson, *Melville's Quarrel with God* ［Princeton, N.J.: Princeton University Press, 1952］, p. 219）。したがってキリスト教徒がメルヴィルをよく評価しないのは当然のことかもしれない。しかし「人種的偏見にみちみちて」いたのは、当時の白人キリスト教文明社会であった事実から目を背けてはいけない。メルヴィルは、太平洋の島々の人間、アメリカン・インディアン、黒人に対する白人の人種的偏見の事例を作品の複数箇所で描出し、揶揄し、糾弾しているが、それらの描出は当時の実態を映し出すものとしてとらえられてしかるべきである。

（18）D. H. Lawrence, *Studies in Classic American Literature* ［Penguin Books, 1971］, p. 169.

（19）ブラズウェルは、神に反乱を起こし神を非難するグノーシス主義からのメルヴィルへの影響を指摘し（William Braswell, *Melville's Religious Thought* ［New York: Octagon Books, 1973］ p. 62）、アーヴィンは白鯨を「動物神［中略］自然界の神［中略］内在する神［中略］マナ、エネルギー、力を意味する神」として解釈し、創造神デミウルゴスに比した（Newton Arvin, *op. cit.*, p. 189）。彼らに続いて、寺田は、グノーシス主義とデミウルゴスに言及しつつ、白鯨を「根源的自然」の象徴として解釈しながらも、最終的には「ロレンスは、メルヴィルと真に出会うことのできた最初の人物であり、今なお依然として、ただ一人の人物でもある」（寺田建比古『神の沈黙』［東京：筑摩書房、一九六八］、一四七頁）と『モービィ・ディック』の解釈と分析の章を結んでロレンスの洞察を絶賛した。D・H・ロレンスが洞察したものは白鯨というバニヤンツリーの枝の一本ではなく、幹でもなく、幹の下の根の部分だと筆者は判断する。

第七章

（1）Merrell R. Davis and William H. Gilman eds., *The Letters of Herman Melville* (New Haven: Yale University Press, 1960), p. 146.

（2）*Ibid.* 1), p. 143.

（3）*Ibid.* 1), p. 129.

（4）*Ibid.*

（5）桂田氏は、この「沈黙」に注目し、その本体を「『ピエール』の怪物」としてとらえ（桂田重利「メルヴィルと『ピエール』の仮面」、『神戸外大論叢第十巻第一号』〔神戸市外国語大学研究所、一九五九〕、六三－一〇五頁）、寺田氏は「沈黙」を特に取り上げて論じ、すべてに先行する無としてこれを解釈した（寺田建比古『神の沈黙』筑摩書房一九六八、一八三－一九五頁）。筆者の解釈と判断とは異なるが、こうした先行研究が筆者の分析の踏み台の一部になっており、敬意の念を表してここに言及する。

（6）桂田重利「メルヴィルと『ピエール』の仮面」、『神戸外大論叢第十巻第一号』〔神戸市外国語大学研究所、一九五九〕、九三－一〇五頁。

（7）D・H・ロレンスについで鋭敏なメルヴィル評者のひとりであるトンプスンは、フォールスグレイヴを直截に「偽善的なご都合主義者」(a hypocritical time-server ―Lawrance Thompson, *Melville's Quarrel with God* [Princeton, N.J.: Princeton University Press, 1952], p. 263) として認識してはいるが、残念ながら、その認識をグレンには向けえていない。田舎でのフォールスグレイヴも都市でのグレンも、両者ともご都合主義者であるが、ピエールはフォールスグレイヴに対しては、ピエール自身が彼に直接「ぼくをあなたの敵とは思わないでいただきたい」と言っているように敵対意識はない。しかし、ピエールを取り巻く状況が一変すると、手のひらを返した言動をするグレンはピエールの敵となり、「偽善的なご都合主義者」の最たる例として描かれている。

（8）『フォースタス博士』のテキストは Christopher Marlowe, *The Tragical History of the Life and Death of Doctor Faustus*, ed. John D. Jump (London: Methuen & Co Ltd, 1962) を使用した。

（9）メルヴィルは、メムノンの巨像のスケッチか素描等を書物か何かで目にしたことはあったかもしれないが、彼の旅行日誌から判断する限り、『ピエール』出版後の中東への旅の途中で一八五六年十二月二十八日から翌五七年一月三日までアレクサンドリアに滞在した際、ピラミッドを見にカイロへは行ったが、そこからさらにルクソールまで足を伸ばしてメムノンの巨像を実際に目にすることはなかった（Herman Melville, *Journals*, eds. Howard C. Horsford, et al. [Evanston and Chicago: Northwestern University Press and The Newberry library, 1989], pp. 72-8）。筆者は一度だけ現地で目にしたことがあるが、実際のメムノンの巨像は二体並んでおり、それぞれ高さ十八メートルの坐像で、それらの外観と形態はメルヴィルが描いたメタファーとしてのメムノンの石とは全く異なっている。

（10）*Ibid.* 1）, p. 150.

（11）Fyodor Dostoyevsky, *The Brothers Karamazov*, trans. Constance Garnett（New York: The Modern Library）, p. 69.

（12）*Ibid.* 1）, p. 130.

（13）William Faulkner, "Address upon Receiving the Nobel Prize for Literature" in *Essays, Speeches and Public Letters*, ed. James B. Meriwether（New York: Random House, 1965）, p. 119.

（14）*Ibid.* 1）, p. 143.

（15）Ronald Mason, *The Spirit Above the Dust*（Mamaroneck, N.Y.: Paul P. Appel, Publisher, 1972）, p. 175.

第八章

（1）Merrell R. Davis and William H. Gilman eds., *The Letters of Herman Melville*（New Haven: Yale University Press, 1960）, pp. 91-2.

（2）ディリンガムはライオンの皮をかぶったロバのイソップ寓話を『フィドル弾き』にも結びつけ、オウボイをロバ、「私」をライオンになぞらえて、『幸福な失敗』でメルヴィルはライオンになろうとしたロバを描き、『フィドル弾き』では、ロバになろうとしたライオンを提示している」（William B. Dillingham, *Melville's Short Fiction 1853-1856* [Athens, Georgia: The University of Georgia Press, 1977], p. 159）と解釈しているが、『フィドル弾き』での「私」ヘルムストーンが青年ライオンならば、『幸福な失敗』での「私」は少年ライオンということになろう。

（3）『オムー』には、ポリネシアの島々で放浪したり住みついたりしている「下層外国人たち」のひとりとして、ハワイの王の前で時々演奏してお金をもらっている「鯨のせいで片脚を失い、木の義脚をしているポルトガル人」（*O* 247）が「ヴァイオリニスト」として言及されているが、この「ヴァイオリニスト」というのも実体はフィドル弾きの類いと考えられる。

（4）Marvin Fisher, *Going Under: Melville's Short Fiction and the American 1850s.*（Baton Rouge and London: Louisiana State University Press, 1977）, p. 149.

第九章

（1）この場面の台詞の行数は版によって異なる。例えば、Cambridge University Press では三百八十四行、Oxford University Press では三百七十行だが、本稿では Arden 版に拠った。

（2）Merrell R. Davis and William H. Gilman eds., *The Letters of Herman Melville*（New Haven: Yale University Press, 1960）, p. 77.

（3）Herman Melville, *Moby-Dick*（New York: W. W. Norton & Company, Inc., 1967）, p. 543. メルヴィルのオリジナル原稿は「シェイクスピアたちが今日、オハイオ河畔に誕生しつつある」（*PT* 245）。

（4）*Ibid.* 3）, p. 544. メルヴィルのオリジナル原稿は「シェイクスピアに並ぶ者がまだ出ていないとしても、彼は確実に超えられるだろう。それも、今すでに誕生しているか、あるいはこれから生まれて来るアメリカ人によって確実に超えられるだろう」（*PT* 246）。

（5）『信用詐欺師』中にはストーリーとは無関係の章が三つ（十四、三十三、四十四章）あり、いずれも内容的に、フィクション作家としてのメルヴィルのエッセイのような体をなしている。十四章は善良な田舎商人の人格描写の矛盾に関する弁明の章、三十三章は小説の非現実性に関する弁明の章、四十四章はフィクションにおけるキャラクターの創造について語る章となっている。

（6）Jay Leyda ed., *The Melville Log*（New York: Gordian Press, 1969）, pp. 572-3.

（7）*Ibid.* 6）, p. 581.

（8）筆者が目を通した『信用詐欺師』批評のほとんどすべては、何らかの推察や推断の根拠を論考あるいは論証する分析的解釈にはなっていない。H・ブルース・フランクリンが唯一論証的な書き方をしており、キリスト教およびインドやインカ等の東西の神話と宗教に登場する神々を主人公の詐欺師に重ね合わせて作品の解明を試みているが、しかし、この神話的側面からのアプローチには限界がある。なぜなら、例えば作品冒頭の詐欺師登場の場面で言及されるインカの神話的人物マンコ・カパクにしても、あくまで比喩であり、作品を解読するためのヒントにはなるが、詐欺師の実体そのものではないからである。フランクリンがその論考の最終段落で述べている結論、「この宇宙において人間の救い主――マンコ・カパク、ヴィシュヌ、キリスト、アポロ、仏教の仏陀――は詐欺師により体現されており、詐欺師は同時に人間の破壊者――サタン、シヴァ、ヒンドゥー教の仏陀――でもある。メルヴィルの神話はすべての神々を詐欺師に変換している」(H. Bruce Franklin, *The Wake of the Gods: Melville's Mythology* [Stanford, CA: Stanford University Press, 1963] p. 187) という結論も比喩の域内にとどまっており、実体の解明には至っていない。比喩の奥にある実体は、筆者が本論で述べたように、愛を提唱する詐欺師の前面の顔――「人間の救い主」のようなマスク――と、その奥にある人間憎悪と宗教不信の顔――「人間の破壊者」のような素顔――である。

フランクリンは『信用詐欺師』を「メルヴィルの最も完成度が高い作品［中略］最も野心的な作品［中略］最もこっけいな作品で最もぞっとする作品［中略］最も分かりにくい作品」(H. Bruce Franklin, *op. cit.*, pp. 153-4) と評している。実際、アメリカの著名な批評家や研究者たちの間にも、誤読もしくは記憶の混乱に起因すると考えられる間違った解釈が複数見受けられるほどに分かりにくい作品のようである。例えば、この作品には二人の聖職者、若い監督協会派牧師 (a young Episcopal clergyman) とメソディスト派牧師 (a Methodist minister) が登場するが、彼ら二人の行動を取り違えて解釈している事例や、キャビン備え付けのバイブルを老人所有のバイブルと勘違いしたり、旧約と新約の間に挟まれているアポクリファを指の間に挟んで説明する老人をコスモポリタンと誤解している事例などがある。

判断の根拠の論証が行われていないにしても、鋭い洞察に基づくと考えられる的確な評言も複数見受けられる。アーヴィンは『信用詐欺師』を「彼［メルヴィル］の最も絶望的な書」(Newton Arvin, *Herman Melville* [New York: The Viking Press, 1950], p. 47) と呼び、「アメリカ人によって書かれた最も不信心な書のひとつ、道徳的にも形而上学的にも、この上なく完全に虚無的な書のひとつ」(Newton Arvin, *op. cit.*, pp. 250-1) と評している。彼はさらに、「キャビン内の消えゆくランプは、彼［メルヴィル］自身の衰えゆくパワーを意識した象徴だった」(Newton Arvin, *op. cit.*, p. 232) と推量したが、そのランプが完全に消された後に残る闇を「死の闇」(Merlin Bowen, *The Long Encounter: Self and Experience in the Writings of Herman Melville* [Chicago: The

University of Chicago Press, 1960〕p. 117）と呼んだ批評家もいれば、あるいは「トリックスターがこのランプを吹き消す行為は、神が原初の息吹と光を吹き込む行為の裏返しである。私たちは天地創造以前の、太陽が隠れた闇の時代に戻る」（Warwick Wadlington, *The Confidence Game in American Literature*. Princeton〔N.J.: Princeton University Press, 1975〕p. 166）と解釈する研究者もいる。

　また、ブラズウェルは、『信用詐欺師』は「メルヴィルの最もシニカルな人間観を表現している〔中略〕詐欺師の描出でメルヴィルは、非常にシニカルな見方で宗教を提示している」（William Braswell, *Melville's Religious Thought: An Essay in Interpretation*〔New York: Octagon Books, 1973〕, p. 115）ことを指摘し、メイソンは「この作品はこれまであまり読まれなかったし、たぶん今後もこの本を読む人は少ないだろう。しかし、この本はメルヴィルの一部として存在する〔中略〕『モービィ・ディック』と同様に『信用詐欺師』は、メルヴィルの構造式に欠かせない一部である」（Ronald Mason, *The Spirit Above the Dust*〔Mamaroneck, N.Y.: Paul P. Appel, Publisher, 1972〕, p. 199）と評した。いずれも首肯できる評言である。

第十章

（1）Merrell R. Davis and William H. Gilman eds., *The Letters of Herman Melville* (New Haven: Yale University Press, 1960), p. 170.

（2）アドラーは海戦シーンが描出される章を「この本のベスト・セクション」と評価し、砲火と煙に包まれる艦船を月光が照らし出す遠景と砲煙内部の船上で行われている大殺戮のクローズアップを対比的に描くメルヴィルの手法を論じている（Joyce Sparer Adler, *War in Melville's Imagination*〔New York and London: New York University Press, 1981〕pp. 82-3）。

（3）『ジョン・マーと他の水夫たち、および海の詩編』は「ジョン・マーと他の水夫たち」、「海の詩編」、そして「小石」の三部構成になっており、「ジョン・マーと他の水夫たち」では、フロンティアが消滅した十九世紀後半のアメリカの大平原の只中に生きる元水夫ジョン・マーの懐旧の念を語る。彼は少年の頃から船乗り稼業に就いていたが、フロリダ沖の海賊との戦いで負傷して身体が不自由になったため陸に上がり、さまざまな仕事に就きながら内陸の大平原にやって来て、そこで放浪人生に終止符を打ち結婚するが、伝染病により若い妻と幼い子供を失う。「水平線が丸く取り囲む大平原はジョン・マーに大洋を思い起こさせた」。そして老年になった彼は、かつての船乗り仲間たちを「亡霊のように」思い浮かべ、夢幻の内に彼らに語りかける。心の中に棲む亡き妻に向かって昔の軍艦乗組み仲間たちのことを語る「花婿ディック」、母港へ帰航途中の軍艦内で死の床に伏す老齢の下士官からの彼の仲間たちへの別れの言葉を綴った「トム・デッドライト」、そして陽気で軽やかな若き水夫を詠った「ジャック・ロイ」の三編で「ジョン・マーと他の水夫たち」は締めくくられる。

「海の詩編」には十四の詩が収められている――一.ホワイト号の提督が彼の指揮下の水夫らとともに海の底に眠る情景で終わる「ミズナギドリ」、二.空気の精の嘆きとともに海上を漂う難破船を詠った「寄せ波亭の風神の竪琴」、三.嵐の岬を回って母国へ帰航する船で寝ずの見張りをする水夫に捧げる「流星号のマスター」、四.船の円材を束ねて作られたいかだに布切れが掲げられているが、生きていた乗組みも死んだ乗組みも大波にさらわれたか、いかだの上に誰もいない「沖合遠く」、五.人間には届かぬ静かな高みに君臨するグンカンドリを詠った「グンカンドリ」、六.若い男女の船首像がリーフに落ちてうつ伏せに横たわるさまを詠った「船首像」、七.エーゲ海東岸のイズミールからの船がみぞれ吹きすさぶ冬のボストンに積荷を降ろして帰る姿を詠った「良き船ユキヒメドリ」、八.ロイヤルマストを張ったままホーン岬を回ろうとして難破した船を詠った「難破したカリフォルニア快速帆船の若き船長の忠言」、九.孤独な海から打ち上げられた海藻を詠った「海藻の塊」、十.パイロットフィッシュと共生する、死相を帯びた鮫を詠った「モルディヴの鮫」、十一.かつてネッドと放浪した「異教の海の真正のエデン」であるマーケサスの島々への郷愁と憧れを詠った「ネッドへ」、十二.失われた遠い過去の愛への憧憬を詠った「熱帯を横切りながら」、十三.氷山に激突して沈む船を詠った「氷山」、そして最後の十四.「羨望の島々」では南海の島々への憧憬を吐露している。「小石」では、七編の短詩に海洋の心象を詠じ、最終的には「非人間的な海」をほめたたえる。

メルヴィルの詩の中で、『ジョン・マーと他の水夫たち、および海の詩編』で元船乗りの彼が詠った情景と心象風景が最もリアリティと精彩に富んでいる。

あとがき

筆者は遠い昔の院生時代にフォークナーとメルヴィルを読み自分の解釈をまとめようとしたが、当時の私には広大すぎる研究範囲を自らに課してしまい、参考文献として読んだ多くの研究者や評者の多彩な意見と解釈に惑わされ、さらに体調を崩したことも重なって未完に終わった。その後、英語の専門学校で百名余のネイティブ・スピーカーたちとともに日本の学生たちに英文法や時事英語などを教えたが、その間、アメリカ人の同僚たちと時折『モービィ・ディック』について話し合うことはあっても、メルヴィルからは完全に遠ざかっていた。大学で教鞭をとるようになって以降も、メルヴィルを読んだことのあるアメリカ人の同僚とメルヴィルについて話し合うことがあっても、「アメリカ人にとっても難しい」と言うその元同僚もアメリカの大学時代に『モービィ・ディック』と『バートルビィ』、『ビリィ・バッド』を読んだ程度であった。

筆者が三十年のブランクの後、メルヴィルを再精読しながら自分の分析と解釈をまとめるきっかけとなったのは、二〇〇四年初春に、ニュー・ベッドフォードの船員礼拝堂と、ピッツフィールド、アロウヘッドのメルヴィルの元住居、および Berkshire Athenaeum（ピッツフィールド公共図書館）のメルヴィル・メモリアル・ルームを初めて訪れる機会があった後に、当時、出講していた東海大学海洋学部の高橋与四男教授から紀要に論文を書くことを勧められたことであった。

海洋学部紀要なのでメルヴィルについて書くことにし、年三回発行の紀要だったため、ほぼ年三本のペースで書いた。高橋与四男先生および論文の査読の労を取られた諸先生方にはこの場で改めて深甚なる感謝を表明したい。あのような機会がなかったら、集中的にメルヴィルの分析と解釈をまとめることはできなかった。

論文十五本のコピーをBerkshire Athenaeumのメルヴィル・メモリアル・ルームに二〇一三年春に届けてきたが、十六本目を加えてここに一冊にまとめて読者諸氏に捧ぐ。

なお本書は、国書刊行会の清水範之編集長をはじめとする各部門のスタッフの皆様、とりわけ編集部伊藤昂大氏の綿密な点検・校正・編集を経て完成した。心より感謝申し上げます。

二〇一六年三月
著者記す

メルヴィルの書斎

索引

（人名、書名・講演名、作品内人名、神話・伝説等の象徴的生き物名）

人名

ア行

ヴァンクーヴァ　Vancouver, George　45, 214
エマソン　Emerson, Ralph Waldo　336
オーデン, W. H.　Auden, W. H.　174

カ行

クック　Cook, James　45, 214

サ行

シェイクスピア　Shakespeare, William　74-75, 215, 276, 325-328, 336
ショー, エリザベス　Shaw, Elizabeth Knapp　53-56, 74-75, 127, 253
ショー, レミュエル　Shaw, Lemuel　53, 74-75, 101, 126, 148, 315
ジョン万次郎　John Manjirō　19
ソロー　Thoreau, Henry David　336

タ行

ダイキンク　Duyckinck, Evert A.　39, 127, 327
デイナ・Jr.　Dana Jr., Richard Henry　148
ドストエフスキィ　Dostoyevsky, Fyodor Mikhailovich　294

ハ行

フォークナー　Faulkner, William　298
ホイットマン　Whitman, Walt　48
ポー　Poe, Edgar Allan　336
ホーソーン, ソフィア　Hawthorne, Sophia　223
ホーソーン, ナサニエル　Hawthorne, Nathaniel　180, 183, 201, 211, 228-229, 282, 296, 299, 302, 307, 312

マ行

マーロウ　Marlowe, Christopher　267-268
メルヴィル, ハーマン　Melville, Herman　passim
メルヴィル, ヘレン　Melville, Helen　53, 185
モアドック　Moredock, John　335
モーム　Maugham, William Somerset　67, 103, 120, 178, 215

ヤ行

ユング　Jung, C. G.　160

ラ行

ロレンス, D. H.　Lawrence, D. H.　28, 48, 216
ロレンス, T. E.　Lawrence, Thomas Edward　132, 134

書名・講演名

ア行

『アテネのタイモン』 *Timon of Athens* 326
『アポクリファ（聖書外典）』 *Apocrypha* 337, 347
『イズリアル・ポッター』 *Israel Potter* 131, 133, 138, 184, 221, 297, 307, 326, 364-367
『ヴェニスの商人』 *The Merchant of Venice* 74-75, 325-326
『エンカンターダ諸島』 *The Encantadas, or Enchanted Isles* 313
『お気に召すまま』 *As You Like It* 326, 328
『オムー』 *Omoo* 34-39, 45-49, 53-54, 58-59, 69, 75, 81, 86, 89, 94, 104, 131-133, 140-141, 154-156, 163, 177, 181, 184, 195, 202, 205, 221, 239, 260, 272, 295, 325, 338, 357, 365

カ行

『カラマーゾフの兄弟』 *The Brothers Karamazov* 294
『ギー族』 *The 'Gees* 307
『クラレル』 *Clarel* 368
『幸福な失敗』 *Happy Failure* 307, 309, 311, 314-317, 322
『コケコッコー』 *Cock-A-Doodle-Doo!* 121-122
「コリント人への第一の手紙」 *1 Corinthians* 16, 117, 329, 333, 340

サ行

「出エジプト記」 *Exodus* 346
『ジョン・マーと他の水夫たち、および海の詩編』 *John Marr and Other Sailors with Some Sea-Pieces* 368-369
「シラ書（集会の書）」 *Ecclesiasticus* 337, 345
『信用詐欺師』 *The Confidence-Man* 134, 161, 179, 184, 199, 203, 221, 232, 244, 253, 276, 284, 297, 307, 310, 315-316, 325-328, 338-341, 347, 359, 367
『水兵ビリィ・バッド』 *Billy Budd, Sailor* 131, 134, 145, 153, 170, 173, 232, 282, 347
『世界の十大小説』 *Ten Novels and Their Authors* 215
『戦闘詩編および戦争の諸相』 *Battle-Pieces and Aspects of the War* 367

タ行

『代書人バートルビィ』 *Bartleby, the Scrivener* 237, 240, 308-309
『タイピー』 *Typee* 15, 17-19, 21-22, 27, 29, 34-38, 44-46, 48-49, 53, 58-59, 81, 89, 104, 131-133, 141, 154-156, 163, 175, 177, 181, 184, 195, 202-203, 221, 239, 247, 250, 260, 272, 295, 307, 314, 325, 356, 362, 365
『ティモレオン他』 *Timoleon Etc.* 368, 372
「伝道の書」 *Ecclesiastes* 271, 296-297, 347

ナ行

『南海』 *The South Seas* 153-154, 156, 367

ハ行

「パークマン氏の旅」 *Mr Parkman's Tour* 95, 203, 344
『ハムレット』 *Hamlet* 248, 276, 325, 326, 336
『ピアザ』 *The Piazza* 308-309
『ピエール』 *Pierre* 17, 48-49, 54, 132-133, 184, 196, 215, 221-228, 230, 232-233, 236-237, 239-240, 244-245, 247, 249-250, 253-255, 260, 266, 268, 270, 272, 276, 282, 285, 287, 290, 294, 296-300, 302, 307-309, 312-316, 318, 326, 365
『貧乏人のプディングと金持ちのパンくず』 *Poor Man's Pudding and Rich Man's Crumbs* 121-122

『フィドル弾き』 *The Fiddler* 307, 309, 311, 317-318, 322
『フォースタス博士』 *Doctor Faustus* 268
『二つの聖堂』 *The Two Temples* 89, 230, 239, 339-340
『ベニート・セレーノ』 *Benito Cereno* 367
『ヘンリー五世』 *Henry V* 326
『ヘンリー四世 第一部』 *Henry IV, Part I* 326
『ヘンリー四世 第二部』 *Henry IV, Part II* 325
「ホーソーンと苔」 *Hawthorne and His Mosses* 327
『ホワイト・ジャケット』 *White-Jacket* 126-127, 131-134, 136-143, 145, 148-149, 156, 161, 166-168, 170, 173, 177, 181, 184-186, 194, 196, 216, 221, 244, 259, 260, 267, 284, 295, 315, 325, 338, 351, 353, 358, 363-364, 368

マ行

『マーディ』 *Mardi* 48-49, 53-59, 63, 67-68, 70, 74-76, 80, 85, 87-89, 93-96, 100-104, 110, 131-133, 139-142, 155-156, 158-159, 166, 168-169, 171, 177, 179-181, 184-185, 194-198, 202, 206, 209, 215, 221, 228, 232-233, 239, 247, 254, 256, 259, 262, 268-269, 272, 274, 276, 284, 289, 295, 300, 308, 310, 315, 325, 327, 341, 343, 351-353, 368, 370-371
『マクベス』 *Macbeth* 326
『モービィ・ディック』 *Moby-Dick* 15, 17, 19, 22, 26-27, 29-30, 36, 47, 49, 53, 67, 80, 100-101, 103, 116, 126-127, 131-133, 138, 143-144, 146-148, 153, 155-159, 161, 166-167, 169, 171, 177-178, 180-181, 183-184, 194-196, 198, 202, 204, 210-211, 215, 221, 223-224, 226-228, 232-233, 237, 244, 247, 253, 258, 260, 262, 266, 272, 276, 284, 295-296, 299, 302, 308-309, 312, 315-316, 326, 338, 342, 343, 351, 353-354, 358-360, 365-366, 368, 371-372

ラ行

『レッドバーン』 *Redburn* 109-110, 121-122, 126-128, 131-133, 138, 141, 143, 148-149, 156, 161, 167, 177, 180-182, 184, 192, 194-195, 221-223, 225-226, 229-230, 243-244, 264, 295, 300, 313, 315, 325, 338-339, 342
『ローマの彫像群』 *Statues in Rome* 313

ワ行

『私とわが煙突』 *I and My Chimney* 297

IV　作品内人名・神話・伝説等の象徴的生き物名

作品内人名

ア行

アナトゥー　Annatoo　60, 69-70
アリーマ　Aleema　60, 68-69, 72-75, 78-80, 84, 86
イザベル　Isabel　55, 133, 222, 224-229, 231-232, 234-237, 239, 241-246, 248-249, 251-252, 257, 259, 265-271, 273-282, 285-287, 289, 291-295, 298-302
イシュメイル　Ishmael　19-20, 22, 26-28, 67, 127, 156-162, 164-165, 167, 171, 175, 177, 179-181, 187, 190, 192-194, 196-201, 204-205, 209-213, 215, 232, 265, 284, 296, 299, 301, 335, 343, 354, 360, 371-372
イズリアル　Israel Potter　133, 184, 297
イラー　Yillah　57, 59-86, 92-93, 95-100, 133, 142, 159, 171, 185, 194-195, 197-198, 228, 232-233, 268-269, 272-274
美しいイギリス娘　three adorable charmers　112, 118, 120, 133, 224, 226
エイハブ　Ahab　16-17, 20, 28-29, 49, 67, 101, 116, 127, 148, 155, 161-163, 167-168, 172, 174-175, 178-192, 196-198, 200-213, 226-227, 237-238, 240, 253, 256, 262, 308-309, 316, 341-344, 372
オウボイ　Hautboy　311, 317-322

カ行

ガードナー船長　Captain Gardiner　175, 212
カルロ　Carlo　120-121
クィークェグ　Queequeg　27, 29, 157, 159, 162-167, 175, 180, 182, 187, 192, 200, 204, 209-210, 212-213, 355-356, 372
クラガート　Claggart　173, 232, 282
グレン　Glendinning　226-227, 229, 231-232, 234, 236-237, 239, 242, 248-250, 252, 256, 259, 261-262, 264-267, 271, 276, 278, 282, 293, 298, 301-302, 313, 316
コスモポリタン　Cosmopolitan　179, 199, 203, 310, 315-316, 327-329, 335-338, 341, 343-347

サ行

サモア　Samoa　60, 64, 69-70, 80, 185
三人の使者　Hautia's messengers　60-61, 68, 76-79, 142, 171, 370-371
三人の復讐者　three avengers　60-61, 64, 68-69, 74-79, 92-93, 99-100, 195, 198, 206, 370
ジャクソン　Jackson　109, 113-118, 121, 123, 125-127, 180, 182, 195, 226, 264, 282, 300, 313, 342-344
ジャック・チェイス　Jack Chase　135, 137, 146, 170, 326, 363
少年王ピーピ　Peepi　63, 66, 177
スターバック　Starbuck　16, 20, 163, 183-184, 189-191, 208, 210, 237, 258, 341, 355, 362
スタッブ　Stubb　162, 174, 187, 190-192, 206, 210, 355, 360
スタンダード　Standard　317-321
ソロモン　Solomon　271-272, 296-297, 347

タ行

タイモン　Timon　327-328, 337, 341-342, 347, 352
ダグー　Daggoo　29, 157, 182, 192, 204
タジ　Taji　58, 60-61, 66-72, 75-80, 82-86, 88, 90, 92-93, 95-101, 141-142, 155, 159, 168-169, 171, 177-179, 195-198, 206, 210, 232, 256, 262, 284, 315, 341, 370-371
タシュティゴ　Tashtego　29, 157, 166, 182, 192, 204-205, 208-209, 343
デリィ　Delly　224, 229, 238-239, 257, 262, 267, 270, 279
トモ　Tommo　141, 184

ナ行

ナルシス　Narcissus　160-161, 168, 190, 197, 244

ハ行

パース　Perth　182, 193-194, 208

バートルビィ　Bartleby　237, 240, 308-309
ババランジャ　Babbalanja　58, 60-63, 66-68, 70-72, 77, 79, 81, 88, 90-94, 97-98, 196, 254, 256, 259, 289, 341, 343
ハムレット　Hamlet　245, 247-249, 283, 291, 293, 298, 326, 328
ハリィ　Harry　109, 113, 118-121, 125-126, 193, 226, 230
バルキントン　Bulkington　169-171, 194, 315, 318
ヒヴォヒティー一八四八世　Hivohitee MDCCCXLVIII　64, 89
ピエール　Pierre　17, 48, 54-55, 221-252, 254-257, 259-286, 288-302, 307-309, 313-316, 318, 326
ピップ　Pip　49, 167, 181, 183-184, 192-193, 202
ビリィ　Billy Budd　145, 170, 173, 232, 282
ファヤウェイ　Fayaway　81, 133, 272
フェダラー　Fedallah　161-162, 186-190, 197, 201, 213, 316
フォールスグレイヴ　Falsgrave　229, 237, 239, 249-250, 256, 260-264, 266, 276, 288, 300
フラスク　Flask　187, 191, 362
フランシス［フランク］・グッドマン　Francis Goodman　327, 336-337
フリース　Fleece　355-356
プリンリモン　Plinlimmon　231, 252, 256, 261, 264, 313-314
プロメテウス　Prometheus　207-209
ベル夫人　Mrs. Bell　81, 86, 133, 272
ヘルムストーン　Helmstone　318, 321
ホーシャ　Hautia　60-62, 66, 68, 70-71, 75-79, 82-87, 93, 96-97, 99, 133, 142, 171, 194, 196, 268-269, 274, 300, 370
ホワイト・ジャケット　White-Jacket　135, 140-142, 144-146, 167-168, 170, 186, 196, 216

マ行

マプル神父　Father Mapple　16, 28, 36, 147-148, 155, 162, 164, 167-169, 176, 179, 197, 200, 206-207, 209, 213, 215, 226-227, 266
ミズーリの独身男　Missouri bachelor　179, 334-335, 339, 341-343
ミルソープ　Millthorpe　229-231, 242, 257, 276
メアリ　Mary　224, 242, 267, 276-277, 300-301
メディア　Media　60-61, 66, 68, 70-72, 90-93, 97-98, 100
モヒ　Mohi　60-61, 66, 68, 70-72, 76, 85, 88, 90-93, 96-98, 100, 259, 268, 371

ヤ行

ヤール　Jarl　60, 64, 68-70, 78, 80, 94, 185, 284
ユーミィ　Yoomy　60-61, 66, 68, 70-72, 76-77, 79-80, 88, 90-94, 97-98, 100, 371
ヨーピィ　Yorpy　311, 314
ヨナ　Jonah　16, 28, 36, 144, 162-163, 167, 179, 197, 206-207

ラ行

ルーシィ　Lucy　133, 222, 232, 234-236, 244, 252, 263, 266-282, 285-287, 297-298, 300-302
レッドバーン　Redburn　109, 111-112, 114-117, 119, 127, 133, 141, 156, 223-226, 229, 243-244, 282, 343

ワ行

私のおじさん　my uncle　311-317, 322

神話・伝説等の象徴的生き物名

アナコンダ　Anaconda　298-299, 302, 312-313, 322
クラーケン　Kraken　226, 228, 232, 249, 278, 282, 298-299, 302, 307, 312-313
ゴルゴン　Gorgon　17, 201, 224, 227, 278, 299, 302, 307, 313, 370

参考文献

Adler, Joyce Sparer. *War in Melville's Imagination*. New York and London: New York University Press, 1981.

Anderson, C. R. *Melville in the South Seas*. New York: Dover Publications, 1966.

Arvin, Newton. *Herman Melville*. New York: The Viking Press, 1950.

Auden, W. H. *The Enchafèd Flood, or The Romantic Iconography of the Sea.* New York: Vintage Books, 1950.

Benfey, Christopher. *The Great Wave*. New York: Random House, 2003.

Berthoff, Warner. *The Example of Melville.* New York: The Norton Library, 1962.

Bickley, Jr., R. Bruce. *The Method of Melville's Short Fiction*. Durham, N.C.: Duke University Press, 1975.

Bowen, Merlin. *The Long Encounter: Self and Experience in the Writings of Herman Melville.* Chicago: The University of Chicago Press, 1960.

Braswell, William. *Melville's Religious Thought: An Essay in Interpretation.* New York: Octagon Books, 1973.

Chase, Richard. *Herman Melville: A Critical Study*. New York: The Macmillan Company, 1949.

——*The American Novel and Its Tradition*. New York: Doubleday Anchor Books, 1957.

中央大学人文科学研究所編『メルヴィル後期を読む』東京：中央大学出版部、2008.

Davis, Merrell R. *Melville's Mardi: A Chartless Voyage.* Hamden, Conn.: Archon Books, 1967.

Davis, Merrell R. and Gilman, William H., eds. *The Letters of Herman Melville*. New Haven: Yale University Press, 1960.

Delbanco, Andrew. *Melville: His World and Work.* London: Picador, 2006.

Dillingham, William B. *Melville's Short Fiction 1853-1856.* Athens, Georgia: The University of Georgia Press, 1977.

——*Melville and His Circle: The Last Years.* Athens, Georgia: The University of Georgia Press, 1996.

Dryden, Edgar A. *Melville's Thematics of Form: The Great Art of Telling the Truth*. Balti-

more: The Johns Hopkins Press, 1968.
Feidelson, Charles, Jr. *Symbolism and American Literature.* Chicago and London: The University of Chicago Press, 1953.
Fiedler, Leslie A. *Love and Death in the American Novel* (*Revised Edition*). New York: Dell Publishing Co., Inc., 1966.
Fisher, Marvin. *Going Under: Melville's Short Fiction and the American 1850s.* Baton Rouge and London: Louisiana State University Press, 1977.
Franklin, H. Bruce. *The Wake of the Gods: Melville's Mythology.* Stanford, CA: Stanford University Press, 1963.
Friedman, Maurice. *Problematic Rebel* (*Revised Edition*). Chicago and London: The University of Chicago Press, 1970.
Gale, Robert L. *Plots and Characters in the Fiction and Narrative Poetry of Herman Melville.* Cambridge, Mass.: The MIT Press, 1972.
Garnett, David, ed. *The Letters of T. E. Lawrence.* London: Jonathan Cape, 1938.
林信行『メルヴィル研究』東京：南雲堂、1958.
廣川紀子『メルヴィルの中短篇小説―合わせ鏡の世界―』東京：開文社出版、1999.
Howard, Leon. *Herman Melville: A Biography.* Berkeley and Los Angeles: University of California Press, 1967.
桂田重利「メルヴィルと『ピエール』の仮面」、『神戸外大論叢第10巻第1号』神戸市外国語大学研究所、1959.
――『まなざしのモチーフ―近代意識と表現―』東京：近代文藝社、1984.
川澄哲夫『ジョン万次郎とその時代』東京：廣済堂出版、2001.
――『黒船異聞――日本を開国したのは捕鯨船だ―』横浜：有隣堂、2004.
Lawrence, D. H. *Studies in Classic American Literature*. Penguin Books, 1971.
Lewis, R. W. B. *The American Adam: Innocence, Tragedy, and Tradition in the Nineteenth Century.* Chicago and London: The University of Chicago Press, 1955.
Leyda, Jay, ed. *The Melville Log.* New York: Gordian Press, 1969.
牧野有通『世界を覆う白い幻影―メルヴィルとアメリカ・アイディオロジー』東京：南雲堂、1996.
Mason, Ronald. *The Spirit Above the Dust: A Study of Herman Melville.* Mamaroneck, N.Y.: Paul P. Appel, Publisher, 1972.
Matthiessen, F. O. *American Renaissance: Art and Expression in the Age of Emerson and Whitman.* New York: Oxford University Press, 1941.
Maugham, W. Somerset. *Ten Novels and Their Authors.* London: Vintage, 2001.
Metcalf, Eleanor Melville. *Herman Melville: Cycle and Epicycle*. Westport, Conn.: Greenwood Press, Publishers, 1970.
道永周三『ハーマン・メルヴィルの詩―メルヴィルの詩に関する入門書―』大阪：大阪教育図書、2013.
中濱博『中濱万次郎――「アメリカ」を初めて伝えた日本人――』東京：冨山房インターナ

ショナル、2005.
野間正二『読みの快楽——メルヴィルの全短編を読む——』東京：国書刊行会、1999.
大橋健三郎編『鯨とテキスト——メルヴィルの世界——』東京：国書刊行会、1983.
Parker, Hershel, ed. *The Recognition of Herman Melville: Selected Criticism Since 1846.* The University of Michigan Press, Ann Arbor Paperbacks, 1970.
Parker, Hershel. *Herman Melville: A Biography Volume 1, 1819-1851.* Baltimore and London: The Johns Hopkins University Press, 1996.
——*Herman Melville: A Biography Volume 2, 1851-1891.* Baltimore and London: The Johns Hopkins University Press, 2002.
Porte, Joel. *The Romance in America: Studies in Cooper, Poe, Hawthorne, Melville, and James*. Middletown, Conn.: Wesleyan University Press, 1969.
Reynolds, David S. *Beneath the American Renaissance: The Subversive Imagination in the Age of Emerson and Melville*. Cambridge, Mass.: Harvard University Press, 1988.
Rollyson, C. and Paddock, L. *Herman Melville A to Z: The Essential Reference to His Life and Work.* New York: Checkmark Books, 2001.
酒本雅之『砂漠の海——メルヴィルを読む』東京：研究社、1985.
Saquet, Jean-Louis. *The Tahiti Handbook.* Editions Avant et Apres, 1992.
Scribner, David, ed. *Aspects of Melville.* Pittsfield, Mass.: Berkshire County Historical Society at Arrowhead, 2001.
曾我部学『ハーマン・メルヴィル研究』東京：北星堂書店、1972.
Sealts, Merton M., Jr. *Pursuing Melville 1940-1980.* Madison, Wis.: The University of Wisconsin Press, 1982.
Sten, Christopher, ed. *Savage Eye: Melville and the Visual Arts.* Kent, Ohio: The Kent State University Press, 1991.
Stern, Milton R. *The Fine Hammered Steel of Herman Melville.* Urbana, Chicago, and London: University of Illinois Press, 1968.
Tally, Robert T., Jr. *Melville, Mapping and Globalization: Literary Cartography in the American Baroque Writer.* London and New York: Continuum International Publishing Group, 2009.
寺田建比古『神の沈黙——ハーマン・メルヴィルの本質と作品』東京：筑摩書房、1968.
Thompson, Lawrance. *Melville's Quarrel with God.* Princeton, N.J.: Princeton University Press, 1952.
Voilet Staub de Laszlo, ed. *The Basic Writings of C. G. Jung.* New York: The Modern Library, 1959.
Wadlington, Warwick. *The Confidence Game in American Literature.* Princeton, N.J.: Princeton University Press, 1975.
Wallace, Robert K. *Melville and Turner: Spheres of Love and Fright*. Athens, Georgia: The University of Georgia Press, 1992.
Weaver, Raymond M. *Herman Melville: Mariner and Mystic.* New York: Cooper Square Pub-

lishers, Inc., 1968.
Wright, Nathalia. *Melville's Use of the Bible.* Durham, N.C.: Duke University Press, 1949.

初出一覧
（執筆・発表順）

下記16本の論文を本書に統合するにあたり、（１）論文タイトルを一部変更して、各章の見出しとし、（２）各論文に掲載した引用原文は、少数の事例と詩を除いて、すべて割愛して日本語訳（筆者の訳）のみを残し、（３）論文全体に、部分的な修正と加筆を施した。

1. 「『タイピー』を通して見る「白鯨」——直截な白人文明糾弾から象徴的断罪へ」（東海大学紀要海洋学部『海—自然と文化』第４巻第３号、2007年３月）
2. 「メルヴィルの『オムー』に見る半文明化されたタヒチとモーレア——南海の楽園を侵食する白人キリスト教文明の功罪」（東海大学紀要海洋学部『海——自然と文化』第６巻第１号、2008年３月）
3. 「『マーディ』での若きメルヴィル（１）——喪失と幻滅」（東海大学紀要海洋学部『海——自然と文化』第６巻第２号、2008年７月）
4. 「『マーディ』での若きメルヴィル（２）——喪失と幻滅」（東海大学紀要海洋学部『海——自然と文化』第６巻第３号、2008年11月）
5. 「『マーディ』での若きメルヴィル（３）——喪失と幻滅」（東海大学紀要海洋学部『海——自然と文化』第７巻第１号、2009年３月）
6. 「メルヴィルの『レッドバーン』——貧困と死」（東海大学紀要海洋学部『海——自然と文化』第７巻第２号、2009年９月）
7. 「元軍艦乗組員メルヴィル——『ホワイト・ジャケット』に込められた意味」（東海大学紀要海洋学部『海——自然と文化』第７巻第３号、2010年１月）
8. 「メルヴィルの仮面劇——人間愛と人間不信」（東海大学紀要海洋学部『海——自然と文化』第８巻第１号、2010年４月）
9. 「メルヴィル対白人キリスト教文明（１）——出航まで」（東海大学紀要海洋学部『海——自然と文化』第８巻第３号、2011年１月）
10. 「メルヴィル対白人キリスト教文明（２）——人物と表象」（東海大学紀要海洋学部『海——自然と文化』第９巻第１号、2011年６月）
11. 「メルヴィルと鮫——どちらがより残虐か、鮫か人間か？」（東海大学紀要海洋学部『海——自然と文化』第９巻第２号、2011年11月）

12. 「メルヴィルの『ピエール』（1）――キーワードから読み解く「曖昧なるもの」」（東海大学紀要海洋学部『海――自然と文化』第9巻第3号、2012年3月）
13. 「メルヴィルの『ピエール』（2）――「真理の道化」対「有徳の便宜主義」」（東海大学紀要海洋学部『海――自然と文化』第10巻第1号、2012年7月）
14. 「メルヴィルの『ピエール』（3）――天上の愛、地上の愛と嫉妬心」（東海大学紀要海洋学部『海――自然と文化』第10巻第2号、2012年9月）
15. 「メルヴィルの『ピエール』（4）――メムノンの石」（東海大学紀要海洋学部『海――自然と文化』第10巻第3号、2013年3月）
16. 「メルヴィルの『幸福な失敗』と『フィドル弾き』――凡庸と幸福」（東海大学紀要海洋学部『海――自然と文化』第11巻第1号、2013年7月）

初出論文の Abstracts（要旨）

1

The White Whale Reviewed through the Reading of *Typee*
——From the Explicit Denunciations to the Symbolic Condemnations of the White Civilization——

To Melville, to write was his "substitute for pistol and ball" just as "to get to sea" was to Ishmael, the narrator of *Moby Dick*. Melville wrote from the very beginning of his literary career, what lies behind the specious good or evil, always seeking the truth behind the deceptive appearances of the world and people.

In his first novel *Typee*, Melville severely criticized the 19th century Christian civilization of the white race in explicit language, describing the vices inflicted by the civilized white race upon the innocent natives of the Polynesian islands. He contends that the natives were not at all savages in the beginning but the invasions and enormities perpetrated by the white race in the name of Christian civilization made the natives savages. His final say is "the white civilized man" is "the most ferocious animal on the face of the earth."

Melville's denunciations of the White Christian civilization were later symbolized in the characters and stage settings of *Moby Dick* with the white whale in the center. The white whale can be a symbol of many a thing depending on the reader's viewpoint, but apparently it is a symbol of the White Christian civilization when it is reviewed through the reading of *Typee*.

（メルヴィルにとって書くという行為は、『モービィ・ディック』の語り手イシュメイルにとっての「海に出ること」と同様に、「拳銃と弾丸の代わり」だった。彼は、作家としての人生を歩みだした当初から、見せかけの善悪の背後にあるものを書き、われわれの目に映る世界と人間の虚偽的な外観の背後にある真実を常に追究した。

処女作『タイピー』で彼は、19世紀の白人キリスト教文明を直截な表現で痛烈に批判し、文明開化された白人種がポリネシアの島々に住む純真な原住民たちに浴びせた数々の悪行を書き記した。原住民たちは初めから野蛮人だったのではなく、キリスト教文明の名において白人種が犯した侵略行為と極悪非道行為によって野蛮人にさせられた、とメルヴィルは主張

する。そして「白人文明人」が「地球上で最も獰猛な動物」だと結論付ける。

白人キリスト教文明を糾弾するメルヴィルの声は、後の『モービィ・ディック』の登場人物たちや舞台設定に象徴化され、その中心に白い鯨がいる。白い鯨は読む人の視点によっていろいろなものの象徴になりうるが、『タイピー』を通して見るとき白鯨は、はっきりと白人キリスト教文明の象徴として映る。）

2

Semi-Civilized Tahiti and Moorea in Melville's *Omoo*
——The Advantages and Disadvantages of White Christian Civilization Encroaching on the Paradise in the South Seas——

Melville's second book, *Omoo,* whose meaning is a rover in the native language, depicts Tahiti and Moorea toward the mid-19th century, by which time the lands and people there had been half-civilized. He wrote the book based upon his own experiences as a rover on those islands, aiming to be a "speaker of true things" and convey how civilization and missions affected the Polynesians.

He delineates the moral, religious, and social conditions of the half-civilized natives, and expatiates on many a disadvantage and a paucity of advantages the whites' Christian civilization brought to their life. He tells us that the missionary operations and civilizing influence availed them next to nothing, or rather they are rubbing out the natives' culture and driving their existence as a race to extinction.

In this work in conjunction with his first book, *Typee*, we can clearly hear what the ex-whaler had to say about the civilization and religion he was raised in from his international and global viewpoint.

（メルヴィルの第２作『オムー』——現地語で放浪者の意——は、土地も民もすでに半ば文明化された19世紀半ば近くのタヒチとモーレアを描いている。彼はこれらの島々を放浪した自らの経験に基づいてこの作品を書いたが、その目的は「真実の語り手」として、文明と布教がポリネシアの人々に及ぼした影響を世に伝えることであった。

彼は半文明化された現地人の道徳・宗教・社会状況を描き、彼らの生活に白人キリスト教文明がもたらした幾多のマイナスとわずかなプラスについて語っている。布教活動と文明の影響は、ほとんど現地人のためになっていない、もっと正確に言えば、彼らの文化を消し去って、民族としての存在を絶滅に追いやっているとメルヴィルは言う。

処女作『タイピー』と合わせてこの作品の中に私たちは、元捕鯨船員メルヴィルが国際人、地球人の視点から、自らがその中で育った文明と宗教について言わねばならなかったことをはっきりと聞くことができる。）

3

Young Melville in *Mardi*（1）
——Deprived and Disenchanted——

Melville's marriage in conjunction with his roving experiences in the Pacific became a backdrop for his third book, *Mardi*, which is the longest and most voluminous of his works. The plot, characters, and scenes of *Mardi* are for the most part fictitious and have some allegorical and symbolic meanings. The young writer's marriage provided a thematic basis for this allegorical romance, in which the protagonist vainly seeks a lost, ideal purity.
（太平洋での放浪経験と合わせて、メルヴィルの結婚が第3作『マーディ』の背景となった。『マーディ』は彼の全著作中で最も長い作品で、架空のプロット、登場人物、場面には寓意的・象徴的意味が宿されている。作者の結婚がこの寓意ロマンスのテーマの素材となり、主人公は失われた理想の純潔をむなしく探求する。）

4

Young Melville in *Mardi*（2）
——Deprived and Disenchanted——

This paper aims to disentangle the allegorical and symbolic meanings of *Mardi*, Melville's third book, through the analyses of its structure, plot, and characters.

The plot is by itself mystical and enigmatical, which hints at some hidden meaning in this allegorical romance. There occur in the mainstream of the plot three events which make up a keel of the structure of the work: the protagonist's encounter with innocent Yillah, his loss of her, and his odyssey to rediscover and retrieve her. The search of lost innocence and purity is conducted in vain throughout Mardi, which epitomizes evil and sinful realities of the human world.

The characters can be viewed either as Melville's agents or as parts of his self. Taji, the protagonist, represents Melville's instinct, and Babbalanja, his reason while avengers speak for his guilt and Hautia's heralds, sexual temptations. Yillah is the symbol of innocence, good, and Melville's ideal whereas Hautia symbolizes sinful joys, evil, and human realities.
（本稿は、メルヴィルの第3作『マーディ』の構成、プロット、および登場人物たちを分析し、作品に宿されている寓意的・象徴的意味を解明しようとするものである。

プロットは神秘的で謎めいており、この寓意ロマンスに隠れた意味があることを暗示している。プロットの本流で発生する3つの出来事、すなわち主人公と純真無垢なイラーの出会い、イラーの失踪、そしてイラーを再発見し取り戻すための長旅が、作品構成のいわば竜骨を形成している。失われた純潔と純真無垢の探求はマーディ中で行われるが徒労に終わり、マーディは罪悪多き現実の人間世界の縮図となっている。

登場人物たちはメルヴィルの代理人もしくは分身として見てとることができる。主人公の

タジはメルヴィルの本能を、ババランジャは理性を代弁し、復讐者たちは罪の意識を、ホーシャの使者たちは性の誘惑を意味している。イラーは純真無垢、善、理想の象徴で、ホーシャは罪の歓び、悪、人間の現実を象徴している。)

5

Young Melville in *Mardi* (3)
——Deprived and Disenchanted——

Mardi is an allegory, the main theme of which is a real world named Mardi where sins and evils abound. Taji, the protagonist and his companions try to seek out ideal innocence, happiness, and peace, only to be disillusioned and repelled by many a wrong and vice they encounter throughout Mardi.

The most repulsive is gloomy Maramma, which represents domineering ecclesiastical system and whose institutional religion Taji and others reject. Babbalanja, speaking for Melville's rational judgment based on his acquired wisdom, decides to stay in Serenia where Christian love and faith are practiced "without priests and temples," and concludes his voyage there, whereas Taji, who stands for Melville's instinct, turns his back on Mardi and pursues lost innocence into the outer seas while being pursued by avengers who incarnate Melville's sense of guilt.

Taji's final behavior in the last chapter implies the downright refusal and denial of the human world and its reality that include existing Christendom and Christian faith.

(『マーディ』は寓意物語で、そのメインテーマはマーディと名づけられた現実世界であり、そこには罪と悪がはびこっている。主人公のタジと彼の仲間たちは理想のイノセンスと幸福、平安を探し求めるが、マーディ内のいたるところで目にする数々の不正と悪徳に幻滅させられる。

最も嫌悪すべきは陰鬱なマラマ島で、人々を強圧的に支配しているキリスト教体制の寓喩であるこの島の制度化された宗教をタジ一行は拒絶する。後天的知恵に基づくメルヴィルの理性的判断を代弁するババランジャは、「聖職者や教会堂なしで」キリストの愛と信が実践されているセレニア島にとどまることにし、そこで彼は航海を終える。メルヴィルの本能を代弁するタジは、マーディに背を向け、失われしイノセンスを追い求めて外海に出るが、同時に、メルヴィル自身の罪の意識の化身である復讐者に追われる。

最終章でのタジの最終行動は、キリスト教界とキリスト信仰を含めた人間世界の現実に対する全面的拒否と否定を含意している。)

6
Melville's *Redburn*
——Poverty and Death——

Melville's partly autobiographical, first-person "I" fiction, *Redburn* deals with a green country boy's initiation into the sea voyage as a sailor and into the cold and vicious human world during hard times. As the story progresses and develops, however, the focus of the narration and description shifts from the boy's initiation process to what he is eventually initiated into, i.e. the cruel and abominable human world, coupled with utter misanthropy and downright hatred toward it, personified and embodied in the seamen's leader, Jackson.

The subject and theme of the book are not so much the initiation of the innocent boy into reality and evil as merciless reality itself destitution faces and evil reaction to it incarnated in Jackson. The author zooms in on cases of abject poverty by vividly depicting the miseries, vices, woes and deaths, witnessed among the beggars and poverty-stricken people in Liverpool and among the Irish emigrants plagued, literally, on board the ship back to America. Toward the end of the book, the plague and distress on the homeward-bound ship recede, followed by the demise of Jackson and his hate which brings about the deliverance of the sailors and "me."

（メルヴィルの私小説風のフィクション『レッドバーン』は、未熟ないなか者の青年が船乗りとなって初めて航海をし、不況時代の冷たく醜悪な世間を目の当たりにする道程を扱っている。しかし、物語が進展するにつれて叙述と描写の焦点は、青年の開眼物語から開眼の対象へと、つまり、冷酷で忌まわしい人間世界、そして船員たちのリーダー的存在のジャクソンに人格化され具現化された人間嫌悪と人間世界に対する憎悪へと移る。

この作品の主題は、世間知らずの青年による現実と悪に対する開眼というよりは、貧困が直面する無慈悲な現実それ自体であり、さらに、ジャクソンに体現されているところの、そうした現実に対する邪悪な対応姿勢である。作者は極貧の事例に照準を合わせてクローズアップし、リヴァプールの貧民や乞食たちの悲惨さ、悪業、悲哀と死を、そしてアメリカへ向かう船内で疫病に襲われるアイルランド出国移民たちの悲惨な窮状を生々しく描出している。物語が終局に向かい、帰航途上の船内で発生した疫病と苦しみが終息し、ジャクソンが死んで彼の憎しみが消えた時、船員たちと「私」は解放される。）

7
Melville, Former Man-of-War's Man
——Implications of *White-Jacket*——

Melville's fifth book, *White-Jacket* depicts the world in a man-of-war during the first half of the 19th century. It is, however, not a documentary or nonfiction per se, but rather a semi-imaginative reorganization of Melville's experiences as a man-of-war's man on his way

back home from the Pacific.

To Melville, a man-of-war was something abhorrent and loathsome, filled "with the spirit of Belial and all unrighteousness," and a "fighting man [was] but a fiend." His belief and principle were "justice and humanity," from which standpoint he harshly criticized rigidly hierarchical structures and tyrannical systems in the Navy.

Melville's viewpoint is assumed by the protagonist, a main-top-man dubbed White-Jacket, who overlooks the globe in the daytime and outer space at night from the mainmast head. The white jacket he is clad in is likened to or equated with a "shroud," a "white-washed man-of war schooner," and a "white shark," in any case being a symbol of death a man-of-war could inflict upon people, and in the connection with Melville's next book, *Moby Dick*, it turns out to be a prototype for the monstrous white whale.

（メルヴィルの第５作『ホワイト・ジャケット』は19世紀前半の軍艦内の世界を描出している。いわゆるドキュメンタリーやノンフィクションではなく、彼が太平洋から軍艦乗組員となって帰郷した際の経験を想像を交えながら再構成した作品である。

メルヴィルにとって軍艦は「悪魔の精神とあらゆる不正」に満ちた、嫌悪と忌避の対象であり、「戦闘を行う者は悪鬼そのもの」であった。「正義と人道」が彼の信条であり、その視座から彼は、海軍の硬直した階級構造や強圧的制度を激しく批判した。

メルヴィルの視点で物事を見る主人公はWhite-Jacketというニックネームで呼ばれる大檣楼員で、昼は地球を夜は宇宙を大檣頭から眺めている。彼が着ている白ジャケットは「屍衣」、「白塗りの軍艦」、そして「ホホジロザメ」に喩えられ、いずれの場合も、軍艦が人々にもたらす死の表象になっている。そして、この白ジャケットはメルヴィルの次の作品『モービィ・ディック』に出現する巨大な白鯨のプロトタイプとなる。）

8
Melville's Masquerade
——Charity and Distrust——

Melville's 9th and last novel, *The Confidence-Man* is studded with allusions to Shakespeare, and the misanthropic spirit of Timon is the key to detecting what lies behind all those eight masks of the confidence man. There often appear such words as "charity," "confidence," "trust," and "distrust" throughout the text. Charity and trust are what the con man outwardly advocates and tries to gain from the "fools" on the steamer, *Fidele*, which goes down the Mississippi, whereas distrust of man and disbelief of Christianity are the ultimate outcome of his masquerade.

（メルヴィルの９作目で最後の長編『信用詐欺師』にはシェイクスピアの引喩が多発するが、人間を憎悪するタイモンの精神が、詐欺師の８枚の仮面の背後にあるものを解明する鍵である。作品全体を通して「愛」、「信」、「信用」、「不信」という言葉が頻出する。愛と信を詐欺師は対外的に唱道し、ミシシッピ川を下る蒸気船フィディーリ号に乗っている「愚か者ど

も」から愛と信を獲得しようとする。しかし、人間不信とキリスト教不信が彼の仮面劇の結末に顔を出す。）

9
Melville vs. White Christian Civilization（1）
——Before Putting to Sea——

As is plainly seen in his lecture titled *The South Seas*, Melville was strongly against European and American civilizers, who wreaked havoc on innocent Pacific islanders. His conscientious attitude runs throughout his works like a keel of a ship and his denunciation of white Christian civilization is endorsed by his incurable, deep-rooted sense of guilt as a white man and symbolized in the pursuit of and revenge on the white whale in *Moby-Dick*.

The story of *Moby-Dick* before the departure of the *Pequod* is more than just an integral part of the work, for it contains keys and clues to deeper and true understandings of the characters and symbols that appear after the departure. The whole book would remain mystified and enigmatic unless we duly grasp the implications of such key words as “phantom,” “shadow,” and “conscience.”

The narrations and monologues prior to his going to sea tell us that Melville is at once an Ishmael who rebels against his Christian society and a remorseless Narcissus who pricks his innermost heart. As is verbalized by Father Mapple, the bidding of Melville’s conscience is “to preach the Truth to the face of Falsehood,” and this bidding swings open the gate of his soul’s cruel and merciless sea where his symbolic battle with the white whale is fought out.

（講演録『南海』で明白に見てとれるように、メルヴィルは太平洋の島々の純真な人々に破壊をもたらす欧米文明人に対して強く異を唱えた。その良心的姿勢は船の竜骨のように彼の作品群を貫いており、彼の白人キリスト教文明糾弾は、白人としての彼の救いなき根深い罪悪感に裏打ちされながら、『モービィ・ディック』での白鯨に対する追求と復讐に象徴化されている。

ピークォド号出航までの物語は、この作品の不可欠な一部であるというだけにとどまらない。そこには、出航後に現れる人物や表象群をより深く真に理解するための鍵と糸口があるからである。「幻」、「影」、「良心」などのキーワードのもつ意味を正しく把握しないと、作品全体が神秘的で謎を抱えたままになる。

海に出るまでのナレーションと独白は、メルヴィルが、自らの住むキリスト教社会に歯向かうイシュメイルのような人間であると同時に、己の心の深奥をえぐる残忍なナルシスでもあることを語っている。マプル神父が文言化するように、メルヴィルの良心の命ずるところは「虚偽の面《おもて》に向けて真理を説くこと」である。そして、この良心の命がメルヴィルの魂の海の門を開き、残酷無慈悲なその海で白鯨との象徴的な闘いが遂行される。）

10
Melville vs. White Christian Civilization（２）
――Characters and Symbols――

The voyage of the *Pequod* pursuing and condemning the white whale is an allegorical representation of Melville's conscientious battle against the white Christian civilization and his identity. Most characters on board the ship are either Melville's agents or parts of his self, of which misanthropic Ishmael, demoniac and god-like Ahab, and Ahab's shadow and alter ego, Fedallah constitute the core.

The white, or rather "white-washed" whale symbolizes the white Christian civilization and the Christian concept of God that justifies and backs up the civilization while it also represents atheistic Melville's innermost self that repudiates the Christian God. To Ishmael the whiteness is on the surface the color of "the very veil of the Christian's Deity" conceptualized as "celestial innocence and love," whereas it is ultimately the hue of the shroud covering the "charnel-house" lying below the surface of Nature including the human world.

The story starts at the scene of Ishmael "pausing before coffin warehouses" and ends in the act of his drifting on the ocean holding onto the empty coffin as a life-buoy. The empty coffin represents death and naught underlying the seemingly beautified "white-washed" world and symbolizes atheism. The reason why Ishmael alone is saved is that he treats all the people and races equally and has demonstrated true justice and mutual love.

（ピークォド号による白鯨追求と断罪の航海は、白人キリスト教文明と自身のアイデンティティに対するメルヴィルの良心の闘いを比喩的に物語っている。船上の人物たちのほとんどがメルヴィルの代理人または分身であり、人間嫌いのイシュメイル、悪魔のようで神のごとくでもあるエイハブ、そしてエイハブの影であり、もうひとりの自分であるフェダラーが中核をなす。

白い鯨、より正しくは「白塗りの」鯨は、白人キリスト教文明、およびその文明を正当化し、その後ろ盾となるキリスト教の神の概念を象徴すると同時に、その神の正当性を否定する無神論者メルヴィルの内奥の己の表象でもある。イシュメイルにとって白は、表面的には「天上の無垢と愛」の理念を表す「キリスト教徒の神の衣そのもの」の色であるが、究極的には人間世界を含めた自然界の表面下に横たわる「屍室」をおおう屍衣の色である。

物語はイシュメイルが「棺の倉庫の前で立ち止まる」場面で始まり、救命ブイとしての空《から》の棺につかまって大洋を漂っているところで終わる。空の棺は、うわべは美化された「白塗りの」世界の下に横たわる死と虚無の表象であり、無神思想を象徴する。イシュメイル唯一人が救われる理由は、彼がすべての人間と人種を同等に扱い、真の公平さと思いやりを実践したからである。）

11
Melville and His Sharks
——Which Is More Brutal, Shark or Man?——

Melville first turned the spotlight on sharks amid the diverse marine life he described in *Mardi*, before he zoomed in on whales in *Moby-Dick*. Sharks are depicted as cruelty incarnate and as symbolic marine animals occupy the second most important position after whales in his works.

Which is more savage and brutal, shark or man? This seems to be an implicit question Melville poses in his books where sharks appear as a metaphor of cold-hearted and merciless men in the cruel sea of the human world and as a symbol of horrible death.

Human brutality, particularly white civilized men's, directed to both animals and humans is vividly depicted and strongly criticized throughout his books. We can see his deep love of life, human or animal equally, behind the pitiful and pathetic scenes in which cattle, pigs, geese, and whales are atrociously killed for human profit and welfare. Human barbarity toward humans is most luridly evinced in wars whose inhuman cold-bloodedness is partially narrated in *White-Jacket*, and the gruesome naval battle fought under "the grinning Man-in-the-Moon" in *Israel Potter* epitomizes human intrinsic savagery beneath the mask of civilization.

Sharks followed Melville throughout his life and in the poems he wrote toward the end of his life, they reappear as an agent of cruel death.

（メルヴィルは、『マーディ』で多様な海洋生物を語る中で、鮫にまずスポットライトを当てており、その後、『モービィ・ディック』で鯨にズームインしている。鮫は冷酷さの化身として描出されており、象徴的海洋生物として、鯨に次ぐ重要な位置を彼の作品群の中で占めている。

鮫と人間と、どちらがより残忍か？　メルヴィルは暗にこう問いかけているようであり、鮫は、人間世界の残酷な海に生息する冷酷無慈悲な人間のメタファーとして、そしておぞましい死の象徴として作品に登場する。

彼は、動物および人間に対する人間の、特に白人文明人の残虐性を生々しく描出して糾弾している。人間の利益と幸福のために牛、豚、鵞鳥、鯨が無残に殺される、哀れで痛ましい情景描写の背後には、人間と動物の生命を等しく慈しむ作者の心情が見てとれる。『ホワイト・ジャケット』では人間の人間に対する残忍性が最もどぎつく発現される戦争の人非人的冷血性が断片的に語られ、『イズリアル・ポッター』での「にやりと笑う人面月」の下で戦われる凄絶な海戦は、文明という仮面の下の蛮性、人間の本質に内在する蛮性の表出の典型例となっている。

鮫は終生メルヴィルにつきまとい、彼が晩年に綴った詩にも残酷な死の仲介者としてその姿を見せる。）

12

Melville's *Pierre*（1）
――Unraveling Its *Ambiguities* by Keywords――

A number of keywords scattered throughout Melville's *Pierre* cast light on its enigmatical subtitle, "*The Ambiguities*," and give us clues to the legitimate appreciation of the book.

The first and introductory keyword is "milk" which hints that the fiction of *Pierre* evolved out of a rural scene in *Redburn*, where innocent and inexperienced 19-year-old Redburn fell in instinctive love at the first sight of a beautiful girl who served him "a bowl of milk." In both *Redburn* and *Pierre*, the protagonists are initiated into the dark side of human reality through the fall of their sanctified fathers. The first half of *Pierre* is contrasted with its second half as the scene shifts from the country to the city, paradise being set against hell, ideals against realities, light against darkness, joy against woe, life against death as well as innocence against initiation.

The second keyword, "Knight" suggests the "Black Knight" Pierre confronts and starts fighting against in the first half of the story is identical with the "Invulnerable Knight" in the second half of the story, who is Melville himself. The third keyword, "heart" tells us that Melville pursues the heart in *Pierre*, which has a double meaning, i.e. quests for the charitable heart and the depths of the human psyche.

Other keywords collectively clarify the main streams and structures of the novel, "ambiguities" hinting at intrinsic unclearness of the book, the "wall" implying a barrier which encloses Christendom swayed by ambiguous "expediency," "incest" intimating an ambiguous man-woman relationship between Pierre and his supposedly half-sister Isabel, "silence" preceding and accompanying both bodily and spiritual death while it also contains ambiguities, and "Hamletism" evinced in Pierre's critical attitude toward Christian society that practices ambiguous "expediency."

（メルヴィルの『ピエール』には多数のキーワードがちりばめられており、謎めいた副題『曖昧なるもの』を解明し、作品を正当に理解するための手がかりとなっている。

導入的キーワード「ミルク」は、うぶな19歳の青年レッドバーンが「1杯のミルク」を出してくれた美しい娘に一目惚れをする『レッドバーン』の田舎の一場面を拡大発展させ、虚構化したものが『ピエール』であることを示唆している。『レッドバーン』でも『ピエール』でも主人公は、聖なる父の偶像の瓦解を通して、人間の現実の暗い側面に開眼する。『ピエール』の前半と後半の設定は対照的で、田舎から都会へと舞台が移行するのに合わせて、楽園と地獄、理想と現実、光と闇、喜びと悲しみ、生と死、そしてイノセンスと開眼が対比的に描かれる。

次のキーワード「騎士」は、物語前半でピエールが対峙し戦い始める「黒い騎士」が、物語後半で「不死身の騎士」として登場するメルヴィル自身を指すことを暗示する。3番目のキーワード「心」は、メルヴィルが『ピエール』で心を追求することを語っているが、これには慈悲深い心の追求と人間の深層心理の探究という二重の意味がある。

他のキーワード群はこの小説の本筋と骨格を明らかにする。「曖昧なるもの」はこの書に内在する不明瞭さをほのめかし、「壁」は曖昧な「便宜主義」が支配するキリスト教世界を取り囲む障壁を含意し、「近親性愛《インセスト》」はピエールと異母姉と思われるイザベルとの間の曖昧な男女関係を暗示し、「沈黙」は肉体と精神の死の先導者ないし同行者であると同時に曖昧なるものを内に秘める。そして「ハムレット的精神」は、曖昧な「便宜主義」を実践するキリスト教人間社会に対するピエールの批判姿勢を表明している。）

13
Melville's *Pierre*（2）
──"A Fool of Truth" vs. "A Virtuous Expediency"──

The main theme of *Pierre* is a conflict and dispute between Pierre as "the fool of Truth" and Christendom that acts and moves with "expediency." Pierre is the personification of Melville's undeviating spirit of pursuing the truth, whereas Rev. Falsgrave exemplifies "a virtuous expediency" the pamphlet entitled "*EI*," which means "If" in Greek, holds up and Pierre's cousin Glen represents "expediency" or opportunism in its worst sense. The conclusion of *Pierre* contradicts that of "*EI*," but they are as it were two sides of the same coin in that "*EI*," inserted in the middle of the book, propounds "a virtuous expediency" as "a practical virtue," while Pierre is, from the beginning of the story, set against the idea of "expediency," denouncing it as "all the convenient lies and duty-subterfuges of the diving and ducking moralities of this earth," and ends up symbolically shooting to death Glen, who is a vicious embodiment of "expediency" and a sort of Melville's worldly alter ego, and ultimately committing symbolic suicide which implies the death of his innocent soul.
（『ピエール』のメインテーマは、「真理の道化」としてのピエールと「便宜主義」で動くキリスト教世界の対立と衝突にある。ピエールはメルヴィルの一貫した真実追究精神の姿態化であり、これに対して、牧師フォールスグレイヴは、ギリシア語で"If"を意味する"*EI*"という表題を付けられたパンフレットが提唱する「美徳の便宜主義」の典型的実例であり、ピエールのいとこグレンは「便宜主義」もしくはご都合主義の最悪の具現例である。『ピエール』の結論と"*EI*"の結論は相反するが、両者は、いわばコインの両面のような表裏一体の関係にある。作品の真中部に挿入されている"*EI*"は「美徳の便宜主義」を「実行可能な美徳」として掲げるが、その一方で、ピエールは「便宜主義」なるものを「この地上の逃げ隠れする道徳の便宜的な嘘や義務逃れ」と糾弾して、物語の初めから否定しており、最終的には、「便宜主義」の悪辣な具現例でありメルヴィルの世俗的分身であるグレンを象徴的に射殺した後、純真な魂の死を意味する象徴的自殺を遂げる。）

14
Melville's *Pierre* （3）
──Heavenly Love, Earthly Love, and Jealousy──

Pierre is a story of an innocent young man initiated into the heartless world, discovering sexual desire and jealousy in the depth of the human heart. Beneath its main theme of Pierre as "the Fool of Truth" against the worldly "virtuous expediency," there runs the collateral or secondary theme, i.e. a juxtaposition of heavenly love with earthly love, and moreover, as the third and final theme, jealousy shoots out of the first and second themes through the illustrations of Glen's jealousy against Pierre and Isabel's jealousy for Lucy.

Lucy and Isabel, evolving out of innocent, pure Yillah and proud, sensual Hautia in *Mardi*, personify heavenly, superhuman love and earthly, carnal love respectively. Lucy is portrayed in heavenly blue and innocent white as a good angel, whereas Isabel is depicted in black as a bad angel. Isabel's long hair covering Pierre's heart and body like "ebon vines" in the end is emblematic of the dark and woeful side of the human heart where sexual urge and jealousy lurk.

（『ピエール』は、純真な青年が冷酷な世間の現実に開眼し、人間の心の奥に潜む情欲と嫉妬とに目覚める物語である。「真理の道化」たるピエール対世間の「美徳の便宜主義」という主テーマに付随して、その下には天上の愛と地上の愛の対置という副テーマが流れている。さらに、主・副テーマから派生的に描出される嫉妬心が、第3の最終テーマとして、ピエールに対するグレンの嫉妬、およびルーシィに対するイザベルの嫉妬の発現を通して例証される。

ルーシィとイザベルは『マーディ』の無垢で純潔なイラーと高慢で官能的なホーシャの進化形で、それぞれ、天上的で超人的な愛と地上の肉体の愛を体現している。ルーシィは善き天使として天上的な青と無垢の白で、イザベルは悪しき天使として黒で描かれ、最終場面でピエールの心と体をおおうイザベルの「漆黒の蔓」のような長い黒髪は、情欲と嫉妬心を宿す人の心の暗く悲しい側面の表象となっている。）

15
Melville's *Pierre* （4）
──Memnon Stone──

Melville molded three layers of meanings embedded in the Memnon Stone, which is shaped like a huge egg or an eye or a petrified whale. The first and natural implication of the stone is a headstone of innocence symbolizing the dead, innocent soul of Pierre. Secondly, it is a metaphor of "*EI*," the pamphlet's title, whose intrinsic and core meaning is "If." The third connotation insinuatingly chiseled in is Solomon's and Melville's view of life and the world, "All is vanity."

Melville described in *Pierre* “the problems of the human heart in conflict with itself” as Faulkner phrased, but Melville’s depictions of those problems were artistic byproducts of his pursuit of Gorgonian jealousy lurking at the bottom of the human heart.

（メルヴィルは、巨大な卵もしくは目、あるいは石化した鯨のような形をしたメムノンの石に三重の意味を注入した。第1の、そして自然な意味は、イノセンスの墓石であり、それは死せるピエールの純真な魂を象徴している。第2に、この石はパンフレットのタイトル “*EI*” のメタファーであり、その本質的、核心的意味は “If” である。そして、巧妙に刻み込まれた第3の含意は、「すべて空なり」というソロモンおよびメルヴィルの人生観と世界観である。

メルヴィルは、フォークナーの言う「葛藤する人間の心が抱える問題」を『ピエール』に描出したが、それらの描出は、彼が人間の心の奥底に潜むゴルゴンのごとき嫉妬心を追究する過程での芸術的副産物であった。）

16

Melville’s *Happy Failure* and *The Fiddler*
――Mediocrity and Happiness――

Melville’s short fiction *Happy Failure* and *The Fiddler* clandestinely hold his cynical reaction to the critical damnation his 7th novel *Pierre* incurred. The “woeful box” in *Happy Failure* that contains the innovative apparatus which looks like “Anacondas and Adders” is suggestive of *Pierre*, and the story of *The Fiddler* starts from the moment the narrator’s poem was damned like *Pierre* was.

The theme and conclusion of *Happy Failure* are linked with those of *The Fiddler* and their common keywords are “fame” and “happiness.” In *Happy Failure* “my uncle” worked for “fame” and “glory” to no purpose and in *The Fiddler* the narrator sought “immortal fame” in vain. They both realize in the end what they should go for is “happiness” among the mass of common people. The author’s message for readers, lurking between the lines, is that naively speaking “happiness” lies in their being standard and commonplace or cynically speaking you have to be average and mediocre with no “fame” in order to be happy. This implicit message makes up the core and bottom line of both stories and is illustrated by the ways “my uncle” in *Happy Failure* and Hautboy in *The Fiddler* are.

（メルヴィルの短編『幸福な失敗』と『フィドル弾き』は彼の長編第7作『ピエール』が受けた酷評に対する作者のシニカルな反応を行間に潜めている。『幸福な失敗』の「アナコンダと毒蛇」に喩えられる革新的装置の入っている「悲しみにみちた箱」は『ピエール』を暗示する。『フィドル弾き』のストーリーは、「私」の詩が、『ピエール』へのそれを想起させる酷評を受けた時点から始まる。

これら2つの短編のテーマと結論は連動しており、「名声」と「幸福」が共通のキーワードになっている。『幸福な失敗』では「私のおじさん」が「名声」と「栄光」を求めて失敗

し、『フィドル弾き』では「私」が「不滅の名声」を求めて得られず、両者とも最終的に、求めるべきは凡俗の中の「幸福」であるという認識に到達する。作品にすり込まれている作者のメッセージは、人並みこそ「幸福」という素朴な認識、言い換えれば、「幸福」であるためには「名声」なき凡庸な人間でなければならないというシニカルな認識で、これが両作品の中核と結論を形成しており、『幸福な失敗』の「私のおじさん」と『フィドル弾き』のオウボイの存在の仕方は、この認識を例証している。)

メルヴィルの生きた時代には偏見と差別が色濃く存在し、今日の感覚では好ましくないとされる英語表現が作品中に多々発生しますが、作品のオリジナリティを損なわず、またその時代の実態を今日に伝えるために、それらの英語表現を本書の日本語訳表現でも保持しました。読者の皆様におかれましては、このような事情をご賢察の上、ご繙読いただきますようお願い申し上げます。

著者略歴
五十嵐 博（いがらし ひろし）
1950年3月、新潟県生まれ。現在、日本大学理工学部非常勤講師。
明治大学文学部卒業。同大学文学部文学研究科英米文学専攻修士課程単位取得満期退学。

著書
『TOEIC470点コース Vol. 1, 2, 3, 4』、『英検1級攻略本』（以上共著、アルク）。
『語形成からのアプローチ』、『語形成から身につける2200語』（以上単著、茅ヶ崎出版）ほか。

メルヴィル
——"真実《しんじつ》の語《かた》り手《て》"になった鯨《くじら》捕《と》り

2016年5月10日　初版第1刷　印刷
2016年5月15日　初版第1刷　発行

著　者　五十嵐 博

発行者　佐藤今朝夫
発行所　株式会社国書刊行会
〒174-0056
東京都板橋区志村1-13-15
電話：03-5970-7421　FAX：03-5970-7427
HP　http://www.kokusho.co.jp

装幀　長井究衡
印刷・製本　三松堂株式会社

ISBN 978-4-336-06024-2